有爱的青春陪伴者

雅贼 12

公子无鱼 著

江苏凤凰文艺出版社
JIANGSU PHOENIX LITERATURE AND ART PUBLISHING

图书在版编目（CIP）数据

难宣于口 / 公子无鱼著. -- 南京：江苏凤凰文艺出版社, 2025. 2. -- ISBN 978-7-5594-9392-7

Ⅰ. I247.5

中国国家版本馆CIP数据核字第2025VT7824号

难宣于口

公子无鱼 著

责任编辑	王昕宁
特约编辑	嘎 嘎 雪 人
出版发行	江苏凤凰文艺出版社
	南京市中央路165号，邮编：210009
网　　址	http://www.jswenyi.com
印　　刷	长沙鸿发印务实业有限公司
开　　本	880mm×1230mm　1/32
印　　张	11
字　　数	418千字
版　　次	2025年2月第1版
印　　次	2025年2月第1次印刷
书　　号	ISBN 978-7-5594-9392-7
定　　价	42.80元

江苏凤凰文艺版图书凡印刷、装订错误，可向出版社调换，联系电话025-83280257

目 录

楔子 / 001

第一章 / 004
误入天鹅湖的丑小鸭

第二章 / 032
她看见了太阳,眼里便不再有星星

第三章 / 063
想见的人,想办法去见

第四章 / 090
他喜欢的姑娘

第五章 / 117
越是珍视的东西,越需要藏起来

第六章 / 155
一条只有荆棘的路

目录 Contents

第七章 / 193
祝你前程似锦，一腔热血，永不低头。即便对方是我

第八章 / 220
只有像太阳那样热烈的爱，才能晒化她这块顽石

第九章 / 243
想亲吻这件事，多等一秒钟都不可以

第十章 / 274
她是唯一，是目的地

第十一章 / 310
遇见，本身就是最大的奇迹

番外 / 333
单行道

楔子 /

阿尔卑斯山脚下的法国小镇蒂涅迎来又一场大雪。

漫天飘舞的鹅毛大雪洋洋洒洒,温柔地笼盖小镇每一寸裸露的土地。路边的小酒馆里播放着热情洋溢的吉普赛音乐,周围的人群举杯畅饮,谈天说地,气氛酣然。

路意浓在异乡人口音浓厚的法语对话中抱紧了怀里的第三杯啤酒,面前的落地玻璃窗映出她因酒精微红的脸。

她一手支着晕晕乎乎的脑袋,有些疲倦地想,她可能是醉了——

她没想到会在这里见到章榕会。

这是路意浓在蒂涅的第三天,原本预计的圣诞滑雪假期将在四天后结束。

她如同往常一样,早起喝黑咖啡、吃面包,带着全套雪具乘缆车上雪山,扑簌簌的寒风切割肌肤残余的温暖。

但她喜欢这冰雪漫天、冷风扑面的极寒。四周空空荡荡,目及之处皆是皑皑白雪,唯脚下的雪板像茫茫海中的一叶孤舟,乘风破浪,一往无前。

三个小时后,滑雪结束,她收好东西,往缆车站走去。在等待下山的间隙,她无意地抬眼一看,便看见了章榕会。

那一瞬间,她几乎以为自己瞧花了眼,仔细打量了一下,才发现确实是他。

章榕会靠在另一侧的栏杆旁等待着往上的缆车。他穿着黑色的冲锋衣,护目镜推到头发上,手上抱着滑雪板,双目低垂,脚底有些无聊地反复拨弄着厚厚的积雪。

身边的女孩一身粉色的装扮,裹得像个新鲜的草莓糯米团,仰着头望他,同他说笑。

路意浓曾设想过无数次再见的场面,真到这一刻,突然不知怎么面对他。

最后,她偏过头去,漫不经心地抬起雪板挡住自己,沉默地掩盖了这次的重逢。

古话说，人生四大喜事：久旱逢甘雨、他乡遇故知、洞房花烛夜、金榜题名时。

路意浓醺醺然地想，上次见他好像已经是近四年前的事情。他乡遇故知，是应该庆贺一下。她举杯一口干完了剩下的啤酒，用手背压住胃部不适的翻涌，停顿片刻后，抬手叫来侍应买单。

推开酒馆厚重的橡木门，在外迎接的是冰雪的世界。寒风夹着雪花搅进了脖子，路意浓喝完酒身上正热着，此刻倒不觉得冷。她顶着风雪，一步一步地向公寓走去。远处成排的建筑亮着暖黄色的灯光，让她想起了小时候外婆手织的围巾，暖和得很，就是戴着痒脖子。

外婆去世至今已有数年的光景，曾经最亲近的人沉眠于故土，而自己漂泊异乡，也是多年未曾回去过了。

路意浓的思绪忽近忽远，没提防一下被抓住双手，干脆利落地反剪在身后，不可抗拒的力量将她一把按在了路边的墙上。她惊恐地睁大了眼睛，被酒精麻痹的大脑骤然醒觉，四肢犹在迟疑的瞬间，对方已经俯下了身。

凛冽的寒气夹杂淡淡的烟草气息冲入她的鼻腔，温凉的物什贴在双唇上，等慌乱的瞳孔聚焦出一张熟悉的脸时，她后知后觉地发现，这是一个吻，一个很绵长的吻。

双方的嘴唇紧紧贴合，谁都没有多余的动作，路意浓没有挣扎推却，章榕会也没有放手。

唇齿之间是曾经最亲密的人熟悉的气息，大片雪花肆意飘洒，落在肩膀上，头顶的路灯散发着黯淡的光芒，远处的雪山轮廓深黑绵延。路意浓也不知到底是哪里触动了自己脑中紧绷的弦，她鼻子一酸，大滴大滴的眼泪涌出了眼眶。

或许是她的眼泪灼人，章榕会松开她的双手，往后退了一步，手掌抚上她的脸，微凉的指腹蹭在她的泪痕上，低声地问："醉了？"

他的声音也与以往有了很大的差别，有些喑哑，或许是吸烟太多。

路意浓的眼泪止住，但酒意上头尚且晕着，她倚靠在墙边，沉默地说不出话。

"为什么喝酒？今天在山上，你也看见我了。是不是？"他又问。

路意浓抬起头，已不再是刚刚怔然落泪的样子。她躲开他的手："跟你没有关系，我现在经常喝酒。"

章榕会不让她躲，捏住她一只手腕，用力举起来，逼着她直视自己的眼睛："爱喝酒是吗？这么喜欢买醉？甩开我这么多年，有没有后悔过？想过回头看我一眼吗？有没有？"

这个话题让路意浓觉得有些好笑，也有些难过。她看着章榕会，看着他清隽精致的脸，看他眼中波澜万千，他看起来似乎比之前成熟一些，气质有点陌生又好像什么都没有改变。

等了许久,她终于又开口。

如同之前无数次一样,她用最温柔的声音,说着决绝的话:"章榕会,我们不应该再见面了……

"我以为咱们如果最后还有默契的话,应该就是这件事情。"

第一章 /
误入天鹅湖的丑小鸭

1

中考完的暑假，是路意浓记忆中最快乐的时光。

六七月份的太阳毒辣辣地将空气蒸得发烫，路边的植物在股股热浪中丧气地蔫下腰，大路上间或站着几个卖冰的摊贩和匆匆走过的寥寥行人。这种情形下，只有满耳声嘶力竭的蝉鸣和探出铁栅栏、挂满橘红色石榴花的枝条是极热闹的。

路意浓很喜欢这种与人无关的热闹。

她没有事情做，天天约着小伙伴压马路，走过垣城一条条人烟稀少但绿意盎然的街道，聊着天南海北不着边际的闲天。

直到中考出分，填报志愿的前夕，路意浓没心没肺、无忧无虑的生活突然被画上了一个休止符。

那天，她的姑姑路青乘坐着阔气锃亮的黑色加长汽车，回到垣城钢厂的筒子楼来辞行。

屋内的氛围平静到有些诡异，爷爷奶奶坐在竹椅上一言不发，桌上的茶水一动未动，全屋只有路意浓手里紧紧捏着的冰糕袋子在发出窸窸窣窣的碎声。

路青低着头坐在一旁，短发像柳丝一样温柔地垂及耳畔，嫩如葱白的耳朵露在外面，微微泛出红色。

二十五岁的路青年轻漂亮，她刚刚研究生毕业不久，进入全国知名企业的江津分公司实习。没多久恰逢总公司的老板来视察，她聪明优异，形象上佳，临时被调过去做老板的秘书。

从临时秘书到两人确定关系，路青只用了一个月的时间。

听别人说，那个大老板是一个有钱的鳏夫，年纪比路青大了近二十岁。

这件事传开，路青的口碑极速崩坏，成了街坊口中勾三搭四、不知廉耻的女人。但这些难听的话全被她尽皆弃置不管,只是爷爷奶奶思想传统,日日被人笑谈,憋屈得好像低人一头。

屋内的气氛久久沉闷着,像壶将开未开的水,憋闷着劲儿只等临门一脚的宣泄。

最终,还是路青先开了口:"我这次回来,不为别的,是为了带意浓一起走。"

一旁的路意浓没料想开口谈的竟是关于自己的事情,猛地一惊,要不是吃着冰棍,差点就咬到了舌头。

爷爷余愠未消,大手一挥:"你已经成年,主意大。要去哪儿、做什么,我是管不了你!但意浓是你的侄女,你带她走像什么样子?"

路青显然已经深思熟虑过这件事,她淡然道:"于佩那边是个什么样子,你们也不是不知道。

"回家吃三顿饭,两回都得大闹一场,平日里见你们饭桌上给意浓夹个鸡腿也要甩脸子。以前分开住也就算了,她现在肚子大了,回头孩子生下来,你们去伺候,低头不见抬头见的,让意浓怎么办?"

奶奶底气不足:"这到底是你哥的家事……"

路青冷笑道:"家事?他管家吗?他着家吗?意浓你们养着,跟他有关系吗?

"你们为了意浓好,就不要拦着我。培明已经联系好了北城最好的国际私立学校,九月直接入学。

"跟着我,意浓能接受好的教育、过好的生活,您二老尽可以放心了。"

…………

飞机在发动机巨大的嘈杂声中冲上万米云霄,江南故土渐渐变成黑黑小小的一块,直至被厚厚的云层彻底遮掩住。

章培明面对小辈算是非常和颜悦色,但是那股常居上位、不怒自威的气势还是让路意浓有些胆怯。

她听路青的招呼,腼腆地喊了一声"姑父",之后就不好意思地背过身去,只身面对着狭小的舷窗。

章培明低声笑道:"你家小姑娘倒是个乖乖女。不像我家那小子,整日冷个脸,可是非常难缠。"

他一句无意的玩笑,让路青脸上的笑容凝滞了些许。

从头至尾,路青对这份关系并无半分犹豫,只有两点没有全合心意。

一是同章培明先生下孩子才领证的约定;二则是章培明那个已经十九岁的儿子。

章培明察觉到路青的异常,安慰地捏了捏她的手:"榕会妈妈过世多年,我同你在一起也是第一个问了他的意见。他现下正在欧洲跟朋友过暑假,天南海北不知疯到哪里去了，不用太担心他。"

路意浓在入住章家之前，对于金钱并没有更多概念。母亲早逝，父亲再婚，直到十五岁之前，她手里拿到的最大面额的纸币是过年时舅舅给的五十元红包，还被路勇收缴。

不过，小女生的快乐与金钱无关——钢厂宿舍的冰箱里有吃不完的盐水冰棍，门口租书店里的漫画看一天只收五角，发圈、皮筋和新衣服都是平时姑姑给买的，因为姑姑品位好……路意浓长得漂亮，即使家境普通，也没阻碍她在同龄人中闪闪发光。

少年不识愁滋味。至少在去北城之前，都是这样的。

路青与章培明并没有办理正式手续，因此她的到来并没有在章家掀起什么波澜，只限于亲友之间摆了几桌饭菜。

年龄相仿的小姑娘被安排坐在路意浓的身边，与路意浓做伴。小姑娘叫杭敏英，是章培明的亲外甥女，长得并不算漂亮，圆钝的脸，五官有些扁平，细长的眼睛扫下来倨傲地垂眼看路意浓。

路意浓对待同龄人是热情的，但杭敏英高高在上的气场隔开了两人的距离，她被上下打量挑剔，如坐针毡。

"这条裙子是今年的新款，我舅舅对你不错。"杭敏英这么说。

"你家里的事情，我妈妈都跟我说过。你妈妈去世了？你爸爸是做什么的？他几个月能挣出这条裙子来？"

"哦，不好意思。虽然我也是K省人，但我爸爸是大学教授，妈妈是公司股东。我没去过垣城，也确实对你们这样家庭的收入不太了解，所以非常好奇。"

杭敏英嘴里说着不好意思，脸上的神色却分明不是如此，傲慢至极。

路意浓心绪单纯，在杭敏英连珠炮式的发问中，第一次体会到尴尬、羞辱又无措的混杂情绪。但她年纪太小，不知道这种情况该如何处理。

"我不知道……是姑姑给我买的。"她捏紧裙摆，首先低了声。

"你姑姑是挺漂亮的。"杭敏英看她软弱，笑得轻蔑极了，"多亏了你姑姑，不然你也没机会跟我坐在一张桌子上吃饭。"

说完，杭敏英跳下椅子，跑到主桌她母亲的身边加了座，娇娇笑着并投过来一个挑衅的眼神。

这一顿饭，路意浓吃得如鲠在喉。她战栗地意识到身上的裙子、眼前的餐食都是有价格的。

她没有足以匹配的血缘，这并不是她能承受的高昂。这一点认知，冲击着她脆弱的心脏。

她尚不明白那种暗流涌动的羞耻叫自尊，杭敏英轻而易举击碎它，留下满地支离的碎片，驱逐了她最简单的快乐。

此后余生的每一步，金钱都走在了情绪之前。

她是这样，一夜之间，突然变成了心事重重的大人。

2

路意浓在九月入学北城行知中学。行知中学的高中部分为国际和普高两个分部。国际部学习 IB 课程（国际预科证书课程），高中升学多往美英加澳的高校；普高部则是正常授课，参加国内高考。

路青读书时成绩优异，但受限于家庭环境，留学梦一直未能实现，她对此颇有执念，一心想等高中毕业就送路意浓出国读书。

而路意浓在路青的期盼中，顶着她无形的压力，最终选择了普高部。没有别的原因，普高部的学费比国际部便宜一半以上，仅此而已。

即便如此，行知一年的学费加住宿费也是普通家庭无法承担的昂贵。

班内大多数同学由初中部直升，彼此相熟。

路意浓沉默地远避人群，听他们在教室里高谈阔论初升高假期的国际夏令营，信手拈来地对比着泰特美术馆安迪·沃霍尔个展作品的艺术性和商业性。

她的手握紧外套口袋里路青新给的卡，那里面有足以满足她一切物质需求的庞大数额，却不能弥补她在眼界和知识层面的严重空缺。

曾经在杭敏英那里深刻体会到的阶层差距再次扑面而来，她自觉是一只误入天鹅湖的丑小鸭，在被人发现是异类之前，已经提前闭紧嘴巴。

十月末。

今年的寒潮来得格外早。烈阳随着寒流席卷仅剩下苍白的光线，投在皮肤上暖意黯淡，秋风荡清天空的层云，头顶蔚蓝仿佛一片倒置的海。

行知一夜踏进秋季，每一条小径都铺满半黄不绿的叶，校园清扫车整日"嗡嗡"转个不停，只有校服裙下女生白皙的小腿犹在紧追转瞬即逝的夏天的尾巴。

路意浓嘴唇上的薄皮起了又起，抹多少润唇膏也没有用。北城干得厉害，秋季尤甚，她在南方生活多年，没在这么干燥的环境待过，在体育课上稍跑了两步又流了鼻血。

到校医室时，并没有医生在，不过鼻血已经停了。她对着手机镜头用湿纸巾擦净残余的血痕，把泛红的纸投进垃圾桶，仰着头靠坐在椅子上，看着白色的房顶发呆。

蓝色的隔断帘轻轻摆动，病床有微微翻动的"吱呀"声，慵懒清澈的女音响在侧面。

"流鼻血唔可以仰头啊（流鼻血不可以仰头啊）。"

对方普通话说得随意，粤语夹杂，路意浓勉强听个大概。她懵懵懂懂地望过去，隔断帘已经被拉开，高挑的短发姑娘背对着套起秋季的校服外套，一边拉拉链，一边侧过头来看她。

女生姿容秀丽，短发飒爽，此时眼眉弯弯，兴致盎然逗她玩。

"好靓啊你，是今年新生？"

女生看上去年纪稍大一些，自我介绍道："苏慎珍，Sammy Su。国际部，G12一班。你呢？"

路意浓平时几乎不与人寒暄，此刻有些拘谨涩然："路意浓，普高部，高一（1）班。"

对方笑得好开心："意浓？听来几多情啊，好乖。"

墙上的挂钟"嚓嚓"走秒，苏慎珍还欲同她说话，走廊里的脚步声传来，白大褂的女校医单手插口袋推门而入。

"不痛了就回去吧。"她单手插兜，对苏慎珍毫不客气，"再乱吃东西，别往我这里躲。"

苏慎珍在她身后做了个鬼脸，又冲路意浓摆手："去上课啦，改日揾你玩（改天找你玩）。"

社交礼仪中，改天是客气礼貌的告别，许诺一个永远不会到来的明天。可是这套规则似乎并不适用于苏慎珍。

当周周五的晚上是国际部组织的与康斯汀中学交换生的英文辩论赛，全校学生可以自由前往观赛。

路意浓没打算参加，却没想到一面之缘的苏慎珍直接在放学后来教室门口等她。

路意浓在行知独来独往惯了，第一次在校内接到邀约，受宠若惊地给姑姑打了电话，推掉了去章家老宅的饭局。

这是路青第一次上门拜访章培明母亲的日子，有没有路意浓在并不打紧，她不放心地多问了两句，知道是留校看辩论也没多说什么，只是让路意浓别太晚回家，结束后给司机打电话。

路意浓都应了下来。

苏慎珍刷卡带她进了国际楼，一楼左拐走到底是灯火通明、光辉如昼的大礼堂。距离比赛还有一个多小时，台上的人来来往往，在做着最后的准备。

两人并肩在前排落座，吃着在食堂买的饭团，苏慎珍从书包掏出保温瓶摆到桌上，用一次性纸杯分出一杯，递给她。

"阿姨煲嘅下火茶（阿姨煲的下火茶），专治热气、流鼻血。"

台上有人眼尖瞧见苏慎珍，喊她，又招手："苏慎珍！来调麦克风！"

"就来！"苏慎珍拍拍路意浓的肩膀，"我去帮手，不够自己添。"

她手脚细长，几步已经跨到台上，拿起几支疑似有问题的麦克风挨个打开试验，目光扫下来，看到路意浓时，又笑了笑。

问题很快解决，不出声的麦克风都被及时换好。苏慎珍下来后向路意浓解释，IB体系中的CAS课程（创造、活动与服务课程）要求参加课外活动，国际部的同学玩转各种兴趣社团，大家都很相熟。

比赛时间到，台上的主持人已经开始讲解赛制和介绍人员。

路意浓捧起水杯，降火茶里有冰片、苦菊，入口微苦，良久回甘。初时不觉好喝，多尝两口反而上瘾。

"广播站？"她实在好奇，想不出苏慎珍做校园广播的样子。

苏慎珍不以为忤，含笑解释道："我普通话不好，大多只念英文稿。不过……进广播站是满足我私心啦！"

"什么？"

"晚间音乐时段都被我霸占。前两年学校哪个不会唱Eason的《富士山下》？"

辩论赛尚未开始，她们的重点已经走歪，苏慎珍分给路意浓一只无线耳机藏在头发里。台上唇枪舌剑、针锋相对，落在耳朵里是缠绵如诗的粤语歌词。

待到《富士山下》那一句"谁能凭爱意要富士山私有"，苏慎珍在旁突然开口："听几多次都头皮发麻。"

她看路意浓半知半懂，眼神纯粹。

"小朋友仲系唔明（小朋友还是不懂），"她的笑意浅浅淡淡，"识食苦先可以长大（只有经历过苦难才能成长）。"

辩论赛结束到家已经是晚上九点钟，姑姑还没有回来。

路意浓回到房里，洗了澡，头发吹到一半，半湿不干地垂挂在肩。洗手间的窗户吹进来阵阵凉风，冷意霎时侵入温暖空间，她还穿着睡裙，露着半截小腿，走过去关窗时，看见正下方的花房里还亮着灯。

章家别墅在北城菁华区的长明湖畔，背靠西鹊山，别墅有泳池、花房，社区自带高尔夫球场。

别墅里的玻璃花房是她最喜欢待的地方，这里永远是满眼青碧，各类植物欣欣向荣地生长。她初夏到来时，花房里更是热闹地开放着各色叫不出名的奇花异草。别墅里专门看护培育的高老师挨个向她介绍，她听得入心，在餐桌上还兴致勃勃地说个不停。

章培明向路青打趣道："这是个未来的植物学家。"

路青不以为然地一笔带过："动刀动土、上山下海的，她未吃得了这个苦。我也没想她读多深的书，做什么女博士。"

路意浓闻言，讪讪地噤了声。

自高中开学以来，她到花房玩耍的时间更少，大多数周末也只能抱着书在里面泡一天。

她心意微动,想来是花房新添了植物,便踩着软拖欢快地跑下楼,一进门便被最前面的玻璃宠物缸吸住了眼睛。

宠物缸造景简单,黏土打底,铺了几厘米厚的砾石和泥沙,天然原木随意地摆着,缸里栽了虎皮兰和仙人掌。缸内额外亮了夜灯,一旁的红色数字显示着缸内的湿度和温度。

她惊喜地靠近,贴趴在玻璃上,两只黄底黑花大尾巴的小家伙趴在角落里,眼睛缓缓眨动着,透过玻璃也看向她。

路意浓并不畏惧,她在某些时刻胆子极大,对自然有无畏的探索欲。

"哇……"她发誓她只出了这么一声。

"好吵。"

她愕然回头,瘦长的人影在背后的长椅上缓缓坐起,半边身子掩在灯光盲区的阴影中,身上薄薄的毯子盖不住无处安放的长腿,眼神冷淡地看着她。

"对不起。"她回过神来赶紧道歉,"是榕会哥哥吗?"

他的眉头皱得更厉害一些:"我跟你很熟吗?别这么叫我。"

路意浓半蹲着身子,双手扶在宠物缸上,眼神慌张。她的头发半干半湿,如垂条的柳丝捧起娇嫩的靥,又因脸蛋窄小,更显得眼睛很圆,波光盈盈的眼内随时汪着一湖水,生动腼腆。水汽打透她棉白睡裙的领口,锁骨支起尖细的弧,裙摆下露出的小腿和脚腕如玉如瓷。

章榕会察觉她尚且稚弱的美丽,却并不喜欢。

她年岁还小,容貌未定型,已与路青有三分相似。他想起照面时路青做小伏低的矫揉,怎么看都是虚伪的假面,因着几分酒意影响,他此刻的语气也显得极其恶劣。

路意浓手足无措地站直,像罚站一样静立在了原地。

"那我怎么称呼您?"她低声颤颤,脸皮太薄,挂不住勉强的笑。

"章榕会。"晚间酒精未褪,烧得眼热,他难受地后靠,闭上眼睛,"以后就叫我章榕会。"

亲眼见过本人以前,路意浓也对这个哥哥曾抱有过隐秘的期待。

她在章培明的书桌上见过章榕会的照片,那时他大约才十二岁,少年眉眼初显英俊,黑西装白衬衫,身形高挑,他单手捧着奖杯,银发蓝眼的老者拍着他的肩膀大笑,四周的拥趸者漫涌如潮。而他望向镜头以外,眼神倦怠,笑意浅淡近乎于无。

路意浓后来百度过,那是一个非常重量级的钢琴比赛,在国内甚至登过报。

那时那处,少年得意,繁花似锦,但他看上去并不那么开心。

3

"A certain amount of care or pain or trouble is necessary for every man at all times.A ship without a ballast is unstable and will not go straight.（一定的忧愁、痛苦或烦恼，对每个人都是时时必需的。一艘船如果没有压舱物，便不会稳定，不能朝着目的地一直前进。）"

秋冬交替的下午安宁至极，路意浓撑着下颔翻着书，对座苏慎珍低吟的英文念白在此刻分外清晰。她们坐在洒满阳光的一隅长桌，附近堆满苏慎珍私家收藏的黑胶唱片和英文原版书。

这次出门，是路意浓主动邀约苏慎珍。路青提供的优渥生活让她不再囿于物质的限制，却陷入与身边人没有共同语言的精神贫瘠。她不知从何处弥补，便只能求助于苏慎珍。

苏慎珍接到电话时，兴致颇为高昂，毫不犹豫地答应下来，邀路意浓周末来家里自习，顺便选几本书。

她穿梭于丛丛书架，熟稔地找到对应的位置，踮起脚尖拿下《傲慢与偏见》，加上怀里抱的三四本，厚厚地摞在一起。

"这些是我的启蒙书，每本都翻过好多遍。你读不懂的情节可以配上电影，消磨时间也能学习。"

苏慎珍个子有一米七二，穿着秋冬的裙子，配着厚厚的白色长筒袜，两条腿还是细得像筷子。

两人并肩抱着书往桌边走，苏慎珍说："读书明理，最主要还是keep an open mind（保持开放的心态）。普高部虽然不像国际部要求参加那么多活动，但加入社团还是可以锻炼很多方面的能力。我广播站有朋友，说现在要纳新。你课外活动那么少，愿不愿意去试？"

路意浓自觉资质平庸，下意识便是推拒："我怎么行？我没有专业学习过。"

"我都行，你甘靓（你这么漂亮），普通话又讲得甘准（普通话又讲得这么标准），怎么会不行？"苏慎珍单手抱书，另一只手大剌剌地圈住路意浓的肩，晃了晃，"下个星期我再来教你啦，可以匿名去播一次，就算搞砸都冇人知（就算搞砸都没有人知道）。别怕啦。"

路意浓在苏慎珍家里待到下午五点，直到路青来接才告别。

路青第一次拜访章培明母亲的结果似乎不太好。章培明吃完那顿饭没几天去了香港出差，她从章家老宅回来后很是沉寂了几天，接到路意浓就带着一起去国贸疯狂刷卡，买了一堆或许永远都穿不着的衣服和鞋。

"血拼"完，迎着夜色，路青开车带路意浓回家。路意浓手捧着奶茶从后视镜偷偷看她，街边路灯晕着黄色的光，路青在红绿灯间隙摘下墨镜，细瘦的左手手肘顶在车窗上，撑住脸，她的疲倦与勉强在这一刻无所遁形。

她们到家时，迎面遇到一辆黑色的跑车开出门。家里的司机是不会开这辆的，这是章榕会的专车。

路青降下车窗，按了喇叭打个招呼。对面的车不急不缓地刹住，露出一张剃了圆寸、断眉、打了唇钉，十足浑不吝的脸。

"哟，阿姨。我来帮会哥拿个车，路这么宽，也没挡您道吧？"

那人二十出头的年纪，喊二十五岁的路青叫"阿姨"真是嘲讽。

促狭之间，他看见了夜色半掩下副驾驶若隐若现的路意浓。她穿着奶黄色的毛衣，扎着丸子头，捧着奶茶，气质温软得像一颗牛奶糖。他饶有兴致地望过来，右手两指相并，作了一个轻浮的飞吻。

路意浓有些不安地看了一眼姑姑，不确定姑姑是否也注意到了这一幕。墨镜藏住路青的情绪，她冷肃着表情，稍打了方向，直接开进去了。

章榕会不回家，狐朋狗友倒是来得很勤，开车送车，或是顺路拿个烟、酒，把章家当成仓库常进常出。

今天来的人叫程旻，路意浓之前就撞上过几次。他与章家有几分疏远的血缘关系，抱章榕会的大腿抱得紧，对外行事放肆，碰上路意浓总要撩拨两句，说话轻浮又放荡。路意浓没有面对过这样复杂的人，也未直面过成年人赤裸的欲望，只是觉得他的眼神肮脏又卑鄙，令人恶心。

车子开进车位，路青推开车门。

"姑姑。"路意浓解开安全带，小跑追着她到后备厢，"能不能跟门卫那边说一声，别让他们总来了？这些人进进出出的，拿东西也不登记。万一哪天少了东西算谁的呢？"

路青拎起购物袋，只是冷笑道："自家的东西不心疼，轮着咱们什么事儿？"她对路意浓嘱咐，"这是章家，章家的任何客人咱们没法拦。不要多事，意浓。"

不要多事。是路青在章家教她的第一件事情，也是最重要的准则。

手机的多个软件接连弹出强风降温降雪的预警，细小的水泡音湮灭于窗外狂风引发的噪音，阳台上的绿植抖动叶片的"唰唰"响声像密集的雨滴。

阿姨走过去拉紧门窗，女孩们抱着热饮，席地而坐在柔软的地毯上，茶几上散乱着几份英文稿。

路意浓小声逐字逐句地念着，一卡住就翻起厚厚的词典。

身边的苏慎珍自有一种令人向往的松弛感，背后庞大的书架堆满晦涩难读的外文名著，墙上挂着从佳士得拍卖来的画作，但这也不妨碍她穿着上百元的针织衫，戴着丑丑的黑框眼镜，盘腿读一本言情小说，或者是看一集最近大火的港剧。

"……哇，男主角好型好 charming（男主角好帅好迷人），白色衬衫正到爆（白色衬衫好看到爆）。你喜不喜欢这种？"

她把手机推到路意浓面前。小屏幕里的男主浓眉大眼，笑容阳光，白衬衫下结实硬朗的身材若隐若现。

路意浓尚未打开这方面的关窍，草草看了眼，有些害羞地往外推了一把："不是，不喜欢这种。"

"要不要那么纯情？露点胸肌就唔敢睇了（露点胸肌就不敢看了）。要有吻戏的话，小朋友岂不是还要遮眼？"苏慎珍笑着拿肩膀挤她。

"哎呀。"路意浓没防备，手里一歪，奶茶差点洒出来。

手机铃声在手边响起，路意浓拿起手机，解了锁才发现有好几条微信未读消息。她放下奶茶，接通电话。

"意浓，今天天气不好，晚上好像会下雪，你别在外面吃饭了，路上会堵，早点回来。嗯？"

"好的，姑姑。"

路意浓挂掉电话，从地上爬起来。苏慎珍在旁听到，也直起身子帮她收捡茶几上散乱的英文稿："下周首播别有压力啦，你口语OK（没问题）的。做广播先从念稿开始，没人会抠字眼，主打流畅就好。"

苏慎珍想起什么又笑起来，顺手掐了掐她的脸："你们站长还讲，明年就用你的相片去招新，哪怕当个吉祥物也是赚大了。她会照顾你的，不用怕啦。"

城市的另一端，程旻今天过得很不顺意。

下午出门前冲澡，女友偷拿了他放在床头充电的手机解了密码锁，逮到他在微信里频繁地跟各种女生擦边聊天。

女人连哭带骂，往日楚楚动人的温柔小意灰飞烟灭，情绪激烈好比核爆，咄咄逼人的诘问让他心情恶劣。

他狠狠地拿着T恤往湿乎乎的身上套，反而指责她："你看哪次聊天是我主动，她们自己贴上来也怪我？你现在背着我偷看手机就有理了？基本的信任都没有，那这恋爱也别谈了，你想好要不要分，自己想清楚！"

他大冬天顶着没吹干的湿淋淋的头发，怒气冲冲地摔门而出，赴了一场临时的饭局。

吃饭到一半，女友的电话又打来，哭哭啼啼地问他在哪儿，是不是又跟别的女孩搅在一起。

他没有退席，两人吵到桌上人都屏息，最后也没个结果不了了之。

损友在桌上起哄，说他虎落平阳成了妻管严。这让程旻丢了面子，觉得对方越了界，管得多，净给自己找麻烦。

待二场转到酒吧，几个女生过来拼桌，最漂亮的那个挨着他刚坐下，朋友就开始笑。

"这美女眼光好。哥们儿一般人平时可近不了身。今天刚跟女朋友吵架,赶紧赶紧,挖挖墙脚、松松土。"

几个女生的目光随即就聚焦过来,饶有兴味地打量他。

程旻被周围热辣的眼光盯着,哼笑一声,只是喝酒并不说话。

身边的美女看起来也是高傲,她脱下羊毛外套,大方露出前凸后翘的好身材,漫不经心地用手指松了松鬈发,丝丝缕缕的芬芳扫在程旻的手背上,她目光灼灼地盯着他,红唇潋滟,媚眼如丝:"怎么个近不了身?说来我听听。"

程旻同她对视,成年人的欲望与勾引在暗夜的掩饰下,悄无声息地做着交换。

朋友见美女不以为然,狐假虎威地在旁张狂起来:"不信?河滨区新建的五十八层双塔大楼,知道安置的是谁家公司?"

"西鹊山总知道吧?古代皇家园林,当中围着的一片别墅区,进去见识过没有?"

"远的不扯,就哥最近新开那个'大牛'……"

"行了行了。"程旻的手作势往下压着,"话那么多。"

"那还真是有实力。"美女托着香腮,笑吟吟地看着他,另一只手的手指在桌下顺着他的大腿在牛仔裤上画着圈,"今天有没有机会见识一下?"

程旻不动声色地享受别人的追捧:"先喝酒呗。"

灯红酒绿,声色犬马,几轮游戏下来,男女间暧昧的氛围被哄到顶点,偏女人像一条滑溜溜的蛇,并没有叫程旻占到特别大的便宜。

直到程旻开始有些恼怒,女人伏在他胸口,妩媚笑道:"我是真想坐坐'大牛',你开过来给我瞧瞧。姐妹们都在旁边,也给她们开开眼。"

程旻用手指轻刮女人的脸:"等两周。新车马上到手了,到时候请你第一个坐行不行?"

"不行。"女人抓住他的手指,讨巧卖乖地晃,"谁知道出了这个场子,你还认不认账?"

"今天就非得坐'大牛'不可?"

女人点头。

卡座里旁人都在瞧着热闹,程旻猎艳心痒,又要面子,知道对方是个不见兔子不撒鹰的主儿,便答应下来。

他去西鹊山取车,女人偏要同行。他既打定了主意也没什么可心虚的,搂着姑娘去前台结单。

他报了一串手机号码,对方眼尖地一眼望到电脑屏幕上标注着"章**"的名字,账户余额还有长长的数字,立刻笑吟吟地踮脚,将他的脖子搂得更紧了一些。

深夜十二点多钟，出租车停在了西鹊山别墅区的外围。女人没有醉到东倒西歪，她的口鼻呼出白茫茫的雾，紧紧地攀着程旻的胳膊，兴奋地拿出手机对着拍个不停。

"原来你真住在这里？我以前路过这儿，可没有进去过。"

"今天也不行，爸妈在家都睡了，我悄悄进去把车开出来，你在这儿等着。"他掰开对方的手。

程旻经常出入西鹊山，半夜接送章榕会也都是有的，外围保安已经对他脸熟，见怪不怪地并没有阻拦。

他闹醒了门房，理直气壮地进到别墅里面。

他上到五楼。章榕会长期不在这里住，故而他的房间也没有上锁，程旻很顺利地在老地方翻到了车钥匙。这下程旻的心情格外好，扬扬得意地抛接着一路下楼。

一抛一接，再一抛一接，抛出去，这次车钥匙被他一个手滑扔到了二楼旋梯的转角，"哐当"一声，砸出不小的动静。

他两步跨下去，蹲下身捡起钥匙，抬起头，就这么跟一楼客厅穿着白色睡裙、紧攥着面包袋的小姑娘对上了眼。

纵使程旻胆大包天，一时片刻也有点慌神，没有说话。

路意浓晚间看完一场电影，躺下要睡时，饿得难受，便下楼从冰箱里拿了面包。刚刚踏上一楼的楼梯，一个金属物体猛然砸落掉到了眼前的平台上，她吓了一跳，下一秒就看见了程旻。

他深更半夜突然出现在眼前，唇钉在灯下反着光，真是邪性十足。

程旻慢慢地回过味来。对着身份尴尬的路青和她带来的便宜侄女，他向来是没什么忌惮的，这会儿更是透过路意浓薄薄的睡裙肆无忌惮地上下打量起来。

凌晨的别墅暖气很足，只开了寥寥几盏灯，除了楼上早已入眠的姑姑，一时半会儿喊不来其他人。路意浓被他的眼神看得害怕又恶心，心内"怦怦"乱跳，她故意沉下脸，捏紧面包袋装作没看他的样子，绕着他往上走。

程旻看着她一步一步上来，开始并没有动作，只是在她到旁边时，突然一把拽住她的胳膊。

"有事？"

程旻觉得她装模作样可真有意思："哟，没瞎？那装什么看不见人？没礼貌。"

她反感地挣开他的手："你是不是有病？"

程旻灵活地扭住她的胳膊，反手压在胸前，身体不动声色地缓缓覆压上来，逼着路意浓一路后退，抵到墙边。

015

他低下头说话，嘴唇几乎碰触到她的耳垂，话音怪调，非常轻佻：" 没病。就是挺久没见了，怪想你的。"

" 程旻哥哥下个月买辆新车，带你去兜风，好不好？"

路意浓闻到浓浓的酒味，别开眼睛，眼里是不可掩饰的厌恶："这里是章家，你别太过分。"

"开不起玩笑？"他笑嘻嘻地拿起手上的车钥匙，像对宠物似的逗弄着她，碰她的眼睛，让她直视自己。

路意浓突然反应过来，狐疑地反问他："你喝了酒，深更半夜还来拿车？"

程旻后知后觉自己得意忘形，悻悻地松了劲儿："章榕会的事情可轮不着你管。小朋友，嘴巴放紧点，寄人篱下就别不自量力，别去挑拨别人家的父子关系。"

路意浓不想再跟他废话，用力将他往外一推，转身往楼上走去。

灯光破开黑暗，引擎的轰鸣由远及近，别墅区大门缓缓打开，女人眼神透亮地小步迎上去，超跑在面前停下，绿色的车门向上抬起。

女人坐进车里，裹紧了外套，似嗔似怪地撒娇："天气预报说今天要下雪呢，山里气温太低了，简直冻死人。"

"这不是你自己作的吗？连带得老子大半夜这么费劲，"程旻拿到了车，底气足够，说话也难听起来，"现在满意了？"

女人笑吟吟地靠过来，攀在他肩上："满意满意。我的错，别生气了。"

程旻冷笑了一声。

身边的女人更加热情似火，各种道歉，低声下气地哄着，自不必说。

4

凌晨一点多钟，中央空调向房间内稳定地输送着透凉的风，床头的手机"嗡嗡"响动，终于吵醒深眠中的人。

"喂？"章榕会嗓子干哑，接通电话后没忍住低咳了两声。

"会哥。"程旻似乎在户外，声音从比较空旷的地方传来，略带些嘈杂和掩不住的慌。

"说。"

对面沉默了一两秒，似难以启齿，又如往常伏低做小："已经睡了吗？是不是打扰您休息了？"

"说事。"章榕会的语气满满都是不耐烦。

程旻支支吾吾，似是不知如何开口："我这边遇到些麻烦，不过也不是很要紧。"

"不要紧就等我回去再说。"

"可……"

"是不能等吗？"章榕会又问。

"能的，会哥。"

章榕会不犹豫地按断电话，手机砸进被子里，世界重回一片清净。

待到凌晨三点被第二通电话吵醒时，章榕会简直要神经衰弱，烦躁得想摔手机。他从床上直接坐起来，语气很差道："王家谨，深更半夜你发什么癫？"

"你的车凌晨一点半在北城二环南高架撞了防护栏，驾驶员不见了，车和一个女人被扔在那儿。路人拍了视频，报了警，怀疑是酒驾后肇事逃逸。"王家谨迅速地说完目前的情况，"是不是你？"

章榕会在黑夜中睁开眼睛，单手揉捏疼痛的眉心："我还在香港，没回去。你等等。"

他挂断电话，回拨凌晨一点的那个号码，往常对面都是秒接，此时却只有冰冷的电子回音"嘟——嘟——"响个不停。

他烦躁地反复拨打了两次，突然意识到，自己是被拉黑了。

章榕会没忍住骂了句，又拨给王家谨，只说了一句："是程旻，给我找程旻。"

询问室内灯明如昼，漂亮的女人坐在里面哭哭啼啼："车撞了，他说他要去打个电话找人，叫我坐着别动，我就坐着没动了。结果他人再也没回来。我怎么知道他去哪里了？"

"对方是不是喝了酒？"警察问道。

女人紧紧闭住了嘴。

"醉驾违法的知道吗？他的联系方式有吗？把人喊过来！"

"真是没来得及加。"女人委屈道，"大家萍水相逢，只是碰见了就凑在一起玩……"

"那姓名呢？年龄呢？"

警官重重地一掌拍在桌面上："再敢说什么都不知道？"

女人被吓得厉害，想到结账时随意的一瞥，哆哆嗦嗦地说："我、我真的不认识，我朋友都能证明。那人很年轻，也就、也就二十出头。名字我没有问，好像是姓章，立早章……"

黑色轿车在通明的路灯下一路奔袭，章榕会在律师的陪同下前往香港当地警局报警验血。黎明未至，暗夜里灯红酒绿的斑驳光影投射在他淡漠的眼睛里，手机消息"叮咚"响起：人跑了，暂时还没有消息。

北城迎来今冬的第一场雪。

白色的鹅毛雪四处飘舞着，最后零落入土，落到西鹊山的也并没有更金贵一些。

厚重的窗帘隔绝出温暖封闭的空间，面包的塑料包装袋被扔进了床头的垃圾桶，路意浓趴伏在柔软的床铺已经睡熟，白色耳机线在胸前缠成一团。

电台里的男主持声音悦耳动听，伴随着轻柔的背景音："……历史是一堆灰烬，但是灰烬深处有余温。我们都会被时间长河压缩成一粒粒黯淡的尘埃，但是曾经闪耀、曾经温暖的片刻，并不会被湮灭，而是被时光永久封存。下面一首歌送给今夜风雪中的每一位旅人。"

传媒大学。

宿管阿姨在睡梦中被吵醒，对面的女生捂着肚子喊疼，神色焦虑不安。在玻璃门打开的瞬间，她捂着几乎要散落的羊绒围巾小跑着下了台阶。

"不喊个室友陪你去医院吗？"阿姨在背后喊。

女生在茫茫大雪中一路奔跑，顺利上了提前叫好的出租车，到达附近的小区，小跑上楼用钥匙打开跟男友同居的小窝，只见他瘫坐在面前的沙发上，没有动静。

她委屈地拿挂着可爱兔的钥匙砸到他身上："程旻，你浑不浑蛋？你还知道回来？还知道找我？"

"我有麻烦了。"男友转过头来，眼里泛着血红，"小羽，你得帮帮我。"

一晚的时间，足够做什么？

上班族改不完临近 deadline（截止日期）的方案，学生温不完混了整学期的专业课书，家长里短的姑婆放不下陈年芥蒂。

世界没有毁灭爆炸也没有迎来和平，网络信息却像一张看不见的网，只一晚就在不可见处掀起一波席天卷地的超级巨浪。

路意浓是一早在睡梦中被叫起来的。

客厅的门大敞着，灌进来初雪后凛冽的冷风，路意浓不知情况，睡裙下还露着腿，冷不丁地打了个寒颤。

"意浓，过来。"路青坐在长沙发上朝她招手。

落地窗外飘着稀稀落落的雪，庭院一早被打理过，草坪呈现一片不同往常的浸润浓郁的绿色。

穿着制服的警员坐在另一侧，执法记录仪在他身侧亮着红色的灯，面前的茶杯里升腾着袅袅白雾，他抬眼看着路青问："这是你侄女？"

"是。"路青拉她坐下，把她揽在怀里，扯过沙发的长毯盖住腿。

警官拿着本子，问了一些基础的问题，家里日常往来有哪些人，最近有没有异常情况等等。

自章培明去了香港，章家别墅可以称得上是门可罗雀，到访客人一只手都能数得过来，也没什么特别可说的。

"程旻，您认识吗？"警察话锋一转，问道。

路青几不可察地挑眉，顿了顿，颔首："认识。"

"他昨天半夜来过这边一次，社区和别墅大门监控都有拍到。"

"半夜？"

"对。"

"我不是很清楚这件事。"路青微笑着端起茶杯喝了一口，"他是章家的远亲，来得算是比较勤快的，家里人见怪不怪了，也不会有人特别跟我汇报。"

她的回答相当完美。

"您今天问话，是程旻出了什么事？"路青问。

警察停下手中的笔，思量了一下，他没有多说什么："我来了解一下情况，目前看跟您这边关系不大。"

他又望向一旁神色略显僵硬的路意浓："你有什么要补充的吗？"

路青随着警察一起看向路意浓，毛毯下她的手指不轻不重地掐了一把路意浓的腰。

路意浓对着警官探寻的眼睛，抿了抿干燥的双唇，垂下了眼睫："没有。我昨晚睡得很早，什么都没有看到。"

午餐是时鲜蔬菜配鲫鱼，鲫鱼在锅里用小火慢慢煨着，奶白的汤滚出泡泡，三两小葱并着豆腐、枸杞、红枣在锅里煮，鱼肉嫩滑饱满，入口鲜香。

路青看路意浓似乎有些魂不守舍，在饭桌上反复拿起手机又放下。她拿过汤碗来给路意浓盛汤，放下碗时，眼睛一瞥，看到手机屏幕上是一辆绿色跑车敞着车门，车头撞在高架防护栏上。车牌号被聊胜于无地打了马赛克，副驾驶模糊有一个女人的影子，慌张地朝着镜头看过来。网页新闻的标题赫然写着"本地！疑似酒驾逃逸，北城'大牛'首撞！警方同步：取证调查中"。

路青拿起手机仔细地看了看内容，下面的评论称得上是民愤激昂，粗言怒骂。

她把手机递还给路意浓。

"哦，原来就为这事儿。"路青并不在意，"好好吃饭。"

"姑姑，我上午撒了谎……"路意浓的声音放得很轻，"我昨晚撞见程旻，他喝了酒来拿车，我没有阻止他。"

路青没有耐心地放下碗筷："意浓，我跟你讲过很多遍了，你不要总是想着掺和章家的事。这个家里，不会有需要你一个女孩来出头的事情。

"监控拍到了程旻，你见过他喝了酒，车撞在高架上了。然后呢，你现在想说明什么？你能证明什么？谁无辜？谁有罪？难道错的是你没有阻拦他？"

路意浓被说得哑口无言。

路青拾起筷子，神色倦怠："不关你的事，就不要多想。吃完饭上去休息一会儿，下午还有课。"

路青请了北城音乐学院的老师给路意浓做私教，让她学习一些基础的乐理知识。

虽然她这个年纪学乐器有些晚了，但只要做到能够识谱，懂些和弦，熟悉一些著名曲目，在路青看来也就足够。

乐理老师是个四五十岁精瘦的中年女人，扎着紧绷的丸子头，脱了长款羽绒服，身穿黑色的高领毛衣在琴凳上端坐着。

路意浓站在钢琴旁，勉力跟唱着钢琴键下渐进昂扬的音调。她没受过启蒙，也没有什么特别的音感，老师的态度还算温和，但表情肉眼可见地有点严肃。

课上到半程，楼下传来汽车的轰鸣声，老师停下手里的琴键，路意浓跑去关窗，透过玻璃看见黑色烤漆的轿车开进了庭院，直接轧在了高老师精心养护的草坪上。

姑姑不知何时已经站在了廊檐下，安静地等待着。

副驾驶的车门打开，穿着灰色薄风衣的瘦高身影下了车，紧跟着"砰"的一声巨响，车门被重重地摔上。

雪花落在他的肩头，又很快消融。章榕会并没有看路青，冷着脸径直往厅内去了。

紧跟着司机打开了后座车门，章培明的身影出现，姑姑才迎上去，亲热地同他说着话。

"意浓？"乐理老师在背后唤她。

她回神，关好窗："不好意思。"

男主人长期不在家，人气多少是有些寥落的，今天两位章先生一起回来，别墅里久违地热闹起来。

"茶水给我吧，我端上去。"路青笑吟吟地从阿姨手里接过托盘，"您晚上多备几个菜，培明刚刚说最近肠胃不好，想吃点清淡的。"

"好的，路小姐。"

路青端着托盘上到二楼的书房。房门没关严，漏出谈话声，她草草听了两句气氛还可以，父子俩只是在谈论工作的事情，于是敲了敲门。

屋里的话音停下来，她推门进去，冲章培明微笑着，把沉甸甸的木质托盘和茶水放到了桌上。

"辛苦你了，这些让阿姨做就可以。"章培明温和地说。

"不辛苦。"她袅娜地挨到章培明的身旁，往他小盏里添满了水，"你刚回来，也别忙着一直谈工作。阿姨买了条很好的石斑，想问你们晚上是清蒸吃还是红烧？"

她又给章榕会倒了一盏，推到他的面前，对方一动未动。

章培明品了一口热茶，紧皱的眉头略略舒展了些："忘记跟你说，晚上兆家要来做客，让阿姨多备几个菜，不拘都按我的口味做。再去拿两瓶红酒出来？"

路青知道这是让自己出去的意思，温柔地点了头："好。"

她款步走到门前，手搭到门把上正要转动时，又转过身："今天上午，家里有警察来过。"

章榕会的目光扫过来，她似是没看到，不急不缓地道："好像是为程旻的事。我也是早上问门房才知道，他昨天半夜来家里开了一辆车出去。早上看新闻，是出了事情？"

"只是网上吵得凶。"章培明宽慰她，"程旻偷窃肇事的事情，我们已经第一时间报了警，警察来就是问这个。清者自清，跟我们并没多大关系。"

"我在家里，丢了东西，这算是管理疏漏，是我的责任。"

路青低眉顺眼的神态让章榕会毫不留情面地轻嗤出声。

章培明责备地看了章榕会一眼，握拳轻敲在台面上："责任在你，你笑什么？不三不四的人都能夜闯空门，不是你允许和纵容的吗？丢东少西恐怕不是这一两天，若是没这场车祸，他把车还回来，谁会发现？越纵越贪，你自己也当反省反省！"

章榕会单手支在扶手上，一言不发，看不出喜怒。从路青进门开始，他就没说过一句话。

路青似是恍惚不安，捏起手又松开："这段时间我也是怕有什么事，所以多加装了几个监控。要是需要昨天晚上清晰的视频资料做证，我这里也是有的。只是……"

她尴尬为难地深吸一口气："只是里面拍到一些对意浓不太好的部分。程旻对意浓有一些骚扰的言行，也已经不是这两天的事情……今天警察来，我想了很久，还是想等你们回来再说。"

章培明一时没有说话。

章榕会冷冷地开口："表演够了吗？"

他起身，走到路青身边拉开门，表情似笑非笑："你舍不得走，爱在这屋里待着，你待着就是。

"还有，对我有意见，或者程旻做人不干净，可以早说。我很讨厌别人事后诸葛，找我晦气。"

隔绝了一道房门，长廊寂静无声，章榕会抬眼，看见走廊尽头慌忙闪过一片薄薄的剪影。

家里也没有别人，他一想也知道是谁。

对于姑侄两人，他实在是喜欢不起来。一个表面斯文柔弱，内里极度精致利己；另一个，他几乎想不起脸，只觉得像是一团软弱卑怯的影子，窝藏在前者的身后，默默寄居在这个家庭。

其实也无所谓。

没有合法身份，空有美貌，无根浮萍一样的女人，哪天看得讨厌了，拔走赶走也不费吹灰之力。

不过是多供养两个闲人，章培明赚了那么多钱，又不是养不起。

路意浓贴在墙角，等着章榕会走过，下了楼，才磨蹭到书房旁边。

因第一次见面的不愉快，她很害怕章榕会，但是他们回来，她还是要主动去跟章培明问好的。

路意浓将书房的房门推开一条缝，正好听见章培明在说话。

"榕会就是这个脾气，这件事肯定是他不对。现在网上都是风言风语说得难听，他背了黑锅，那个狐朋狗友又跑得没影了，自然是心情不好。等这件事过了，我让他给你道歉。嗯？"

路意浓透过门缝，看到路青和章培明都坐在会客的长沙发上，路青红肿着眼睛，手里还捏着纸巾，男人在一旁安慰着。

路青的声音低低，看来很是沮丧："我也知道他心情不好，不该在风头上说这些话。只是平日里只有我和意浓在家，有些事无凭无据我也没有机会……"

她抬头看向门口，又停了下来，章培明顺着她的目光瞧过去，路意浓推门进来，礼貌地打了招呼。

"姑父，您回来了。"

"今天课上得怎么样？老师还好吗？"章培明对她一直是和颜悦色的。

"老师很好。"她说。

章培明笑着："那就好，音乐、艺术、历史都是很有用的知识，姑姑培养你也是用心，平日不要顶嘴，要多听她的话。好吗？"

"嗯。"路意浓点点头。

章培明没有女儿，看她乖巧很是喜欢，想到程旻的事，语气更加和缓了一些："我听你姑姑说，你参加了校园广播站，有个兴趣爱好很是不错。晚上兆伯伯来家里吃饭，他女儿兆卉大学读的是播音主持专业，你有什么要请教的，也可以多问问她。"

"好的。"她点头回答。

晚上，衣香鬓影，浮光掠金，用一个词概括兆家，那就是体面。

兆太太的穿着堪比电视剧里的贵妇，织金绣花的深蓝色立领旗袍配白色的短款皮草，腕间悬着两只通绿的翡翠手镯。

身后她的女儿则偏时尚，白色的短裙外套着咖啡色双面羊绒大衣，波浪卷的长发，身材高挑，长相标致，很有主持人的样子。

众人在沙发上坐下，章培明向路青介绍："全辉是我的老朋友了，伏欣平日里也很爱热闹，你们可以时常约着出去玩一玩。"

兆太太十分自来熟地牵起路青的手，上下端详着她的脸，满面笑容地夸赞道："路小姐真漂亮，果然年轻就是皮肤好，站在那儿人就跟画一样。这可是做多少钱的医美都比不上的。

"我最近还总跟全辉说，自从李太跟先生去了欧洲定居，一直少个牌搭子凑不齐人。路小姐不嫌我们年龄大就来跟我们多玩玩？"

路青笑着说："好的。"

兆太太上下看了看路青的穿着，笑容更甚："你喜欢C牌？这身白色很衬你。我认识银泰一个很厉害的sales（销售），什么牌子的包都能从全国调来，明天有空约出来，咱们一起见见？"

兆太太俨然是社交的一把好手，三两下就将路青安排得明明白白。

兆家女儿一直左顾右盼，似乎在等待什么。她略有不耐这冗长的社交，开口清脆大方地问："叔叔，榕会今天在家吗？怎么没下楼一起聊天？"

"今天可是不太巧。"章培明放下手里的茶盏，"他刚刚同我从香港回来，被喊去郁家吃饭了。"

兆卉肉眼可见地失落起来。

"你和意浓聊天也是一样的。"章培明笑着，"她比你小四岁，刚刚进了校广播站，马上要上岗了。卉卉有什么经验，也可以多多传授她。"

路意浓被点到名，尴尬地冲着兆卉露出笑脸。

兆卉自然不会驳了长辈的面子，闻言就换着坐到路意浓的身边。

车辆通过警卫亭，拐进封闭的长街，青砖作底，古朴庄重的中式建筑群如图卷般在眼前缓缓展开，亭宇轩榭错落有致地集散于曲池周围，圆月遮于浓云，夜幕下飞檐翘角隐现。

只是这样的冬夜，这样的环境，太安静了。

中年女人望着开来的车，檐下的灯照亮来人的脸，如玉如琢，似梦似幻。

"小姨。"章榕会踏上雪后湿漉漉的青石，向她点头打招呼。

"人抓到没有？"郁锦梅紧了紧外套，凝着眉，"昨天半夜电话直接打到了外公这里，他以为你出了车祸，老人家受不了这样。"

章榕会低声道歉："是我交友不慎。他的父母都已经找过了，没消息，朋友也不知他的去向。"

"网络时代，信息传得太快，别让火烧到你。"

郁锦梅转身走在前头："赶紧进屋吃饭吧。菜都要凉了。"

用完晚饭，章培明和兆全辉移步书房谈起生意，兆太太拉着路青聊些太太圈的家长里短。

兆卉肉眼可见对路意浓并无兴趣，又不想留在屋里听母亲说话，便问她："听说会哥养了爬宠？你带我去瞧瞧。"

路意浓于是放下怀里的抱枕，带她去了花房。

"这只眼圈旁边有白点点的是 Simons，旁边这只叫 Ronny。"

她们去的时间不巧，守宫懒趴趴地卧在圆木上，闭眼休憩。路意浓隔着玻璃介绍："它们性格都很温顺，要不要拿出来看一看？"

路意浓是很喜欢这两只守宫的。她在花房待的时间长，耳濡目染学会了喂养，偶尔自己也能拿出来玩一玩。

"这种宠物为什么还要取名字？"兆卉连靠近都没有，坐到一旁鸟巢造型的竹编吊椅上，表情很是嫌弃，"你别拿，就在那儿放着吧。"

"那我喂点东西吧？它们吃东西会活跃一点。"路意浓提议道。

"它们吃什么？"兆卉问。

"蟋蟀。"

"别，那更恶心了。"兆卉一脸受不了的样子。

路意浓讪讪地放下手，有些手足无措地站着，不知道自己还能做什么。所幸兆卉也不是很想搭理她，坐在吊椅上微微晃着腿，刷着手机。

过了一会儿，兆卉突然想到什么，问她："会哥那个车怎么回事？车上的女人是谁？"

路意浓老老实实地回答："我不知道。"

她算是谁呢？章榕会的事，自然轮不着跟她交代。

"烦死了。"

兆卉蹦出这么一句，然后对着屏幕噼里啪啦地打起字来。

路意浓欲言又止地看着她，忍不住多说了一句："不过……他应该不会有事。我姑姑说的，你不用担心。"

兆卉直接嗤笑出声："这用得着你姑姑说？也不看看会哥的外公是谁！"

她抬起眼睛，看看面前的小姑娘一脸懵懂，微微眯起了眼睛："你不知道？"

章榕会的母亲在这个家里几乎不会有人提起，更何况是他的外公。路意浓自然是一无所知。

"那他妈妈姓郁，你总知道吧？"

路意浓不太确定，似乎有人提过，又似乎没有，犹犹豫豫地点了点头。

"这个'郁'。"兆卉拉出一条百度百科,伸长手放到路意浓的眼前,这个名字和照片她竟然是见过的。

从书里。

"这个?"路意浓的脑子有点乱。

兆卉拿回手机,眼神在屏幕上停留了两秒,啧嘴叹息:"可惜了,老人家呼风唤雨了一辈子,到老了子嗣凋零。一儿两女,只有会哥这么一个外孙。"

5

陈羽返校已经天黑,她匆匆地拿了个大包,装了些洗漱用品和零食饮料,又装上钱包,塞进银行卡和身份证。

对床的女生拉开床帐,探出身子:"小羽,你没事吧?今天专业课,老师点名你没在,辅导员让你去说明情况,看是补假条还是计旷课呢。"

陈羽含糊地说:"是急性阑尾炎,挂了一天水。假条我明天回来再补。"

"晚上又要出去吗?"室友迟疑地问。

昨天陈羽回到宿舍大哭一场,室友顾及她的情绪不敢大声说话。谁料她凌晨接到电话直接失踪,现在匆匆回来又在收拾东西要走。

室友不好细问,又难免担心她,旁敲侧击道:"你今天要不别出去了?大晚上,一个女生,不安全。"

"没事。"陈羽神色有异,笑得勉强,"我能有什么事儿?"

"我是说真的,"室友见她不当回事儿,也有点儿着急,"今天二食堂门口和女宿楼底下有好几个陌生男人一直在晃,各个牛高马大的看着很吓人。小羽,你今天别乱跑了,好好在宿舍待着吧。"

陈羽更加心烦意乱,随手往包里塞的东西也不知是什么了:"现在是法制社会,黑社会还能进学校吗?我不会有什么事儿,你别担心了。"

她不再回复室友喋喋不休的劝说,在宿舍待了不到十分钟便匆匆离开。到楼下时,错眼一看,果然有几个男人站在不远处的路灯下抽烟聊天,不时冲着来往的女生看两眼。她戴上黑色外套的兜帽,扯了扯边沿,刻意地遮了遮脸。

回到旅店时已经晚上九点多钟,程旻饿了许久,从她的背包里翻出泡面,用水壶里的热水浇上,稍微泡软了些便埋头吃起来。

程旻用陈羽的手机一直反反复复刷着热搜榜,昨晚撞车的新闻还在前三居高不下。

预想中的全网撤稿并没有来临,随着时间流逝,程旻的情绪从开始的恐惧消沉,渐渐变得越发暴躁难安,在屋里走来走去,烟头扔了一地。

陈羽在旁看着,一句话都不敢多说。

到晚上,程旻似乎终于想出某种办法,从她的钱包里摸出身份证,急匆匆出了门。

陈羽那夜辗转难眠。她的思绪很乱，也想了很多，但没有头绪，也无法印证。

凌晨近一点多的时候，手机在枕畔响了一声。

陈羽摸过手机，点开一看，是室友发来了一个哭脸。

室友：小羽，刚刚突击查寝，你的名字又被记上去了。辅导员让你明天一早八点半，无论如何都要去她办公室了。

陈羽：怎么会突然查寝？

明明入学一年多来，都没有这个规矩。

室友：我不知道，是不是楼下陌生人一直在，学校觉得不大安全？反正今天辅导员说得蛮严重的，你再不出现要通知家长了。明早八点半，准时啊。

陈羽：知道了。

陈羽心烦意乱地靠坐在旅馆窄小的床上，直到天光擦亮，程旻还没有回。她等不了了，留了个纸条说要回去取点东西，简单梳洗后搭上了回校的公交车。

到辅导员办公室的时候才八点出头，辅导员已经到了，在跟一个男生说着话。

男生个子很高，颜值也很不错，半靠在椅子上，手里还转着笔，很松散随意，陈羽之前在学校里好像没见过他。

她站在门边排队等候，辅导员招呼她站过去。

"我先出去？"辅导员说。

男生点头："麻烦您了。"

陈羽一夜没睡，脑子混沌，浑浑噩噩像个木偶般看着男生面无表情地打量着她。

他说："我来找你，是谈程旻的事情。"

陈羽原本已经疲惫至极的脑神经再次紧绷，像根一直被拉满的皮筋，已经快要到达某种极限了。

章榕会把手里的笔丢到桌上，抽出两张纸慢条斯理地擦着手："他现在在哪里，想必你应该能给我答案。"

"我不认识你。"陈羽戒备地说。

"我是车主。"他的自我介绍，就只有这四个字。

"我们是不认识，但是咱们之间通过程旻，还是发生了某些关联的。"

"比如。"

他举例道："程旻十一假期带你去新加坡旅游，是用我的航程积分兑换的双人头等舱。平时带你吃饭、逛免税店、买包的钱来自套现我的加油卡。

"哦对，他最近是不是送过你一条 H 牌的丝巾？那是我给长辈送礼物配货买的，随手扔给他，想必现在也在你手里。"

章榕会的一字一句，如同一把把无形的刀，直插陈羽心口，虽不见血，但句句诛心。

"你有什么证据？"她狠狠地负隅顽抗。

章榕会并不屑于做什么自证，反问道："他开过几辆车载你？

"你没有了解过他的家庭吗？知道他的家庭收入吗？

"程旻的母亲是小学教师，父亲是普通的公司职工，他自己平日里也没上班。我倒也想问问你，这样的人，凭什么开得起平时接送你的车？

"这两天的新闻你没有问过他吗？车是怎么回事？女人是怎么回事？他躲着又是怎么回事？爱情让你这么盲目吗？"

饱胀的泪充盈了眼眶，陈羽死死咬住腮内的软肉。

"我本来是无所谓的。"章榕会慢条斯理地把纸巾扔进垃圾桶，神色淡然，"程旻好面子、手脚不干净也不是第一天知道。从我这儿弄点油水，再帮我办事，各取所需，非常合理。

"但是他私自偷了我的车，闹出这么大的事情，再像只老鼠一样躲起来，把黑锅留给我处理，就太不该了。你说是不是？"

窗外阳光灿烂，是雪后放晴的好天气，陈羽却觉得冷，通体冰凉，连掉出的眼泪都像是结了冰。

她并不蠢，程旻闪烁其词早有马脚，这才是他一直遮掩的真实。

她像是普通人遭遇诈骗，察觉到某些端倪却不敢细想，时间和感情付出这么多，沉没成本太高，她只能硬着头皮往下走，然后自我安慰，想一百种解释替他开脱。

章榕会无聊地看着辅导员桌上的家庭合照，说道："人不可能钻一辈子的下水道。早点出来认错自首，比什么都好，你说呢？

"至于他送的那些礼物，你收好吧。他能给你的也就只有那些了。"

陈羽的眼泪不能止歇，她嗓子发紧，几乎发不出声音："我不是为了钱跟他在一起。"

章榕会的目光从合影上转过来，略有诧异："这跟我有什么关系？"

狭小的房间紧遮着窗帘，床头柜上的包子、豆浆已经冷透，空气里还残留着些许肉油味道。

"醒醒。"窗帘被拉开，阳光透进来，有人不客气地重重扇上他的脸。

程旻费力地睁开眼，眼圈青黑，眼睛泛着红色的血丝。眼神聚焦的瞬间，他感觉不好，翻身下床，脚下却一软，两三个高大陌生的男人扣着他的肩膀，直接压着他跪在了地上，刹那间动弹不得。

王家谨笑嘻嘻地抠出他的手指，用指纹解开已经卸了卡的手机锁，翻了翻最新记录,颇为赞赏道:"这么一晚上,举报信都给写好了,效率真高。"

程旻知道他是个凶神,不是章榕会那种讲理的,急忙环顾四周,慌张地问:"章榕会呢?章榕会!我要见他!"

王家谨笑嘻嘻地拿手机拍着他的脸:"想见他?还是想用这个威胁他?打的什么好算盘呢,不如先跟我说一说?"

"你们别逼我!"程旻通红着眼睛,对王家谨色厉内荏道,"我有备份,设了自动定时发送。到时候所有人都会知道……你们谁都跑不了!"

"跑不了什么?"章榕会的声音自王家谨另一只手上的手机里传出来。

程旻像是找到了救命稻草,立即大喊:"会哥……会哥!"

王家谨并不理会他的大喊大叫,对着电话那头道:"他给你准备了个大礼,一封万字举报信,好不好奇?我给你发过去。"

"不用。"章榕会说,"你放在那儿也不用动,留给他。他能有我什么把柄?不过是些捕风捉影、无凭无据的东西。"

程旻这下彻底是怕了:"会哥,您放过我这次!我不该偷车!我不该逃逸!我是太害怕了,我只是想躲一躲,靠您平了事儿再出来。我知道错了。会哥!"

他几乎是痛哭。

王家谨对他的眼泪满脸鄙夷。

章榕会同样反应冷淡,他不耐其烦地出声打断程旻的哭求:"程旻,我打来电话,只是还有一件事,需要再问你一句。"

"您说!您问!我一定什么都、什么都……"

"路青说,你骚扰她侄女。这事是真的还是假的?"

程旻哑口无言了那么两三秒,突然反应过来尖声道:"没有!我没有!这事是假的!是她造谣!是污蔑!"

一直以来,章榕会也没有跟程旻说过特别重的话,唯独只有这件事。

章榕会冷冷地在电话那头说:"她才十五岁,你真是挺该死的。"

过了几天,警方也出了正式的北城撞车案的通报,事情的起因经过写得详细,出于隐私保护也没有公布盗窃案受害者和犯罪嫌疑人的具体身份。

章榕会的朋友自然不会也不敢再对外多说什么,只有王家谨够胆子拿这事儿一直笑话他。

打完网球在更衣室冲完澡,王家谨出来的时候,章榕会已经收拾得差不多了,他拧开更衣室的柜门。

"我说你就是大怨种。白白损失了一辆车,钱也不要。"

章榕会还是放过程旻一马,财物的损失没有再追索,量刑方面则完全交给了警方处理。

028

章榕会套上外套，拿上手机，垂着眼睛看消息："说到底不是仇人，罪不及家人，让他父母跟着卖房卖车。没必要。"

　　王家谨并不赞同他的想法，把湿毛巾扔进框子里："晚上去哪个酒吧？给你庆祝庆祝，去去晦气。"

　　"今天不行了，家里有安排。"

　　"相亲？给我看看照片。"王家谨伸长了脑袋过来。

　　章榕会笑骂着踹他的小腿："滚吧。"

　　路意浓的校园广播首播在星期二的傍晚顺利结束，路青煦有介事地带她出去吃饭庆祝，不仅是章培明推了饭局特意过来，就连兆太太跟兆卉也来了。

　　明明是很小的一件事情，大家这么重视夸张地庆祝起来，倒叫路意浓不好意思，坐在人群中间脸都热红了。

　　直到开始上菜，兆卉坐在她的身旁，颇有不甘地问："会哥今天又不来？"

　　他们之间并不熟，章榕会平时连家都不回，会来才奇怪吧。

　　路意浓点头："他应该很忙吧，每天都……呃。"

　　她的话没说完，章榕会已经进了包厢，朝她这边看了一眼，拉开章培明身旁的椅子。

　　兆卉的眼睛像灯泡通了电，一下就亮了。

　　章榕会的出现，让兆太太和兆卉惊喜非常，晚饭的主题彻底跑偏。

　　兆卉一个劲儿地逮着他问来问去："会哥，你最近课多不多？期末考试忙不忙？寒假有没有社会实践，带我一个好不好？"

　　路意浓看见路青笑吟吟地同兆太太交换了一个眼神，她一下明白了什么。

　　醉翁之意不在酒，有时候聚餐吃饭只是需要借一个由头，她现在就是这个由头。

　　这个认知让路意浓一下尴尬起来。她盯着正中心姑姑买的蛋糕，默默往后靠了靠。

　　章榕会起初还耐着性子应两句，最后实在不耐烦："不在一个学校你蹭什么社会实践？饭都堵不住你的嘴吗？"

　　饭桌上的氛围一下尴尬至极。

　　兆卉受了委屈，眼里包着热泪，要不是场合不对，估计就要哭出来了。

　　"你这个狗脾气！"章培明笑骂他，"小的时候跟卉卉不是玩得很好吗？你调皮捣蛋的时候少让人给你背黑锅了？现在越长大越疏远了不说，别人找你帮个忙都不行了？"

　　"没事没事。"兆太太有了台阶，把话茬接下来，"榕会出国太早了，又是受的西式教育，咱们传统的这种饭桌社交不对胃口很正常的。"

　　兆太太："卉卉，你别一直问东问西了，也让榕会好好吃口饭啊！"

　　兆卉缓了缓劲儿，这会儿已经把要飙泪的冲动给压了下去。她举起红酒杯，怯怯地开口："会哥，是我不对。我给您道歉。"

章榕会缓缓看了一眼章培明的眼色，举起桌上的茶水，应付地抬了一下胳膊。

兆卉立刻破涕为笑，又把话题扯到了路意浓这里，夸她长得好、嗓子好，以后她们一起学播音主持做同行，就最好了。

用完晚饭，切了蛋糕，侍应生又上了清口茶。众人坐着聊天，路意浓起身去了洗手间。整理完出来，往包厢走到半程，她在电梯口看到章榕会。

他的目光也看过来，朝她招了招手："来。"

路意浓有些犹豫，走了过去，才发现他并没有按电梯键。

"您准备走了吗？"

章榕会没有回答，从深灰色外套的口袋里摸出两张票递给她："跨年演唱会的票，元旦在G市开。愿意去就让我爸给你安排机票、酒店。"

路意浓接过，简直是受宠若惊。

"真的吗？给我的吗？"她的眼睛里几乎蹦出星星。

路意浓并不追星，但这并不妨碍她对这场群星璀璨的演唱会早有耳闻。而且还是第一排！很贵！很难抢吧！

章榕会似乎看穿她的心思："第一排的座位不对外发售，这也是别人送我的。"

"太感谢您了！"她笑得眼角弯起来，像一勾小月牙。

章榕会已经没再看她，转过身，按了向下的电梯键："算是给你道歉。"

"啊？"她一时不明所以。

电梯的数字慢慢上涨着，章榕会说："因为程旻的事情，好像给你造成了一些困扰。我失察，是我的错。"

提及程旻，路意浓攥着门票的手指一紧。

"我知道他已经……"她没有说完。

章榕会说："嗯。该有的教训都会有的。女孩还是要勇敢一点，有让你不太舒服的，及时说。

"别人犯的错误，你不必为此羞耻，在这个家里，还不至于让你受这种委屈。"

…………

路意浓经历了人生第一个莫名难眠的夜晚。

她从被窝里伸出脑袋，按亮床头灯，掏出枕头下面的两张票，在手里反复摩挲着，看了又看。

有什么好看的呢？她那时也没有想明白。

只是有一股莫名的喜悦缓缓在心口升腾、搅弄着，让她难以入睡，有点快乐，也有点害羞。

她想起章榕会的脸，反复想他跟自己说的每一句话。

家庭背景给了他不用看人脸色的底气，有时他说的话会真实刺耳到让人下不来台……但是从程旻的事情看，他骨子里又是一个正派的人，没有包庇谁，也没有偏私，该怎么样就是怎么样。他鼓励她勇敢为自己发声，甚至因为程旻，跟她认错，还补了礼物。

今天的饭局，除了章培明，也只有他是专为她出席的。

路意浓越想越觉得他很好，又更加睡不着，从床上爬下来，到洗手间，用凉水压着脸上莫名的灼烧。

她从镜子里看到一个全然陌生的自己，嫣红的脸，波光潋滟的眼睛，眼角、嘴角微微弯着，有着很圆润的弧度。

她对自己倏地挑剔起来，长相太显小，个子不够高，身材细瘦，全然不够兆卉姐姐那种身姿玲珑的曲线美。

她再长大一些，会不会就好了？她默默对着空气比了比身高，她们可是差了四岁呢。

就四年。

等一等，她也能长成那个样子吧？

第二章 /
她看见了太阳，眼里便不再有星星

1

十二月三十一日，G市。

夜色逐渐合拢住全然陌生的城市，前路堵成一片，茫茫然只见一路红色的尾灯。路意浓坐在出租车内，摇下车窗，趴在窗沿上，夜风吹进来拨动她额前的发，远处江畔立着一座灯光辉煌的塔。

司机师傅对着微信群，发语音一直抱怨："早知就唔接单了，宜家车都唔郁了（早知道就不接单了，车子动都动不了）。"

苏慎珍在后座拍拍他的椅背："先生，我阵间加你钱（我一会儿给你加钱），收声啦（别聊啦）。"

司机这才发现乘客懂粤语，有些尴尬地将手机屏幕按灭。

她们提前了半个多小时到了体育场馆外，检票口已经排起长长的队伍，沿路有人扯着大旗、举着灯牌给偶像应援。路意浓惊叹于她们满满的元气，跟苏慎珍一起在门口小贩那里买了荧光棒和猫耳形状能亮灯的发箍。

进了内场，找到座位，演出已经开始。身姿曼妙的女主持就在咫尺之近的台上做着开场白，路意浓仰着脖子，几乎能看清她睫毛上的闪粉。

开场唱跳的是一个新出道的男团，舞台音乐声和后面粉丝的欢呼尖叫声几乎霎时间震破了耳膜。

舞台喷起花束形状的焰火，又缓缓倒流下来，像一条蜿蜒流淌的金色河流。

难得苏慎珍也有知识盲区，她用百度查了男团的名字，然后跟路意浓凑在一起，对着舞台上的人勉强辨认着脸。

如此反复几次，苏慎珍也无奈地笑："这么火都不识得（认得）？票给我们算是浪费了。"

演唱会进行到中场，终于慢慢出现一些她们也能认出来的熟悉面孔，唱了一些音调舒缓的老歌,她们摇着荧光棒,慢慢跟着哼唱。

现场的气氛起起伏伏好像过山车,有时聚众欢腾闹得要掀翻顶棚,也有人在换场安静的间隙跟随偶像的脚步,表演结束就匆匆退场。

舞台上不知名的歌手弹着吉他,轻声唱着静谧的民谣。

或许在这么热闹的时候,这首歌并不是那么适宜,但又合理,像是接连波峰间平滑的谷地,做一个平稳的过渡期。

路意浓听着清澈干净的男音,竟也引起几丝睽违已久的思念情绪。心思被谁拨动,她也有些说不清。

歌唱至半程,她犹豫地掏出了手机。

"谢谢您的票。今天演唱会很精彩,很开心。"

她反复纠结着,删删改改,又恢复原样。想要发出去,又始终缺失了一些勇气。

这样会不会很突兀呢?也不会吧?感谢他,不会很奇怪吧?

她想了又想,又加了一句"提前祝您元旦快乐",然后点了发送键。

苏慎珍在路意浓身畔撑着下巴,打了个呵欠:"马上就是新一年了。"她的情绪莫名有些低沉。这次出来,她好像一直压着心事的样子。

"意浓。"苏慎珍的手撑在膝上,托着脸,"虽然现在说这个有点败兴,但是我怕以后没有机会了。"

她难得不带口音地说这么标准的普通话:"我要退学了。"

路意浓惴惴不安地不时点开手机,期待着那封不知何时来的回信,闻言愕然回首看向她。

"什么?"

苏慎珍的话,离谱到比愚人节玩笑还没有说服力。

"你成绩这么好,现在已经到最后一年,还有五个月就是 IB 大考,为什么要退学?"

苏慎珍调皮地做出苦瓜脸:"我惹恼我爹地,他让我返港念书,不然就停家用了。不退学不行啊。"

"怎么会?大家都那么喜欢你……"

苏慎珍那么优秀又耀眼,和家里人关系不好,听起来就很不可思议。路意浓一时哑然。

苏慎珍与她对视,笑眼弯弯。

又有新晋顶流登台献唱,周围灯光璀璨辉煌,人声鼎沸,喧嚣漫天。人生可能难得有几个堪比现在热闹的时刻,但是路意浓却觉得此刻是安静的。

安静到,她能听清苏慎珍说的每一句话,每一个字,能看清苏慎珍每一秒细微的表情。

"本来直接就退学了,也没打算跟谁说。但是小朋友你还请我看演唱会,实在是不道别就不礼貌了。"

苏慎珍看着路意浓眼中霎时掉落的泪滚在白白的脸上,轻声说道:"作为朋友,我也说不出特别好的话跟你告别了。人总要学会放过,让自己舒服一些。"

…………

飞机从G市起飞时,天上落起了小雨,雨滴落在舷窗,蜿蜒出透明的水痕。

路意浓口袋里的手机黑着屏,昨夜发给章榕会的消息,情理之中地没有得到任何回应。

黯然沮丧的情绪,在当下没敌过好朋友离开的伤心。原本两人的出行,回来却只有一个人。真是没有比这更糟糕的事情了。

路意浓在飞机上无力地用毛毯遮住眼睛。

元旦假期,北城迎来又一场暴雪,路意浓没再出门,缩在家里,蔫答答的,像要进入冬化期的守宫。

她在被消极情绪包裹的时候,把脾气更温顺的Simons从宠物箱里偷偷拿出来,手指点上它凉凉的鼻子,开始跟它说话,自言自语。

"Simons你从哪里来?外国吗?你的主人从哪里把你买来的?他也不太回来看你们,一两个月才来看一次。

"不过他还是喜欢你的吧,一个月一次,也还不错了,起码是认真探望你。让他那样的人有点费心、有点留心,已经很不容易了。"

她的语气里带着些自己都难以察觉的艳羡。

她又摸了摸Simons柔软的腹部,帮它检查上次蜕皮是否干净。

"你会不会也有烦恼?比如室友总是脾气不太好?"她的肩膀不自觉地塌下来,"其实还是你们好,最大的烦恼也不过是想吃蟋蟀抢不到罢了。"

玻璃花房门口,高老师轻轻地咳了一声。

路意浓一震,掀开宠物箱把Simons放了回去,然后若无其事地转过身来。

高老师看她拙劣的演技有点想笑,还是忍住了。他当作什么都没有看见的样子,对她说道:"路小姐刚刚还在找你呢。"

姑姑最近总是出去玩,或者约着牌搭子来家里摸麻将,每天都热热闹闹的,偶尔也喊路意浓出来帮忙加点茶叶、添个水,也在各家太太面前露露脸。

路意浓料想今天又是让她去打个招呼,就往客厅去了。

走到客厅门口,听到姑姑说话的声音:"来了就好好住一段时间,家里什么都有,缺什么喊阿姨出门采买就可以。"

路意浓有些疑惑,是章家有亲属要来住吗?怎么没听姑姑说过。

下一秒,传来的声音让她立在了原地。

路勇因为吸烟而混浊的嗓子很有辨识性:"晓得了。培明干得真不错,家里住这么大的房子。"

"是呀。"一个略微尖细的女声轻轻附和着他,"小青,还是你有福气、有眼光,读过书就是不一样。"

路青淡淡瞥了一眼于佩因为孕期浮肿而又谄媚的脸,因为一些旧怨,并不怎么买她的账:"行了,培明一般不在家,也没什么规矩。你们就好好住下待产吧,平日里注意些卫生习惯,别给阿姨添麻烦。还有……"

路青特别强调了一下:"这是在我这里,意浓是我在养着,你们不要像之前在垣城似的随意对她喊打喊骂,知道了?"

路勇呵呵地笑:"你这个姑姑当得可比当妈的更上心。"

路青皮笑肉不笑道:"但凡她父亲上点心,也不至于让我这个姑姑操心。她来北城这么久了,你打过一个电话给她没有?"

路勇不说话了。

路青神情淡漠又严肃:"意浓以后是有出息的。好好的亲闺女,别养成了仇人。"

于佩已经三十三岁,属于高龄产妇,她的孕晚期血糖尤其高,垣城本地的医生都建议她不要冒险走动,可夫妻俩还是坚持坐火车找来了章家。

哥嫂来投奔,路青自然是不会多说什么。现在她靠着章家过得这样好,也没有拦着自家其他人不能沾光的道理。

路勇在垣城混迹多年,高不成低不就,接了父母的班在钢厂里坐办公室,一个月拿三千多块钱,平日里游手好闲,不攒钱地吃喝玩乐,家里收支都靠着父母的养老金贴补着。

路青的事他是不问不管的,但是每个月的丰厚家用打到老人的卡上,他也起了好奇的心思,通过网络搜索了解了许多,也观望了很久,总算找到机会来北城探探虚实。

他心里打了谱,但亲眼见到的章家的财富还是远远超出了预料,这就纯属意外之喜了。

晚饭时分,章培明特意从公司赶了回来。

家里来人,路青还是开心地让阿姨多备了好些菜。

饭间每人上了一例燕窝,路勇觍着脸将自己那份推到于佩那边去:"来,你多吃。"

路青在那儿看着笑:"多稀奇,几个月不见,还学会疼老婆了?家里还有呢,我晚上让阿姨再炖点,睡前可以用。"

路勇捧着笑,乐呵呵道:"这位现在可是路家大功臣,可不敢怠慢了。"

见她们不明所以,路勇神色骄傲地拍了拍于佩的肚子:"男孩,上个月刚查出来的。"

路青闻言笑容僵了一下,下意识看了一眼身旁的路意浓。她垂着眼睛挑着鱼刺，一言不发，像是什么都没有听到。

章培明在旁开口："男孩女孩都一样，我就一直想要一个女儿。"

"是、是。"路勇立刻提高声音应和，"生男生女都一样，我这不是有个闺女了？再生个儿子，凑个儿女双全，凑个'好'。培明，你要是喜欢女儿就跟路青赶紧要一个。"

这话说得倒是让路青欢喜，她嘴上还是客气谦让着："慢慢来吧，都是看缘分的事情。"

晚上洗漱完，路意浓躺在床头看着书，是从苏慎珍那里借的《小王子》，她反复读过许多遍，应当是没有机会再还回去了。

她看到小王子来到第三个星球上，遇到了酒鬼。酒鬼因为喝酒而羞愧，又因羞愧而醉酒。循环往复，没有尽头。

路青敲了敲门，走了进来。

路意浓在章家的房间很漂亮，浅绿色真丝的床枕，梳妆台和衣柜是奶油白色，独卫的门口挂着垂坠的流苏帘。

而她从小长大的钢厂宿舍只有两室一厅，爷爷和奶奶一个房间，她和姑姑一个房间。姑姑读书住校，所以她大部分时候一个人住。房间装修简陋，凹凸不平的水泥地面，以及跟学校教室一样下绿上白的墙，房顶上的白色腻子经常在回南天受潮脱落下来，光秃秃地漏着一块。屋里没有书桌，她写作业就趴到客厅茶几或者饭桌上。等到奶奶端菜时，再匆匆把作业拿走，避免沾上油。

她大部分时候是开心的，只要路勇和于佩不来。

于佩是个很典型的继母，说怎么虐待她了其实也没有，不过是大多数时间的漠视加偶尔突发的冷嘲热讽。

她十一岁时母亲去世，过后三个月不到路勇就跟于佩领证结了婚，若说路意浓的心里没有仇恨与怨怼那也不可能。

万幸她在爷爷奶奶身边长大，跟于佩的相看两厌最长也没有超过半天。

她只是没想到，于佩会到北城来。

当初路青要来北城，于佩在家里跟爷爷奶奶煽风点火，明里暗里贬低嘲笑她傍老男人鄙夷不屑的样子，路意浓是亲眼见过的。

姑姑坐到床边，看她头也不抬，心知她有芥蒂，伸出手将她掉下来的发丝挂到耳后。

"别挡着眼睛，对视力不好。看的什么书，给我瞧瞧？"路青从她手中把书抽出来，念道，"小王子。"

路意浓没有说话。

路青叹了口气，将书还到她手上："那是你爸爸，我的身份也不只是你的姑姑。他们好不容易来一趟，别不开心了？"

"没有不开心。"路意浓嘴里咕哝着,把书阖着,压在膝上,百无聊赖地反复搓着书页边沿。

路青摸摸她的脸,小姑娘的脸蛋胶原蛋白满满,毛孔几不可见。

路青舒展眉眼,温声劝道:"咱们离了垣城,过去的事情就算结束了。你现在能看英文书、学习古典音乐、读国际学校,你这辈子能看到的风景他们想都想不到。眼界决定心胸,咱们不跟他们计较往日那些鸡毛蒜皮。嗯?"

路意浓老神在在地盯着书封上黄头发的小男孩:"井蛙不可以语于海者,拘于虚也;夏虫不可以语于冰者,笃于时也。"

路青憋着笑戳了戳她的脑门:"刚学的课文?背得不错,给你机灵的。"

于佩的肚子已经八个多月大,孕晚期腿脚都浮肿着,路青把客房安排在一楼,免得她上下楼梯不方便。

章榕会被章培明喊回家来吃饭,刚进客厅,被迎面走来走去散步的孕妇吓了一大跳。

章培明和路勇坐在沙发上看着电视新闻,听到动静一齐回过头来。

"是榕会吧?"路勇谄着笑脸站起来,"大小伙子长得真帅啊!"

章榕会皱着眉,退后了两步。

章培明起身,也是给路青面子地介绍道:"这是意浓的爸妈,来北城玩一玩。按辈分,你是可以喊声舅舅、舅妈的。"

章榕会闻言冷冷道:"我舅舅叫郁一成,过世多年了。这是我哪门子的舅舅?"

晚饭时,路青觉得饭桌上的氛围不太对,往常最爱表现的路勇在饭桌上没了声音,他身边的于佩也埋着头吃饭,不敢多吭一句气。

章培明勉力活跃着桌上的气氛,也只有章榕会偶尔应答两句。

路青摸不着头脑,看着路意浓在身旁一直扒着白米,夹了块排骨放到她碗里。

"你是来做客的吗?怎么不吃菜啊?"

小侄女表现得也稀奇古怪。

路意浓一下红了脸,眼神往外飘了飘,低声说:"我、我减肥呢。"

路青觉得她脑子是不是坏掉了:"你才多大,减什么肥?不想长个子了?"

路意浓哑口无言,哼哧哼哧地憋了半晌,夹起排骨塞进了嘴里。

章培明找话题继续同路勇聊着:"你们钢厂我之前去做过调研,九十年代改制的那批很多都不行了,你们厂子撑了十几二十年也是了不起。"

路勇很谨慎地说:"是的。父辈的时候还算个铁饭碗,撑完了这十几年,领上了养老金。现在效益不大行了。"

章培明调研过,自然是清楚钢厂的情况,又问:"之前我去的时候,听说工厂那边准备拆了盖居民小区?"

闻言,路青疑问道:"咱们家也能拆吗?补不补钱?"

路勇一下来了精神,说:"能拆,有房产证的。户口本上老两口加意浓三个人,每个人六十平方米,能分套一百八十平方米的房子,额外还有三十多万的拆迁赔偿款。"

章培明突然转头看向章榕会,拿拳头敲在桌上:"你给我老实点。"

章培明一直留意着章榕会,免得他又突然蹦出什么语出惊人的话搞得大家下不来台。见他听着路勇谈拆迁,对着赔偿的金额似是轻蔑,便及时敲桌子制止了他。

章榕会也不再装,径直放下筷子,提前退了席。

章培明也不管章榕会,继续对路勇问道:"厂子拆了,后面你们有什么打算吗?"

路勇与于佩交换了一个眼神,慢吞吞地说:"拿到赔偿款后,我们打算先把分的房子装修一下。后面的,也还没想过。"

章培明疑惑地又再问了一遍:"厂子要关了,没打算后续自己做点什么吗?"

"看看装修完还能剩多少钱……再看看能做点什么小生意。"

拆迁时间未定,安居房开发都遥遥无期,什么时候能装修完?

章培明难得沉默了。

路青的脸上发起烧,她用公筷挨个给大家分了两只水饺:"别谈这个了,尝尝我今天跟阿姨包的水饺。"

"姑姑,我吃饱了。"路意浓在旁脆生生地说。

"那你先上楼看书。"

路意浓不急不缓地离开饭厅,走出大家的视线后,撒开腿小跑着到了二楼楼梯的转角,那里有一扇窗户直直对着楼下的花房。

她扒在窗沿往下看,果然章榕会在花房里逗弄那两只守宫。

她就在那儿看着下面发着呆。

章榕会待的时间也不久,就那么一小会儿,掏出手机接了个电话,跟谁笑说了什么,就打算走了。

路意浓回到房间里时,正好听见车子开离别墅的引擎声。

少女的心事像暗夜里绽放的小小玫瑰,芬芳美丽又带着抹不平的刺,偶尔令人愉悦欢欣,又偶尔扎得心口一疼。

路意浓隐约察觉自己对章榕会的过分关注不太正常,他像是带引力的磁极,随时吸引着自己的目光。

但是这种心情没有办法跟姑姑开口,唯一的朋友苏慎珍又刚刚离开,她只能靠自己,缠在一团乱麻里理不清头绪。

在这种情形下,兆卉反而成了她最愿意说话的人。

兆太太和路青几乎每天都聚在一起打麻将，兆卉偶尔也来家里转转。她跟路意浓聊得不多，大多与章榕会有关，聊章家发家史，聊郁家秘辛，最常聊她和章榕会两小无猜、青梅竹马。

路意浓靠着兆卉的只言片语，像玩拼图似的，将章榕会的人生轨迹慢慢拼凑起来——

章榕会出生时，他唯一的舅舅已经过世数年，外公对长外孙寄予了殷切的期望，亲自给他取名。稳扎稳打，独木成林，取字"榕"，又拟了"会"字，通融会贯通的意思，希望他为人透彻、灵活。

他在很小的岁数被送去外国读私立公学，师从国际大师学习钢琴，十五岁时被家里接回来，基础科目薄弱，回国后专研数学竞赛三年进的P大，现就读金融系。

这样璀璨耀眼的人生说是顺风顺水都太过谦虚了。

"而且他长得很帅，对吧？"兆卉笑嘻嘻的，"他们都说单眼皮的男生好看，我不觉得。会哥这样五官深邃又立体，长得又高，身材又好，这才叫英俊呢。"

章榕会在期末结束了最后一门的考试，被章培明勒令要求搬回家住。他烦不胜烦，最后电话也懒得接，关了手机窝在王家谨那里打游戏。

没日没夜地玩了两天，王家谨有点遭不住了。

"天天熬鹰似的这么熬，我眼睛都要瞎了，再看到这个游戏界面都要吐了。你没别的事情做，我还有呢。你爸的电话都打到我这儿了。"

收拾收拾赶紧滚蛋吧，他是这个意思。

章榕会"啧"了声："乱七八糟的人那么多，我怎么回啊？路家来的不算，兆家也天天在我家扎了根了。一屋子人叽叽喳喳，吵死了。"

王家谨稀奇地打听："你爸不是打算跟兆家切割了？怎么你爸那个女伴还天天跟兆家人混在一起？"

"鬼知道。"章榕会不愿意多聊路青。

王家谨起了身，去冰箱又拿了两瓶纯净水，一瓶扔给他，一瓶自己握着大咧咧栽进沙发里："她可真是迟钝，吃喝玩乐能搭个伴儿的，在她眼里都是好人。等你爸真跟兆家掰了，看她到时候尴不尴尬。"

章榕会轻嗤了一声。

2

大年三十，章家挤满了团年拜年的各路人马，不仅是跟父母从江津过来的杭敏英，章培明的母亲也从章家老宅被接了过来。

老太太满头银丝，精神矍铄，章培明带着路意浓过来介绍的时候，她眼睛也不抬，充耳不闻地拉着杭敏英说着话。杭敏英还是半年前的样子，眼神骄傲又挑衅，亲热地挨在老人家的身边。

路青收敛着眉目，轻轻将路意浓往旁边推了推，将她挡在了后面。

"多吃点水果。"路青弯下腰将果盘挪到章老太太面前。

杭敏英伸手去拿旁边的巧克力，被身旁的章思晴一把拍掉："看你那一口烂牙，还吃。"

"大过年的，孩子吃两口没事儿。"路青笑着说。

章思晴好奇地往四周望了望："培明说你哥嫂来了？怎么今天没见到？"

"我嫂子去医院待产呢。高龄产妇了，身边离不了人。"

"父母没来看看？"

路青轻声细语道："老人家年纪大了比较守旧，我等着正月里回去……"

章老太太打断她："榕会呢？怎么不见人？"

章培明："去他外公那儿了。外公老友多，他中午、晚上都得在那儿吃饭，晚上吃完再回来赶第二场。"

章老太太叹了一口气，略有些意味深长地说："往年我们都是跟郁家一起团的年，现在倒是劳烦榕会要两头跑了。"

章思晴在中间打圆场道："两边老人都稀罕，可不是得两头跑吗？您就那么舍不得乖孙，敏英都要不高兴了啊！"

杭敏英适时地伸出手来："外婆，红包！"

章老太太一下开心至极，将她搂到怀里："小机灵鬼，等你哥哥回来了一起给！"

地上仿佛是画了一个看不见的圈子，圈子内的章家人亲热友爱，母慈子孝。圈子以外是路青和路意浓，或是被无视或是被打断，她们像是攀着墙角长进花园里的杂藤野草，是被轻贱、不值得给个眼神看一看的。

章培明也有些无奈地握了握路青的手。

路青回过头来对路意浓说："你先出去吧，给老师和家里人拜个年。"

返乡人口提前一个多月就开始回流，到大年三十，北城几乎成了一座空城。

晚上七点钟，阖家团圆庆祝的时候，章榕会开车出了郁家。街上车辆寥寥，他几乎没有开过这样通畅的道路。在红绿灯处刹住车，他偏头凝神看街道边紧闭的门店，店门口贴了红色春联，四处悬挂着红灯笼。

北城禁燃禁放，在这个时节，略显少了些烟火气。

章榕会手指轻敲在方向盘上，突然觉得耳朵很空，生活很无聊，节日也很无聊，他打了个哈欠。

回到西鹊山的时候，屋里还在热热闹闹地吃着饭。饭席已经开了很久，但是众人为了等他来，留着胃口也没有多吃。

他刚刚进屋，已经吃完的杭敏英就从客厅沙发那头窜了过来，喜滋滋地冲他伸出手："哥哥，红包。"

章榕会从口袋里掏出一封在郁家会客时刚收的，拍到她的掌心里："一边玩去。"

杭敏英乐不可支地打开厚厚的红包数钱，却看见红包上写了字，"新年快乐！赠榕会"。

她的脸一下垮下来，不依不饶地跟着他，指控道："你敷衍我！这是别人给你的。"

她一路跟到饭厅，章老太太喜笑颜开地招呼着章榕会坐到身边，对杭敏英道："你哥哥都没有工作，他哪里来的钱给你包红包？"

杭敏英一脸不服，说："他开那么贵的车，哪里会没有钱？他就是没有上心！"

章榕会被她吵得头疼："我哪里有空去给你取现金？一会儿手机给你转账行吗？"

杭敏英也不是真的缺钱，就是图个热闹吉利，看章榕会坐下吃饭了，瘪了瘪嘴说："那你别忘了啊。"

章榕会好不容易安静下来，吃了口菜，环顾一周觉得有点奇怪，问父亲："不是吃团年饭，那两个怎么不在？"

章培明没有多说："意浓爸妈还在医院里，她们吃完先走了，送点饭菜过去。"

章老太太突然说了句："终究不是一家人。没见过世面的小家子气。"

"您少说两句吧。"章培明无奈地停住筷子，"她在您又不喜欢，她们躲开还不好吗？"

章老太太还欲再说什么，章榕会已经很看事儿地捧着酒杯截下了她的话。

"奶奶，第一杯敬您，祝您身体安康，新年快乐，万事顺遂。"

老太太立刻眉开眼笑，皱纹深深地叠起来，几乎淹没了眼睛。

再没有这么寂寞的新年了。

路意浓抱着大份的打包盒坐在副驾驶，路青打开了电台，播放着《春节联欢晚会》。

车子走到半程，爷爷奶奶的电话拨了进来，路青用蓝牙耳机接通，提高了音调，满是欢喜地问："你们吃完了吗？是不是在看节目啊？"

"我啊，我带着意浓去医院给哥和嫂子送吃的呢。对啊，章家那边都忙完啦。

"家里亲戚都来拜年了没？我看垣城最近天气不好，你们也别四处跑了，当心摔着。

"是，都挺好的。我记得了，会给培明母亲带好的。"

"嗯嗯，先挂了，一会儿到医院咱们再说。"

挂了电话，车内的气氛因为沉默而低沉下来。路青不想影响路意浓，努力提着情绪问道："今天给外婆、舅舅那边都拜年了没？"

"拜过了。"路意浓看着路边闪过一个又一个的路灯，说，"他们今年还是老样子。"

路意浓的母亲生于垣城市辖的一个古镇桐南。

桐南规模小，名气小，游客也少，古镇建设拿不到什么补助，当地人就靠着稀少的游客做些生意，路意浓的舅舅李庆也是其中一个。他开了一个照相的小铺子，外加租赁服装，舅妈化妆，舅舅拍照，如此过得不好不坏的，维持生计而已。

路勇在妻子死后三个月就续娶了于佩，李庆当时来垣城大闹过一场，但已成定局的事情，再为姐姐抱屈也挽回不了什么。

他们寒了心，除了跟路意浓联系以外，已经跟路家老死不相往来。

路青突然起心问她："要是现在让你选在哪儿过年，你想选北城？桐南？还是选垣城？"

路意浓迟疑地问："要说真话吗？"

"说啊，跟我有什么不能说真话的。"

路意浓的手搭在饭盒上，眉眼寥落："我现在很想回桐南。"

母亲过世以后，舅舅那个时候是想过要带路意浓走的。他说："哪怕家里过得再一般，多张嘴我们又不是养不起。"

可是于佩当时没有怀孕，路勇把女儿的抚养权攥在手里不肯放，自然是谁也抢不走她。

路意浓厌弃地想：他要了这抚养权又有什么用呢？还不是对女儿不管不问，自己出去尽情潇洒。

说到底不过是为了在法律层面上牢牢绑定，等着老有所养罢了。

后来生命有了新的境遇，她跟着路青来了北城，踏上了人生新的支线，生活富足，但并不快乐。

出身好像是原罪。

章榕会可以毫无顾忌地说所有想说的话，她们的一言一行却要时时斟酌，不能轻浮、不能放纵、不能无知、不能傲慢、不能盲从……她们背了满身枷锁，艰难地融入之前没有接触过的圈层，困难的并不是要开拓眼界、学习各种各样的新知识，而是一次次重塑起被击碎的自尊。

如果在桐南。

如果此刻是在桐南。

守着外婆和舅舅过年，一定是幸福的吧。

路青拎着饭盒进了病房，路意浓不愿意跟他们待在一起，坐在外面的长椅上。此刻除了自己的呼吸，四周寂静无声，她透过窗户看着天上的月亮。

打开手机，她早前给苏慎珍发了一条拜年的消息，对方迟迟没有回。不知是不是回香港重新办了手机号，苏慎珍已经很久没有消息了。

朋友圈里几乎被兆卉刷屏，她发了许多张九宫格的照片，同朋友的、同家里人的，照片里她穿着漂亮的红毛衣，妆容成熟又美丽。

路意浓叹了口气，收起了手机。

几乎是在那瞬间，手机"叮咚"一声弹出了消息。她被姑父拉到一个新的微信群里，群里有几十个人，都是章家的亲戚。

章榕会：发红包，自己抢啊，抢多少算多少。

紧跟着，群里瞬间被红包刷了屏。章榕会一口气发了一二十个红包，各路人马也冒泡出来发各种表情包，拜年的、搞笑的、祝福的、感谢的。

路意浓下意识地戳中其中一个，总金额一千元的包，开出来五十二元。

一波结束的间隙，杭敏英在群里嚷嚷着：我还没抢够五百，哥哥再发。

路意浓没有再抢了。

"52"这个数字很好，是一个足够甜蜜美好的巧合。

她双击屏幕截了图，细细裁掉了有发红包的人的名字和头像的上半部分，只留下了"52"这个数字。

她拿这张图发了个朋友圈，配文：天涯共此时。

于佩在正月初五提前发动了肚子，顺利生下了一个七斤重的男婴。爷爷奶奶坐着火车匆匆赶来北城时，路意浓已经在桐南，在舅舅家里吃上了热乎乎的家常饭。

表弟李沛买了许多焰火，吃完晚饭路意浓跟着他一起，到空旷的桐南游客集散中心的广场上。李沛往地上砸着摔炮，路意浓从盒子里抽出了一根仙女棒，点燃了，"刺刺啦啦"的花火跳跃着爆开。

远处谁家放起了大型的焰火，随着尖鸣升空，在空中炸开一朵、两朵红的绿的花，是很普通的那种。

"姐，你能在这边待几天？"李沛问。他最近有些感冒，说话嘟嘟囔囔的。

"初七就得回去了，初八开学。"

"我们也一样。"他好奇地问，"北城好不好？"

"好。"

"跟桐南比呢？"

"各有各的好。"她有些心不在焉。

李沛的摔炮已经砸完，他蹲下身子把纸皮捡起来装进塑料袋里，说："我爸打算过完正月盘个二手面包车，跟景区合作去接送游客。"

"店里怎么办？"路意浓问。

"嗨，拍照的人那么少，我妈一个人忙得过来。"

他又说："姐，你要是在北方待不惯就回来呗。现在家里慢慢都好了，我爸盘店面装修欠的本金也还清了。你学习那么好，回来读书也能读好大学。"

路意浓满眼笑意："谁教你说的这些话？怎么老气横秋的。"

李沛鼓了鼓嘴巴："你回来之前，我爸妈跟奶奶刚聊完。"

李庆想把路意浓接回来的想法也不是一两天，尤其是现在于佩生了儿子，他们生怕路意浓受忽视受欺负，估摸着正是好谈的时候。

手上的仙女棒灭了良久，已经冷透了。

路意浓把挂着坚硬残余物的铁丝捏在手上，弯来弯去地将手指缠紧。

"我再想想。"她认真地思忖了片刻，"姑姑对我很好的，一直把我带在身边。我要是扔下她自己回垣城来，她肯定很伤心。"

过完年，返回北城不久，路意浓在姑父和姑姑的祝福中，吹灭了十六岁的生日蜡烛。

再到十七岁的生日，时光匆匆，眨眼间又是一年。

路青在这一年中飞速地成长着，她不再守着章家的房子，自己开始努力走出去，主动跟在章培明的身边结识各种各样的人，参与和举行各种各样的活动。

她聪明灵活，妥帖礼貌，明眸善睐，容貌鲜妍，背靠章培明，在北城上流圈层中很快站稳脚跟，如鱼得水般获得了一众拥趸。

她的这方面潜力，是章培明也没有想到过的。但是路青喜欢又有能力，他自然是鼎力支持。

唯一让路青遗憾的，大概是肚子一直没有消息。

每次见到章老太太，老太太也总是会拿怀孕的事情针对她几句，嘲讽她当下名不正言不顺。

路青理亏，低眉顺眼地受着，另一方面坚持进补着各类药品、补品。

在这样的家庭里，没有孩子是站不住脚的，她深深体会着这个道理。

路意浓则自觉是没什么长进。适应了北城的生活，没再遇到过苏慎珍那样的朋友，偶尔跟姑姑出门交际，大部分时间安心学习。

运气好时能撞见回家一趟的章榕会，大多时候运气不好，一两个月才能碰到他一次。

什么都没有发生，自然也没有什么值得说道的故事。

章培明在两年后终于抽出一段时间，得空带着路青去巴厘岛过二人世界。

那段时间，章家也空下来，路意浓独自一人吃饭、上学，除了老师提问、偶尔的校园广播和上路青提前安排的各种私教课，她一天也说不上两句话。

清明节那天，章榕会外公打来电话，问章榕会要一份他母亲生前的手稿。

章榕会回到章家，进到客厅时，正看见路意浓坐在地板上，伏在茶几上一边啃着面包一边戴着耳机做英语听力。

他皱了皱眉，走过去拍她的肩。

路意浓回头，看见是他吓了一跳，摘掉耳机，有些局促地站起来："啊……"

她没被允许叫章榕会哥哥，但也不能真的没有礼貌地称呼他的名字。

"怎么回事？阿姨不给你做饭吗，怎么吃这个？"

路意浓急忙解释："不是，家里最近只有我一个人，阿姨做的饭我总是吃不完。今天胃口又不好，所以我才没让阿姨做饭……"

章榕会看她面色尴尬，也不管她的闲事："那没事了，你继续。我回来拿个东西而已。"

他上了楼。

章榕会的母亲郁锦绣生前是一个画家，最擅长工笔和素描，尤其喜欢画动植物。花房也是婚后章培明特意为她建的。

外公或许是年纪大了，又或许是清明节勾起了他以往的许多回忆。他想起郁锦绣年轻时总有一个本子，随身带着，来了灵感就用炭笔画几笔。他在郁家翻箱倒柜没有找到，只能让章榕会到章家看看。

章榕会到母亲生前的房间里，她的东西都按照以往的习惯归置打理着，没有一点儿灰尘。找到她的手稿也不费劲，就在床头柜的抽屉里，压在一堆厚厚的证明文件下面。

章榕会坐到床边，拿起速写本一张一张翻看，前面是草木花、鱼虫鸟，后面偶尔夹着一两张画他的画，在襁褓里睡觉的、号啕大哭的、开始走路的、淘气不好好吃饭的、跟着阿姨在花房玩的、被送去国外上飞机前的……看到日期，最后画到他的那一张，她的身体已经很不好了，握不住笔，走线颤抖，远不如往时流畅。

那是跟章培明书桌上的相片一样的一张画，那天他拿了大奖，她缠绵病榻间给他画了最后一幅。

章榕会的眼睛有点热。他一张张翻到底，又翻了柜子确定没有漏页，下楼从阿姨那儿要了个袋子装好。

路意浓已经写完了作业，规矩地站在客厅里等着送他走。

或许是刚刚看完母亲的画，他有一瞬间的心软。

他想，她也是失去母亲的，清明节却一个人孤零零地在家里啃着面包。

他多了一句嘴："我晚上出去吃饭，你要不要一起？"

他看到小姑娘的眼睛倏然亮起来，刹那间有些后悔，但还是说："愿意，那就一起去。"

路意浓不知道她要去的是郁家。

直到司机开着车，在重重警卫亭前反复验证了身份，她才意识到这个问题。

郁锦梅如往常在廊下等着，没想到这次副驾驶也开了门，一个长发披肩、形容精致的小姑娘下了车，跟在章榕会的后面，怯生生地同她问好。

郁锦梅猜到什么，没有欢迎，也没有给人难堪，只是点了点头。

到屋里，外公闭目撑着拐杖坐在太师椅上养神，一只小白狗围在他的腿边哼哼唧唧地叫唤。

"哪里来的狗？"章榕会问。

老人家缓缓睁开眼睛，只看了一眼路意浓便滑过，她却紧张得呼吸都要停了，手指往里掐着手心。

章榕会上前去，递过了母亲的手稿。

外公一张张翻看，用手掌摩挲女儿留下的笔墨。郁锦梅在旁说："前些天下大雨，巷子口产了一窝小的，不知被谁扔在那儿。我就让阿姨捡回来，就救活这么一只。"

"叫什么名字？"章榕会冲着狗"喔喔"了两声。

"没起名字。"郁锦梅说，"等能长大了再说吧。"

饭席间，外公始终没说什么话，郁锦梅倒是客气的，招呼着路意浓多吃菜，让她以后常来。

路意浓声如蚊蚋，轻轻地应了。

她心里是欢喜的。她知自己身份尴尬，但没有想到章榕会母亲这边的亲人这么和善好相处，远不是想象中高不可攀的样子。

吃过晚饭，已经月正当中。

外公被阿姨搀扶着上楼进了书房。路意浓玩心上来，跑到院子里逗弄家里的小白狗。章榕会弯腰撑在二楼的阳台上，晚风吹净屋里浓重的安神檀香，他抬眸怔神地看着月亮。

郁锦梅上楼站在他身边，抿紧的嘴巴像枯枝上干瘪的纹路："你带她来做什么？"

"那两人出门去了。"章榕会一副懒怠的样子，"过节，她一个人在家，我带她来蹭口饭。"

郁锦梅话音听不出来特别的感情："以后别带她过来了，外公看着伤心。"

"知道了。"

回去的路上，司机在前面开着车，路意浓坐在副驾驶，难掩兴奋地回过头多说了两句："阿姨让我下次再来玩呢。我下次来给小白买个大骨头，可以吗？"

章榕会冷淡地道："再说吧。"

路意浓的笑意僵硬下来。她难堪地回头，把脸别过去看向车窗外。

外面的路灯如浮光掠影匆匆闪过一个又一个。路意浓察觉到他的低沉,却不知那是从何而来的情绪。她不敢问。

当赤道留住雪花,
眼泪融掉细沙,
你肯珍惜我吗?

后来回想十七岁,她脑子里总会想起这句歌词。

那时的时光那么漫长,她没有希望地仰望着一个不可能的人。

她很清楚地知道,章榕会产生的巨大吸引,更多时候是来自于自己的仰望。

他们原本如同立体空间的两条线。

路意浓本会在垣城慢慢长大,上普通的大学,跟帅气的男孩谈恋爱,找一份工作,安稳余生。

章榕会则高高地悬浮于空,成为财经新闻头版的天之骄子。

是路青的野心,强行将这两条本不会相交的直线从三维空间拉到一个二维平面上。

路意浓看见了太阳,眼里便不再有星星。

她的痛苦也就此开始,渴望着得到从前不可企及的人的认同,渴望着他偶尔的留心、关心,偶尔的善意。

路意浓无数次想,自己像一个见不得人的影子。

在无人在意时偷看他;在他不在时喂养他的宠物;偶尔碰面,他潦草地点头,自己也不敢有所回应。

他如果对自己有印象的话……

如果真的能留有印象的话,应该也觉得自己是个没什么话的奇怪的人吧。

3

章家与兆家的切割一直在暗地里无声无息地进行。

章培明用一年半的时间断断续续地小幅转让出持有的兆家医疗器械公司的股权,将持股比例从原来的7%降到了2%。

紧跟着是开年后章家的几个重要项目都从原来的指定采购,变成了公开招投标。

兆氏夫妇在那段时间跟章家来往得极其频繁,兆全辉整天扎在了章培明的办公室里,另一头伏欣也用各种理由约着路青。

路青已经不再是之前对章家的决定和风向毫无敏感度的人,她体贴地扮演着安抚人心的角色。

"培明已经跟我说过了,不出意外在相同的条件下肯定还是要选你们家的,招投标就是走个形式、流程,给股东一个交代。他们都是多年朋友了,合作也没红过脸,也没闹过矛盾,为什么要换呢?你也别听人挑拨了。"

伏欣自然是笑吟吟地连声说好,对这话信了多少也不知道。

她说:"卉卉和几个小姐妹约着下周末去津海旅游,意浓不是也放暑假了,有安排没有?叫她一起去玩玩?"

"那倒是好。"路青一脸欣喜的样子,"这孩子哪儿都挺好,就是不怎么爱交朋友,有点让我发愁。来到北城,也就卉卉同她玩得亲了。"

津海距离北城也就三个小时的车程,兆家商务车接送,除了兆卉,还有两个她从小玩到大的闺密。

兆卉一直也没有特别将路意浓放在眼里,母亲让她带,她就带了,多一个人玩呗。

几个女生在车上叽叽喳喳地聊起天,聊新款的口红唇釉,聊热播剧的男女主和八卦,最后落到身边来。

兆卉说:"真是笑死了,这些女的天天做梦都在钓金龟。就好像我们学校那个陈羽,之前谈个富二代说得多么风光,结果是个假货,还被警方传唤去做笔录,丢死人了。"

"隔壁表演专业那个?是不是那次你做主持,她上台表演竖笛来着?"

"就是她。"兆卉眉飞色舞,"现在是洗白啦。之前说她谈了个很牛的富二代,我还奇了怪,就这个条件北城还有我不认识的?不是假就是丑,果然是个假货。"

"竹篮打水一场空。"闺密笑道,"仗着自己有点姿色还真以为富二代满街跑,天不天真。"

"门当户对这话就是有理。"兆卉抱着胸,"别的不说,彼此条件匹配了,别人才会认真跟你往下谈。不然说一脚踢开就踢开,哪里有什么道理可讲的。"

"你和会哥不就这样?"前排的女生转过头来打趣她,"知根知底,青梅竹马,两小无猜。"

兆卉佯怒:"就你多嘴,会哥的妹妹还在呢!"

路意浓今天一直有些不舒服,但路青约了让她出门,她自然也不能不去。别人说话她就听着,扯东扯西的,她也不知道说的是谁。

直到被提到,她才勉强露出一丝笑。

她不能接话,在旁人看来就未免扫兴,几个女生交换了目光,又扯到其他地方去了。

她们入住在一家沿海的酒店,兆卉她们换了火辣的比基尼在海滩上尽情拍照,后来又从网上搜了附近的网红点,决定换个地方继续拍。

她们来到一片人烟稀少的收费海滩,兆卉终于注意到路意浓的衣服也没换,就抱着她的包像木头一样跟在最后走。

"都出来玩了,能不能别这么扫兴?泳装是没有带吗?带了就去换啊,也给你拍两张,省得你姑姑回头觉得我没有招待好你。"

路意浓只能去更衣室换了衣服,她性格害羞,泳装是比较保守的款式,下半身像网球装的半身裙。

兆卉也不说什么,让她站到水里去。

"我不会游泳。"路意浓老实地说。

"又不要你进那么深,海滩上拍的时候你又不参与。你现在就往水里走一走,咱们拍点特色的。"

路意浓像个提线木偶,听着兆卉的指挥,一步步往海水里迈去,夏季的太阳毒辣,上半身晒得不行,下半身浸在水里只觉湿凉。她一步步退下去,水深到裙子在水里漂起来。

兆卉看着相机,不满意地"啧"了声说:"这样不行,太丑了吧。你站到水及腰的位置去,手在水下面把裙摆拽住,别让它浮起来了。"

路意浓看着深深的海水,一波一波的水流有很大的推力,她有些畏惧,咬了咬牙,尽量站稳,对着兆卉的镜头挤出笑。

如此反复折腾了二十来分钟,兆卉挑剔够了,才勉强放过她。

一上岸,路意浓就感觉自己不行了,胃里难受犯恶心,小腹垂坠感很强。

"卉卉姐,我不舒服,可能得先回酒店了。"

兆卉玩得正开心,自然不会为了她提前回去:"那你自己打个车,我就不管你了啊。"

"好的。"

路意浓暗暗捂着肚子,强忍着痛钻进了换衣间的隔间。热水兜头冲下的瞬间,腹部的疼痛才勉强缓解一些。冲完澡,准备换衣服的时候,路意浓才后知后觉地发现,自己提前来事儿了。

她经期一直不怎么规律,今日又在冰凉的海水里泡了许久,现下大有来势汹汹的意头。

她狼狈地翻着包,可里面除了一条替换的薄裙子和贴身的衣物,什么都没有。

她手足无措地不知如何是好,只能掏出手机,给同行唯一有联系方式的兆卉发了消息:卉卉姐,在吗?

期待的回信迟迟没有到来,路意浓不知道她们要玩到什么时候,在拍够之前应该都不会看手机了吧?

她只能在冻得瑟瑟发抖时,打开喷头冲一会儿热水,然后关掉,继续捧着手机等着消息。

如此反反复复,不知多少次,更衣室里终于响起踢踢踏踏的脚步声,路意浓正想掀开帘子出去求助,就听见兆卉的声音不咸不淡地传来。

"章榕会那个便宜妹妹好像已经走了。"

路意浓要掀帘子的手一下停在了那里。

兆卉身边的闺密嘻嘻笑道:"你可别当着人多说,会哥听见了要生气。"

"这有什么可生气的?上不了台的女人带过来八竿子打不着的穷亲戚罢了。"兆卉冷冷地说,"这样的人,说她是假公主都抬举她的身份了,本质不过是豪门吸血虫,还真有脸天天穿金戴银地跟着咱们屁股后面转呢。"

闺密调笑:"那也是人家姑姑有本事。"

"是,她要真有她姑姑那本事,我倒还服她了呢。"兆卉刻薄地笑谈,"我谈一句会哥她就支着耳朵听,那点心思当谁不知道?路青是打算让她给章榕会……真够龌龊的。"那几个字太难听了。

兆卉:"哎哎,你看,她刚刚还给我发消息了呢。我回一下啊!"

兆卉:意浓,我们刚刚游泳出来呢,怎么啦?

路意浓没有回答。

下午六点钟,海滩开始关闭,游客慢慢散去,女更衣室的阿姨做着下班打扫,突然拉开隔间的帘子,被里面藏着的人影吓了一大跳。

湿淋淋的头发早已浸透了单薄的内衣,里面瘦削的姑娘像只虾米一样弓起身子,露出一整片白色的背。

长长的头发挡住她被泪水糊住的狼狈的脸,她哑着嗓子,一直不停地道歉:"对不起,您能给我一片卫生棉吗?实在对不起。"

路意浓当天打车回了北城。路青本还在外吃饭,接到兆卉的电话以为人丢了,吓了一跳,打电话路意浓也不接,回到章家,才在她的房里看见她。

路意浓窝在被子里,紧紧地闭着眼睛。

路青问:"怎么回来也不打个招呼?兆卉在酒店找你找疯了,没点礼貌吗?"

路意浓把头缩进被子里:"我来事儿了,玩不了了,我就回来了。"

"就为这事儿?没别的?"

"嗯。"

"行了。"路青从她床边站起身,"不舒服我让阿姨给你做碗红糖姜汤,我给兆家回个电话道个歉。以后别这样了,嗯?"

"知道了。"她说。

七月中旬的时候,路意浓订了火车票回桐南过暑假。

大约过了两天,路青接到一通电话,电话里的男音很陌生,她想直接挂断,突然想起来那是李庆,路意浓的舅舅。

他们已经很久没有联系过了。

路青立刻十分热情地向他问好,又问路意浓现在在桐南怎么样。

"挺好的。"李庆同她说话还是别扭,"今天给你打电话,是为了意浓的事儿。"

"什么?"

"孩子的学籍和户口还在K省,过完暑假就是高三最后一年了,K省和北城的课标不一样,是不是考虑把孩子挪回来上学,让她熟悉一年K省的考纲和重点?"

路青笑道:"这个您不用担心。意浓还是跟我在北城读书,回去报名直接参加高考就可以。"

李庆说:"这样怕是对孩子不太好。"

路青耐心地向他解释:"意浓本身成绩不错,在哪儿学习都一样,学校差别不会很大。我这边是打算让她现在轻松一些,大学好好学习,把绩点刷一刷,然后出国读个好的研究生。"

李庆沉吟半晌:"你有没有问过孩子的意思呢?"

电话那头略传来一些窸窸窣窣的杂音,路意浓从舅舅的手中接过电话,说:"姑姑,我想留在垣城读书。"

路青沉默了,没有说话。

"我想再努力一把看看。"她说,"我会努力考好的大学。我也想知道,凭自己能走多远。姑姑。"

4

又是一年酷暑,社交平台上被各个地方的人哀号叫热刷了屏。专家在电视上介绍着厄尔尼诺现象的成因,并告诫观众朋友们一定注意避暑,谨防热射病。

章榕会喂守宫的时候,那些小玩意就把自己埋在沙土里,不愿出来。他有些奇怪,是不是天太热了,要把宠物箱的温度再降一些。

高老师说:"温度一直没变过,是这些守宫认人了。这些天路小姐不来喂了以后,它们精神就差了很多。"

章榕会这才知道,原来守宫一直是路意浓在喂的。

他问:"她倒也不怕。最近怎么不太喂了?"

"她回老家了。"高老师说,"每年暑假她都要回去老家住一阵的。"

章榕会点了点头,没有多说什么。

待了片刻,给守宫喂了些吃的,又回了几条消息,章榕会就准备走了。开车出别墅门的时候,正巧遇到路青的车开进来,他降下玻璃同路青点头,简单打了个照面,一眼扫到对面空荡的副驾驶位置,他心里生出一些不足言说的异样情绪。

是年七月末，章榕会私下领了章培明的任务，飞往 K 省省会江津确定投资入股长安医疗的有关事宜。股份投资认购协议达成以后，兆家在章家的所有合作关系中将被彻底清扫出局。

章榕会不知连喝了多少天的酒，几乎每天醒来都是天色已黑，睡过去时又刚刚黎明破晓。铁打的人也经不住那么折腾。

终于章培明心疼儿子，打来了电话："合同细节都谈得差不多了，明天让秘书跟进落到纸面上去。你今天晚上别去喝酒了，好好休息，明天帮忙跑趟腿。"

"跑什么腿？"

"意浓不是在桐南过暑假？你开车过去也就三个小时，从公司拿些烟、酒什么的礼品给她外婆家送过去，顺便看看她。"

章榕会极其不耐烦，说："这点事让秘书做不就行了？我为什么要帮路青跑腿？"

"是帮我跑腿。"章培明纠正他，"你要把意浓也当成跟敏英一样的妹妹，她没有得罪过你，不要带着偏见看她。"

章榕会烦躁地点了一支烟："行了，我去还不行？在哪儿？桐南？"

当夜下了一场暴雨，雨水"唰唰"拍在窗上，章榕会难得睡个好觉，第二天日上三竿才起的床。

秘书把礼物提前在车里备好，章榕会开得飞快，一路在高速上疾驰，比导航预估时间早了很多，下午一点半就到了桐南。

卖点为江南古镇的桐南实在缺了些亮眼的特色，除了够老够旧、有水有桥，其他地方在章榕会看来都不达标。

明明是景区，却住满了本地居民，穿着汗衫的老头坐在门口打着蒲扇，树荫底下有象棋有牌局，阿婆端着水盆利落地泼出洗菜水浇到街道上，转头怒骂那个不写暑假作业啃着西瓜的小孙子……除去特色的水镇格局，这其实跟随处可见的居民楼社区差不了多少。

章榕会自言自语地吐槽：这算个什么古镇？

他开车跟着导航开到一条小路前终于拐不进去，只能下了车，提着满手的礼品一头黑线地往里走。

大约走了百十来步，看到章培明给的地址名称——和畅照相馆。他走了进去。

屋里采光不好，入眼是两个挂满了各种各样奇装异服的长架子，旗袍、龙袍、汉服，甚至还有艾莎的公主裙。门口的右边是一个高高的木柜台，柜台上摆着镜子、乱七八糟的化妆品、刷具，还有配饰。

柜台里写作业的小姑娘抬起头来："欢迎光……"

他们对上眼睛。

她没有说下去。

严格说起来，这算是章榕会认真看她的第一眼。

路意浓穿得实在是不算漂亮，印着"和畅照相馆"的T恤洗到掉字发白，头发随意地扎在脑后，凌乱的发丝向四周支出来。屋内没有开空调，她的脸热到发红，额前有薄薄的汗。只有那双眼睛，黑漆漆的，欲言又止地望着他。

她不再是跟在路青身后宛如复刻一般时时刻刻完美的形象，她此刻看上去不修边幅，朴素又自然地融入在当前的环境里。

"您怎么……"她开口问。

章榕会把手里的东西搁在了地上："我爸让我来看看你。"

路意浓的心情有些复杂。她跟路青最后谈得并不算愉快，路青让她自己好好想一想，然后就没了消息。

她想着，路青大概率是要来桐南跟她谈一谈的。她做了心理准备，却没想到来的人是章榕会。

路意浓用座机往家里拨了电话，不久舅妈就从家里提着东西过来了。

路意浓趿着拖鞋起身介绍："这是我舅妈。"

她帮忙在角落处支起小饭桌，又拿了两条矮凳。舅妈带了午饭来，搪瓷茶缸里装了菜摆在小桌上，两素一荤，炒青菜、炒西红柿鸡蛋和一个青椒炒肉。

他临时来的，饭焖得不够多，舅妈特意多分出来一些到一只大碗里，然后喊章榕会坐下一起吃饭。

章榕会看她们自己都只剩了一点儿，肯定是吃不饱，于是客气地说自己吃过了来的。

舅妈说："你这开车得三四个小时，太累了。早也不知道你来，只加了个青椒炒肉，这都是我们日常吃的东西。你要是吃不惯，让意浓带你去旁边的馆子？"

她这么说了，章榕会也不好意思再拒绝，只能坐下。

舅妈是个老实的女人，一直往章榕会的碗里夹着菜，青椒炒肉里的肉片几乎都堆到了他的碗里。

路意浓知道他平日里很讲究，有些不安地偷偷看了他几眼，见他面不改色地全都吃了下去，才慢慢放心下来。

一顿饭很快就吃完，舅妈给章榕会倒了水，章榕会客气地攀谈道："家里的其他人呢？"

舅妈说："意浓舅舅出车去市汽车站送客了，刚走不久，回来还不知道几点。她表弟跟外婆待在家里，这会儿正午睡呢。"

"您这儿吃饭挺晚的。"他说。

"做生意是这样，要错开高峰，没客了才有空回去做个饭。幸亏暑假这会儿有意浓换把手。"

他抬眼静静地看了一眼路意浓,她又坐到了柜台后面去,低着头玩着手指,不知在想什么。

舅妈觉得气氛有点冷场,开口说:"多谢你带来这么多东西。我这里也没有什么好的,你好不容易来一次桐南,要不要拍照留个念?"

章榕会是不喜欢拍照的。

他这样背景的人并不适合曝光在外界的眼皮子底下,万一被别有用心的人编排捏造,会有很大的麻烦。

但长辈发了话,他也不好拒绝:"可以,洗出来的底片回头可以给我吗?我想自留。"

舅妈喊路意浓关了店门,将他带到一个说是网红景点的廊桥上,廊桥是木制结构,经过多年风吹雨淋已经非常陈旧。去年当地政府刚刚组织了修补和刷漆,现在看上去还挺像模像样。

舅妈拿出一台老款的尼康,章榕会也没有摆什么姿势,只是为了敷衍长辈的好意,单手插兜拍了一张。

他相貌出众,气质又好,舅妈一边拍着,一边乐得眉开眼笑。

突然她停下来,对旁边等待的路意浓说:"你们要不要一起拍一个?"

章榕会特意来桐南拜访,舅妈误以为他们关系亲近,于是随口一提,倒叫她有些骑虎难下。

路意浓望向章榕会,他冷静且平静地看着她,没说好,也没说不好。

是在等她的决定?还是暗示她来拒绝?

路意浓没想明白,已经被舅妈从背后推了肩膀站了过去。

"去啊,和你哥哥合个影。"

路意浓踉跄着向前两步,尴尬地红了脸,赶紧站到他的身边。

他们对着同一个镜头,听着舅妈的指挥。

"往中间靠一靠,笑一笑。对,意浓,笑一笑。"

然后"咔嚓"一声,舅妈按下了相机的拍摄键。

拍完照片,舅妈回去看店,让路意浓好好地招呼章榕会,在桐南四处转一转、玩一玩。

路意浓接下了这个有些艰巨和困难的任务,对着章榕会露出略显紧绷的笑容。

幸好章榕会也并没有为难她,也没有提什么要求,她去哪儿,他就跟在后面一起。

他们下了廊桥,往古镇中心位置去。

路上的人几乎都认识她,路意浓一直在跟别人打招呼。被问及身后是谁,她有些尴尬地看了一眼章榕会的脸色。

"呃……是一个哥哥，他来看看我。"

章榕会沉默着，并没有像之前一样再来反驳这句话。

每个人都有适合自己的土壤，对路意浓来说，桐南显然是最适合她的地方。

她如鱼得水般穿梭于桐南一条条错综复杂的街巷，如数家珍地介绍着这里的一草一木，明朝搭建的石桥，乾隆年间榜眼的祖宅，上过《舌尖上的美食》而大火过一阵的网红炸年糕小店。

章榕会午饭吃得不够，路过难得排队的一家店，难免多看一眼。就听她义正词严地吐槽道："之前那个婆婆做得很好的，都是手工的用料很扎实。后来店有名气了就被外面的人盘下来啦，顶着她的名头继续做。本地人都不吃这个，不给他赚钱。"

她后知后觉地看了一眼章榕会的眼色："啊……您是不是想尝尝？"

章榕会："……没有，我不吃这些东西。"

路意浓领着他站到桐南最高、风景最好的石桥上，一眼平直地望过去，几乎能看清整个桐南的结构。河道曲曲折折，沿岸的民居楼低矮，成排的柳树长在河畔垂进水中，更多的石桥一座又一座地沿着河道平铺出去。

这个角度的桐南，终于是一座像模像样的古镇了。

路意浓看着天上层层叠叠的云，不禁感叹道："幸亏昨天下了雨，今天又是多云。现在看一看风景正好。"

章榕会偏头看着她，没有说话。

"啊，您在这儿等等我。"她突然看到什么。

章榕会手撑着桥上的石柱，眼神跟着她，看着她趿着拖鞋"噔噔噔"地一路踏着石阶小跑到桥下。那里有几个阿婆用簸箕摆了小摊，摊上摆了些时令的蔬果，莲蓬、荸荠，还有小把的青菜和辣椒。她弯下腰挑选，没扎紧的几缕头发滑落到脸畔，短裙下露出大半光洁的腿，白得令人目炫。

章榕会瞥到一眼，感觉不太礼貌，别过头看桥下撑篙而过的乌篷船。

船上坐了几名游客，拿着手机挑着角度拍照，有个女生像是通过镜头注意到他，拍了拍身边人，两人一起看过来，目光灼灼，嘴里叽里咕噜地聊天。

他又背过身。

路意浓在摆摊的老人家那里认真挑了几个莲蓬，从外套口袋里掏出零零散散的钱，结了账。

等她买完东西，两人下了石桥，沿着青石板路往前走，雨后的小镇很有意味，他有些说不出来。

感觉像是一股捉不到的风，藏于青石板坑坑洼洼盛了水的孔洞，藏于乌木旧楼挤窄的窗缝，藏于头顶铁丝挂着的旧衫，藏于挑担阿婆步履匆匆的脚步，藏于积压于顶久不褪去的厚厚云层。

他发觉自己此刻过分感性。

他们在一家茶馆停下，路意浓招呼他坐在靠窗的位置，放下莲蓬，自己去找老板点单。

一会儿不看手机，微信堆满了待回的消息，章榕会挨个扫过，注意到她点完单没有着急回来，像是跟老板熟识，一边用方言聊天，一边手肘撑在柜台上，手指拨弄着老式算盘的珠子。

江南十里不同音，在说什么他听不太懂。只是她说方言的语调跟普通话略有不同，又或许是沾了江南水汽，同从笼屉里蒸出来的桂花糕一样软糯。

"你、你好。"

他回过神。

两个女生略显局促地站在眼前，是刚刚在乌篷船上的人跟了过来，看上去年龄尚小，青涩地紧紧挨在一起，小动作不停地捏对方的手。

"那是你女朋友吗？"她们的目光飘向柜台旁的路意浓。

她也注意到这边的动静，回头看着，但没有过来，而是弯了嘴角在笑，有些调侃又机灵。

很明显不是女友。

她们读取到这个信息，胆子更大了一些，掏出手机摆在他眼前："能加个微信吗？"

他的目光从柜台回到了长长的微信消息列表上。

"抱歉，不加陌生人。"

路意浓在两个女生离开不久后回桌，老板跟在后面，拿了两只烫过的白瓷杯，加了茶叶，添了些开水，嘱咐他们过半分钟把水加满。

章榕会回着消息，她拿出手机端端正正地摆在面前计时读秒，开水烫浸，茶叶缓缓舒展开，时间差不多了，她把水加满推到他的面前。

"老板是舅舅的朋友，他去产地新收的顾渚紫笋，说很正宗，给我们尝尝，不收钱。"

他看上去兴致不高，消息回得频繁，没有时间捧茶。

也是，像他这样的人，什么好东西也都是尝过的，不稀奇。

路意浓之前已去后厨洗了手，拿回一个干净的家用小瓷碟，章榕会在忙，她就自顾自地拿了莲蓬，抠出莲子，剥去青皮，一气攒了十几个推到他的面前，"喏"了一声："把白色的皮再扒一层就可以吃了，记得把莲心弄掉啊，那个是苦的。"

章榕会的手指在手机上停滞住，抬眼看她。

路意浓见他没有反应："您不会吃吗？"

她挑了个莲子，扒得白白净净，把莲心弄出来，直接递到他嘴边，非常热情地抬手示意了一下。

章榕会张开嘴,吃了进去。

"甜吗?"她的眼里充满好奇。

"……嗯。"

"再来一个?"

"……好。"

路意浓见他不介意,直接把莲子剥到最干净,放到了瓷碟里。又剥了二十来个,直到指甲酸软,她停下来,去洗干净了手,又坐了回来。

茶已经有些凉了。她抿下一些,章榕会拿起热水壶,顺手往她的杯里加满。

她感觉眼眶有些热,垂下眼睛压住突然翻涌的情绪。

她又想起从海滩回家的那一天,坐上出租车,残阳已经落下海岸线,海风与夜均是冷透,她在仲夏的夜晚到来前冷得发抖,抱着包掩面在哭。司机察觉她的崩溃,频频回头,锁紧车门怕她突然冲出去。

那天回去,她彻夜未眠,躺在床上借着床头昏黄的灯盏,用日记本写告别信。

谈及你,别人总是会羡慕我。我沾了姑姑的好运气,半路出家也能做你表妹,跟你的人生挂钩。我开始觉得自己幸运,后来又可耻更贪心。如果是真表妹,也不会怀着私心受这些折磨;如果从未认识,也不会辛苦这么多。

我自觉掩藏完美,直至今日那点心思被旁人点破,狼狈好比小丑。

我也不是没有期盼过你对我高看一眼,只是今日再听《富士山下》那一句"谁能凭爱意要富士山私有",我才终于懂 Sammy 临别时讲的那句话,与自己和解。

若有一天,能有女孩得你喜爱,将你私有化,我真是会羡慕她。

但我仍不祝你爱情圆满,只祝你前程似锦,一腔热血,永不低头。

她撕下这页纸,折得平平塞进《小王子》的封皮,确认毫无破绽,才放进书柜的一角。

她临走前对自己说:我就留下这个。有一天不再在意他,我就会回来,把这本书带走。

写下那封信时,她没想过这么快会再见到他。

章榕会回完消息,看她对着窗外失神,手机倒扣到桌面上,问:"在想什么?"

她下意识地撒谎:"老板说拐角新开了一家点心铺子,味道很好。一会儿我去买点,您走的时候带上。"

他未置一词。

她指着外面随夜幕渐渐发黑的层云,如宣纸上层层泗开的墨,浓浓淡淡,变化千层。她眼中有奇怪的光彩:"您看,天快黑了。"

他抓不住对面人艰涩的情绪,只察觉她仿佛不那么开心,这句话又好像逐客令。

茶水添过了三道,碟子里的莲子也被吃完,手机里的信息催得厉害,等不及路意浓的舅舅回来,他启程要走了。

路意浓从拐角买回各色糕饼,提在手里,送他到停车的地方。几个小孩围着迈凯伦在玩着疯狂的追逐游戏,看得她心惊。

车门升起,章榕会坐进去,她把装了莲蓬和糕饼的塑料袋从窗口递给他:"桐南这边也没什么好东西,带回去当个零食吧。"

微微的夜风吹起,接过袋子的瞬间送来一阵淡淡的莲蓬清香和糕饼暖烘烘的香,短短一瞬,他一时不知她指尖的味道是否混在其中。

只见她眉眼弯弯,又诚然高兴起来:"谢谢您跑这么远,特意过来这趟。"

他没急着走,打着火,开着窗,散散车里的闷气,问:"你几号回北城?"

"现在还没订票呢。"她说了个谎。

"你什么时候准备回去了,给我打电话。"

"……啊?"

他的食指和中指轻敲方向盘,眼睛直视着车前,但那边空空如也,没有眼前美丽。

"我可以在江津待到八月底。你什么时候准备回去了,我来接你。"

发动机的轰鸣声响起,流畅的车身如一尾银鱼飞快隐没在逐渐聚拢的沉沉夜色中。

路意浓站在原地,刚刚在旁边玩耍的小男孩探过头来问她:"那个车是不是很贵呀?跟我爸爸的车不一样哎,他只有两个门,还能向上飞起来。"

路意浓失笑,揉了揉他短短的头发。

生活是真实的。曾经在北城见过的纸醉金迷、光怪陆离是真实,此时眼前的江南小镇,平淡日常,也是真实。

不同的是,那一份真实属于熠熠生辉的章榕会和野心勃勃的路青,眼前的真实却能给自己遮蔽风雨。

路意浓抱着手臂往家里走去,万家灯火独一盏为自己而留。她心里很清楚地知道了,自己想要的是什么东西。

5

合同正式签订那天已是八月旬末。

开完庆功宴回酒店的时候,秘书在前面开车,章榕会在后座散酒意,垂着眼,刷着微信消息。

他百无聊赖地按灭了屏幕:"你这两天不见人干什么去了?"

魏秘笑了笑:"是路小姐私人的一些事情,要办手续。"

章榕会说:"那她挺厉害,私人的事情。"

他话没有说太白,魏秘听出他不是很痛快,解释说:"也是章先生安排的。路小姐的侄女要转学,要我帮忙跑手续。"

章榕会皱眉抬起眼:"什么?"

"她转到垣城一中去读高三。"

"什么时候定的?"章榕会冷静地问。

魏秘说:"也就是前几天才商定下来。小姑娘挺有主见,说要回来好好复习高考。谁也劝不下来。"

章榕会的手指慢慢摩挲着手机屏幕,车窗之外的大片建筑群矗立于黑暗中,大厦灯光华丽,流光溢彩。

他说:"好。挺好的。"

九月,路意浓被舅舅亲自送进垣城一中,插班进了高三重点班,开始了寄宿生活。

K省是高考大省,虽然在北城的两年让路意浓的英语水平大幅提高,但是别的课业上,她也没有什么特别的优势。

插班伊始,她也没有顺利交到什么朋友。

同班的女生们都在前两年已结成了坚固的友谊,空降的路意浓是阵线外的讨论话题——她的外貌、她的成绩、她在北城读过私立高中的神秘背景。她被讨论和围观,却并没有真正被接纳。

做课间操,去食堂吃饭,或晚自习结束回寝的时候,女生们总是三三两两聚在一起。路意浓在人群中独行,扎起的高马尾下露出洁白纤细的脖子,简单的高中校服压不住她出挑的容貌。

这样的神秘、脆弱和美丽,在荷尔蒙躁动的青春期,难免让人动心。

同班的男生瞟着她收拾东西,等她下晚自习,同她一起聊天往宿舍走。

吃午饭时,也会有外班男生端着餐盘,坐到她空荡荡的周围,漫不经心地聊天,然后趁机跟她搭话:"哎,你是不是在实验一班?我们同一个英语老师,听说你之前在北城读书,口语特别好……"

甚至教室门口也经常堵上三三两两的陌生男女,想亲眼看看她。

这样的关注并不是很良性,女生离她越来越远,男生提供不了正常的情绪价值,没人想跟她做朋友。

等开学后第一次回桐南,已经到了中秋。

外婆一边问路意浓的课业,一边往她的碗里夹肉。

路意浓挑着轻松的话题说,同学们都很友好、老师也很负责、学习上也没有问题、下个月开始有月考云云。

吃完饭回房间做题，舅妈敲门进来给她送水果，拿了一个信封，是章榕会来的时候给他们拍的照片和底片。

照片里的两人站在长长的木头廊檐下，背景里依稀可见远处的青色石桥，自己素得像一只萝卜，傻傻陪笑，一旁的他单手插兜，表情淡然，眉目清逸，卓然不群。

舅妈一直笑："你这个表哥真是好看，人又有礼貌，什么时候有空了，再叫他来家里玩啊。"

路意浓应了一声。

路意浓已经刻意很久不去想他。高三繁重的课业能够冲淡很多东西，她以为自己能够逐渐淡忘他的样子，却在此时看着照片想起了他清晰的眉眼。

从那次分别，他们再没有联系过。现在他应当早回了北城，也知道自己要留在垣城读书了。

她又想起临别前，章榕会说："你什么时候准备回去了，我来接你。"

这话像句毒药，不时冲进她的脑子里。她想过许多许多次，和许多许多往事，最后落到那一年他带自己去他外公家吃饭的难堪。

不过是客气而已吧，他那样的人，多肖想一分都属于自作多情。

休假结束的傍晚返回学校，深秋的时节已经有些凉意。

宿舍里其他五个人都已经在了，她们热火朝天地讨论着一起去吃个小火锅，然后再回教室自习。

路意浓在门口停了很久，最终没有走进去。

她背着包下楼，在小卖部买了一袋面包和一瓶矿泉水，坐在操场的观众席上发呆。

她在新班级，也不是真的完全没人理会。

班长谢辰是自己的前桌，帅气爽朗，人缘很好，成绩稳定地名列前茅，离进入全国 Top2 的学府也只差一场如探囊取物般的高考。

每次的小考或者测验，他总是第一个做完试卷，耳边还是众人"唰唰唰"的写字声时，他已经轻轻松松地倚到自己的桌子上。这个动作代表了他的完成状态。

桌子被他后倚碰得轻微晃动，路意浓抬头看了一眼少年毛茸茸的脖子，不经意对上他微微侧头瞥过来的目光。

"谢辰，写完了就交卷！不要左顾右盼。"

他懒懒散散地起身，抓着试卷交上去。老师当堂批改，高高大大的男生就在老师身边站着，不错眼地看着下面的路意浓。

路意浓抬头时，就看到他在冲自己笑。

那是不加掩饰的,少年的关注。

…………

她沉默地坐在观众席,撕开塑料包装,就着矿泉水吃完整袋面包。

没光也不耽误夜跑,篮球场开了灯,天色渐暗人数不减反增。她抓着手机,发了很久的呆,最后发出那条微信。

路意浓:明天借下你的化学笔记,方便吗?

谢辰:[大笑]OK!

她需要一个契机和缺口来真正地融入校园生活。从北城到垣城,除了短暂地出现过一个苏慎珍,她没再有过一个可以称为朋友的人。

路意浓捂住眼睛,浑身被无力感浸润,没人想做孤岛,她不过是一个普通人。

但她不知道谢辰能不能感受到这种混合了各种比较和考量下的刻意亲近并不单纯。

那晚之后,他们一起学习,一起吃饭,一起聊天回宿舍。谢辰朋友多,和谁都能说上两句,大多数时候他们总有同伴,不是单独一起。

从垣城一中回一趟桐南并不容易,舅舅的时间要将就游客,不是总能碰上。自己回去意味着近三小时的车程和期间三次的换乘。

钢厂的宿舍已经拆掉了,爷爷奶奶都暂时搬去了路勇那里。那个房子是近的,但路意浓不愿意回去,那也不是她的家。

路青知晓她的别扭,打电话来劝:"有我撑腰,于佩也不敢惹你,你不高兴就躲到房间里写作业,不行就给我打电话。不然你一个人,周末不回家在宿舍待着,多孤单呢?"

在她的默许中,谢辰开始在每周周假的傍晚,陪她坐一个小时的公交车送她回家。

他能敏锐地感觉到身边女孩每周回家时的低沉,甚至怜惜她每一丝不快的情绪。

他们并肩坐在公交车的最后一排,谢辰帮她拿着书包放在自己的腿上。

在闹哄哄的车厢中,身边的女孩恬静美丽,宽大的青灰色卫衣罩住她瘦弱的身体,只从发缝间露出一截洁白的颈项,仿若一枝雨后微湿的白色桔梗花。

谢辰心猿意马,车厢里繁杂的一切像是电视机里无关紧要的虚化背景,只有她真实清晰地坐在自己身边……心脏在胸腔缓缓跳动,窗外零落的黄色树叶在风中舞着旋。

路意浓微微侧头看谢辰,她其实没有仔细瞧过他,此刻比少年清俊的面庞更惹眼的是他通红一片的耳朵。

她的重点又歪了。

路意浓说不出此刻心绪的好坏。
总归还是可以接受的。
她想。

第三章 /
想见的人，想办法去见

1

白炽灯的光落在笔尖，投下一片狭窄的阴影，"唰唰"的书写声时断时续，思考的时候更多。隔壁人家厨房浓重的炒辣椒的烟气通过关不严的窗缝溜进来，路意浓被呛得咳嗽。

"叮咚"，有微信消息进来。

姑姑：你们班主任说下周开家长会？

姑姑：正好你爷爷下周生日，我回去替你开。好好考试啊。

路意浓右手缓缓转着中性笔，左手托腮，心里也算落下一块大石：好。

由北而南的寒潮势不可挡地把温度压低，垣城像一夜之间被人塞进冷冻柜里，说话呼吸都冷呵呵地带出一片白茫茫的雾。

月考的最后一门考试是英语，谢辰提前几分钟交了卷，倚在考场外的走廊上等路意浓。

短短的几分钟，路过的同学都同他打招呼，他熟稔地应下来。

两人并肩走在校园里，踏过被冬雨淋湿的满地青黄落叶，前面的男生拍着篮球，砸在地上不断溅起湿漉漉的水。

他们下意识地放慢脚步，同篮球拉开距离，又有些心照不宣地互相笑了笑。

"最近降温厉害，你最近没有感冒吧？"

天黑得越来越早，路意浓远眺渐明的灯火，低头埋进围巾里："我没什么事。"

谢辰顿首："周六家长会，我和学委接待家长。你家谁来？"

"我姑姑来。我们长得很像，保证你一眼就能认出来。"她长舒一口气，轻松又狡黠，"前后座的，你在家长面前可别告状说我坏话啊！"

谢辰好笑："我哪里是这种人？夸你还来不及好吧。"

他有一种让人很舒服的魔力，大家愿意与他交往，也都愿意听他说话。

他未曾因自己的成绩沾沾自喜四处宣扬，也不会在看到别人请教简单问题时不甚耐烦给谁难堪。他被父母教得很好，情商、智商都很高。

其实此刻天上的月亮也是很美的，路意浓低头，脚尖踢远一块圆钝的石头，如果不能直视太阳，那就在晚上晒晒月光吧。

爷爷做寿的饭店在学校的两条街外，并不算远。她与谢辰道别，慢悠悠地穿过狭窄潮湿的街弄，路过大爷们的象棋摊，街边的苍蝇小馆窜出一股股油炸的焦香。

车流如织的红绿灯路口，前方发生了电动车的剐蹭事故，路都堵起来。等走到饭店门口时，天色已经黑透，她在玻璃门前停住脚步。

许久未见的章榕会坐在大堂服务台前的高脚椅上打着电话。

他穿着鼠灰色的大衣，内里一件铅灰色衬衫，配黑色西裤，看上去像从时尚杂志封面上走下来的男模，年轻时尚，且单薄。

他的目光看过来，朝她招手，比了个"过来"的手势。

"招标结果下来了。瑞安有资本谈，但是马上过年了，各个银行放贷会收紧，能不能拿到银行贷款还两说，何况他们上半年的财报并不好看。"

他的电话没停，从大衣口袋里掏出一个迷你的奶白色暖手宝，摊在掌心。

"给我？"她不出声地用口型问道。

他点了点头。

"他们比我们着急，就算是有其他在谈的资方，也未必能保留他们要求的条件……"

路意浓接过温热的暖手宝，无所适从地看着他的眼睛，指了指电梯，无声地说："我先上去？"

"等一等。"他脱口而出。

一时失言，他偏过头，对电话那头面不改色："年前咱们还能争取更多。你去跟他们谈，随时给我汇报。年前要签下来。"

他挂断电话，手掌撑在膝上，上下仔细打量了两眼，看她懵懂的眼睛、扎起的高马尾，目光最后停留在她莹洁泛红的耳朵和脖颈后方毛茸茸的碎发。

"瘦了。"他说。

一起等电梯时，路意浓还有点尴尬。章榕会衣服上淡淡的茶味混着微苦的佛手柑香太近，暖手宝在手里发着烫，她有些局促地抬眼望向他的侧脸。

他一米八五的高个子，正好也撇下眼来看她。

他正想说什么，又有电话进来，这回不是为的什么正事。

电话那头的男音声小却聒噪得厉害："我真是服了老爷子了，什么狗屁破落户都来往。费岩成那个脏东西，身上的官司都没洗干净，就让我去陪他吃饭，他也配？"

章榕会把听筒的音量调小，电梯到了一楼，他示意她先进去，跟在后面，按下了五楼："关于他爸的事情，我听到消息了。"

　　对面的声音不再听得清，"呜啦呜啦"一长串，又在抱怨什么。

　　"我去不了，我在外地。嗯……最近都在江津……明天肯定不行，回不去。"他哼笑一声，"给小朋友开个家长会。"

　　路意浓脖子一麻，是真实的一麻。

　　章榕会说"小朋友"的时候，另一只手自然地搭到了她脖子和肩膀的交角。

　　电梯门打开，她被推着往外走，感受到他微凉的指腹轻轻摩挲了一下她的后颈。

　　陌生又亲昵的肢体接触，好像他真的是很熟悉的哥哥。

　　她感觉自己僵硬得像一块石头，走路都差点同手同脚。

　　章榕会很快挂断电话，微信弹出新消息，他驻足收手，回复消息，没什么不妥。

　　"我姑姑说要给我开家长会的。"她故作镇定地说。

　　"他们临时有别的安排，就托付给我了。"

　　"哦——"她拖长了声音。

　　他从屏幕里抬头，笑问："对我不满意？"

　　"没有没有。看您这么忙，怕耽误您的时间。"

　　"都是些有的没的小事。"他收起手机，语气轻松，"走吧。"

　　他们进入包厢，饭局已经开始，章榕会出面，气氛一下被点燃，各路亲戚热情地同他们打招呼，路勇让章榕会上座。

　　他没有听安排，推托辈分小，拉着两张相邻的空椅，喊路意浓坐到身边。

　　这下她正好挨着了抱孩子的于佩。

　　路远飞一岁多，皮得很，在家里像个霸王，见人就又抓又打。这会儿他正闹得厉害，打翻了饭碗和饮料，还挣扎着去抢于佩的手机。

　　路意浓侧目而视，身边的于佩不喜欢她的眼神，抱着孩子背过身子去，对向另一边。

　　路勇似是而非地埋怨："之前也不知道榕会要来，早知道订个大包厢。"

　　章榕会从大衣口袋里掏出一个宝蓝色手掌大的方盒，递给上首的爷爷，姿态平顺地朝他恭贺："祝您长命百岁，身体安康。"

　　旁边的亲戚好奇地伸长了脖子。

　　爷爷打开盒子，里面是一块手表，白金的表壳，乳银白色的表盘，看不出价格。但是章榕会送出手的东西，肯定不会便宜。

　　路勇夸张地大笑："谢谢榕会，远来辛苦还带礼物。咱们一起陪一个、陪一个。"

　　路勇抬了抬手，示意女儿给章榕会添酒，她没反应过来，章榕会已经自行拿了白酒,用空酒杯添满了一杯,然后陪大家喝了一口。

路意浓并不说话,她看着章榕会夹了几筷子蔬菜,慢悠悠地吃。他的手指修长,骨节分明,带了几分优渥的苍白气质。

"您在江津公干吗?"

章榕会瞥了她一眼,见她垂头吃饭,长马尾的发梢卷起来勾到耳朵上:"嗯,大四没课,留在 K 省实习了。"

路意浓料想着应该是姑父的安排,客套地说:"那很好啊。有空可以去桐南玩,舅妈她总是惦记您。"

却没想到他飞快地应声下来:"可以。等你寒假一起?"

她没想到他真的会答应,被杯子里的水呛到了嗓子。

源源不断的亲戚已经站起来要跟章榕会喝酒,他素日冷淡寡言,今天姑姑父不在,倒是很捧场地一一接下。

酒过三巡,路远飞又哭又闹,简直吵得要发疯。于佩偷偷看章榕会的脸色,有些尴尬地站起来把他放在地上,拉他去一边玩。

路勇的老毛病又开始犯了,借着酒劲开始吹牛,说着章家雄厚的资产和遍及各个领域的投资。他正经没读几年书,也侃侃而谈着 K 线、IPO 和多空头。

路意浓看他云里雾里地说些不知所谓的话,还不时抛出话头来,强求章榕会的附和,身边的人只礼貌微笑,尴尬得味如嚼蜡。

坐在上首的三表叔陈东深江湖气重得很,边附和着路勇的高谈阔论,边不停给章榕会陪酒,甚至绕过来给他递烟。

"榕会,不知道你今天要过来,没喊你亚森哥一起。他大学刚刚毕业,正在找工作,你身边有没有合适的职位引荐一下?或者你留在身边做助手也行,大小伙子能干能吃苦,跟你多学习学习、闯荡闯荡,家里都支持!"

三表叔慷慨激昂,路意浓心内警铃大作。章家的生意姑姑向来都不敢插手置喙,半路杀出这种八竿子打不着的裙带关系也想缠上来,实在是过分了。

"表叔,您坐下吃饭吧。今天爷爷过生日,能别谈这些吗?"

路勇阔气地大手一挥:"怎么不能说?榕会,三表叔是自家亲戚,亚森长你一岁,是要随着喊表哥的。东深,要不现在就打电话,让亚森过来?"

陈东深立刻就要给儿子打电话。

章榕会淡淡推辞:"我自己也还在实习,不插手人事这些,说不上话。"

陈东深不依不饶:"都是自家公司,怎么会说不上话?小青当时不就是在江津公司上的班?论关系咱们可比那时候……"

"我姑姑是 985 本硕,她是靠自己面试进去的!"路意浓突然大声,"表叔,大学不是都六月份毕业吗?亚森哥怎么到现在还在找工作?"

陈东深脸色变了又变,碍着章榕会不好发作:"他早有大公司要签,就等着上班了。这不是今天好不容易碰到榕会,自家公司要是能有合适的,不是更好吗？"

"哦……所以表叔是想拿章家的公司比一比当备选？"

饭桌氛围尴尬沉默。路意浓老神在在地拿着筷子顶在腮上："有大公司要的话，不如直接上班好了，何必白托人情？"

路勇一掌拍上桌，怒斥道："你没有教养吗？长辈说话一直插嘴，谁教的你？"

她只面色淡定地夹着菜："我也没说错什么。姑姑靠自己真才实学进的公司，你们聊什么关系不关系的，能不能别带上她？"

章榕会在一旁沉默着，低垂着眼睫玩弄手中酒杯。他不言不语，姿态已经是替路意浓摇旗呐喊，稳定军心。

在一片喧闹嘈杂中，路远飞跌跌撞撞地冲到章榕会和路意浓的中间，拿玩具车狠狠砸向她的大腿。

不到两岁的孩子力气不是很大，但是也没有收力，猛地被砸中，路意浓不禁极小地"哎"了一声。

小孩子还要继续砸，被一旁的章榕会直接控住了双手，他就势倒地开始撒泼，又去踹路意浓的小腿。

章榕会继续伸长手去按他，不小心带倒了桌面上刚被三表叔满上的酒杯，他自己的裤子上沾了不多，倒是给路意浓的裤子上洒了个满怀。

周围顿时一团乱麻，三表叔急急忙忙抽了卫生纸按在章榕会的腿上，于佩冲过来揪起孩子的脖子就打，路意浓难堪得要哭。

她抬眼，看到路勇的眼睛，里面竟然是满满的嫌恶和憎恨，嫌她在亲戚面前不留面子，恨她多嘴多舌地搅场。

再看其他人，各种复杂情绪都露在面上，大多都是责怪她任性古怪，不懂人情。

她狠狠地拿纸粗略吸了吸裤子上的酒，低了头："我吃完了，先回去了。"

这时候爷爷的生日蛋糕还没有切，酒局也还尚早，她说要走，只有奶奶说了句："赶紧回去换条裤子。"

章榕会直接站起身，拿了外套："一起，我找司机来接。"

他无视那些挽留的言语和殷切的表情，只是平淡地说道："临时坐飞机来的，累了一天。大家慢用。"

他们出了饭店，主干道不让停车，便只能站在洒满落叶的林荫小路等车来。

初冬的冷风吹得路意浓淋了酒的双腿凉飕飕的，她手里攥着吸满了酒水的半湿纸巾，闻到自己身上浓烈的味道，有些尴尬地磨蹭到离他远一些的位置。

章榕会打完电话，回头一瞥，发现她落在后面几步，走过去挡在她面前，脱下自己的大衣，半蹲下身子给她系在了腰间。

路意浓下意识地躲开："不行不行，这个太贵，我裤子上都是酒，别弄脏了。"

她躲闪不及，被他宽大的手掌扣住腰身，按在原地，他干脆利落地用袖子系好一个结，然后就着这个姿势仰头看她的脸。

这是一个对两人来说都很奇怪的姿势。

章榕会比她高那么多，她一直习惯仰望他，现在他从腰间的位置仰头看着自己。他的眼眸灿如星辰，五官精细如工笔雕琢，往日惯常的冷淡和高不可攀全然不见，此刻余下一些不可言喻的稚气。

她察觉自己的失神怔忪，有些不好意思地清清嗓子："那就谢谢您了。"

章榕会随即站了起来。

小道太静谧了，没过往的车，也没有过路的人。再不济若是像夏天有蝉鸣，也能填补此刻过于刻意的空白。

"你今天这样闹了，晚上回去家里会不会骂你？"

路意浓倒十分淡定："您明天还要替我开家长会呢。"

"那我走了呢？"

他管得有点长远了。

"那时候就没事啦。"大不了不回家，在宿舍多待两个周假。

他停了半秒。

"那个表哥叫什么森，要不让他来试试？不值得为这点小事让你和家里不开心。"

"打住打住。"她的胆子那么大，竟敢叫停他，"我人都得罪完了，您可千万别愧疚，这个话茬搭起来就没完了。

"亚森哥本身也不是特别近的亲戚，人还特别不靠谱，上的大专，家里花钱才升的三本，没好好学，挂了一片科，六月毕业，现在毕业证都没拿到，一直在家啃老呢。说什么有大公司要都是骗你的。您松这个口，以后就会有源源不断的人来求您了。"

他当然知道这个道理，一般遇到这种情况，他都会在桌面上体面答应，事后交代秘书拒绝。只是这次被她冲锋在前，解决一切，心思很奇妙。

他说："那谢你替我当坏人。"

她弯弯嘴角，掸了掸腰间的大衣，姿势潇洒像个大侠："谢你一掷千金给我挡风。扯平。"

像有什么拨动了心脏，章榕会恍然觉得今夜的月亮格外温柔。

他又笑着调侃："平时看你乖巧，怼起人来也挺不客气的。"

路意浓也觉得自己今天有点放肆，强作镇定："都是亲戚，很熟了。再说，我也不在乎他们怎么看我。"

"哦。所以之前没这样，是因为跟我不熟？还是因为在乎我怎么看你？"

这话就没法接了。

"没关系，以后会熟的。"他从容地取了前一种答案。

助理十几分钟以后到达，他们坐在后排，章榕会按下车窗透气，回过头，路意浓已经把腰间的大衣解了下来，怕压皱平铺在了自己的腿上，又把奶白色的暖手宝从口袋里拿出来，压在大腿潮湿的位置。

她微微侧低着头，尾发垂到胸口的位置，侧面看鼻尖更显尖翘小巧，睫毛很长，压住眼睛的表达。她的手指细嫩极了，是真的没有干过任何活，一双手洁白纤巧，此刻有些拘谨地拨弄着外套上的一粒扣子。

她是漂亮的、美丽的。

路青凭容色一个月搞定章培明，现在又成了北城首屈一指的社交明珠。路意浓跟她那么像，自然也美。

只是从前他区分不出来姑侄，总觉得一丘之貉美得雷同，看在眼里打上同样的标签，肤浅廉价。

直到桐南之行，她坐在柜台，穿着店铺洗到陈旧的宣传衫，仰头来望，一双眼睛纯净得像山泉，肌肤瓷白如玉，他愣住的刹那，根固于心的刻板印象灰飞烟灭，从前的一切偏见都有了另一种方式的解答。

路青永远不会抛弃她的地位、珠宝和包包，安静自由地绽放在狭窄逼仄的土地上。

但是路意浓会。

她穿旧衫短裙，发丝也凌乱，揣着零散的钱放在衣兜里，带他走过桐南的街巷，从头到尾没有花超过一百元。

但是他承了这份情。

直至今夜，他好像又了解她更多一些。

她不是记忆里软弱无言的影子，爱恨分明是她，剑走锋芒是她，她不在乎虚伪的体面冲锋在前，免他尴尬。

她嘴里说扯平。章榕会心里却沉甸甸的，好像又多欠她一分。

他往她那边略低下头，问："冷不冷？"

她摇头："暖手宝还有一点热。"

章榕会阒黑的眼睛凝视她："家里人要是为难你，可以给我打电话。"

这样说出来会不会好受一些？

她神色有些诧异，最终落回一个程式化的笑："好啊，那提前谢过您。"

他突然读懂这刻完美微笑背后的客套敷衍。

当时在桐南，他说要接她回北城上学，她好像也是同样的笑容。他当时没注意，现在对上号，很多疑惑也能得到答案。

也是难得，章公子难得真心许诺，两次都被一笑而过。

他不知道要说什么。

她在巷口下车，走的时候留下了那件大衣。

2

周天，九点。

章榕会准时到了垣城一中高三实验一班。门口一男一女两位学生接待，他在签到表上签字，名字写在路意浓后面。

男生轻轻"哎"了一下，提醒道："不好意思，您是不是错行了？"

章榕会还回签字笔，认真地看了他一眼："没错，我是路意浓的家长。"

"不好意思我误会了。"谢辰礼貌地道，"靠窗的第四排，她的位置在那里。"

"好。"

章榕会从容地走到她的位置，拉开椅子坐下。桌屉里的月考试卷被活页夹装订整齐，一张张地翻过去，英语141分，生物97分，语文和理化成绩平平，最拉胯的是数学，考90分，总分差一分够600。

他拿起数学试卷仔细看，才发现试卷上的错题已经用红笔做了注释，不同的字体把一步步考点写得很详细。

他眉峰一挑。

前桌烫了波浪卷长发的中年女士显然是整间教室里最有人气的，许多家长主动来桌旁同她攀谈。章榕会翻着试卷的时候，她回过头来同他打招呼："您好。"

章榕会抬起头："您好。"

"我是谢辰的妈妈。"她表情和悦，指向门外，"就是那边，在外面做登记的学生代表。"

"噢——"他意识到什么。

"辰辰回家经常提起意浓。"她笑着说，"说她是新来的转学生，学习认真又很努力，跟同学们相处也很好。孩子自觉上进，做家长的真是能省不少心。"

章榕会手里转着笔，表情淡淡的："是吗？"

他三句话把天聊死，谢辰妈妈看他不是很感兴趣也没有再强求，正好老师进来，对话顺理成章地断在这儿。

但章榕会心里没来由地烦，这种心烦一直持续到整场家长会的结束。

人流涌出教室，他跟着走在最后面。

走廊里吵吵嚷嚷，他沉默思索什么，不经意地抬头，看着路意浓跟几个人聚在一起，靠在走廊的围栏上聊天。

她套着普通的蓝白相间校服，扎着高马尾，容貌姣好，笑眼明亮地听着别人说话，说是青春逼人一点儿也不为过。

再走近一些，在人群中看到谢辰，男生笑吟吟的，目光透过人群，一直停留在路意浓的身上。

路意浓这时看到章榕会，跟旁人打了招呼，然后匆匆朝他跑过来。

她收敛了些笑意，小心翼翼地问："午饭时间到了，您有事要直接走吗？要不要在学校食堂里吃个饭？"

章榕会已经很多年没尝过做得这么没滋没味的饭菜，清汤寡水不说，食材的新鲜度也不怎么样。

他对垣城一中的印象从头到尾都非常一般。

他很快吃完，看着路意浓在对面小口地嚼着青菜。

等她吃得差不多了，他拧开矿泉水，润了润喉咙，开口说："我去过江津八中。

"杭敏英在那里读高二。八中的升学率是K省第一，师资、环境、食堂还有各方面的条件都非常不错。我想帮你转学过去。"

路意浓目光惊讶地看着他。

"没考虑过这件事？"

"我觉得垣城一中挺适合我的。"她说，"我本身在这边成绩都算很一般了。要是去江津，内卷得那么厉害，我怕我跟不上。"

章榕会说得非常直接："所以你就准备这样了？数学也是？"

路意浓憋红了脸："没有。我现在在努力。"

他的神色坦然："我不否认你的努力，但是你既然为了高考回K省，现在我能提供更好的环境和条件，你为什么要拒绝？"

路意浓有种努力被否定的羞恼："八中当然是很好，但是垣城一中也有自己的优点，你没有看到，不代表这里不好。"

章榕会瞥她一眼："一口一个'您'地叫了两年，终于变成'你'了？"

看她窘迫，他的脸上终于难得露出一些笑意，伸手揉乱她的额发："挺好的，以后就这么喊，不要再变回去了。

"转校的事情，你可以慢慢想一想，想好了，无论去是不去，给我电话。记得吗？"

路意浓是不打算去江津的。高考时间越来越近，她好不容易适应了垣城一中的节奏，没有为他一个临时的念头再动来动去的道理。

她假装思考了两天，编辑了很长的短信发给章榕会。

他的电话即刻拨回来。

电话那头乱糟糟的，好像是在饭局上。

"想好了？"他的声音沉沉，像是喝了酒。

"是的。"她努力让自己的语气听起来更坚定一些。

"还挺犟。"他嘀咕了这么一句。

"我帮你找了数学老师。每周六会有司机接你到江津来补课,周天傍晚送你回去。"

"啊?"

"不是要好好高考吗?"章榕会懒怠地靠坐在沙发上,"或者直接转学,就不用每周往返费这些力气。你自己选。"

最后路意浓的选择也没有出乎章榕会的意料,他"嗯"了两声,挂断了电话。

路意浓在次周的周末开始了自己的补习生涯。

她再也不用担心周末无处可去,章家的司机会在周六放学后接上她直达江津西区的茗樾山府,章家在这里置了一个大平层。有阿姨提前给她收拾好了房间,屋里的洗漱用具和睡衣都已准备齐全。

她到了地方就给姑姑发去微信。

路青回过来语音消息:"补习的事情已经同我说过了,给你请的赵国华老师退休前是K省高考命题数学组的,你好好学。"

路意浓有些惶然:我基础这么差,是不是杀鸡用牛刀?

路青:"对你好就受着,一家人没有不好意思的。记得给姑父打电话谢谢他。"

全新的房间,冰冰冷冷如样板房的房子。

路意浓开着床头的夜灯,陷在柔软的床铺里翻滚,怎么也睡不着。

她爬起来拉开窗帘,飘窗上铺了厚厚一层羊毛毯,房间里的中央空调是舒适恒定的27℃。她坐到飘窗上,沉静地看着远处盘旋错杂的高架桥如一条灯火通明的黄丝带系紧城市的咽喉,一栋一栋的楼房好像虚假模型,插在这片陌生土壤的四处。

她张望着不远处庄严沉肃的省博物馆,天上没有星星也没有月亮,只有勘不破的茫茫深灰不均地抹在城市的上空,像极古典主义笔触细腻的油画。

她突然想起忘了给章榕会发消息了。

路意浓:已经住下了,谢谢您安排的住宿和老师。

过了十几分钟,对面回过信息来。

章榕会:还没睡?

她看了一眼时间,啊……是不是打扰他休息了。

路意浓:不是。刚刚忙完,想起忘了谢谢您。

路意浓:……对不起,我又称呼错了。谢谢你。

对方这次是秒回。

章榕会:早睡。

几个字聊死所有闲天,是熟悉的章榕会了。

"当地 12 日召开新闻发布会,华北地区近期遭遇的强暴风雪天气已致 7 万人受灾,3 人死亡,雪灾造成的直接经济损失约 10 亿元……"

女主持端正严肃播报的新闻声成了背景音,男人修长的手指轻轻敲在红木椅子的扶手,脚边的小白狗抱着磨牙的大骨头,打了一个哈欠。

郁老爷子闭目养神,听着新闻,平缓地说:"你父亲最近倒有大动作。听说把兆家的股份都出清了?"

章榕会没有答这句话。

郁老爷子继续道:"他虽然从商,但是这方面的敏感度倒是不错,布局也很早。做人,倒也很能狠下心。"

章榕会低垂着眼漫不经心地道:"我爸近几年在做产业转型,主要投高精尖的板块。现在医用传感器技术更新迭代那么快,兆家不思进取吃老本,被淘汰是早晚的事情。"

"你不用帮他解释,从你母亲的事情,我很看得清他是怎样一个人。"

章培明没有再婚,但是路青的出现无异于是在与郁家翻脸,双方已经很久没有任何瓜葛了。

章榕会也懒得去当什么和事佬,章培明年龄在那儿,找个伴侣只是早晚的事;外公年迈,舍不得过世的女儿,替她抱不平,双方都是不会改变的。

郁锦梅盛了一碗党参枸杞鸡汤,奉到父亲面前:"爸,少说两句。"

郁老爷子没再继续说这个话题,捧着汤碗,转而提点章榕会道:"新来北城的靳家,他家小子很不错,我最近见过一面,跟你年纪也相仿,可以多接触。"

"是。"章榕会应下来。

开始补习生活之后,时间的流逝就像开了二倍速。

路意浓进入全周无休的火热状态。日常已经被课程和各种大小考填得满满当当,再佐以周末全天的小灶和不定时掉落的精品试卷,她也只能哼哧哼哧地抠干净每一分钟的空暇。

在这种高强度的学习压力下,度过高三上学期的后几个月,她 610 分的期末总分只算是略有长进,但还不足以让她去任何一个理想院校。

期末放假,终于不用去江津的这一天,谢辰终于有机会能再次陪她放学。

他手握全区第一的名次和 702 的高分,安慰路意浓这次的试卷是比较难。

公交车到站,他送她下车,陪她走过黑漆漆的街巷,路边间隔很远才立着一个路灯,发着些聊胜于无的光。

初雪的雪花粒又细又小,落在皮肤上很快消融,谢辰低头替她整理卫衣帽子,嘱咐她寒假好好复习,回去先把物理试卷订正完发给他检查。

"意浓？"

突然有人喊她。

路意浓凝神，看见了筒子楼下立着的瘦削身影。

路青裹着大衣，望向她的神色颇为复杂……

桌席间碗筷碰着"叮当"作响，路勇觍着笑脸抱着路远飞给路青倒酒。

"哎……咱们给姑姑满上，谢谢姑姑给的大红包！"

路青虽然不喜欢于佩，对待小辈还是没得说的，她端起酒杯，一口抿下一半："彩票站生意最近怎么样？"

路勇将路远飞放回到于佩的怀里："嗨，这个也挣不了什么大钱。一个月有个三五千的流水就不错。"

章培明给的钱，路勇拿来开了个彩票站，路青不满意他小家子气的格局，但是钱既然给到路勇手里了，他愿意怎么花，她也管不了。

她的目光看向路意浓，路意浓这会儿垂头吃着饭，半年多不见，长得更高，脸蛋也越发漂亮，像朵初绽的小玫瑰。

只是随着逐渐长开，两人的长相倒不如前些年那么相像了。

她沉着脸，显得心事重重。

于佩的手肘恰时地撞了撞路勇的肚子。

他立即会意地给路青的杯子里添满："小青啊，远飞也有这么大了，你嫂子现在空下来也能去干点别的，不用在家待着。她之前在钢厂也是干过会计的，你看看，能不能在垣城这边给她安排个工作？"

路青神色平淡，不辨喜怒："你想要什么工作？"

路勇以为有戏，立刻说："培明的公司哪里都有，你找个合适的，让你嫂子进去干财务，自家人知根知底有好处，她不能害你。"

路青看向他们："想得倒是挺好。我当时进去也是干财务的。"

"对啊，说不定你还有些老同事、老领导在……"

路青的语气突然尖酸起来："我顺着你说两句，还真就做上梦了？"

路勇即刻噤了声，于佩神色尴尬地站起来，哄着路远飞往卧室走。

奶奶在旁打起圆场："小青，于佩也是好意，想为家里减减负担，毕竟现在两个孩子养起来不轻松。我们也是在家里商量过。"

"商量？你们在家商量什么？他们两口子一个月挣三五千，还真当是靠自己养了两个孩子吗？"

奶奶急忙拦她，不让她大声嚷嚷着给于佩听见："这不就是自己人在饭桌上顺嘴一提？培明那么大的产业，那么多公司，还容不下一个你嫂子吗？"

路青怒极反笑："她多少年没上过班了？在钢厂办公室里算过几笔加减乘除就想去公司做财务？会用电脑吗？知道什么是金蝶、什么是用友？

现在的大学生一个个多厉害,我放个明晃晃的关系户进去,你是想让别人笑话我吗?"

"你这几年脾气是越发坏了!"爷爷一把把筷子拍在桌上,"对你母亲和你哥嫂是什么态度?看不起这个,看不起那个,没我们供养你读书,有你今天在这儿耀武扬威的好日子?"

"路意浓!"

路青大声的呼喊让路意浓心内一凛。

"你给我回屋里去。"路青压着火气。

路意浓放下碗筷,拖沓着脚步回到房间,身后的争执似乎没有停。她与姑姑半年不见,总觉得姑姑这次情绪格外不好,但是不知原因。

冰块撞进杯底,"丁零当啷"一片响,随后禾杆黄的酒液注入杯中,从杯底冒起一粒粒密集细小的气泡。

手机拿在手中转了又转,却宛如一块黑色的砖石,毫无动静。

"会哥在等谁的电话吗?女朋友?"男人笑着将酒递给他。

章榕会抬起眼睛看他。对面的人叫靳南,他有一米九的个头,五官笔墨浓重,故而显得表情很凶,刚刚随他父亲来到北城不久。今天也是章榕会领了外公的意思,专门搭的台子,将他介绍给圈里的人认识。

王家谨在旁夸张地笑道:"女朋友?他跟女人多聊上三句,明天太阳能打西边儿出来。我可跟你说,今晚喝醉了当心着点,万一他不喜欢女的,别被白占了便宜。"

"不至于吧。"靳南感觉很有意思,"会哥这个条件,不谈恋爱不是很可惜?"

"哦,你这么说倒是没浪费。"王家谨立刻目光灼灼。

听王家谨嘴里又要跑火车,章榕会不耐烦地"啧"了声,踹他的腿。

章榕会看了眼墙上的挂钟,已近凌晨,他端起杯子喝了口酒对靳南说:"你别听他胡扯,我出去打个电话,等我会儿。"

他来到包厢外的走廊,拉开窗户,吹进来的冬夜寒风散了散身上的酒气,他拨通了电话,"嘟嘟"的电话音响了三声,或是四声。

"喂——"那头终于被人接起,女孩子的声音很小,迷迷糊糊的,带着惺忪睡意。

她倒是睡得很香。

章榕会的声音沉沉:"你是不是忘记了什么?"

"啊?"路意浓在黑暗中摸索着按亮床头的灯,光线刺得她眼睛很疼,但是脑子还是一片混沌,"我忘记了什么?"

"还需要我提醒你吗?"

"章榕会？"她突然喊了这么一句。

被她这么一喊，他一整晚因为等待而紧绷烦躁的情绪倏然就柔软下来："是我。"

电话那头，路意浓眯着眼睛看清手机号码，才反应过来是章榕会打来电话，而且不是在做梦。

"你是打来问我，忘记了关于你的什么事？"她迟疑地又问一句。

"嗯。"

电话那头沉默了好几秒，路意浓尚且混沌着，脑筋也不知道转去了哪里："啊，是有的。你暑假去桐南拍的照片，舅妈早就洗出来了，还和底片一起都放在我那里，我一直忘记给你。你要是不放心底片，我明天让舅舅邮给你。"

章榕会满头黑线："这件也很重要，但不是这件事。"

"那还有什么啊？"她的声音很软，仿佛在撒娇。

"今天……"他顿了顿，"期末成绩，怎么样？"

"……啊，这要跟你说的吗？"

"不然呢？"他反问道。

那边传来脚步的踢踏声，是路意浓起床拿了成绩条，她揉着眼睛，一门一门地给他读过去。

"数学 115 分，还不错。"他说。

路意浓终于回过劲来，及时捧场道："谢谢哥哥帮我找老师补习。"

漫天的雪花从万米高空落到黑压压的城市，章榕会俯瞰着十字路口已经渐无人踪的红绿灯，处处霓虹处处雪，他感觉自己犯了烟瘾。

通话中沉默了许久，他突然问道："几号和路青回北城？"

路意浓觉得跟他聊天真是太跳脱了，怎么半夜来电，一会儿一个话题。南方没有暖气的冬天实在难熬，她重新窝回被子里把自己裹成一个茧："还没有定呢。"

"这话好耳熟，我怎么那么不信？"他玩笑道，"难道准备再'鸽'我一次？"

"啊？没有、没有的。"

她的声音突然被衬得很小。

近处一个楚楚可怜的女声轻声唤他："会哥。"

章榕会收起笑意，侧过身，按掉了手里的通话。

这么冷的天，兆卉穿着鲜艳的深 V 红裙，披着薄外套，嘴唇都微微抖着，身侧一个有些肥胖的中年男人揽着她的腰。

"认识？"中年男子在旁问。

兆卉咬着唇，脸色难堪，又青又白，低头抱歉道："您能不能给我两分钟，我跟朋友说说话。"

男人的目光睃在他们之间，冷哼一声，到底是先走了。

等到对方离开，兆卉眼里闪动着泪光，神色仓皇，上前抓住章榕会的衣袖，哀求道："会哥，你帮帮我。"

章榕会往后退了两步，躲开她的手："兆家没到这个份上，兆卉。"

破船还有三千钉，兆家捆绑章家在行业内深耕多年，也不是一朝一夕就会败落彻底的。

"我爸爸最近处境很不好。"她的话音急切，"自从章家跟我父亲解除合作，好多人突然开始向我家发难。从上游供应商、下游客户，甚至是合作方，人人闻着风向对我家落井下石。

"我父母已经很久没有睡上一个好觉了，整日都在外面奔波斡旋。会哥，章家、兆家合作多年，你们不能就这么看着我们去死！"

看着兆卉落魄，章榕会的神色平静到绝情："时事造英雄也能诛英雄。兆家实力不够，凭时运走到现在的高度已经是侥幸，时运消失自然会往下落。登高跌重，没有人是一直往上的。落到正位，局势还能稳定，你父亲也应该明白这一点。"

兆卉根本听不进去这些话。她是千宠万爱的独女，是兆家的掌上明珠，甚至不久前伏欣还在同她说着跟章家的婚事。她怎么能容忍一夕变天，兆家成了北城的笑柄，怎么能接受做了数十年的梦一下成为泡沫幻影。

"你能帮我的会哥！"她期期艾艾，泫然欲泣，"别人帮不了我，但你一定可以。"

"我没有义务这么做。"章榕会毫不留情面地说，"各归其位，我认为没什么错。或者你父亲在顺风的时候做好预警，也不会在逆风的时候落得这么难看。"

兆卉面色惨白："你是这么想的吗？我们认识这么多年，我们俩家认识这么多年⋯⋯"

"我不认为我们有什么情分，我也不认为我对你有什么亏欠。所以我的答案不会改变。

"这样的事情以后不要再做。好自为之吧，兆卉。"

3

路青时隔近三年首次回到垣城，陪同母亲回了一次乡下老家。

司机开着车颠簸在泥泞盘旋的小路上，田埂上长着枯黄坚韧的杂草。车子停在陌生人家的稻场上，没牵绳的家养黄狗从平房的大红门里窜出来，扑到车边乱吠乱叫。

司机留在外面，她们下了车，从后座拿了很多礼品，一起进到屋里。

屋内的陈设简陋，掉漆的长桌上摆着香炉，堂厅里供奉着不认识的神像。

满头银发的姨婆婆又瘦又小,从房里出来拿了几个略有缺口的茶碗给她们盛了水。

等到她坐下,路母从兜里拿出一张叠好的纸,递过去:"老姐姐,你帮忙看一看。"

姨婆把纸展开,费劲地看了许久,然后望向路青:"是想问什么?"

路母抢在前面说:"问问子嗣。"

她难免炫耀,又有些愁闷地说:"姑娘找了个好人家,就是三年了肚子一直还没个消息。最近还专门带着去美国住了两个来月,花了多少钱做试管,净遭罪了,也没要上。"

姨婆嘴里开始叨咕着一些旁人听不清的奇怪的话:"命里有食伤,或隐而不现,或落于空亡,八字印星又太旺,克制食伤,枭神夺食,克夺子女。"

路青没有听懂别的,一句"克夺子女"却让她脸色难看起来。

路母也有些急了:"算得怎么样,是不是不好?"

"印星为善,命里太旺,反而克了子女运。"

路母忙问道:"有什么办法可以化解?"

姨婆说:"我帮你请个阴阳五行的护身符,常戴在身上,平日里多给父母兄弟帮忙,心甘情愿地为他们多花钱,破财免灾,或可消解。"

回去的路上,路母忍不住多嘴道:"我就让你多帮帮家里,你还总是觉得我们害你!你看看,是不是自己的运太旺,压得生不出孩子来?"

路青扶额冷笑道:"这就是你跟我说的好办法?专门叫我回来给你们花钱?别不是串通好了,故意诓我?"

路母急道:"你这孩子怎么说这种话!你姨婆很灵光,老家做红白事都找她算日子,十里八乡没有说不好的。怎么到你嘴里就没个好话?"

路青手里捏着叠成三角的黄符没再说话。

车子平稳地往前开,隐隐听到远处敲锣打鼓的声音渐渐近了,有人似喊似哭,声声哀戚。

路母变了脸色,探头对司机说:"小陈,你掉头。不好往前走了。"

乡间的黄泥小道窄极,曲曲折折已经走出了好几百米,也就只容一辆车过,一时半会儿说要掉头,还找不到合适的位置。

"哎呀,能不能轧到田里去?"

小陈说:"这个田埂太高了,车子底盘矮,怕伤到车。而且下去了怕也找不到合适的位置再爬上来。"

"这可怎么办!"路母急得团团转。

路青说:"怎么回事?"

不等路母回答,她们已经同时瞧见了迎面出现的高高扬起的白幡,和吹吹打打的一大群人。

三人没再说话，车子等在原地很久，直到人群由远及近来到面前，又从车子的一侧绕过去，小陈才沉默地发动了汽车，继续往前开。

路青晚间接到了章思晴的电话。

章思晴先是客气了几句，问候了路家长辈是否安好，然后隐晦地表示，马上要过年了，她不小心撞了白事，最好正月里不要回北城，怕冲撞了家里的老人。

路青知道这是谁的意思，体面地回答："是，我也是这么想的。我两年没有在家里过年了，正好今年在家陪陪父母。"

章思晴笑说："那行。等我过完正月十五回江津，你来找我，咱们一起多玩玩多聚聚。"

路青答"好"。

章榕会是小年那天才知道的这件事。

他当下有一种被路意浓耍了的恼怒，明明已经说好，如果不能回北城过年，为什么她又不跟自己打个电话？

他想，路青真是白教她了，上了那么多礼仪课，连基础的礼貌都没有，真是白在章家住了两年。

他恼怒于她的没有教养，又觉得她很无辜。

路青没事去什么乡下？他最后烦的是这一点。

过年那天，章培明还忙着在书房开会，章思晴替着女主人的位置招呼各路亲朋，等空闲了往书房送进去一杯咖啡，也没有久留。

她从书房出来的时候，想起路青，顺手拐进旁边的会客厅，拨通了视频电话。

章榕会穿着黑衣牛仔裤，戴着纯白的耳机，斜躺在远处的沙发上打游戏，看到姑姑进来，不在意地对她点了个头。

章思晴在挨着门口的沙发坐下，电话响了几声后被接起。

视频那头，路青戴着围裙正在忙着，她们两个人聊起来。

章思晴问："家里吃晚饭了吗？是不是在忙？不打扰吧？"

路青说："不忙，排骨已经拿高压锅压上了，刚炒了几个菜。等到意浓爸爸一会儿从饭店旁边端个蹄膀回来就可以开饭了。"

章思晴很羡慕他们的烟火气，似是而非地埋怨道："我可是在帮你干活，你看着倒比我清闲多了。"

路青笑道："我要多谢你，等你回江津，我再请你吃饭。"

路青突然对着镜头外唤道："意浓，过来。别弄那个'福'字了，来给阿姨打个招呼。"

"就来。"那头的女声很遥远。

章思晴笑吟吟道:"正好,榕会也在我旁边呢。来来来,一起拜个年!"
说着她打开扩音,唤了一声他的名字。
章榕会摘下耳机,听到是给垣城的电话,坐起了身。
章思晴坐到章榕会的身旁,前置摄像头对着两人,视频那头的镜头转到路意浓的脸。她穿着鹅黄色的毛衣,手里举着红色的"福"字,青葱明艳:"祝阿姨新年快乐!"
路青在镜头外说:"还有你榕会哥哥。"
"哦哦哦!"她急忙又补了句,"哥哥也新年快乐。"
章榕会看着她的脸,想,她倒是过得挺好的,风风火火,什么都不耽误。
他随口"嗯"了声。
章思晴当他不喜欢应付路青那边,很体贴地拿着手机起身往外走:"阿姨也祝你新年快乐,明年六月金榜题名,考个好成绩……"
章思晴出了门,章榕会重新塞上耳机,听到王家谨正在队伍里疯狂吐槽:"气死了,关键团这孙子给我挂机了,老子晋级赛啊!"
章榕会开麦反问:"谁是你的孙子?你是谁的老子?"
王家谨秒怂,嘟囔了句:"你是我大爷行不行?回来了赶紧再开一局。一会儿家里要喊吃年夜饭了。"
路青曾经感叹章家年夜饭的热闹,远的近的亲戚聚在一起,众星捧月地围着核心的那么两三个人转。
穷在闹市无人问,富在深山有远亲,这话真是不假。
章榕会今年在章家吃的上半场,离席准备出发去郁家时,杭敏英像跟屁虫似的追上来:"记得答应我的大红包啊!"
她眉飞色舞地示意他。
章培明看见了,笑道:"就让榕会像往年似的,在群里多发一些,大家一起抢着热闹。"
"不行!"杭敏英急得跺脚,"这是哥哥答应我的,不能跟别人一样。"
"行行行,让你哥给你单独发。"
章培明又嘱咐:"那记得给意浓也发一份,两个妹妹,应当是一样的。"
杭敏英一脸不服地想要抢话,章榕会已经先开口,不是很耐烦地说:"您自己发多少都可以,不用借我的名头。"
"你这……"
章老太太在旁听着,倒是非常赞赏:"榕会这样有什么错?敏英是有血缘的亲妹妹,亲疏远近本来就是有分别的。培明,你为什么非得逼着孩子去讨别人好?"
章培明被祖孙俩堵得无话可说:"好好好,怪我多操心。"
杭敏英得偿所愿,这才高兴地冲着章榕会的背影喊:"哥哥,路上难走,你慢点开啊!"

路家这边很早就吃完了年夜饭,今年路青在家过年,各路亲戚也都特意走动着过来辞岁。路青没料到这么多人来,手里的红包都差点不够派。

饭厅里路勇组了牌局,和几个朋友呼呼喝喝地玩起了扑克,屋里被他们抽烟弄得烟熏缭绕,只能开了厨房的抽油烟机往外抽风散味。

这次回家,路青总是方方面面都感觉不顺心,她也在反省,是不是自己离开垣城太久,对家里人太苛刻了?除了培明给过一笔开店的费用还有自己日常给父母的家用,路勇也没正经沾上这个妹夫什么光……可他整日里游手好闲,吃喝玩乐没个正经事,自己就算给多少钱最终都会被白白挥霍掉,她还能怎么对家里好?

她想起算命姨婆的话,心里更烦躁了一些。

客厅里播着春晚,长沙发上路意浓和于佩一人占着一头,于佩哄着孩子,路意浓低头看着手机,消息一跳一跳的,被各种表情包刷着屏。

路青坐到她的身边,眼睛瞥她的屏幕:"谁的消息?"

"班级群,在说聚餐的事。"

路青很不赞同:"你们还没高考,学习时间都不够,没事聚什么餐?"

"我又不去。"路意浓垂着眉,"聚餐定的初六,我不是初三回桐南?"

路青点头,又说:"上次送你回来那个……"

她看了眼于佩,路远飞已经睡着,于佩在那儿也不知道有没有听她们说话,就停住了话音,转而对路意浓嘱咐道:"我对你未来有很好的安排,垣城不是你的落脚点,桐南也不是。你总共在这儿才待一年,不要给我闹出什么旁的事。"

路家是不用小孩子守岁的,十二点整点的时候,窗外响起了"噼里啪啦"的鞭炮声,声音震耳欲聋,简直跟轰在耳膜里面一样。

路意浓在睡梦中被震醒,难受地捂住耳朵,把自己紧紧罩在被子里。只随着鞭炮声渐渐消弭,她才睡得更舒服一些。

章榕会的手机在倒数时的结束瞬间被消息挤爆,他打了几个重要的拜年电话,又挑着发了些消息。

当然,这些是远不够的,再往上对更重要的长辈都需要上门拜年,时间都得提前预约好,他整个腊月、正月都排得很满,不得空闲。

临近凌晨两点,这些事儿才算暂时处理完。

他无聊地反复刷着手机,新消息一直跳出来,但心里隐隐最期待的,一直都没有来。

章榕会也看明白了,路意浓是不会主动联系自己的,或许领了她姑姑的话,才会给自己群发一条短信。

可他想要的，又不是这样。

他的手指停在靳南的名字上，然后点了拨出语音。

电话很快接通，靳南听起来也还没有睡，接起电话时颇为惊讶："会哥新年好，这个点还有空给我电话？"

"有事儿找你帮个忙。"他说。

年初四，章榕会上门拜访了靳家，宾主尽欢，留了个晚饭。

晚饭结束后，靳南送他出去，看着他上车后，没忍住趴在车窗上："我帮忙打掩护是可以，你去哪儿还是给我透个底，我有点慌啊会哥。"

"明天下午我就回来。"章榕会还是没有说，"帮我圆个话就行，多谢你。"

若说路意浓最怀念北城的什么，答案一定是暖气。垣城的冬天湿冷，桐南尤甚。她每次起夜都需要莫大的勇气。

路意浓夜半醒来，煎熬了很久，爬起来去了厕所，着急忙慌地回到屋里。她歪到被子里，脚都还没暖，枕头边的手机先振动起来。

路意浓本不想理会，但是手机一直没有停歇。她勾到手机撑到耳朵边，软绵绵地问："谁？"

对面许久没有声音，她几乎又要睡过去："不说话我挂了啊。"

"我在楼下，下来。"电话对面的声音有些疲惫。

路意浓艰难地睁开眼睛，仔细看了一眼来电联系人。

章榕会？

她清醒了一点，看了一眼手机时间，凌晨两点十分："你在恶作剧吗？还是喝多了？在大冒险啊？"

对面又重复了一遍："我在楼下，下来。"

确实是章榕会的声音，他直接挂断了电话。

路意浓睡得迷迷糊糊的，在被窝里晕了三四分钟，渐渐清醒过来。

她看着手机的通话记录，并不是一个梦。犹豫良久，她穿着睡衣睡裤，套上长款的外套，哆哆嗦嗦地打开门。

下了楼，右边的巷子里亮有车灯。路意浓心里犯嘀咕："不会真的来了吧？"

狭长的巷子里停了一辆银灰色的奥迪，车窗被降下来，章榕会坐在车里，左手搭在车窗的边沿上。

他看着小姑娘蓬散着头发，裹着外套小跑过来。

路意浓跑到他的车窗前，寒风已经将身上所有的热气都刮干净了。

她问："啊？这个时间你在这里干什么？"

"先上车。"他几乎是惜字如金。

路意浓绕到副驾驶的位置上了车。车里开了暖气，外面的冷风一直刮进来，章榕会穿得也很单薄，连个她那样的厚外套都没有。

他还是不说话，让路意浓有点慌了，她勉强笑道："新年快乐！呃……你今天怎么在这儿，我还以为是在做梦。"

章榕会把车窗升了起来。

"我还以为你不懂礼貌，不知道怎么拜年。"他的话很冷淡。

"啊……我。"

路意浓略有些理亏，憋住也说不出来什么。

从那年演唱会以后，她知道自己发消息章榕会也不会回，所以平日里也没有再主动发过什么消息，免得显得自作多情。

"对不起……"

她道完歉，还是摸不着头脑，又问了一遍："你怎么会在这里啊？"

深夜的桐南窄巷两侧亮着星星点点的灯，发动机低声嗡鸣，周围安谧至极。

章榕会终于有机会好好看看她，他的眸色深沉，不知在想什么，右手伸进口袋里："伸手。"

路意浓乖乖地摊开手掌。

他掏出厚厚的一封红包放到她掌心上。

"新年快乐。"他说。

嗯？她睁大了眼睛："你今年的过年红包，姑父已经单独发过我了。"

章培明秉着一碗水端平的原则，私下里已经用章榕会的名义给路意浓补了足额。

"那是他的，这才是我的。"

见她犹豫，章榕会"啧"了一声，伸手掐了一把她的脸。

冰凉凉的手和软乎乎的脸碰在一起，开了一晚夜车的疲倦在此刻突然变得不值一提。

"你还挺挑拣。不愿意收？"

"没有，没有。"她将红包往口袋里收，很给面子地露出了开朗的笑，"谢谢哥哥！"

章榕会的手还停在她的脸侧，他慢悠悠地说："你总是说谢我，但是也没看见你做什么报答我。"

她动作一顿，很讨好地朝他笑："哥哥什么都不缺。"

"可是哥哥觉得你缺点礼貌。"他半真半假地逗她。

路意浓一下尴尬得不知道说什么，半晌，嘴唇嗫嚅着："我以后改……"

"怎么改？"

"尽量改。"她硬着头皮。

"还是感觉不是很诚心。"他玩笑,"正好年初,要怎么改不如给我出个报告,讲讲未来一年的计划?"

她一下不知如何是好,眼神慌乱地看着他,有些迷茫。

"逗你玩的。"困意上涌,章榕会靠回到驾驶座上,"就在这儿,陪我坐一会儿。"

路意浓捏着口袋里硬硬的红包壳子,看着他有些疲倦的样子,问道:"你是从北城开过来的吗?"

"嗯。"

"那开了很久吧。其实,开夜车不大安全。"

北城到桐南有六百公里,章榕会一口气开了五个多小时。

他微眯着眼睛,想着她还算是有点良心:"嗯。你要是不'鸽'我,懂事一点,我也不用废这个力气。"

路意浓觉得很委屈:"姑姑今年回不了北城,哪有我自己去的?"

他哼笑了一声。

巷子头传来细细密密的脚步声,是拖鞋踢踢踏踏地踩在积了水的水泥地上。逆着车灯前方出现了两道人影。

"意浓?"

她听到舅妈的声音。

这个时间和状态,章榕会并不是一个受欢迎的来客。

但是碍于一层一层叠套的亲戚关系,他还是被脸色铁青的舅舅硬着头皮领了回去。

舅妈一脸凌乱地从冰箱里拿出剩菜给他热了吃,舅舅把惊惶的外婆哄回了屋里,然后把睡成一头猪的李沛抱到他们的床上。

路意浓在饭桌边傻傻陪坐,被李庆直接轰到房里去:"你这乱七八糟的像什么样子,半夜三更不冷吗?赶紧睡觉去!"

舅妈热好了菜,又下了碗面条端到他面前:"趁热吃点,暖暖身子。"

章榕会很客气地说:"不好意思,添麻烦了。过年来得匆忙,没带什么东西。"

舅舅从卧室衣柜里拿出未拆封的一套保暖衣裤,闻言嘴角微微抽动。

深更半夜到访,哪里是什么正经拜年的样子?

舅妈看他神色古怪,急忙递了个眼色,让他先什么都不要问了。

等章榕会去洗漱完进了李沛的房间,夫妻俩回到房里,看着床上呼呼睡得香甜的儿子,一时面面相觑,都不知道从哪儿开始说起。

原本舅妈已经睡着,但她睡眠不稳,隐隐约约听到好像有人开门的声音。

她起先没有在意,以为是自己听错。起床上厕所的时候,路过路意浓的房间见敞着门,她准备进去掖下被子,才发现被窝已经空了。

她吓得魂都没了,赶紧推醒丈夫,两个人披上外套急急忙忙地下楼,这才看见了巷子口没熄火亮着灯的车。

舅妈躺在床上,辗转难眠:"你说,是不是……哎,会不会是咱们想复杂了,误会了什么?我看意浓坦坦荡荡,不大像的样子。"

李庆呼吸粗重,气呼呼道:"你不是去年见过一次,还说人很不错?不错什么?哪有什么正经人深更半夜来家里把女孩拐出去的?"

"哎呀,咱们还不知道情况,别说得这么难听啊。"舅妈觉得李庆说得也太严重了,"他们是有亲戚关系的,说不定就是有事儿才来。"

"不行!"李庆躺下了又坐起来,"路家没个管的人,我得管她。"

舅妈急忙拽住他:"这么晚了,你管什么啊!"

李沛睡在中间哼唧一声,揉了揉眼睛:"妈,你们咋在吵架?"

"睡了睡了。"舅妈责怪地看了李庆一眼,"别作了,有话明天再说。"

4

章榕会没能睡很久,一早电话就一直在响。

"昨天在靳家吃完,跟靳南赶了个二场,喝多了。"他的声音确实又困又乏,"对,今天去不了了,我改天去陈伯伯家赔罪……嗯,不好意思。"

他打完电话,靠在李沛的小床上醒神。

李沛的小房间在向阳的东面,空间狭窄逼仄,只放了一张床、一套学习桌椅和一个看上去有点陈旧的书柜,他昨天脱下来的衣物被有些潦草地扔在了椅背上。身上盖着的碎花被子有点短,他个子太高,昨天蜷着睡了一夜,但好在被子又厚又暖和,也是难得一夜好眠。

在陌生的房间,看着正月里的明媚阳光,章榕会莫名有种失真感,念及昨夜手指抚触她脸颊的温软时,又觉得来这一趟,还挺值。

山不来就我,我就去就山。

章榕会一路顺风顺水的人生里,少有什么人是需要自己去主动将就的。他既然来了这趟桐南,就代表他已经想明白了。

想见的人,想办法去见,对他来说也没什么可耻。

章榕会收拾完出了房间,时间还早,舅妈正在厨房里煮粥。

米香随着温暖的阳光缓缓在屋内流淌,他听到舅妈的声音问道:"你哥哥喜欢吃什么?一会儿你舅舅醒了,让他买回来。"

"他……不太挑食吧?"路意浓似乎有些犹豫,"我们一起吃饭的机会不是很多。"

舅妈又试探地问:"那他这次来是做什么呢?半夜三更,把你舅舅和我都吓坏了。"

"好像……嗯，好像也没有什么事。"

他除了给了红包和控诉自己没礼貌，没说出什么来意。

"那他怎么知道你在桐南？提前问过你了？"

"我也不知道……"

她被问到词穷，身后的厨房门被人轻轻敲了敲。

"不好意思，给家里添麻烦了。秘书马上到桐南，我一会儿就走，中午不能留饭了。"

路意浓回过头，难得看见章榕会在笑。舅妈急急忙忙地用围裙擦着手："正月里来家里，不正经吃顿饭怎么好？"

"我吃的。"他指了指冒着白汽的煮粥的小锅，"早上喝个粥就可以。"

"那不行，这不像话。"

"我下次有机会再来拜访。"他说，"一会儿十一点半的飞机，确实留不了饭。"

舅妈急忙说道："意浓，那赶紧把你舅舅喊起来。"

章榕会对舅妈笑说："您别那么客气，是我突然来给家里添麻烦了。一年忙到头不容易，就让舅舅好好休息。"

早上七点多钟，外婆和舅舅都还没有起床，章榕会已经配着包子喝完了粥，准备告辞。

舅妈示意路意浓送一下，而她终于想起那封在抽屉里封存很久的信封，跑回屋里翻了出来，然后陪着章榕会下了楼。

魏秘已经等在巷口的车里，章榕会在路边停住脚步，从信封里抽出照片挨个看了遍，评价道："拍得挺好，算你给我的新年礼物了。"

"那也是有点寒酸。"她也开玩笑。

"寒酸吗？这么多年礼，就这个我最喜欢。"

她闭了嘴，不再说话。

章榕会看她良久，最终没忍住，伸出手摸了摸她柔顺的头顶："到你高考之前，我们应该没什么机会见面了。"

"哦……你不在K省待了吗？"

章榕会不愿意多说："嗯，这边的工作告一段落，重心要回到北城那边。论文、保研，还有其他的一堆事儿。"

路意浓点点头。

他很珍惜地看着她："最主要，不想影响你学习。其实你年纪还很小，高考没结束，很多跟学习无关的事情，现在不用有太多考虑。后面的风景会更好，不要着急在眼前找人生的答案，我想跟你说这个。"

他匆匆往返数千公里来桐南一趟，说的这些话总显得意味深长。

她没有想明白。

在北城的两年，他们之间说的话只有寥寥几句。为什么在她离开北城以后，章榕会反而同她亲近起来？

人生的起承转合是有多奇怪？

她的心思千回百转，没有表露出来。

"你好好考试，等你考完了，我们再见面。"

章榕会玩笑道："这次别放我鸽子了。知道？"

在垣城一中的最后一个学期过得非常快，眼睛一眨，又是一个新的白天。

路意浓有点难以描述那段时间的状态，很繁忙，也很充实，每天都像海绵汲取着新知识。

章榕会在那个学期里只同她联系过一次。

是她生日那天，章榕会给她发了两张照片，一张是北城家里的两只黄黄胖胖的守宫，另一张是他手里包装漂亮的大盒子。

路意浓一年没见过Simons和Ronny，一时也非常惊喜。

路意浓：啊！它们现在长得真好！高老师真厉害！

章榕会：……你不问问生日礼物是什么吗？

路意浓：[星星眼] 礼物是什么？

章榕会看着搞笑的猫咪表情包，仿佛也能看到她眼里闪着星星的样子：秘密。

他喜欢这么逗她。

他在手机上戳点良久，然后又发了一句话：祝你生日快乐。十八岁了。

黑板上倒计时数字每天都在变小，随着高考日益临近，焦虑、不安的氛围开始在教室里扩散，路意浓的心却反常地一点点安稳下来。

她感觉人生中好像从未有如此平静的时刻，自己像是一个战士，手里的笔是开刃的刀，十年磨一剑，霜刃未曾试。

她现在要做的，只是把经年的积累和辛苦，写到卷面上去。

两天的时间匆匆过去，最后一刻放下笔时，她看着熟悉的教室和身边陌生的人，竟然觉得感动。

她抱着东西走出考场，心里像揣了一个气球，慢慢膨胀起来，脚步都有点轻飘飘的。

考场的门口挤满了来接孩子的父母，即便是人潮汹涌，她也一眼看到了路青。

路青戴着墨镜，穿着一袭绿裙，妆容精致，年轻美艳至极，将她一把揽到怀里，拍她的肩："熬出头了啊，小姑娘。"

高考结束，所有的高三学子像刚刚从羊圈里放出来一样疯狂，各班学生窜来窜去，实验班里打打闹闹地乱成一团。

"谢神！拍照！"

"来啊！状元站中间！"

"班长，晚上咱们去哪儿吃饭啊？"

谢辰失去了往日在班级里身为班长的威严，像个人形立牌被抓来抓去求合影，衣服都被拽得皱皱巴巴。

有低年级的学妹特意赶回学校里，同他拍个合照。

有同学回到班里，他走过去问道："路意浓跟你们一个考场，有没有见到她？"

对方环顾四周："咦，她还没有回来吗？时间应该差不多了吧。我给她打个电话试试。"

谢辰已经拨过电话了，但是对面没有接，在别人那里也是一样。

她失去了消息，像是被吞没进时空的黑洞里。

深夜十一点钟，飞机降落在北城的机场。

黑色将天空压得很低很低，路意浓打了个哈欠，在摆渡车上挨得路青更近一些。

她打开手机，看到了好几条未接来电。她慢吞吞地看了一眼路青的侧颜，把手机收进了口袋里。

"有什么要躲着我的？"路青一眼瞥下来，"要看就看呗。"

路意浓磨蹭着靠在她肩上撒娇："姑姑，今天同学都在聚餐呢。"

"少给我来这套。"路青笑骂她，"在行知的两年不见你交什么朋友，转学也没个欢送的。在垣城倒让你混得如鱼得水了是吗？跟大家依依不舍？"

"哎呀，早知道我就不说了。"

"我跟你说正经事，你知道人脉有多重要吗？你在行知两年浑浑噩噩的，也不知道混了个什么名堂，白瞎你姑父交那么多学费了。"

路意浓有些受不了这种论调："姑姑，同学之间感情应该很纯粹的。像我和苏慎珍，别人也是跟我正常交的朋友，您别这么功利好不好？"

路青恨铁不成钢地说："别人想要人脉资源求都求不来，独你觉得功利。全世界就让我养了你这么个大傻瓜。"

时隔一年，路意浓回到西鹊山的章家时已经凌晨一点多钟。

家里的阿姨还在等她们回来，看到路意浓，直摸着她的手说她瘦了，也高了。

路意浓回到房间里洗漱完，阿姨端了夜宵放在床头，她一边喝着汤，一边坐到久违的床铺上。

　　手机在床头"叮咚"一响。

　　章榕会：欢迎回家。

第四章 /
他喜欢的姑娘

1

清晨的阳光跃动在整片玻璃墙,像水波里隐隐游动的金鱼。

女孩穿着棉麻长裙,趿着白色拖鞋,踮着脚,手持着壶嘴几乎比小臂长的喷壶往花卉丛里浇水。

高老师戴着作业手套,拿着修剪花卉的长剪刀修剪花叶,同她笑说:"你这么喜欢动植物,报志愿不如选个生物类的学科?这些科学其实很有意思,也不太需要同人打交道。"

路意浓自然是喜欢生物学的,但想到很早以前姑姑说的话,还是有些泄气地说:"我姑姑大概不会同意。"

近年来,路青的生活越发精致,什么杯子配什么酒、什么场合穿什么样的衣服、什么时节家里该摆什么样的花,处处都有讲究。不过再讲究,这些也只是生活的调味品,她言出法随,心念所至就该如此,这些不重要的小事,是不值当成为路意浓奋斗的人生目标。

"那路小姐想你学什么呢?"高老师问。

"她想我学商科。"路意浓一脸纠结,拿壶的手臂略酸地垂下来甩了甩,"我觉得她真是高估我了。"

高老师摇着头笑,她手里一轻,喷壶被身后的人接了过去。

"想学什么就报什么。"章榕会接了她的班,"干点自己喜欢的。"

初夏时节,他还穿着黑色的长袖衣裤,浑身上下遮得严严实实,只有为了浇水特意挽起的衣袖下露出一截肌肉线条漂亮的小臂。

路意浓退到一旁,看着他扣到衣领上的倒数第二颗纽扣,走神地想着他还挺保守。

倒是身旁的高老师先讶异道:"您今天来这么早?"

"刚下飞机,回来赶个早饭。"

他浇着水，偏过头看着她直勾勾的眼睛："回神了。"

"噢噢！"她总算反应过来，"我去让阿姨给你准备早饭。"

她穿着拖鞋跑得很快，踢踢踏踏的，一会儿就没了影子。

高老师觉得好笑："小姑娘还是冒冒失失，怪不得路小姐总是压着她学各种东西，还说她不够淑女。"

章榕会懒洋洋地用剩余的水浇完成排的南天竹："挺可爱的，她这样。"

高老师闻言脸色微变："毕竟也算是章家培养的孩子。"

章榕会满不在意地笑了笑。

章榕会到了饭厅，阿姨已经把早饭弄好了，咖啡配面包、鸡蛋。他环顾一周，路意浓没有在。

他坐下，掏出手机慢悠悠地发了短信：生日礼物不要了？

不多时，身后传来下楼细碎的脚步声。

路意浓规规矩矩地站到他的身侧，喊了一声"哥哥"。

章榕会端起咖啡杯，凝望着杯中的醇黑液体映出自己的影子："没有礼物还挺难请动你。过年怎么保证的？"

"没有没有。"她一派正经的模样，"我以为你吃了饭要休息。姑姑把乐理老师请回来教我，一会儿就到，我一年没碰过了，得准备一下。"

她看章榕会不说话，小心翼翼地问："你生气了吗？"

"没有。"他抿了一口咖啡，向客厅示意，"礼物在茶几上，去看看。"

路意浓再三确认他并没有面色不豫，又急急忙忙地跑去看礼物。

不多时，小姑娘惊喜的声音传过来："哇！是长笛啊！"

白金的笛身像镀了一层柔和的月光，吹口有细腻如丝的雕花，按键细节一丝一毫都做到了极致，光摆着都是一件很精美的艺术品。

路意浓举起长笛，朝走过来的章榕会晃了晃，有些疑惑地说："可是我不会哎！"

"不是给你请了声乐老师？就让老师教你。"

他倚在门口捧着咖啡杯，看着她手持长笛，有些笨拙地模拟着从电视里看过的姿势，试吹了几下。

就这么乱鼓捣着，吹出来的声音也很清雅悦耳。她满足地自夸道："我好像是个天才，电视里就是这么吹的，很简单啊。"

三岁开始练钢琴的章榕会就在一旁看着她瞎玩，忍不住摇头，一直在笑。

她和长笛很搭，跟想象中一样，气质优美又坚韧，感染力超强又变化多端。

他喜欢她多变的性格带来出其不意的惊喜，偶尔又对她忽远忽近的善变有些吃不消。

六月中旬，章氏的公司举办了股东大会，章思晴从江津过来，在章家住了半个多月。

章思晴在公司里并不担任什么重要职务,平日里挂职拿分红,她现在同路青关系不错,两人经常约着一起出去玩。

这次路意浓也在,路青便带着她陪着章思晴逛国贸,挑些换季的衣服,再吃个晚饭。

章思晴在一家奢侈品店里试了两双鞋都不太满意,抬头看到墙上展示的包包突然问道:"这个有没有现货?"

店员说:"这个包需要预订,排期大概在半年。"

章思晴嘀咕着:"那还是算了,等不了。"

路青说:"我有个同款,就是颜色不一样。你喜欢就拿去背着。"

"哎,不是我自己用。"她穿好自己的鞋子,"兆家女儿要结婚啦,我得给她送个结婚礼物。"

路青心下一惊:"你说的哪个兆家?"

"兆卉,就是伏欣的女儿啊,你们应该很熟的吧!"章思晴又站起来,往成衣区走去。

自从章培明与兆家彻底切割,路青与伏欣彻底断了往来,她已经很久没有听到兆家的消息了。

路意浓跟在她们身边,骤然听到兆卉的婚讯一时也很惊讶。

路青已经忍不住问出来:"怎么这么突然?兆卉不是跟榕会同年,才二十二岁吧?怎么就要结婚了?跟谁结婚?"

"听说是跟一个做医疗器械外贸的美国人。年纪大了点,四五十岁了。"章思晴叹了口气,拿下一件衣服比量在路意浓的身上,"哎,真是前二十年享的福可不是白享的,到了时候就得还回去。"

"她家里也舍得……"路青喃喃道。

"不舍得又怎么样?万一兆家没撑过去这次,那可真是凤凰变山鸡。现在起码家里不会倒了,自己又能过得好,为什么不嫁?"

路青神色不大好看,章思晴握住她的手说:"你别介意啊。兆家毕竟刚跟章家闹掰,不给你发请柬也是人之常情。也就是我们认识了二十多年,私交比较好,伏欣才通知我。其实我也有点尴尬,我是不愿去的。"

"没事。我只是……"

路青也说不出来什么,在这中间伏欣来求过她多次,她没有同章培明说过一个字。

每人都有自己的机遇,她也挽回不了大局。只是她没想到,最后替父母承受这一切的是那个乐观外向、骄傲如孔雀一般的兆卉。

她多少感觉有点惋惜。

章思晴看她心重,又安慰道:"是这样的。这样的家庭里,哪个孩子的婚姻是自由的呢？就比如榕会。"

章思晴继续说下去："你以为榕会跟他爸爸从商接班是怎么得的允肯？那都是有交换的。

"郁家那么大的家业总得有人继承，榕会不愿意走他外公那条路，就得找个门当户对的人结婚，稳住郁家的基业。再生孩子，等下一辈长起来，继续把郁家传下去。

"所以你说，一代又一代人，要干什么早都是安排好的。现在都说婚姻自由，可是有些人生来偏就没有。

"你别看榕会现在潇洒，说不定未来哪天他的婚事就突然定下来了。这都是说不准的。"

一条裙子突然被塞到路意浓的手里，她垂着眼睛，默不吭声地看。

章思晴热情地招呼她："意浓，看看这条喜不喜欢？阿姨还没有送你毕业礼物。"

日渐炎热的六月末，路意浓终于等来了自己的高考分数。

辛苦一年，考了六百三十多分，落在路青眼里还算体面，足够在比较好的学校里面挑一挑了。

她颇有兴致地拿了报名的参考书，对着路意浓的排名和 K 省往年的分数线来回看："理工科的学校就算了，外国语大学和传媒大学都不错，比较适合女孩子。

"咱们先挑着学校进，专业什么的都不重要，后面也可以申请调整。

"财大其实也可以，不过你排名不够高，可能得冲一冲。"

路意浓在旁听着，用叉子吃着西瓜，不发一词，显得兴致缺缺。

但在路青看来，路意浓不参与也没什么，自己做的决定自然是最好的。于是她编辑了信息发给路意浓的班主任，让他帮忙按照这个填。

到七月里，杭敏英高二升高三，也放了暑假来北城补课。

章思晴便同路青商量着周末带她们去津海玩一玩，津海风景好，路程也短，临时有事儿也可以随时往返。

路意浓坐在车里，想着去年差不多也是这个时候，兆卉第一次带她来津海，往日里不愉快的种种如走马灯般在眼前闪过。她越是不想记起，越是画面清晰，她深深地吐出一口气。

这次入住的景区酒店收费高昂，但出门便是大海，想去哪里随时有观光车接送，吃海鲜也可随时联系前台预定。

酒店的餐厅在二楼，全景落地窗，窗外深蓝的茫茫大海和湛蓝的天色融为一体，可以看到远处的纯白摩天轮和近处的海浪拍打礁石。

餐厅里客人寥寥，倒是服务的侍应生更多。

章思晴同路青开了红酒,两个女人聊着闲天,偶尔夹了两句生意上的事。

杭敏英不安分地拿着手机一直打断她们的谈话,她看中一款季节限定的运动款背包,一直没得到章思晴的应准。

"等回去了,舅妈给你买。"路青笑着安抚她。

"你可别惯着,就得让她吃这个教训呢。"章思晴嗔怒地看着杭敏英,"你说她爸爸也是个当教授的,怎么孩子读书就这么不开窍?一路开挂上去,次次都在年级倒数,开家长会给我脸都丢完了,你也学学你意浓姐姐……"

杭敏英不服气地冷哼了一声,朝对座的路意浓翻了个白眼。

她是看不上路意浓的。三年前看不上,三年后也没有变过。

不过考个六百多分有什么可吹嘘的?想靠这个就能压自己一头吗?她可是有个靠数学竞赛进 P 大的哥哥。

下午路青和章思晴约着在酒店做 SPA,杭敏英自然也跟着一起。路意浓回房间睡了个午觉,醒的时候天边已经变成了橘黄色。

路青打来电话招呼她到餐厅去。

她摸着尚且饱足的腹部,懒洋洋地赖着不肯起:"我晚上吃水果吧,现在还不饿。"

电话那头似有笑声。

路青没好气地说:"吃了睡睡了吃,这个点还不起床,出来旅游这样你丢不丢人?榕会也到了,赶紧来。"

章思晴还在一旁笑:"是喽。路青,你别急啊,现在年轻人旅游都这样的啦。"

路意浓到餐厅的时候,菜已经上了一些,他们坐在窗边临海的位置,一边用餐一边聊天。

章榕会穿得没之前那么正式,却还是很惹眼,极简风的白 T 恤也能穿出潮人范,餐厅里的人几乎都在看他。

他听着杭敏英说话,对路意浓看过来,脸上挂着淡淡的笑意,看上去心情相当不错。

她磨蹭过去,坐到路青旁边,捧着杯子喝了一口柠檬水。

她不说话,就听大家说话,碗里也没怎么动。

章榕会看着她没吃两口,问道:"是晚饭太早了,吃不下吗?"

这句关心也不算突兀,桌上没人注意。

她摇了摇头,没有看他:"我有点苦夏,胃口不大好,一会儿去摊子上买点水果。"

章榕会的笑意立即就收敛了。

等到吃完晚饭,路青和章思晴说正好人够了,可以去娱乐区那边摸摸麻将。

路意浓笑说自己不会，让摩拳擦掌的杭敏英替了自己的位置，而她主动请缨去给大家买水果。

酒店往外有一条很长的观赏路线，路意浓沿着海岸线一直往前走，暑假的景区游客如织，这会儿晚饭时间路上反而松散。

零零散散的摊贩在街边卖着水果、饰品还有稀奇古怪的纪念品。她走到水果摊前，鲜切水果十元一盒，主要有芒果、菠萝蜜、木瓜和西瓜。一盒的分量也不小，她有些不爱吃的，又不知道别人的口味。

纠结的时候，身旁的人站定，说："老板，各来一盒，打包。"

她抬头看向章榕会，有些惊讶："你怎么也下楼了？不是打牌吗？外面还挺热的。"

"我来找你。"他很直白道。

路意浓被章榕会突然的直球弄得手足无措，伸手去接老板手里的水果，已经被他抢了先。

她讪讪地放下手，语气尴尬地道："是吗？"

"所以，为什么又这样了？"

他看上去非常烦恼："之前不是挺好的吗？收礼物不高兴吗？为什么我来这里，你又这么抵触我？"

她眨了眨眼睛，看起来非常无辜地辩解："我没有。"

"你没有吗？"章榕会真是被她弄得没脾气，"我都不知道是不是我自己感觉有问题。我只是希望，每次我来见你的时候，你能高兴一点，对我笑一笑，别这么一个劲儿地躲着我。这很难吗？"

她没有说话，他的话已经说得很赤裸，赤裸到她没有办法接下去。

"所以是因为路青吗？"他又低了头问，"你不想在她面前跟我那么亲近？"

"跟我姑姑没有关系。"

"那跟什么有关系，你也教教我。"

路意浓看着他。她没有见过章榕会这么认真的神色，他是慵懒的，是散漫的，是自信的，他一直如此，难得认真。

她感觉愧疚，又撇开眼睛："我觉得你不要太在意这个事情。"

"别在意什么？"

"别太在意我的态度。"她勉强笑着答他，"我也不是什么很重要的角色。"

他为这个回答一愣，怀疑地问："你明不明白我的意思？是我过年在桐南说得不够清楚吗？需不需要我再解释得明白一些？"

"你说得已经很清楚了，我都能明白。"海风吹着头发飞舞，她在海边的晚风中抱紧了自己的双臂。

"所以，这其实是你的答案？"他觉得很荒唐，"因为你高三的班长？

这是你的选择？"

他就立在身侧，可是路意浓不敢转头去看。

她低着头看着自己的脚尖，思考了很久，然后一字一句地说："叫您一声哥哥挺不容易的。我也很珍惜。

"所以，我不想改变跟您的这种关系。"

"好。"他说，"挺好。就这样。"

越到晚间，海风越是猛烈，潮汐拍来轰隆隆的浪，踩海的小朋友被母亲抱回了家，路边卖盒切水果的小贩也撤了摊。

海风吹得路意浓的身子都在摇。天上渐黑的云层突然落下大雨，雨水砸在她的脚边，拍起地面湿漉漉的灰。

路意浓坐到旁边的面馆里躲雨，晚间八点多钟，她是阿婆的最后一单生意。

面条热烘烘的水汽涌上来模糊了她的眼睛，水雾在睫毛上凝成水滴又落进了碗里。

她捏着筷子的手指微微抖着，突然捂住眼睛，吃不下去。

他是多年遥不可及的梦，是耳机里唱的所有故事的男主角，是她种在心底的小小玫瑰，是不能宣之于口的秘密。

她偷偷查询过他的航班起降，也在生日时许过同他有关的微渺心愿。

可是在心愿终于成真的这一天，为什么会是这样的结局？

她捂着眼睛想，以后，都不要再来津海了。

近年来哭过两次，竟然都是在这里。

以后都不要再来了。

2

七月末，谢辰从垣城北上，带来了路意浓的大学录取通知书。

他们在西鹊山附近的咖啡馆里碰面，路意浓从信封里拆出通知书看了又看，然后又往包里收好，感激道："多谢你，不然我都不知道怎么办。"

谢辰看着她柔美的脸，琥珀色的瞳让他想起秋季湖畔的水杉林，冷感中带着令人退避的美丽。

第一次在远离垣城的地方碰面，他突然感觉到两人之间横亘着的无可弥合的距离。

她不再是教室里那个形单影只的女孩，她是水里的月亮、天上的星辰，眼睛可以看见却伸手难触。

她的手就放在咖啡纸杯旁，指节纤瘦、白得发光。

他突然觉得干渴，喝水也解不了的渴。

路意浓还在同他笑："还没正式恭喜你啊，市状元。P大抢你有没有给奖学金,是不是读书都不用交钱?"

谢辰被P大录取。他今年考了垣城市第一,全省第十六名,是垣城一中有史以来最好的成绩。

谢辰没答她的话,望着她,问道:"你呢?你为什么没有留在北城?"

她的高考志愿是托谢辰帮忙改的,江津大学,旅游管理专业。她的成绩超了录取分数线近二十分。

"你家人都在这里,他们应该能提供给你很好的资源。"他说。

"哎呀,人各有志啊。"她笑嘻嘻地伏在桌面上,手背垫着下巴,"大家都想往大城市跑,我以后可是想建设家乡的。桐南的景区建设日后可少不了我出一份力。"

谢辰失笑:"没想到你是这样的志向。"

"不然呢?我应该是什么样的志向?"她偏了头,长发像柔韧的布流泻在桌上,反着窗外灿烂的光。

她这样的想法,一下让谢辰躁动的心安稳下来。

他们是有希望的。

如果她是这样的想法,他们是有希望的。

谢辰朝她笑:"真的挺好的,人各有志,是我不如你。"

路青从外面坐车回家,手里翻着章培明给她的资料。她近年兴趣爱好越发广泛,章培明打算给她盘一个画廊,让她当老板。场地章培明已经挑选好,她只需要挑选一个专业经理人。

汽车沿着斜坡一路往上,在景区往章家深处去的三岔路口,前面的司机突然"咦"了一声。

"怎么了?"路青没抬头。

"那个好像是……"司机说。

她下意识地抬头,看到坐在咖啡馆窗边的路意浓正同别人说笑。坐在对面的男孩,她见过,一面之缘。

章培明晚间才结束会议,准备应酬吃饭时,突然接到家里的电话。

电话里的阿姨结结巴巴地说,路小姐跟侄女发了很大的火,吵得不可开交,问他能不能尽快回来劝一劝。

他很奇怪,路青发火的样子他从来没见过。

"为的什么事知道吗?"他边走边问。

"好像是因为高考志愿。"阿姨说。

"志愿?好吧。"

他挂断电话,喊过一旁的章榕会:"晚上你有空就陪着去吃个饭?"

章榕会这段时间脸色一直不怎么好看,睡眠不足,眼下泛着青,他懒洋洋地说:"您倒也舍得使唤我。"

章培明最近确实也不愿意让他再去应酬,便道:"那你也老实点,跟我回去,晚上在家吃。"

章榕会张了张口,想说什么,最后还是没有反驳。

车子开回家里,章培明先进的客厅。屋里的气压低到爆表,路青坐在沙发上,路意浓在一边默默站着,其他人噤若寒蝉地守在一旁,不敢出声。

章培明走近了才看到地上扔了一个被扯开了口的包,里面的文件也被拽出来,散了一地。

"怎么回事?惹你姑姑生这么大的气。"章培明出言缓和着气氛。

"你说啊。"路青冷笑着看路意浓,"你不是有主意吗?先斩后奏玩得多厉害,拿长辈当傻子耍。来啊,到你说话的时候了,怎么不说?"

路意浓挺直着背,转身面向章培明:"姑父,我的录取通知书到了。"

"哪个学校?"章培明已经隐约猜到她干了什么。

"江津大学,旅游管理专业。"她说。

章榕会站在门前的长廊默然听着,手里的打火机一响,点燃了一支烟。

"啊……"章培明看了一眼路青的脸色,"改志愿这个事情,当然是要跟家里说的,你姑姑做了多少功课,怎么能不跟姑姑说?"

"这是我自己的志愿。"路意浓在强调这一点。

这句话惹恼了路青,她从未这么失态过:"你是疯了吗?路意浓。你只是为了对抗我吗?我带你来这里,你姑父给你提供这么好的条件和环境,你现在还在上着几千块钱一节的私教课。你现在跟我说你要抛弃一切回K省去?路意浓,你到底是不懂感恩还是真的毫无志气!你是不是过得太好,才这么糟践别人的心?"

"我没觉得我的选择有错。"路意浓的脊背挺得笔直,"姑姑,这是我自己的人生,我有选择的权利。"

"你的权利?你有什么权利?"路青的声音又尖又细,"人人都说,宁做凤尾不做鸡头。你自甘堕落,也配叫什么权利?"

章培明看路青情绪失控,在旁打着圆场:"敏英的爸爸就是江津大学的教授。这个大学其实排名跟北城的这些也差不了太多。"

路青根本听不进去,她简直犯了疑心病:"你到底为什么这么做?是不是别人哄骗你?是不是给你送录取通知书的那个男生?是不是那个什么谢辰他帮你改的志愿?他哄骗你,哄着你回的K省。是不是?"

路意浓已经解释了很多遍,她的嗓子干极了:"他没有哄骗我。他是今年垣城市的市状元,录取的是P大。改志愿是我自己的决定,跟别人没有关系。"

路青厉喝道:"你别拿市状元这个名头来压着我。路意浓,全中国多少个城市,每年输出上百个市状元!他算个什么东西?"

"姑姑,您讲讲理,这是我自己的事情,您能不能不要扯别人?"

"是我要问你脑子能不能清醒一点!为爱沉沦,自降身段是吗?"

"我有什么身段呢?"路意浓苦笑着,"姑姑,您是不是太高看我?除了您,我还有什么能拿出手的吗?"

路青的胸口因为情绪波动猛烈地起伏,她的眼睛里都泛着红。

章培明按住路青的肩,终于出言打断她:"意浓,你这话说得就很让人伤心。你姑姑培养你费了那么多心血,你有什么拿不出手的吗?为什么自轻自贱,说这种话?"

她梗着背,站了很久,最后重重低下头,说:"对不起,是我没有志气,伤了您的心。"

一个星期以后,路意浓买了机票回K省准备入学。

临别时,她去敲过路青的房门,站在门口十多分钟,路青没有开。那扇沉重的木门像是什么符号,彻底分隔开姑侄两个的世界。

九月路意浓大学入学时,是章思晴送她去报到的。

家里什么都没有准备,章思晴跑上跑下地帮她添东西,铺床叠被,买水壶、毛巾、水杯等等。收拾完东西,章思晴又带着她在学校食堂里吃饭,边给她夹菜,边说:"这个食堂我也常来。我们家离这儿近,就一站路,你军训完,我周末带你跑一次你就知道了。学校里有事儿打电话问你杭老师,生活里有事儿你就来问我。"

"军训多抹防晒,有空了就来家里坐,阿姨给你做好吃的。"

章思晴絮絮叨叨地说着,路意浓在那一刻突然觉得她很像一个母亲的角色,眼圈默默地红了。

章思晴看着她低头吃饭不说话,叹了口气道:"别怪你姑姑。她也担心你呢,昨天还给我打电话说了一个多小时,让我记得给你添冬衣。

"亲姑侄有什么过不去的坎儿?她不过是气你自作主张,大人经验足,她心里也是为你好。等她这阵气过去,到年底的时候,你们见面好好说?"

路意浓默默点了点头。

章榕会在当年的十月到了江津,他个人独立运营的一个VR游戏项目小组在这里立项面世。

首支西幻风格的游戏概念宣传片,一经面世,立即爆火了全网。

他几乎每天都吃住在公司里,跟大家一起加班、测试、确认后续开发计划和营销方案。第一步走得很稳很好,算是开门红,他得接着把控未来每一步的方向。

在他生日的那天，章思晴喊他来家里吃饭。章榕会抽着烟，从高楼上俯瞰着不远处的江津大学校园。

杭敏英放学还没到家，章思晴从厨房里端出新鲜出炉的手工比萨："尝尝这个，我最近新学的。意浓可喜欢，最近来每次都能吃好几块。"

章榕会洗过了手，拿了一块在手里，说："她经常来吗？"

"一个月能来个一两次，她们大一课不多。"章思晴没觉出什么不对来，"她今天有晚课，我就没喊她。"

章榕会尝了一口比萨，水果的，糖放得多，甜到有些发腻，是女孩子喜欢的东西。

"她军训晒黑了没有？"他突然又问。

"黑了呀。有几个人军训能不晒黑的，我给你找照片。"

章思晴沾了水的手往围裙上抹了抹，掏出手机，点开照片给他看。

那是路意浓军训结束时大家拍的合照，她的脸蛋在黑压压的人群中就那么一小点儿，几乎看不清五官。

说晒黑了多少其实也没有，跟印象里没多大差别。

章思晴夸赞："别的不说，意浓还是像她姑姑的，长得多漂亮，是不是？"

章榕会将照片左右滑了滑，手机还回姑姑手里，从嗓子里"嗯"了一声。

章思晴收回手机，突然又感叹一声："懂事也乖巧，也就是家庭环境不好。不然，跟敏英一样长大得多幸福。"

章榕会不置可否道："路青总不会亏待她。"

"话是这么说……"章思晴叹了一口气，"她们现在闹僵了，小姑娘家自尊心又强，有需要的时候也不好主动伸手。你杭老师的同事还碰到过她偷偷在外面做兼职，倒是主意大，也能吃苦。"

"在哪里做兼职？"章榕会问道。

初冬时节，晚九点多钟，章榕会开车离开的时候，天上落了淅淅沥沥的小雨。雨水在前窗玻璃成片地晕染路灯微黄的光，下一秒又被雨刮器有节奏地清理干净。

环绕江津大学的湖畔小路行人寥寥，有出租车停在学校后门，小情侣打打闹闹地下了车，共撑着一把伞，彼此依偎挡着寒风。

他看了一眼，又很快面无表情地转过去。

回到公司时已经深夜十一点，几个座位还亮着灯，他路过茶水间，里面留下加班的几个人煮着泡面。

他敲了敲门，几人回过头来同他打招呼："小章总好。"

他把手里章思晴给带的东西递过去："大家分一分，吃不完的可以放到冰箱里。最近加班多，大家也辛苦。周四晚上我请吃饭，统计一下人数，我来定位置。"

新开的悦荟城私房菜,人流爆满,一位难求。

人均近四位数的餐标,用来做公司团建餐,也确实过于土豪。

路意浓换好衣物,就被领班安排,临时分配进了包厢服务,她不觉异常,搭手帮忙上菜,然后熟练地开始介绍餐品。

也是不经意的一个抬眸,她撞上了坐在正中的章榕会平静的眼神。

路意浓心下一慌,大脑一空,平日里已经背得滚瓜烂熟的菜品介绍卡了壳。

市场营销部的范筹看小服务生年轻可爱,起哄玩笑道:"哎,你们店是不是还收15%的服务费?这属不属于服务有瑕疵了,菜品能不能给打个折?"

小姑娘从脖子到脸庞,由粉白色一点点变得通红。

范筹又笑:"别急别急,不会罚款吧?你别哭啊。不行你从头背起,我们再听一遍?"

在她窘迫到极点时,正中的男人终于出声:"这是我妹妹,范筹。真逗哭了,我会罚你工资的。"

范筹哈哈大笑:"小章总,这么幽默的吗?"

章榕会没答,而是对路意浓说:"自己找个位置坐。"

"我还在工作。"她不肯动。

大家这才终于发现,小章总好像没有在开玩笑。

离她最近的美工吕雪急忙起身,道:"别别别,小章总的妹妹就都是自己人,哪用你服务什么了?"

又想路意浓是怕别人瞧见,于是招呼着离得近的把包厢的门关上了,再拉着路意浓到身边。

"你真要是一直站着,大家都要吃不好了。"吕雪拉着她坐下,又拿了小盏冰甜的酥酪放到她手边,"没事的,一起吃点东西。怎么称呼你?"

"我姓路。"

"是小路妹妹呀……"

章榕会同身边人说着话,没有再往那边看,所有对白却都一字不漏地进了耳朵里。

在江津逗留的这几个月里,章培明也曾给他打过电话:"你可以回来了。当老板,也不必事事亲力亲为。"

那时他宿醉刚醒,坐在办公室的沙发上,身上盖着前夜的外套,手指揉按疼痛的太阳穴。

"先不回去了,我再等几个月。"

再等几个月。

嘴巴先于脑子给出回答，自己在说什么？他一时愣住了。

章培明没觉出不妥，挂了电话。倒是他苦涩地点了一支烟，他初尝情味，有九十九分的苦，只有一分的甜。

脑海里想过又想，他们一起的回忆翻来覆去也就那几个画面，真少得可怜。

还在等什么呢？还能等到什么呢？

他也问过自己。

但在她进门的那一刻，他突然找到了答案。

他在等一个机会，破开坚冰。

路意浓整顿饭与章榕会的交流也就止步于此，他从容淡定得仿佛什么都没有发生，这让她心里暗暗紧绷的弦也缓缓放松。

聚餐一直吃到路意浓下班，吕雪住的地方离路意浓的宿舍很近，便稍等了她几分钟，两人一起走。

吕雪打开了约车的软件："我看看啊……哎呀，这个点果然不太好打车，前面还有三十三个人在等。"

她的手机突然响起，电话里范筹热心地问："我和小章总还要回趟公司，跟你们也顺路，要不要一起？"

"啊……"路意浓迟疑了下。

吕雪已经非常迅速地点了取消订单，挽住路意浓的胳膊，对着电话道："那怎么好意思呢？那就麻烦老板了。"

两位女生在地库上车，章榕会已经在副驾驶上闭目养神。

范筹唉声叹气地说："好不容易摸一次小章总的车呢，结果是个最平价的。"

这辆车对章榕会丰富的车藏而言确实太便宜了，路意浓有些惊讶："我记得……"

"记得什么？"章榕会在前座问。

"你不是在江津也有其他更好的车。"她讷讷道。

"今时不同往日啦，小路妹妹。"范筹也跟着吕雪喊她。

红灯变绿，前车一直不动，他忍不住地按下喇叭："小章总在创业期，每天跑这儿跑那儿很辛苦，就得这种耐操耐磨的车才最实用。"

"哦……所以你们公司是干什么的？"

车里的气氛安静了那么一下。

吕雪夸张道："不是吧？我们最近很红哎！公司最近的新闻访谈还上过省台和省报，小章总您是埋头创业太过低调了吗？还是家里条件太好，这么大的成就都不值得提一提？"

"没有。"章榕会莫名其妙地说，"是她跟我不熟。"

小章总对妹妹的关心他们也都瞧见,听他说不熟,两人只当开玩笑一般"哈哈"笑了出来。

路意浓略微尴尬地往后座又缩了一缩,吕雪找到播放量已经上亿的游戏概念宣传片用手机播给她看。VR游戏画面恢弘,画质精细,路意浓好像曾经是听班里的男同学谈起过。

吕雪指着右下角的小字:"这款Vent工作室就是我们啦。"

吕雪又说:"游戏还在研发,你学校没事的时候可以来公司玩啊!作为潜在用户,也给我们提提意见啊!"

"这个主意好!"范筹也兴致勃勃的,"小路妹妹秀色可餐,你来公司大家都能多吃两碗饭。"

"好……好的。"路意浓答道。

车子在小区放下了吕雪,又开进学校里,在宿舍楼旁的主干道放下了路意浓。

章榕会看着她的背影进了楼里。宿舍楼窗格像是密集的鸽子笼,间或亮着灯,只是不知道她在的是哪一个。

车开回公司楼下,他们在地下车库等电梯的时候,章榕会突然抬脚,对着范筹的屁股来了这么一下。

范筹没有防备地往前踉跄一步,一脸疑问地回过头。

章榕会很淡定地说:"不小心碰到的。"

范筹张大嘴巴,谁能给他回放一下,这是一个什么动作能不小心碰到自己的臀啊?

"吕雪今天提到用户提前参与游戏体验的想法挺好。"作为一个严格的老板,章榕会难得夸人,"加到你的工作计划去,每周跟进一下。"

范筹:"我是市场营销部……"

"嗯,不给你加工作量,先对接路意浓一个人。"他郑重地警告,"她年纪小,家里管得很严,你不要再随便开玩笑,说些很油腻的话。"

电梯在这时到了,范筹停留在原地,迟迟没有进去,脑袋里万千天雷滚滚,心里有一万句话需要疯狂吐槽:老板碰我的屁股,还说我油腻,到底是谁有问题啊?

3

最近的生活,除了重遇章榕会这个不知道是巧合还是刻意的小插曲外,一切都平淡如水。

路意浓在没课的下午,坐在操场的观众台上发着呆,操场上有两个班在上足球和篮球的体育课。

初冬的落叶被风吹到她的怀里,落在了毛衣柔软的褶皱上,她用手指钳出来，放在手里没意识地玩着。

这时一个足球被凌空抽射，落到观众席下方的空地上。

踢足球的男生气喘吁吁地用衣服抹了抹汗淋淋的脸，朝她招手："同学，麻烦踢过来一下。"

路意浓回过神来，点了点头，下台阶的时候没有留神，直接一脚踩空了两级台阶，落地时右脚脚踝一偏，她甚至听到了"嘎嘣"清脆的一声。幸亏她反应迅捷，即时拽住了扶手，才没有整个人趴到地上去。

男生看她不对，跑过来将足球一脚踢回人群，问她道："你没事吧？还能站起来吗？"

路意浓拉着扶手勉强站直，试着将右脚落地，又疼得急忙收回去："我的脚可能崴了。"

"等下，我骑个自行车过来载你去校医院看看，你等我。"

周五临下班，范筹才想起来老板临时布置的工作。他从吕雪那儿要到了路意浓的联系方式，拨过去两个都没人接。

又过了一会儿，电话回过来。

"我是 Vent 范筹，你哥哥公司那个，那天晚上我开车送的你。"

"您有事儿吗？"路意浓在电话那头突然吸了口凉气，"对对，是这儿，我还是动不了。抹红花油能管用吗？"

范筹立马关切地问："你这是怎么了？哪里不舒服？"

"没什么事情，就是崴了脚。"她咕哝地又问了句，"您有什么事情呢？"

路意浓在校医院里简单拍了个 X 光片，很不幸地确认为右脚脚腕骨折，整个右脚肉眼可见飞快地膨胀，水肿成了一只大猪蹄。

医生说比较好的是没有明显移位，可以保守治疗，但是要打石膏，平日里拄拐杖，然后静养恢复，好全估计要一百天。

期末考试季近在眼前，哪有什么机会好好静养呢？她有点想哭。

"足球男"十分内疚："要不是我，你也不会出这种事儿。你放心，你平日里去哪儿给我打电话，我会扶你的。"

"不怪你，我连足球都没碰到呢。"她的情绪也很低沉。

观察室的门被人推开，是章榕会赶了过来。

他气都没喘匀，坐到她身旁的空椅，把她手里紧紧攥着的冰敷袋抽出来，按在惨兮兮的脚踝上。

"你是？""足球男"问道。

章榕会低着头，连看也没看他，只道："我是她的哥哥，来照顾她。今天多谢你。"

他总共说了两句话，每一句都在告诉对方，你可以走了。

"足球男"仓皇离去的背影颇带几分萧索落寞。

路意浓看着章榕会欲言又止，他低敛着眉目，已经自觉开口："范筹跟我说了我才来。你毕竟从章家出来，我还是你哥哥，要是你想让我姑姑来，我现在可以打电话。"

"不要了。"她的眼神看向一旁的空位，"这么一点事情，不值当让大家担心。敏英现在高三，阿姨平日里照顾她也挺辛苦的。"

章榕会没再说话。

校医端来了准备的材料，章榕会移开冰袋停止了冰敷，不一会儿医生把石膏固定好位置，路意浓就收获了一只字面意义上坚硬如石头的右脚。

医生嘱咐道："回去注意抬高右脚，方便消肿。还有多观察脚部的血运情况，不舒服一定要来及时调整。"

路意浓眼巴巴地问："校医院有拐杖卖吗？"

医生："咱们这边是可以租用的，出示下学生证付下押金，可以一次性租一个月。"

"不用了。"章榕会起身对医生说，"我们自己准备。"

路意浓坐着拽他的衣袖，急急切切地说："这个不用买，我过几个月就用不上了。而且我现在就急用，还得回宿舍呢。"

"你宿舍几楼？"

"七、七楼。"

"那是真不错，你三个月这么练下来，回头脚腕细得像筷子，肩膀胳膊壮得能打 UFC（终极格斗冠军赛）。你是想做什么？金刚芭比吗？"他的毒舌属性突然爆发。

医生在旁笑出声："哎呀，也不至于，每年这样的学生都有几个的。不过七楼每天上下，女生体力差点，是比较辛苦。"

"我不用你管。"路意浓简直要被他的话气死了，"我打电话让我室友来。"

她的手机刚掏出口袋，被章榕会眼疾手快地一把抽走。

他悠然退后几步，很有意思地看着她目瞪口呆却动都动不了的样子，弯了弯嘴角，转头对医生道："我去付下钱。"

章榕会结完账回来，站到她身边，抬了抬手，示意她来拉自己的胳膊："走吧。"

她很无奈地攀着章榕会结实的小臂，随着他一跳一跳地往外走："去哪儿？"

章榕会的脚步放得很慢很慢，他说："忘记茗樾山府了吗？就在江津大学旁边，你之前补课还住过。房子有电梯，你平日里坐轮椅上下不用那么辛苦，还有阿姨做饭，方便照顾。

"之前接送的司机我也会安排给你，上下课他会帮忙。偶尔照顾不到的地方,你再找其他人求助。嗯?"

他安排得已经很好,路意浓还是别扭,闭着嘴不吭声。

"要么我直接打电话给路青,估计她也会这么安排,可能让你直接住到杭敏英家里去。"

这就有点恐吓的意味了。

她有些憋屈地看了章榕会一眼,正好碰上他的眼睛。其中有些顾虑,她也不好直接说出口。

章榕会有什么不懂的?他甚至十分淡定。

"我不在那边住,而且我马上要回北城去准备期末,短期内都不会回来。你不用担心。"

他们到茗樾山府的地下车库时,阿姨已经推着轮椅等在了车位旁。

"晚饭准备好了?"章榕会下了车。他没有动,只是看着阿姨从后座搀着路意浓坐上去。

"准备了,猪蹄汤炖了很久了。明天再煮排骨。"

他没忍住地笑:"挺好的,猪蹄汤。"

路意浓怒而横他一眼,章榕会将手机递还给她。她的颅顶刚刚到自己腰腹的位置,这个高度差让他想伸手摸摸她的头发,但他还是忍住了。

他轻咳一声,清了清嗓子,抬眼对阿姨嘱咐道:"好好照顾她,有事儿给我打电话。"

阿姨说:"这个点您不留饭了吗?我多做了一些呢。"

天色已黑,他从六点钟就来陪着,自然是没时间吃饭的。

章榕会不动声色:"嗯。我有别的安排,你们先上去。"

开车回公司的路上,章榕会的情绪难得轻松,这是近半年来他少有的愉悦的时刻。王家谨打电话来骚扰的时候,他甚至很有心情地开了两句玩笑。

王家谨狐疑地道:"哥们你没吃错药吧?前几个月怼天怼地、人人欠你八百万的精气神去哪儿了?今天这么好说话?"

章榕会懒得理他:"周末飞机,准点来接驾,回去请你吃饭。"

"得嘞。"

章榕会好久才回一趟北城,王家谨自然是不遗余力地组了个大局,邀了许多人来庆贺他最近事业开门红。

当事人倒对这种打着各种名义来吃喝玩乐的活动没什么特别的兴趣,对别人源源不断的吹捧也只是一笑而过。

王家谨看他兴致缺缺,一眼瞥到他在手机上同谁聊天,打眼看过去大致是在说几点做了些什么、今天做了什么菜云云。

"你小子在江津金屋藏娇？"王家谨的声音非常大，一把勾住章榕会的脖子，抢他的手机，"什么鬼？感情有动向竟然瞒着我。"

靳南闻言回头，留神看了一眼章榕会的表情。他确实一扫之前颓靡的态度，被王家谨调侃也没有恼怒，神色里有压不住的光彩。

章榕会动了动手指按灭了屏幕，王家谨抢过去的就已经变成了一块黑砖头。

"到底是哪家姑娘，赶紧老实交代！"王家谨解不开他的手机锁，简直要被好奇心逼疯了。

章榕会嫌弃地往旁边推开王家谨凑过来的脸："没哪家姑娘，你这么激动干什么，跟你有什么关系？"

"咱俩光屁股长大，你竟然对我有秘密？你变了，你变了。"

"咱们是你八岁全家从山西迁过来的时候认识的，那个时候你还光着屁股吗？我是没有的。"

"你别给我贫了！你就赶紧说！"

王家谨疯起来的时候缠人得非常厉害，章榕会无奈道："说什么呢？人姑娘又不喜欢我。"

靳南闻言微微侧目了一下。

"什么，你这么废！"王家谨万万没想到章榕会连个女人都搞不定，"你把电话给我，我帮你约，哥们儿一出手就没拿不下的。"

"不是那么回事儿……"章榕会没多说，把手机要回来，随手扔到了桌上。

王家谨哈哈大笑："干什么护得跟个宝似的，大家约出来玩一玩，有什么难？别说你来真的啊！"

章榕会捧杯喝了口酒，笑了笑，没说话了。

王家谨的笑意一下收敛起来："别开玩笑了。郁家那边我还没听着信呢。你自己找的？"

"你就别问了。"

"你别胡来啊。"王家谨忍不住说，"你现在都不用说是谁，你外公就不可能同意……"

章榕会不想再谈这个话题，眼神示意着王家谨打住。他看着酒液里由下往上的点点气泡，神色也算不上轻松。

人活着就会有办法的。

只要她愿意。

他会想办法的。

路青的画廊开业的那天，章榕会在北城，被章培明喊去捧场。

现场剪彩来了很多记者，架了摄像机，还请了业内的知名人士，搞得声势浩大。

章榕会避开摄像头进到场地里，挑了角度拍了两张照片，发到路意浓的手机上：你姑姑的画廊。

路意浓这次回消息倒是很快速：哇，好棒。

章榕会又回"嗯。在艺体中心这边，两百多平方米不算太大，位置很好。等你今年过年来，可以……"，他没有继续打下去，这句话好像一个征兆不大吉利，去年她过年要来结果因为路青去了趟乡下就黄了。

他又把后面几个字删掉，直接发了出去。

他打完字，正看见一个面容美丽的中年女子款步朝自己走来。她戴着美丽的翡翠项链，穿着灰色的敞衫大衣，头发盘起，气度雍容。

他也往前走了两步，客气地称呼她："阿姨，您也来了。"

谢淑是章榕会母亲生前好友，也是这家画廊原来的主人，只是她本人长期在港，并不怎么回来。

谢淑拢了拢衣襟，笑问他："你父亲还没到？"

章榕会说："可能稍晚一点，他中午的会议一直开到现在。"

谢淑有两年没见章榕会，看他身姿挺拔、面容俊逸，也是禁不住地感叹："你之前同你父亲还往香港跑得勤。如今也是不太去了。"

"是的，我现在重点在江津那边。"

谢淑倒有点惊讶："你……"

外面响起礼炮声打断了她的话音，随即是路青，她在冬日里穿着绿色长裙款步登台，步履轻柔，身姿摇曳。

她简短地感谢着各位到场的来宾，又感谢了已经赶到坐在台下的章培明，她的发言轻松大方间或夹杂着几句调侃玩笑，现场氛围调动得非常好。

他们一起看着窗外，听了许久，谢淑含着笑意说："路小姐是一个很有想法的人。"

她转头看着章榕会："听说她最近还在尝试要孩子？"

"这是他们的事情。"玻璃映出章榕会的影子，他的表情冷漠，似又厌倦。

"她年纪还轻，有这种想法是应该的。"谢淑抱着手臂。

剪彩活动结束，路青挽着章培明的手走进展馆，在不甚起眼的角落里看到章榕会和一个陌生女人站在一起。

章培明携她走过去，主动同谢淑握手，颇为感慨地说："谢淑，没想到你会来。这是我的女伴，路青。"

谢淑笑容妥帖，又同路青握手，眼神却一直落在章培明身上："这里我毕竟也有感情，怎么能不来？"

路青的笑容完美，似是不觉地带了几分娇意地望向章培明，冲他道："这原来是谢小姐的场地，贵客临门，你怎么也不提前同我介绍介绍？"

章培明安抚地拍了拍她的手:"谢淑贵人事忙,我平日里也少见。今天见了面再介绍不迟。"

"那谢小姐是前辈,您看哪里不好的一定多多指教,我好及时整改!"

谢淑很自然地回道:"我平日里只是随便玩一玩,指教是谈不上的。"

章榕会看着路青八面玲珑的样子,心里联想了许多,又觉得路意浓如今是最好的,长相、风格、性格都是恰到好处,也不用学她的姑姑。

章榕会在江津一气儿待了好几个月,缺了不少课,回来也只是赶个期末交交论文再参加几场考试。

他的导师是学院院长,非常看重实践经验,即便长期不在校,也没妨碍他做院长的得意门生。

他匆匆处理完学校的事情,又再次飞往江津。

江津刚刚下过两场冬雨,车门打开,灌进来扑面的冷风,章榕会坐进车里,关上车门。他先脱下沾着外面寒意的外套放到手边,又抬眼,望着左手边路意浓略有局促的脸。

"是阿姨让我出来兜兜风。"她勉力镇定地说,"她觉得我总在家躺着不好。"

"知道了。"章榕会握拳抵在唇上,挡住笑意,又因刚刚在外受了风,忍不住低咳了一声。

路意浓随着咳嗽望向他,意味深长地欲言又止,然后还是忍不住:"我突然想起一句话,还挺适合你的。"

"什么话?"他很捧场地问。

她嗲嗲地掐了把嗓子:"'他私下就是烟酒都来啊'。"

章榕会愣着还没反应过来,路意浓已经表演收工,露出了不怀好意的笑。

她真的很像一只猫,独立不黏人,心情好的时候也会跟你玩一玩,大部分的时候有点冷,对人爱答不理,你越亲近,她逃得越远。

章榕会真的很想把她抓过来胡噜胡噜毛,但看着她跷在座椅上的石膏脚,还是被迫忍住了那阵手痒。

"知道了。"章榕会无奈地看着她,"我以后改。"

路意浓与他对视两秒,不吭声地转过头。

章榕会平日懒散随性,看她的眼神又总是很认真,她接不住那种认真。

他们没有再谈及在津海时的往事,像是刻意忽略了那一篇,两人又回到之前的状态。但是说过的话收不回,已经发生的事情也抹不去。

她感受到章榕会时刻收敛着的情绪,和暗处涌动的关心。

但是,只要他不再提,只要他们固定在当前的关系上,是不是也可以是一种解法呢?

他说他是哥哥,本来也就是哥哥,对吧?

路意浓拆掉石膏的周末,他们一起去了章思晴家吃饭。

章榕会进门的瞬间,杭敏英大呼小叫地冲上来:"礼物!礼物!你答应我的!"

她没轻没重,差点把在门口半蹲着身子换鞋的路意浓撞倒。章榕会眼疾手快地扶住路意浓的胳膊,难得严厉地对杭敏英说:"能不能别这么毛糙?"

章榕会对外人没什么耐心,对家里人还是很好的,尤其杭敏英是他的亲表妹,他多年来一直比较纵容,难得说什么重话。

杭敏英乍然被他这么教训,满脸笑容立马拉下来,像只刺猬似的:"怎么样?她又不是第一次来,还用拿自己当客人吗?"

路意浓换好鞋站起来,不动声色地悄悄挣开章榕会的手,往厨房里去给章思晴帮忙。

"你看,你吼我有什么用,她又不领你的情。"

章榕会面色不豫地看她一眼,杭敏英小声嘀咕:"明明是她养不熟啊。"

路意浓进了厨房,帮章思晴择菜。两人没说两句,章榕会拉开推拉门,靠在门边,皱眉看着她:"你拉个餐椅,坐着弄。"

章思晴稀奇道:"哟,你怎么不心疼心疼你姑姑,喊我坐着弄?"

章榕会仰了仰下巴示意她:"她脚腕骨折刚拆石膏,骨头没长好,不能一直站。"

章思晴吓了一大跳,急忙把路意浓手里的豆角夺回来,把人按到旁边的餐椅上坐好,逼问道:"什么时候的事儿?怎么弄的?怎么没听学校老师说?路青知不知道?"

路意浓看她小题大做的阵仗有些害怕:"没事儿的,您别跟我姑姑说,我都长好了。您看。"

她刚想动一动,给大家演示一下,就被章思晴大呼小叫地制止了:"你还敢动!二次损伤了怎么办?你别觉得自己年轻不当回事儿,没长好到老了骨头缝都会疼的。"

"你就让她动。"章榕会哼笑,"她这是没躺够,再来一次,直接动个手术,再来个一两个月在床上动不了的,人才能老实。"

"哎呀,你怎么……"路意浓很烦他拆台。

章思晴很赞许地点点头:"你说得对,这就很有个做哥哥的样子了。"

路意浓与章榕会对视一眼,又很有默契地一齐转开了目光。

到吃晚饭时,杭敏英还在饭桌上哼哼唧唧地很不开心。

章思晴也不管她犯的什么毛病,问路意浓:"你考完试咱们一起先回北城?敏英放假迟,跟她爸爸一起。"

路意浓讷讷地说:"我今年还没定下来。我姑姑……"

路青并没有喊她过去。

章榕会吃着菜,慢条斯理地看了她一眼。

章思晴已经一下拍到她手上:"不懂事,你姑姑再大的气现在都早消了。你就主动一些,回去道个歉,大过年的她还能说你吗?"

路意浓没再说话。

"那就说好了啊。"章思晴掏出手机,"你几号考完试,咱们当天就回。"

她又问章榕会:"你呢?大少爷,你预备什么时候摆驾?"

"订同一天的票吧。"章榕会低垂眼睛,面色不显,"那时候我基本也忙完了。"

杭敏英狐疑地往桌上睃了几圈,最后也没有说出什么来。

那是他们第一次坐同一架飞机。章思晴同路意浓坐在前排,章榕会坐在她们后面。

看着舷窗之下一朵一朵似静止的白云,路意浓突然想到曾经的一些事。

她忘不了那些日子,站在行知教学楼的走廊上,看着高空轰鸣而过的飞机,而他那时不知在哪架航班里,赶赴每一个她不清楚的目的地。

她不想再回忆,强迫自己闭紧眼睛。

再醒来时,是飞机即将落地,她和身边尚在熟睡的章思晴身上披了薄毯,她觉得嗓子很干,在座位上略动了动。

从头顶上方的后座位置递过来一瓶水。

"润润嗓子,马上到了。"章榕会压低着嗓子说。

接机的车径直开往西鹊山,汽车开进章家,没有进地下,而是在草坪上直接停好,路意浓透过车窗看到等在外面的路青。

家里阿姨推着轮椅等在外面,她一出去就被按在了座位上。

路青像是没瞧见她似的,同章思晴、章榕会打了招呼。章思晴推了推路意浓的肩,她才小声喊了句:"姑姑。"

路青这才看她一眼,简短地"嗯"了一声,让司机拿上她们的箱子送到屋里去。

阿姨帮路意浓推着轮椅,嗔怪道:"几个月不见,怎么把自己折腾成了这样?"

"我没事儿了。"路意浓有些羞赧,"都过了两个多月了,我可以自己走。"

"你就老实待着吧。"阿姨悄声说,"路小姐可担心你呢,家里临时添了好些东西,就是怕你回来不方便。别再不爱惜自己惹她生气了,嗯?"

"我知道了。"路意浓也放低了声。

她先低了头,路青也没有再多为难什么,只是隔膜一直存在,两人交流说话都是客气，总之不如之前亲近。

后来是章思晴在寒假里嫌无聊，带她去路青的画廊玩。

路意浓还是坐轮椅去的艺体中心，她不懂艺术，自认为也没什么艺术细胞，但也很喜欢这里寂静悠闲的氛围。

年关里大多数的展馆、店面已经关停，在营业的几乎都是做外送的饮品店，艺术区的人大概执着于咖啡，每隔几十步几乎就有一家，热烘烘的咖啡豆的香气从玻璃门里一阵阵透出来。

今天天色阴阴的，天气预报说要下雪。

章思晴去买饮品，路意浓挪到廊下的木质长椅上坐着，地上黑白交错的马克砖拼成一个个奇怪的形状，她看得入迷。

小雪粒悄悄地飘落下来，挂在她长长的眼睫上，融化成温柔的水。

章榕会在二楼的咖啡馆里，透过窗户看零丁的雪，又看在一楼的她。她被黑色的羽绒服包裹，此刻俯视下去渺小如一粒尘埃，仿佛一阵风就能吹散，他的目光却被紧紧系在了那边。

他想起聂鲁达的诗。

I like for you to be still, It is as though you are absent.（我喜欢你是寂静的，仿佛你消失了一样。）

他又想起《春夏秋冬》里的一句唱词：冬天该很好，你若尚在场。

或是手里无糖的咖啡让他觉得苦涩，他想，对她来说，大概是冬天该很好，若自己不在场。

章榕会读不懂她千折百转的心肠，读不懂她偶尔的亲近和大部分时间的疏离，读不懂她为什么那么坚定地不喜欢和不接受。

若说自己条件太差，或许也能甘心。

可是比之别人，长相、家庭、学业，他桩桩件件都是好的。

那她的不喜欢，就是对本人的不喜欢。

他既不甘心，又感觉不到希望。

晚间在夜场同王家谨和靳南吃饭。

舞台上被装点得颇有过年的喜庆意味，歌手穿着红色的毛衣在台上搞怪地唱了一曲改编的《新年好》。

夜场的老板在他们聊天的空隙过来打招呼，问他们要不要点歌。

章榕会喝了酒，这次是他答应她要戒断以后，第一次跟朋友喝酒。

酒精烧得眼热，他晃着手里剩余的酒，摇了摇头。

"随便唱吧，大过年的来点热闹的。"王家谨说。

老板走后，靳南突然问："会哥，今年过年还有安排吗？你提前跟我说。"

这句话王家谨没有听懂，章榕会听懂了。

他看着靳南，淡淡地说了句："不用。"

靳南明白了，他喜欢的姑娘，现在就在北城。

4

一眨眼，这已经是路家姑侄进入章家的第四个春节。

杭敏英在返回北城的前夕感了冒，整天窝在屋里病恹恹地看电视，路意浓好不到哪里去，脚略沾地就会被周围的人大呼小叫地呵止。

到了过年的这天一早，章思晴和路青忙得脚不沾地，其他人也不见踪影，偏偏她们两人成了最闲的。

杭敏英看着电视，对路意浓使了个眼色。

"我们出去玩吧，天天在这儿躺着，感觉身上都发霉了。也亏得你这几个月能坐住。"

"我们能玩什么？"路意浓有些疑虑。

"你就跟我走。"杭敏英一副胸有成竹的样子。

杭敏英叫了车，两人偷偷摸摸地跑出了西鹊山，出租车七拐八扭地按照导航拐进狭窄的老胡同里。杭敏英兴致勃勃地俯在路意浓耳边说："我小时候常来这边玩，这里住了个大爷，他会卖那种手工烟花。"

路意浓迟疑道："这是不是……不大好？"

"不是那种大的、能上天的。"杭敏英解释道，"就是那种小的，仙女棒你见过吧！还有那种放在地上，喷一米多高的像树那样。我们拿回去就在草坪上放，别人又不能从外面伸头进来瞧。"

出租车到了地方，杭敏英拉着她下车。路意浓好奇地环顾四周，老旧街道拥挤漫长，白墙黛瓦，遍地槐杨。

杭敏英没有路意浓这样的兴致，她久未来到这边，光是找路也颇费了一番周转。

等到终于满怀希望地"砰砰砰"地叩响那扇木门，等了两分钟，院子里却始终没有回应。

杭敏英执着地敲了又敲。

对面的叔叔阿姨拿着垫脚的椅子和糨糊出来糊春联，看着她们，奇怪地问："你们找谁啊？"

"住这里的孙伯伯……"

阿姨说："他搬走了呀。"

杭敏英瞪大了眼睛："什么时候？前几年他明明还在。"

"就是去年的事情。他年纪大了，关节不好，被儿女接去住楼房享福了。你们有什么事儿找他？"

杭敏英与路意浓大眼对小眼，然后讪讪地说："没事。他都不住这儿了，那就算了。"

如意算盘落空，杭敏英的精气神一下子垮了，她对着墙壁狠狠地打了几个喷嚏，用纸巾揉了揉红彤彤的鼻子，丧眉耷眼道："这下好了，没得玩了。"
　　她的手机从口袋里振起来，章榕会在那头笑："你们在哪儿？怎么你妈妈的电话也不接？把人给我拐到哪里去了？"
　　杭敏英这才发现手机上有好几个未接来电，她冲路意浓比了个拉链封口的手势，对电话说："我们在什锦街这边呢。我带她来吃个好吃的，年三十店里没开门。"
　　章榕会声音愉悦："我在这附近，你们来找我，一会儿一起回去。位置发你了。"
　　她们按照导航找到一家中式茶馆，进了里面才发现别有洞天，无数条走廊纵横交错地分隔出一个个私密的空间，侍应生在前，引着她们走过曲折的回廊。
　　到推开中庭的一扇落地玻璃门，有一道长长的乌木连廊，环抱着一汪池塘。池水本应是清澈的，却因屋檐遮蔽，一半是沉寂的黑水，一半有阳光投在水中，现出粼粼碎光。
　　"这里好看。"杭敏英叫停他们，"你等我拍个照。"
　　内间的茶室里坐了几个人，松木炭燃烧的小火滚着炉上的水，屋里都是悠悠茶香。
　　"会哥。"靳南碰了碰他的手肘，"外面是不是？"
　　章榕会随着靳南的目光看向玻璃窗外，小姑娘穿着毛茸茸的绿色外套，像只小乌龟似的背对着伏在外面的连廊上，在看另一侧池塘里的鱼。
　　杭敏英拍完照片，又拉起她，递手机让她帮忙给自己拍。
　　他给杭敏英的微信发了消息：太冷了，别贪玩，进屋来找我。
　　信息从顶部跳出来，路意浓呆呆地拿着手机回头，见他从屋内看着自己，杭敏英也看到这边，她高兴地挥手，引得众人笑声。
　　"外面的小美人是谁？第一次见，真漂亮啊！"有人赞叹道。
　　章榕会的笑意一下落下来，看向对方的眼神骤然就有些凉意。
　　对方还浑然不觉，靳南咳了声："都是会哥的表妹，不要乱说话了。"
　　那人的目光从两个小姑娘那边收回，回头看到章榕会的冷脸，这才反应过来，急忙说："不敢不敢，纯是欣赏而已。"
　　杭敏英和路意浓进到包厢，被安置在一旁的沙发上，她们要等这边散场了再一起回家。
　　杭敏英拉着路意浓看她最近追的新剧，两人入神地看了几分钟，路意浓左侧的沙发微微下沉，章榕会坐到她的身边，从果盘里拿了只橘子到手里，开始剥皮。
　　"偶像剧？讲的什么故事？"

他的声音很近很近，几乎贴在耳旁。

杭敏英探着头看他："仙侠剧，小姑娘喜欢，你欣赏不了的。"

他的右手手臂绕过路意浓的肩膀，向杭敏英伸过去："给我看看长什么样子。"

这是一个有点像环抱的姿势，他身上有淡淡的雪松香，男人挺拔的身形几乎完全拢住她，另一头茶台上的几人刻意收敛了眼神，没有再敢往这头乱瞟。

章榕会把手机接过来，看了看男主，又垂眸了看路意浓坚定不移的后脑勺，把手机还了回去："一般般。"

杭敏英："哎呀，他最近很火的！顶流你不懂！"

"你也喜欢这种？"他问路意浓。

她这下不能再装没听到，转过头来却不敢与他对视，看着他滚动的喉结，睫毛眨动着小声说："我觉得还可以。"

"那你的标准也不算高。"他很中肯地评价道。

"你们说什么悄悄话？"手里的电视剧也不香了，杭敏英伸长了脖子看他们，不舒服地有一种仿佛自己才是外人的感觉。

章榕会塞了一瓣橘子堵到她嘴里，剩余的整个轻放到路意浓摊在膝上的手心。

"乖，一会儿就回去了。"

他将皱巴巴的橘子皮扔进垃圾桶，也不知对谁说的这句。

他们在下午五点返回了西鹊山，章老太太已经从老宅那边赶过来团年，坐在了客厅沙发上。

杭敏英哼哼唧唧地扑进她的怀里："外婆！"

冷热交替，她忍不住重重打了个喷嚏，被章思晴一把揪开："你当心传染别人！"

"她还病着呢，你们带她出去溜达什么？"章老太太嘴上埋怨着章榕会，眼神却一直落在路意浓身上。

这时正好阿姨推着轮椅从屋里出来，章老太太脸一下更是拉得老长。

"过年过节的搞这些东西晦气不晦气？我看她站得不是好好的？出去玩跑东跑西，回来就上轮椅，是做给谁看吗？"

杭敏英用手纸揾着鼻涕，嘟囔道："是我喊她出去的。"

"你也少多嘴，别跟些野丫头神神道道整天不学好。"

章老太太说话难听至极，夹枪带棒都是冲着路意浓来。路意浓没有说话，路青从旁边端着冲好的感冒药给杭敏英，将路意浓挡到身后说："你先回屋里去，换个喜庆的颜色再出来。"

章思晴也埋怨母亲："您老糊涂了吗？大过年的说这些做什么？"

115

路意浓难堪地后撤，被一只手从后撑住背。

章榕会语气淡淡地说："这是你家，想穿什么就穿什么，想坐哪儿就坐哪儿。有什么好躲的？"

他抬了眼对老太太又说："奶奶，您来做客，年纪大了不该您管的当少操闲心，大过年的不要扫兴。"

室内众人皆尴尬缄默，他似是不觉异常，转头问："还不开席吗？郁家那边还在等我过去。"

章榕会略吃了一些就匆匆离席。团年守岁，杭敏英跟路意浓挤在一个沙发里，她们各自玩着手机。

杭敏英在等待游戏加载的间隙，环顾四周无人注意，突然凑到她耳边问："你们是不是在一起了？"

路意浓正跟舅妈微信聊天，闻言，打字的手指一顿。

"你别乱说话。"

"你都不知道我在说谁，怎么能算我乱说话？"

杭敏英一语点破私隐，得意扬扬地看着她："你别看我学习不行，八卦这方面我可是一等一。等我明年高考完，我就去当娱记。"

"那我祝你梦想成真。"路意浓淡淡地说。

杭敏英很想从她口里问出些什么，可是磨了整整一晚，路意浓顾左右而言他，都没有说到点子上。

杭敏英最后被她的油盐不进磨得也没脾气，嘀嘀咕咕低声道："我哥哥真的很好。你们要是在一起了，就不要让他伤心。"

夜里守过十二点整，路意浓回到房间里洗漱，她的目光落在书架里的那本《小王子》上，陷入莫名的思索。

扔在床头的手机振了振，章榕会发来消息：到窗边来。

她拉开窗帘的瞬间，楼下的金色焰火腾空而起，升至半空，在漆黑的夜幕中绽开绚烂的火树银花。杭敏英裹着厚厚的外套，穿着拖鞋，深一脚浅一脚地朝着焰火旁的人影走过去："哥哥，我也想放！你给我留一个。"

而章榕会在绚烂又寂寞的夜色中凝望着楼上那双安静的眼睛，他张了张嘴，用口型说了句："新年快乐。"

他想，她总是装傻，又总能看清。

新年快乐。

他的愿望是，每年都和她在一起。

第五章 /
越是珍视的东西，越需要藏起来

1

正月初六，章思晴带着小姑娘们回了江津，章榕会拜年的事情没有忙完，直接住到了郁家那边，章家这边一下就空落起来。

到元宵节，章培明带路青去老宅过，在路上看她郁郁不乐的样子，笑说："意浓在的时候你又不理她，她走了你又不开心。怎么就不能当面对她好一些？"

路青一下就抬高了声音："我还怎么对她好？吃的、用的哪样不是最好的？别说是姑姑，就算是父母有几个能做到我这样？"

"我这不是看你跟自己赌气不开心？"章培明哭笑不得，"哪怕是自己的孩子，谁还没个叛逆难教的时候？意浓已经很不错了。"

他不经意的一句"自己的孩子"一下又扎到了路青的心肺管子，她憋了闷气，没再说话。

章榕会过完正月里就去了江津，他借给路意浓补生日的名义在茗樾山府留了一次饭，此后便常来常往，今日送些时令的鲜笋，明天带点打包的茶歇点心。

他来了也没什么事情做，大部分时候路意浓在房间看书，他在客厅里刷刷动漫或者游戏直播也能待一整天。

他本质是一个有些懒散的宅男，不喜欢各种花里胡哨的局，也不喜欢乱七八糟的陌生人。

但是他在那个位置上，像他外公给的"榕"字一样，有庞杂繁多需要去把控的关系脉络，他既享受郁家珍贵的人脉资源带来的便利，也在慢慢过渡到自己的资源体系中。

清明节假期，王家谨鼓动着靳南偷偷南下，杀章榕会一个措手不及，看看江津到底有什么小妖精把他绊在那儿。

靳南嘴里"好好好""是是是",上飞机前又偷偷通风报信。

王家谨刚下飞机得意扬扬地给章榕会打了电话,却没料想他异常淡定地报了一个地址。

王家谨简直怀疑自己身边出了内鬼,气势汹汹地杀上门,被章榕会闪瞎了狗眼。只见他穿着日常宽松的便服,额发软软地趴着没有打理,简直是一副贤妻良母的"人夫"扮相。

王家谨怀疑自己开错了门,是不是穿越到了哪个崩坏了的平行时空。

家里的阿姨在厨房里炖着排骨,桌上的花瓶里插着郁金香,地上铺了毛茸茸的毯子,他将他们接进来,又坐到毯子上,给他们扔过来游戏手柄。

"来玩两局。"

"我以为你在江津驰骋商场出人头地,结果你在干什么?过日子?你不会是为爱改变了吧?"王家谨心态崩了。

章榕会看着电视屏幕选择游戏模式,不耐烦地"啧"了一声:"现在清明全国放假,我去哪儿驰骋商场出人头地?"

王家谨尤不放弃地神神道道,觉得一定是他脑子哪里坏掉了,堕落成这个样子。

他们玩了一会儿游戏,门口突然有电子的解锁声。

三人不约而同地望过去。

路意浓艰难地提着行李箱进来,冲着厨房的阿姨说:"您来帮我拿一下,我舅妈给我拿了好多腊肠,我明天分一些出来要送到阿姨家里去。"

她后知后觉地顺着阿姨的眼光看向客厅,被三个男人吓了一大跳。

章榕会起身走过来,接过行李箱,挡住另两人的视线,低声问她:"怎么回来也没说?"

路意浓本来就是不想麻烦别人,所以自己直接买票回来的,没想到会直接撞到章榕会和朋友在,她人都傻了。她想拽住箱子的把手,却握在章榕会的手上:"我、我还是直接回宿舍吧。"

"别折腾了,你去沙发上坐。"章榕会反手捏了捏她柔软的掌心,"我们吃完饭就走了,没关系的。"

两位男士已经默契地移到了地毯上。路意浓略尴尬地坐到他们身后的沙发上,抬手打了个招呼:"呃,我是路意浓。路青的侄女,章榕会的妹妹。"

"我叫靳南,咱们上次在茶馆见过,你不用那么拘谨。"靳南笑说。

"我是王家谨,咱们没见过。"王家谨紧跟着说。

章榕会帮阿姨拿出箱子里的腊肠,又从厨房拿了鲜榨的果汁放到茶几上,然后坐了回去。

三人就在自己的面前打着游戏。路意浓拿着果汁倒进杯子里,一边慢吞吞地喝,一边看着他们玩马里奥赛车。二十多岁的男生玩起游戏来跟七八岁小朋友一样，幼稚得不行，垃圾话不停地往外飙。

"看我漂移。"

"垃圾。"

"送你一个乌龟壳。"

"哈哈哈！自己撞上了吧！"

"闪电劈不死你。"

章榕会离她那么近，人坐在地毯上。她甚至可以看清他脖子上细细的绒毛。简单柔软的面料贴着他流畅修长的背脊一路下滑，衣服边角隐没在纯白的羊毛地毯里。他的手指修长有力，按压键钮的声音"啪啦"作响，她甚至能够分清他们按钮声音的差别。这是什么奇怪的超能力？

一局当中，王家谨突然猛拍自己大腿。

靳南笑话他："你再着急追不上，游戏外上发条也没用啊！"

"不是不是，我就说你这个妹妹，我之前从哪儿听过的。"

章榕会闻言抬眼，很有意思地问他："她这么有名？你从哪儿听的？"

"程旻啊！"王家谨大剌剌地说，"你忘记了吗？前几年他不是偷你车出了车祸，被逮到还说他骚扰了路青那个……"

章榕会的笑意僵住了，手里的按钮一滑，吃了王家谨的一个章鱼，他的小屏幕瞬间变成了黑色。

空气瞬间像是静止了，只有王家谨浑然不觉，哈哈笑道："让你害我！还不是被我拿捏？"

身后的沙发动了动，轻柔的脚步声缓缓离开了客厅。

章榕会松开手柄，掉进地毯里。

"再来再来，输一局你就这样，你是不是玩不起？"王家谨非常鄙夷他这种消极比赛的态度，将手柄捡起来强制塞回他手里。

靳南从左侧拍了拍他的肩："哥，你少说两句。"

到了吃晚饭时，路意浓准点从房间里出来了。她平时话也不多，听着他们说笑，偶尔话题抛过来也能接上几句。

反倒是章榕会整晚状态都不太好，皱着眉头心事重重，匆匆吃完就要送靳南和王家谨去酒店。

路上，章榕会开着车，另两人说话也没怎么回。王家谨从后座探出头："你不至于吧？都几年了啊，人应该都快从局子里出来了吧？我真就是随口一提，也没想着揭你妹妹伤疤。真不行，你送我回去，我给她道歉行不行？"

章榕会没说话，在无人的街道拐弯处一个加速甩尾，差点把后座的两人颠到车外面。

"干什么！我肠子差点被你甩出来！"王家谨赶紧抓紧把手，"兄弟好不容易来找你一趟，至不至于啊！"

"没生你气。"章榕会淡淡说,"我自己在想一些事。明天吧,你们今天回去好好休息。明天我做东,带你们好好玩一玩。"

路意浓很早就躺到床上了,自从伤了腿,倒是顺便帮她调整了作息,健康了不少。

王家谨提起程旻,她其实没有那么介意,毕竟已经过了三年多,而程旻当时忌惮着章家也没有实质性地对她做过什么骚扰举措。

只是今天当着章榕会把这桩旧事重提,她还是觉得略微窘迫。

深夜的房子里安安静静得像一张浸饱了水的纸巾。她还是想赚钱,用手机刷着兼职的招聘信息,脚部骨折让她也不敢再找需要站立的体力工作,只能试投一些坐班的实习岗位。

隐约间,她突然听到外间的脚步声,是阿姨回来拿东西了吗?

她掀开被子踩到地毯上,走到门边,打开房门,与倚在门口的章榕会对上眼睛。

她一时讶异,略有些磕巴地问:"你、你怎么回来了?"

章榕会没有在这里留宿过,路意浓没有防备,只穿着睡裙,还光着两条洁白的腿。

所幸他的眼神没有乱看,只平直地望着她的眼睛,认真地问:"你今天生气了吗?为提到程旻的事?"

她看着章榕会阒黑执拗的眼神有些诧异,急忙解释:"没有的。他没有给我造成什么伤害,也不是提都不能提的人。只是突然说起来这件事,我觉得有一点点尴尬。"

章榕会看着她圆圆的眼睛,水润天真得像一只初生的鹿。

她那时候是什么样子,他已经没什么印象了。仿佛跟现在差不多,或许个子要更矮一些,长相稚嫩一些。

她那时候对他而言,还只是个小孩。

"可是我很生气。"他说,"我之前一直在想你在北城的头两年,我想不起我们的交集,也想不起那时我在做什么。今天王家谨提起来,我才知道,我是有机会为你做什么的,可是我没有。"

"这不是你的错啊,其实我很感激你,当时在程旻的事情上没有偏私。"

她顿了顿,小心地又说:"你当时还给了我跨年演唱会的票做补偿,我当时很开心,你还记得这件事吗?"

"你当时给我发微信了,是不是?"

"对,我说,谢谢您,还有新年快乐。"

章榕会略带苦涩说:"你越说,我越觉得自己错过了很多重要的东西。"

回忆那年的跨年,没有等到章榕会的回信和同苏慎珍彻底告别,路意浓的话音也艰涩起来："那是三年前的事情了。"

他垂下眼睛，看着她："我刚刚给律师打了电话，程旻判了三年半，马上就要出来了……可我后悔了。我不想让他出来。"

路意浓很认真地看着章榕会问："他会来找我吗？"

"绝对不会。"他斩钉截铁地一秒回复。

"那就不要做什么。"她伸手握住章榕会的手腕，朝他抚慰地笑，"我没有厉害到让既定的规则为我改变，我也不想让他做这样的事。"

像是一颗种子艰难破开积压泥泞的土，他动容下失控地问："我可以抱抱你吗？"

路意浓没有说话，章榕会已经略微弯腰，将她拉到怀里，双手拥住她，头埋进她的肩侧，肩膀都垮下来。

他这么抱了很久，感受着她柔软温暖的体温，像是小孩子终于抱到自己喜欢的猫。他小心翼翼地问："讨厌我这样吗？"

路意浓抬眼看着走廊上那盏小小的夜灯，眼睛干涩到有些发红。

"我没有不喜欢你。"她轻声喃喃地说。

王家谨和靳南在江津玩了一周多，在 Vent 工作室里鸡飞狗跳地指导了一圈工作，最后在章榕会直接发飙赶客之前，两人自觉收拾好了东西准备撤了。

章榕会一早起床将他们送到机场。王家谨前夜过量饮酒，这会儿躺在后座呼呼大睡，靳南坐在副驾驶。清早起了薄雾，原本平直的机场大道前路模糊，只能看见间隔不远处最近几盏路灯黄澄澄的光。

靳南似有感慨地说："这条路，走起来很不容易。作为朋友，我可能劝你就算了。你们还没有怎样，一切还来得及，会哥。"

章榕会看了一眼车内后视镜，王家谨在打着轻微的鼾，他拿了手边的咖啡喝了一口，靳南帮他接过去，放回杯托里。

"路是人走的，没什么不可能。"他回味着唇间苦香。

"若是普通人家，两情相悦，老人家心疼你或许还能搏一搏。可是你们现在这个关系……"靳南觉得很难讲出口。

"这都不是谁同意、谁不同意能决定的。三个家庭搅在里面，老一辈人传统，根本接受不了这样混乱的关系。尤其是北城的那圈子人，谁不是人精？会哥，口舌笔墨不能杀人却能诛心，她姑姑已经是这样的待遇，她往后经历的恐怕更加厉害。你喜欢她，舍得让她这样吗？"

章榕会淡淡地看了他一眼："不然呢？像你大堂兄那样，谈了十年到结婚又另娶？还是像你和王家谨这样，万花丛中过，片叶不沾身？"

章榕会发出略嘲讽的笑："我明明没错，却成了最错的那个。我只是正常地喜欢一个姑娘，反而我这条路比谁都难走。凭什么呢？"

靳南沉默了。

良久，他说："会哥，如果你坚持，那我希望你能如愿。"

午休时间，声音嘈杂沸腾，拿外卖的、寄快递的、看剧的、聊天的把办公室吵得简直像一个菜市场。

范筹在茶水间里抢到最后一瓶冰咖啡，开心得眉开眼笑，却被身后的人事一把揪住衣领。

"哎呀，女孩子喝冰的不好！你喝常温的，不行再往冰箱里塞几罐啊，冰几个小时就出来啦。"他挣扎着要跑。

人事的小姑娘说："哪里是问你这件事！我最近看到一个找兼职的简历，好眼熟啊，但是我不能确定。你能不能帮我看看？"

她八卦地掏出手机招聘软件的聊天记录，点开一份简历的头像给他看："那天老板带来的家属，是不是很像？"

范筹定睛一看脸，又一看名字，急忙把手机抢过来，问："应聘的什么岗位？"

"她没有工作经验，投的是人力行政的实习岗，每周二十小时以上，时薪三十元。"

"你赶紧联系让人来上班吧。"范筹急急忙忙地催促她，"别等啦。"

小姑娘嘀嘀咕咕地把手机按在胸前："不行，我还没给领导看过呢。"

"小章总妹妹来体验生活，你还倒挑拣上了。"范筹直接抢她的手机，"你不要我要，我来回复，老板给我安排的活我还没干好呢。"

路意浓接到了一家叫"火山口"的网络公司的面试邀约，她本来也是海投，甚至公司做什么的也不知道，只是看着时薪、工作时长和距离合适，下午下了课，迷迷糊糊地就去了。

反正是做行政，她心态还是挺轻松的。

直到进到写字楼，找到公司门前，她才一下紧张起来。身边的男男女女都穿着西装衬衣或者套裙，一个个拿着简历在等候区整装待发，而她穿着简单，除了随身的一个书包，连简历都没有打印，照片什么的更是没有准备。

她纠结着，觉得希望渺茫，又有点想撤了。

这时，有个穿衬衣的男人推开玻璃门，在拥挤的人群中找到她，向她伸手："来，你先出来。"

"我吗？"她受宠若惊地捂好书包，低着头紧紧跟着他。

直到找到一间空的办公室，男人让她坐下，随口问了几句基本情况。

她老老实实地回答，大一下学期在读，兼职时间可能要看课表时间，不能随叫随到，但可以保证每周二十小时的最低要求。

对面人的脸突然纠结地拧起来:"你不会没认出我吧?"

"嗯……"路意浓努力思索了一下。

"我是范筹啊!"范筹简直惊呆了,"我送过你回学校,而且我还给你打过电话,你没认出我的声音吗?"

那天夜晚太黑,而且她一直和吕雪坐在后排,确实没记住范筹的脸。

不过,范筹如果在这里工作的话……

"这里是 Vent,你不会也不知道?"范筹再次震惊。

"我还是走吧。"路意浓尴尬地起身,"我是海投简历来的,我也不知道你们公司有两个名字。"

范筹急忙拦她:"别别别,我们真是要找实习生。要不先了解一下?双向选择啊!"

开玩笑,到嘴的 KPI(绩效指标)怎么能飞走呢?

实在是范筹热情太过,路意浓只能坐回来,颇为无奈地问:"了解什么?"

"你试试我们公司的产品,给我们提提意见。"范筹时刻将老板的嘱托谨记在心。

他拉开门,从外面抱进来一个很大的盒子,里面都是新的、没拆的各品牌的 VR 眼镜。

"你都试试,看看哪个舒服、效果好。"范筹眼巴巴地看着她。

路意浓只能放下包,一个个地试戴,有些眼镜里内置了一些游戏,有些是风景。

"有你们公司开发的吗?怎么没看到跟当时宣传片一样的。"

她试了几个,终于开始有点晕 3D,一边伸手去扶身边的椅子,一边开始把眼镜解下来。

她想去抓椅子的那只手落了空,直接被一只手掌托住了。

她下意识地往回缩,眼镜已经被别人摘下来。房间里已经没有其他人,章榕会笑吟吟地攥着她的手,把 VR 眼镜放在会议桌上。

他解释说:"游戏还在储备期,没有上线,这些硬件厂商是未来合作可能投放的平台,我们正在挑选。"

重点是这个吗?

她看着章榕会的手,佯装淡定地说:"你最近肢体动作好多。"

"你说过,没有不喜欢这样。"他也很有道理的样子。

"我不是这么说的。"她有些恼怒地瞪着他。

章榕会弯了弯嘴角:"那对不起。是我喜欢这样。"

他看着路意浓的耳朵一点点变得通红,也怕逗她过头,于是松开手,招呼着她坐下。

"还是想找兼职?"他从旁边帮她接了一杯水。

路意浓坐下，把扁扁的包拽过来，压在怀里，给自己打气似的："对。"

他随口问："招聘软件上的薪资满不满意？要不要再调一调？"

路意浓不想显得自己很窘迫，于是嘴硬地说："我只是想增加一些实习经验，反正大一课不是很多。"

"可以。"他将水杯递给她，温声问，"一会儿让人事给你办个入职？"

路意浓捧杯喝水，心虚地眨了眨眼睛："范筹说我们是双向选择，我不知道这是你的公司，但大家都知道我是关系户了，感觉不大好。"

章榕会笑道："我当老板还挺大方的。零食饮料管够，各种补贴齐全，时间凑巧的话，还有上下班的免费班车。不如再考虑下？"

选择权到路意浓的手里，她斟酌了一番，然后模棱两可地回答："我还是再想一想吧。"

晚间为了体现公司雄厚的实力，人事部特意订了非常丰盛的员工餐，不加班的各位也挤进茶水间里提前领了自己的那份，揣在包里带回家。

章榕会领着她单独待在自己的办公室里吃晚饭。他的办公室不算太大，但风景很好，落地窗外几乎可以俯视江津的半边城市。随着天色渐晚，夜幕降临，华灯初上，窗外又慢慢蜕变成了另一幅景象。

办公室有一条很宽的沙发，沙发上扔了长毯子，是他夜晚留宿时用的。

章榕会正在看一封临时来的邮件，路意浓顺手帮他叠了毯子，又将几件从干洗店拿回来连塑料包装都没拆的外套挂到柜子里。

她突然问："你晚上都住这儿吗？你没有别的地方了吗？"

章榕会从电脑屏幕里抬起头，愣了一秒，很快反应过来："不是，只偶尔加班在这里睡。"

她有些怀疑地看了他一眼。

"别忙了，我一会儿自己收。"他笑说，"赶紧坐下吃饭，菜都凉了。"

办公室的门不合时宜地被敲响，范筹推开一条门缝，伸进来脑袋，又觍着笑脸钻进屋里给路意浓递了一杯奶茶。

"大家谢谢你的。常来啊！常来！"

他丢下莫名其妙的一句，一溜烟地撤了。

路意浓把奶茶举得高高的，摸不着头脑地问："他们谢我什么？"

章榕会又看回了屏幕，轻轻笑了："谢你好看啊，让你常来。"

"哎呀，你怎么一直说这种很奇怪的话。"

"你不好看吗？"他抬眼反问。

路意浓无语凝噎半晌，然后破罐子破摔地怼他说："我不好看。我是美，我美死了！"

章榕会没忍住地笑出了声："嗯。确实是。"

2

三月里，路意浓的爷爷开始频繁地咳嗽，拖了一个多月不见好，在垣城当地的三甲医院检查为肺炎，但是吃了药以后并没有好转。

路青不放心，让父母一起来了北城，给他约了专家号，又抽了胸腔积液做了病理检查。

上午刚刚出了结果，确诊为肺鳞癌四期。

路奶奶一无所知地在给老伴削着苹果。路青愣怔地坐在病房外的长椅上回不过神，拿着电话的手都在抖，她下意识地拨给了章培明，接电话的却是他的秘书。

"路小姐，我和章先生现在在机场，他正在开视频会议。"

路青惶然地问："机场？他要去哪儿？我怎么不知道？"

"是临时定的去香港，在那边有很重要的事情。"秘书很有职业素养地说，"等一会儿会议结束了，我让章先生给您打电话，可以吗？"

路青声线颤抖，勉力让自己平静下来，然后说："好的。那结束以后，你让他给我打电话吧。"

她又想起了路勇，在噩耗如五雷轰顶、让她手足无措的时候，那个平日里游手好闲一无是处的哥哥此时却反而成了强心针、救命草。

第二天一早，司机去高铁站接路勇。

但来的并不只有路勇一个人，还有抱着三岁小孩的于佩，以及他们随身大包小包的行李。

路青沉着脸将路勇喊到病房外，不多时，走廊里爆发了巨大的争执声。

路青再没有外人面前体贴端庄的模样，她一夜未眠，眼里都是通红的，头发凌乱得也没有打理："你把你老婆、孩子弄过来干什么？现在谁有时间给你看孩子？"

路勇说："你这说的什么话？咱们不是一家人吗？爸得了这种病，儿媳带着孙子来看一下都看不得？再说，妈现在年龄大了，于佩来伺候爸是不是应该的？"

"爸我会找护工照顾，一个不够我找两个，不用你来费心。于佩能自己把孩子带好就不错了，她来北城添什么乱？"

"路青，你为人不要太自私，咱们一家全过来了。你就非得让你嫂子一个人带着三岁的侄子留在老家？你就不能体谅她一下？"

路青的嗓音一下提得又尖又利："我体谅你，谁来体谅我？说我自私，不是你彩票店赌博被查封，鼻涕一把眼泪一把来求我的时候？现在培明给你的那笔钱花得差不多了吧？又打的什么盘算？"

路勇恼羞成怒地指着她的鼻子怒骂："你傍个有钱人了不起了是不是？不用你在这里给我甩脸子，全家就你一个大孝子！全家就你有钱！"

125

病房里的于佩脸早憋成了茄子色,她气势汹汹地摔门出来,阴阳怪气道:"小姑子你眼光好,攀得高,早不是这个家里的人了,路意浓也不是了吗?怎么路意浓你就无怨无悔地带着,给买名牌上名校,我们也没有伸手要钱,怎么好不容易来一趟也要受你白眼?"

路青言辞尖厉,毫不留情:"好,你今天说了不要钱,那就把小心思也给我憋住了。路勇,你老婆有骨气,你也记住,我掏钱给爸治病是仁至义尽,替你养老婆、孩子那叫春秋大梦!"

路勇从鼻孔里喷着粗气,他的眼睛通红,指着浑身发抖的路青:"你现在有钱了,你连人性都没有了!看自己的亲哥哥、亲侄子都像是讨债鬼!爸在里面躺着,你找事儿跟我吵,你也就这点本事了?平日里在家没尊严是吧?欺负自己没钱的亲哥你就能舒服一点是吧?你真可怜啊!你真可怜啊!"

路青哭了,她坐在安全通道的楼梯上,哭得撕心裂肺、浑身颤抖。

医护和路人匆匆路过,朝她投来异样的目光。

有陌生人拍拍她的肩膀,递过来一张纸巾。她狼狈地接过,想要感谢,嗓子里却说不出一句话。

章培明终于打来了电话,在时隔一天之后。

"喂,我昨天飞机太晚,忘记回你。"他在那头声音如常。

路青哭到失声,她难掩情绪激动,久久说不出一句话。

这时候,电话那头传来一个小女孩清脆的声音:"章叔叔,你给我带的这个是什么?要怎么吃?"

下一秒是谢淑柔和的嗓音:"叔叔在打电话,我们先不要吵他。"

路青脑袋一片混乱,她不知道自己要做什么、该做什么,她在这一刻甚至连声音都失去了。

她骄傲如斯,从未那么狼狈过。

在一片茫然的混乱中,路青直接按断了那通来电。

路意浓周末的一个回笼觉睡到了早上十点。

阿姨早上捏了小馄饨,看着她悠悠晃晃地从屋里出来,才匆匆煮水下锅。

章榕会一早就来了,这会儿开着电视看早间的新闻,一路看她穿着睡裙,揉着乱糟糟的头发到厨房接了一杯柠檬水,又捧着柠檬水坐到沙发的另一端,捂嘴打了个哈欠。

"你这时间表够懒的。"他又看了看手表,"看来你不愿意去兼职,不是我的待遇开得不好,是你的自制力还有问题。"

路意浓一口喝光柠檬水,感觉脑袋正在强制开机。

"今天是周末,哪个年轻人昨天不熬夜、今天不赖床?奇怪的是你吧?"

她懒洋洋地拿过抱枕抱在怀里,"还每天看新闻,怪死了。"

"这叫风向。"他无奈地看着小姑娘,"风向很重要。"

"你这话说得像我姑姑。"她学舌着路青,"人脉很重要,关系很重要……"

章榕会愣了愣,说:"她这些话说得也不错。"

看着路意浓一脸寡淡无味、兴致缺缺的样子,他又及时补了句哄她开心的话:"当然。你可以随意一些,开心就好。"

新鲜热乎的小馄饨出了锅,早起的章榕会被迫同她吃了一顿早午饭。

路意浓蹙着眉嫌烫地来回搅着碗里,散着热气,章榕会想接过帮她弄,手机却响起来。

是章培明的电话。

他毫无妨碍地接起,开始只是随便应答了几声,后来随着电话那头说的,他的神色逐渐凝重起来,过程中又莫名其妙看了路意浓一眼。

"什么时候的事情?

"好的,我回去一趟。

"知道了,我到了再说。"

路意浓好奇地伸长脖子,总觉得他那个眼神不简单,好像说的什么跟自己有关。

"怎么了?"她一般不太过问他的事情。

章榕会面色平常,拿过她的碗,又从旁边拿了干净的小碟,一颗颗地把馄饨捞出来摊开散热。

他不慌不忙的样子,让路意浓一下子又没有那么在意了。

"有点事儿,要回趟北城。"他说得很简短,"你自己待一段时间,乖一点。"

章培明滞留香港迟迟未归,章榕会从江津返回,替他去医院看望了卧病在床的路爷爷。

路爷爷住的是单人病房,路奶奶带着孩子去楼下花园里转,屋里剩下路青和路勇夫妇,气氛并不怎么好,除了应答章榕会程序性的探问,也没有人多说什么话。

他隐约察觉到了气氛微妙,没有久待就告辞了。

路青送章榕会出病房,章榕会难得主动同她解释:"香港的公务没有处理完,我爸下周就回。"

路青脸色冷漠,似是不太关心的样子,语气淡淡地道:"我知道了。"

从那一次挂断后,她没有再接过章培明的电话。

他们的开始少了儿女情长的拉拉扯扯,章培明又一直是一个很理性的人,打不通电话,便遣回了助理甚至是章榕会,他自己的行程并不会因此而改变。

在她最需要支持和陪伴的时候,章培明毫不犹豫地选择了事业。

又或者是,香港的谢淑?

路青从心底发出不堪的冷笑。

章榕会刚从医院出来就接到了章思晴的电话,她颇为关怀地问:"你去看过了?状态怎么样?"

章榕会一五一十地答:"医生不建议手术了,年龄大了怕身体受不了。让保守治疗,或许还能拖个两到五年。"

路青找的是国内非常权威的大夫,说到这个份上,几乎是没有转圜的余地了。

章思晴唏嘘不已地叹气,然后说:"路青这会儿心情肯定不好,我得等六月敏英高考完才能回去看她。"

他淡淡"嗯"了一声,然后问:"路意浓最近去你家了?"

章思晴说:"来了,昨天来的。"

"她还好吗?"

"挺好的。"章思晴叹了口气,"路青也不让说。就等等吧,等她放暑假回北城去再说。"

章榕会这一回在北城待了两个月,一是准备期末,二是为了参加章家的年度会,其他还有各种关系应酬,整日里都在忙着。

等到六月末,路意浓从江津北上,他临时请假去接人,看着她穿着浅绿色的裙子背着书包,像一蔓青枝,袅袅婷婷地出现在停车场,也算深深体会了一把异地的想念与心酸。

而对方拉开车门看见他,竟然还很惊奇地问:"怎么是你?姑姑说是家里司机来。"

章榕会对她真是一点脾气都没有,满心无奈地说:"是我跟司机抢来的活儿。"

路意浓也没说见到他高不高兴,坐下后从副驾驶弯过身子在中控台挑着歌,看起来心情相当不错。

"中午吃什么?"他打着方向盘开出航站楼。夏日阳光热烈地洒下来,透过挡风玻璃照在皮肤上也是火辣辣的。

"不是回去吗?"她打开了遮阳板。

他玩笑道:"你中午回去都几点了,谁给你留饭?"

最近路青一直在医院里陪床,也不太在章家住,今天是他特意嘱咐的阿姨不用做饭,他们要在外面吃。

"我没什么想法。不然回去吃点水果,直接等晚饭好了?"

章榕会开着车,望向她:"多少陪我吃一点,晚上大家一起,可能会比较晚。"

他们简单在一起吃了个西餐,中途章培明打来电话,章榕会应了两声,然后下午把路意浓送到了医院。

路意浓没有任何心理准备,她在病房门前被路青拦住,透过门上的半扇玻璃可以看到爷爷在病床上浅眠。

路青让他们坐在门外的长椅上,她化了妆,但憔悴得不成样子,穿着XS码的衣服依然显得宽大,她现在瘦得简直只剩一把骨头。

路意浓突然发现,自己好像已经很久没有好好看过姑姑了。

她鼻子一酸,简直要掉泪。路青不让她在章榕会面前哭,掐了掐她的手心,挑着医生说的好话低声安慰着。

章榕会问:"其他人呢?"

路青低声说:"在房子里休息呢。"

路意浓才知道,原来路勇夫妻带着孩子也来了,路青没有地方安置他们,临时在医院附近租了一套房子。如今他们绝口不提回垣城的事情,俨然是一副要赖到底的架势。

路青情绪低迷,也不愿意多说,问章榕会:"晚上在哪儿吃饭?"

"我姑姑订的国宾饭店,会有车来接。"

他顿了顿说:"我奶奶也去。"

章家和路家四年来的第一次正式碰面,连章思晴和杭敏英也在,也是难得人员这么齐全。

路爷爷最近身体稍好,勉强撑着到场,不过即便是坐在国宾饭店里对着整桌的鲍参翅肚,他也几乎吃不下什么东西。

不知是不是章思晴提前嘱咐过,章老太太这次明显收敛了许多,她有杭敏英陪在身边,眼睛几乎不朝坐着路家人的那半张桌子看。

路青坐在章培明的身侧,给他添酒倒茶,两人没怎么说话,细看下颇有些貌合神离的意味。

章培明同章榕会说了一些工作上的事情,突然想起来什么,又问路勇:"听说你最近在找工作?"

路勇有些心虚,他向路青说找工作,实际上三天打鱼两天晒网,基本上是躺在屋里睡觉玩手机。

"还在找。"他囫囵道,"一时半会儿也没什么合适的。"

章培明主动说:"你想找个什么样的,我帮你留意一下。"

于佩闻言在旁边放下筷子:"培明,咱们见一面不容易,有话我就直说了。远飞都三岁了,想在北城上幼儿园,现在公立上不了,私立价格贵,你那边能不能想想办法?

"我也没别的本事,孩子大了能有空了,也想找个正经活补贴补贴家

129

用,哪怕干个保洁什么的我也不嫌弃,你能给安排一下吗?"

路意浓不知道她哪里来的胆子,以前于佩都不敢正眼瞧章培明,这次居然敢当面求人,这套说辞熟练至极,显然是以前准备过的。中间路勇拿胳膊肘拐她,也没能阻止她把话说干净。

章培明一时也没有反应过来:"这……"

路青脸色冷峻,说:"好不容易聚在一起吃次饭,你在饭桌上说这个做什么?"

于佩不敢顶嘴,但神色明显不服。

她在想什么,路青都知道,当初自己安排路意浓进北城顶级私立高中都行,怎么到她这儿就事事不通?

"我办吧。"章榕会埋头吃着菜,"我找人办。"

这无异于是一套成功的道德绑架,于佩达到了自己的目的,塌下了原像斗鸡一样耸起的肩膀,颇为自得地朝路勇使了个眼色。

但她的扬扬得意没有撑过两秒,章老太太的筷子已经重重地拍到了桌上。

"章培明!你就这么任由些不三不四的人拿捏着你儿子?"

"妈!您干什么啊!"章思晴抢在众人面前呵止她。

路青一脸放弃挣扎地把筷子扔回了碟子上。

路家众人惊惶之时,章老太太被路青的这一举动彻底激怒了:"你还不服?你有什么可不服的?"

"这么多年,你自己好吃好喝光鲜亮丽地吸着血不算,你带的侄女,培明不也是当作亲侄女一般一碗水端平?现在这是干什么,我们好说话,一家老小就赖过来了是吗?"

章培明头疼地阻拦她:"这是我的私事,妈您少说两句。"

路青破罐子破摔地连连点头:"是,您说得对,您说得都对。"

杭敏英拽住章老太太的手:"外婆,您别说了……"

一片混乱中,章老太太的嗓音越发尖厉,如刺破了众人耳膜一般:"你这么多年,但凡能生下个一儿半女也不算吃了白饭。"

这句一出,满室皆静下来。

章榕会冷冷地抬眼:"都说够了吗?奶奶,这个饭您要是不能吃了,我现在送您走?"

路勇夫妇知道闯了大祸,大气不敢吭一声。

路爷爷呼吸十分艰难,粗声喘气,脸色惨白,路奶奶在旁慌忙地帮他顺着胸口。

等了四年的一场饭成为了闹剧,路青就这么可笑地盯着台面上几乎没怎么动的饭菜。

章培明来握她的手,却被她甩开。

路青的手在桌下抖着，脸上却是平静的。她说："意浓，收拾一下，我们该走了。"

这是她在这段关系里少有的硬气时刻，谁都不敢反驳她，眼看着她叫了车，一家老小匆忙地上车走了。

此后的一周里，她没有接过章家的一通电话，包括章培明的秘书再来，也被礼貌地请了出去。

于佩和路勇隐约知道这下似乎不可收场，两个人在医院时也经常背着她嘀咕个不停，好像有什么新的心思……

但路青已经顾不上了。

她这段时间想了很多事情，有头绪的、没头绪的，想了很多可能性。

但是她没有想到谢淑会来。

谢淑是被章培明请来的，让她帮忙斡旋他们间的僵局，以及解释一下当时电话里的事情。

路青冷冷地看着她："你拿什么身份来探望我？"

谢淑看清她此刻锋利表皮下勉力支撑的脆弱的心，又想起刚刚在楼梯拐角不小心撞到的那一幕。

今天是章榕会主动请缨送她来，他们在外面的走廊上遇见了准备下楼的路青侄女，她像只小天鹅似的仰着脖子，对他们视若无物。

章榕会一下就变得很奇怪，跟她匆匆道歉后，就跟在小姑娘身后下了楼梯。

谢淑并没有马上进病房，反而等了几秒，转身跟进了楼梯间。

她刚轻轻地拉开消防通道的门，就听见楼下的拐角处，章榕会言辞恳切地低声在哄："咱们可以不吵架吗？"

她听到一些衣料的摩擦声，两人似乎有轻微的肢体接触，具体到什么程度，她也不方便去看。

"章榕会！"女孩的声音非常羞恼。

"你每次不理我，我心情真的都很差。有问题我会解决，但是你不要因为别人迁怒我。"

"我家里人都在，你以后不要再说这样很奇怪的话了。"女孩说，"你是我哥哥，你再这样我会告诉我姑姑的。"

章榕会失控地将路意浓按在墙上，用力到甚至有些粗鲁地反问她："谁要做你哥哥？路意浓，你在喊谁哥哥？"

"你别动我。"路意浓小声呼痛，"你到底想干什么？"

章榕会的声音很低也很急："你能不能别装傻了？我想什么，你不清楚吗？"

谢淑没有继续听下去，她活了很多年，见了许多事，年轻的男女慕艾又有什么稀奇?

此刻,她在空荡的病房里对着如刺猬一般色厉内荏的路青,心里竟然难得地生出一些愧疚之意。

她说:"是培明让我来解释电话的事情。

"我知道你不喜欢我,但你不必对我抱有敌意。是,我是一个单身的女人,而且我自己有一个女儿,这不代表着我会来抢章培明。

"在榕会妈妈过世之后的很长一段时间里,我和培明确实保持着像精神伴侣一样特殊的联系。在你之前,他也跟我提出过是否可以共度一生的想法。

"是我没有同意。"

她看着路青越发发白的脸色,知道自己接下来的话可能会非常残忍,但她没有停。

"我拒绝他的原因是……路青,你要明白一件事情,章培明这辈子,是不会再有除章榕会以外的第二个孩子。"

谢淑前面说的话,路青都沉默以对,直到这一句,她突然不可置信地抬眼看着对方。

"在最开始的时候,章培明的生意没有做得特别大,他娶了郁家女儿几乎是一夜飞黄腾达。什么叫繁花似锦、烈火烹油?你尝过一路绿灯、所向披靡的滋味吗?章家就是这么发展起来的。

"在他们婚姻存续期到培明守鳏的二十多年里,章家的背后一直有郁家的影子。他们费尽心思为的什么?不过是为了郁家唯一的孙辈而已。"

谢淑微微垂下了眼睛:"所以,哪怕是你的出现,培明与郁家渐渐断了联系。他们中间,还是有一层基本的共识永远不会动摇,就是榕会必须是章家财产的唯一继承人。这件事,不允许有任何差池。"

路青面如金纸,单薄的身影仿佛摇摇欲坠:"这不可能。我没有听过这种事情,这太荒谬了……"

谢淑看到她的肩膀都在颤动,满怀歉意地说:"我很抱歉由我来跟你说这些。但是我觉得每个女人都应该有自己选择是否当母亲的权利。这是我当时放弃章培明的原因。现在轮到你做选择了。"

汽车开进西鹊山章家别墅,路青在这里住了四年,她今日看着这里的一草一木,从未感觉如此陌生。

家里的阿姨上来同她打招呼,她置若罔闻地没有应答,直接上了楼,找到书房里。

章培明接了消息,一直在书房等她。

她走进去,章培明朝她说:"喝口茶。刚晾的,已经凉了。"

路青站在原地没动。

她说:"谢淑来找我了,她告诉了我一些事情。"

章培明温吞着说:"她跟你解释了吗?那个孩子跟我没有关系,我跟她也并不是……"

路青露出比哭还难看的笑:"她是跟我说了这些,不过还说了些别的。"

她顿了顿,强迫自己开口去问:"她说,你不会有章榕会以外的孩子。这件事,是真的吗?"

章培明没有料想路青提到的是这件事,他张大嘴巴,久久没有说话。

路青从他的沉默中得到答案,脑袋里像是有一根紧紧绷着的弦突然断裂,她甚至仿佛听到了声音。

"所以,你这些年陪我要孩子,是在陪我演戏?是耍我玩吗?

"说好的怀孕再领证,也从头到尾都只是一场骗局?"

大颗的眼泪从路青的眼眶中滴落出来,她情绪濒临崩溃地一下抬高了声音:"我这些年这么辛苦!

"我吃那么多的药、打那么多的针,我取卵受了那么多的罪,连父亲的生日都错过,就为了跟你去美国做了两个月的试管。结果?现在其实一直都……"

章培明:"你冷静一点,路青。"

"你要我怎么冷静!"路青像疯了一样扑过去揪住章培明的衣领,"我拿你当丈夫,你拿我当什么?玩物?还是傻子?

"我三十岁了!章培明!我三十岁了!我再过几年想生都生不出了。你骗我!你哄我!你知道我这四年是怎么过的?你知道外面的人是怎么嘲笑我的,说我生不出孩子?我一直以为是我自己的问题!"

"路青,你冷静一点。"章培明苦笑着,"你现在不冷静,所以你只能看到孩子的事情。你回想一下,这四年你不开心吗?你想要的不是一直得到了吗?

"你有很多好看的珠宝、衣服、鞋子、包,你甚至还有一家画廊。而你没得到的,是很小的一个方面,也只能占人生中很小的一部分而已。"

"很小的一个方面?"路青又哭又笑起来,她松开手,步步后退,"这些话,你怎么不同你母亲说?你怎么不告诉她,生育只是很小的方面,这根本就不重要?我明明那么无辜,我被你欺骗,你却眼睁睁地看着她侮辱我四年!四年!

"这四年,你帮我说过一句话吗?章培明?"

她完全崩溃地掩着面。

章培明无力地看着她:"你想怎么样呢?路青。如果你想当母亲,我可以同意……"

"同意什么?同意领养?还是同意我生一个跟你姓,但父亲都不知道是谁的孩子？在任何时候，都可以毫无顾忌地将我们扫地出门。"

路青含着泪水，冷冷地笑着摇头："你真是让我恶心。"

章培明深深叹了口气，望向她："好，你想要什么结果，我都同意。我只希望你现在是冷静的，将来不要后悔。"

3

章培明与路青正式分开了。

或许是因为愧疚，他托律师在财产方面做了非常丰厚的补偿，四年感情最后落在纸面上也不过几页薄薄的清单。

路青毫无推辞地全盘接收。

路勇夫妇也没想到吃一场饭惹出这么大祸，他们像缩头乌龟似的，路青分手的消息闹出来就带着孩子躲回垣城去了。

而路青留在了北城，继续照顾接受治疗的父亲。

八月。

章榕会第三次找到桐南。

从路青确定和章培明分手的当天，她就提前让路意浓回了K省，再换掉电话号码和其他联系方式，要坚决和章家彻底切割干净。

等到章榕会得知消息，再去找路意浓的时候，她的电话号码已经成了空号，曾经堆满她的衣服和书本的茗樾山府也已经被收拣完毕，什么都没留下。

暑假的校园已经封闭，他只能再找到桐南去。

路意浓是在桐南的，她不光回去了，甚至还在那里的一家火锅店又找了个暑假兼职，被老板安排去发传单拉客人，每天一百块钱，每桌还能额外有几块钱提成。

夏天她穿着店里统一的围裙，在太阳底下稍站几分钟脸上都是汗，不过万幸的是，她长得漂亮，店里很快坐满了人，还有人在外面排队。

跟她一起兼职的小姑娘从屋里给她拿了一杯凉茶："你先喝口水，别中暑。"然后看着排队的队伍又不无艳羡地说，"你今天提成一定很高了。老板真会安排人。"

路意浓喝着水没有说话，手上的传单突然被别人从背后拽走一份，她下意识地回头去看，一年未见的谢辰站在那儿笑吟吟地看着她。

她没有说话，谢辰已经主动拿过她手里的传单帮忙分发，发完了就在外面一直陪着她晒太阳。

一直等到下午两点半，火锅店暂时午休。路意浓有些狼狈地摘下围裙，擦了擦额头湿乎乎的汗："你是不是还没吃饭？你有什么想吃的，我请你。"

谢辰怎么舍得花她的钱，于是说："不用麻烦，就在旁边吃碗面吧。"

一年之前，他们在北城的咖啡馆里碰面，她是样样矜贵的小公主；一年后,两人在桐南连空调都没有的老旧面馆里吃着十元一碗的面,她又像极了落难的灰姑娘。

虽然一直抹着防晒,但长期的日照还是让路意浓皮肤发红,谢辰略不忍心地问:"为什么要弄得自己这么辛苦?你可以找个室内的工作,好歹不用这样。"

路意浓夹了一筷子细面在唇间吹着:"没事的,我天赋异禀,夏天晒黑了,冬天也能白回来。"

她不方便跟别人说的是,她现在其实很缺钱。

路青要承担家里所有人的开销,爷爷的靶向药一针就要几万块,从章家分得的钱再多,面对疾病也是一个没有尽头的无底洞。

她始终是想尽快独立,不再向姑姑伸手拿钱。

谢辰想了很久,还是问:"你家里是不是出了什么事?我手上有些钱,是我自己攒的奖学金。你要是不介意的话……"

"我很介意!"她笑得眼睛弯起来,"我真的不缺钱啊,成长在于磨砺,在于体验。我这是体验生活呢!你可别急着腐化我。"

谢辰被她逗得哑然失笑,然后说:"我只是不希望你那么辛苦。"

路意浓吃着面条,像是没有在意这句话,随口说道:"谢谢你。"

谢辰暑假有实践活动,这次也是返校前临时抽空过来见她一面。他一直陪到她晚上八点下班,路意浓将他送到游客集散中心,看他打上了车,才转身回家。

八九点钟的桐南已经没什么人迹,只有电视新闻的声音和偶尔的聊天声会从头顶的窗缝中溜进来。

她留神,看到哪家窗户顶上有个圆溜溜的东西,好像是马蜂窝。

再回正视野时,舅舅家的巷口停了一辆熟悉的车,章榕会在路灯下的路阶上坐着看她。

她没有再问那句"你怎么在这儿",她甚至想不到要跟章榕会说什么话。她偏过头,像是没看见他似的,直接往前走。

他坐在原地没动,说:"好玩吗?

"闹失踪,好玩吗?

"钓着人,好玩吗?"

她听不得这句话,转头怒视他:"我没有钓着你。"

"我说的不是我。"章榕会竟然笑了,"嗯,我连上钩吃饵的机会都没有呢。我说的是,陪你上班、陪你吃面那个。

"一年了还来找你,看来是被钓得很扎实。他是死乞白赖地赖上你了吗?你打算什么时候给他一个说法?跟他确定关系?"

长长的巷子说起不过一堵一米多高的矮墙,路灯映着街边两人的脸,一者苍白,一者冷漠。

章榕会站起身子,走到路意浓面前。他们个子差了二十厘米,平时察觉不出他的高大,此刻她的身子却仿佛被他的影子围拢住。

章榕会居高临下地看着她的眼睛,仿佛嗤笑:"他不过今天陪你晒一天太阳,就这么感动吗?又是吃饭,又是送别。"

"为什么到我这里就是另一重标准?没有告别、没有留信,我找来也不愿意多看一眼、多说一句,我就这么不值得?"

他不知道一个小姑娘为什么有这么硬的骨头,也不知道她为什么有一副怎么都焐不暖的冰冷心肠。

"我真的不知道该拿你怎么办,也不知道还能怎么更进一步。我们抱过,也牵过手。你也说,你没有不喜欢我。结果到头来还是算我自作多情?"

路意浓不知道要解释什么。她沉默许久,然后说:"我姑姑和你爸爸已经分开了。我们没有关系了。章榕会,你也没有理由来管我的事情。"

愤怒在一瞬间冲昏章榕会的头脑,心有野兽在凶猛咆哮,他在这一刻放纵了那头古怪凶猛的东西。

他不愿意再听她说这些话,毫不犹豫地伸手锁住她的后颈朝自己拉过来,然后重重地对着她的唇吻上去。他的呼吸很沉、很重,带着不知餍足的劲儿反复碾磨,哪怕被她推搡撕咬也没有松开半分。

良久以后,他放手退后,伸手缓缓擦了擦被咬破渗着血的唇。

"这事没完。"他冷静地说,"路意浓,我不是你能放在手里耍着玩的东西。你认真也好、游戏也罢,我不可能跟你就这么算了。"

谢辰在 P 大就读于经济学院的政治经济学专业。八月,在他返回学校后不久,突然接到了学院老师的来电。

老师询问了一下他的基本情况,说:"既然你已经参加过托福考试,是不是也有一些出国的想法呢?"

谢辰解释:"是室友预备出国,我只是陪同参与了一次考试,来练练手。"

老师说:"是这样的,我们学院有一个政治经济学的 1+3+1 的本硕贯通联合培养项目,对接的是在本专业全球排名前十的 J 大,只要你在国内完成一年的基础课程,再去 J 大完成 3+1 的本科及硕士课程,就可以同时取得 P 大学士学位和 J 大的本硕学位。"

谢辰一时有些愣怔:"我在学院官网上看过这个简章,但是我看报名时间早就截止了。"

"是的。"老师语气亲切,"我们会在五月完成初选,J 大在九月份完成终选。你要是同意,就可以直接准备九月的终选面试了。费用方面你也不用担心,今年有企业资助,会给到你全额奖学金。"

这样优渥的条件开出来，谢辰几乎以为是遭遇了诈骗，他想了一下说："这个消息比较突然，我可以去学院找您面谈吗？"

对方说："可以。明天早上九点钟，院办301办公室。"

第二天一早，谢辰准时到了301，接待他的果然是学院负责国际交流项目的老师。

老师又向他介绍了一遍项目的基本情况。

谢辰忍不住问："我昨天问过我的室友，他也考过托福，成绩不比我差。为什么他没有接到通知？"

老师说："你这个确实是属于比较特殊的情况。因为是有企业指定到你本人的这个奖学金名额。"

谢辰心下一沉，隐约猜到了什么。他没有立即答复，说要再想一想，就先告辞了。

篮球场上男生们挥汗如雨，谢辰运球的瞬间被同队的室友从手下截断，抢先一步扔进了篮筐里。

周围有女生的热烈欢呼。

另一个队友上来碰他，问道："他怎么回事，这么大火气？"

谢辰心知肚明却也无话可说，他拍了拍对方的肩，说："我先撤了，你们玩着。"

谢辰在篮球场的更衣室里匆匆冲完了澡，收拾了包，在夜色中骑着单车往回宿舍的路上走，路灯透过遮天的树荫在身上落下斑斓的树影。

夏季的蝉鸣在耳边嘶吼，他的手机接到一通来电。

"好几天了，终面在即，还没考虑清楚吗？"那头的嗓音散漫地问。

谢辰刹住车，不急不缓地问："我们是不是见过？"

"一面之缘。"

"你是路意浓的哥哥？"

对面的人默了两秒："她是不可能跟你在一起的，你应该知道。"

"所以，是你们让我走吗？出这么大的价钱，挺超出我的意料。"谢辰不无苦涩道。

"值钱的是她，不是你。"对面说话非常直白，"或者说，这对你来说是巨款的一笔钱，对于我不过是非常微小的一笔开销。"

"我也可以拒绝你的捐助。"

"我觉得你不会这么做。"电话那头笃定地道，"你是一个很理性的人，就应该想明白感情无望的情况下，应该保有前途，总不能事事落空。

"3+1已经最大限度地缩短了你成长的时间，足以让你获得一份非常漂亮的履历。或者你选择继续在国内一路竞争下去，读研？读博？最后呢，你想找一份什么样的工作？"

谢辰迟迟没再回复。

电话握在手中，不知何时已经被挂断了。

他把单车停在树边，自己坐到路边的花坛上，背包扔在脚下，时间已经是晚上九点。他想了很久，还是拨出去。

"你下班了吗？"谢辰轻声问。

"刚刚洗漱完。"路意浓疲惫地打了个哈欠，问他，"你有什么事儿吗？"

谢辰抬眼看着路上来来往往的学生，突然不知道要怎么说，嗓子莫名有些哑："你不要再去打那份工了，一天站到晚也没有多少钱，何必呢？"

路意浓顿了顿，然后说："嗯，也没几天了，我返校就不去了。"

她感觉到什么，问道："你是不是有什么事情？怎么你情绪不太好？"

谢辰看着天上浓黑的层云，感觉每个字都出口艰难："最近我们学院里，有一个 1+3+1 的项目找到了我，邀请我去参加面试。"

电话那头的女声不见失落，反而欣喜："那是很好的机会啊！是哪个国家？"

谢辰没有回答，而是反问她："你觉得是很好的机会吗？"

"当然很好啦！我们学院也有那种类似的 2+2 项目，不过对口的学校一般般。像 P 大这种级别的，对方学校一定也很厉害吧！"

谢辰哑然，低声说："是，很厉害。"

"那就去啊，加油加油！"

"可是我要去四年。"谢辰忍不住说，"答应了，就要去四年。"

"路意浓，你……能等我吗？"

电话那头充满元气的鼓励雯时静默下来，长久没有一句话，但是可以听到她非常轻微的呼吸声，代表着电话没有挂断。

谢辰读懂她此刻缄默下的深意。

他勉强地笑："跟你开玩笑的，我会加油的。"

章榕会从桐南直接回了北城，路青和路意浓搬走以后，他到家里住的时间倒是比以往都多。

家里男主人长期不在，女主人也没了，这下别墅里彻底空落下来。

章榕会从家里醒来，下了楼，穿着灰色卫衣，坐在花房里看着宠物缸里的两只守宫。

他接到了学校老师反馈的电话，结果没有超出意料。

他挂完电话也没什么波澜，听到不远处有一些嘈杂的说话声，不一会儿，高老师进了花房。

他问："外面在干什么？"

高老师神色尴尬地说:"是昨天老太太过来,让家里赶紧处理掉之前路小姐她们的东西。"

章榕会听着,神色未变,又坐了一会儿,还是决定出去看看。

装着姑侄俩私人物品的箱子分成了两拨,由不同的阿姨在整理着。

他草草地掀开路意浓的箱子看了看,基本上都是一些书本和杂物。他问阿姨:"这些怎么处理?"

阿姨说:"老太太说,家里不缺这些东西,让都扔出去。"

章榕会想起什么,蹲下在属于她的箱子里翻拣着,然后不出意外地找到了一个包装精致的长盒,里面放着自己送的长笛。

她倒是真的分得清楚,章家值钱的东西,她什么都不带走。

章榕会嗤笑一声,对阿姨说:"这个笛子六位数,你说扔就扔了,也挺舍得的。"

阿姨一下变了脸色,急忙解释道:"是老太太让都扔了,所以我们没有一件件看。"

章榕会站起身,淡淡地说:"这些搬到杂物室吧,那边的衣服、鞋子扔就扔了,倒是没关系。"

他好像突然就找到了一些新的乐趣,有什么比笔记和书本更能了解她的心?

他拿了她的一箱子书,搬到花房里一本本地翻。

她看过许多世界名著,但几乎不在书本上乱写乱画,只有插在书里的书签显示着她看到了哪一章。

章榕会跟着她的进度,看到书签页就换下一本,他就这么在花房里打发了一整天。

埋在箱子最底下的,是一本被翻到陈旧的《小王子》。

他拿起来,打开扉页,就看到手写的一句话:他总是在夜晚出现,他像是有魔法的水晶鞋,而我不是仙度瑞拉。

日期是今年的大年初一那天。

那天章榕会送了她一场烟花。

这是她在那么多本书里写的唯一一句话,章榕会手指一紧,捏紧了封皮,突然微妙地感觉到了厚度不对。

然后,他拆出了那封不见天光的信。

飞机平稳地穿行在平流层,舷窗外的大片云层呈现出浓郁的黑。

机舱内关闭了指示灯,空姐挨个检查着座位情况,直到看到头等舱靠窗的那位年轻男士。他的身上盖着薄毯,眼睛紧闭靠在座位里,像是睡熟,一本书被他捏在手中,压在毯子上稍一动身随时要滑到地上去。

空姐走过去，想帮他把书收好，手指触碰到的瞬间，对方捏住书本的手突然一紧，随即睁开了眼睛，眼内一片冷静清明，哪有半分睡意？

空姐片刻怔忪，立刻礼貌地说："这位先生，请收好您的私人物品。"

"知道了。"他的嗓音发干，微微咳嗽清了清嗓子。

空姐回身，去服务间帮他接了一杯水。

章榕会喝着水，拧开了手边的阅读灯，他的手指摩挲书本扉页上的字迹，凝望着这本对他而言有些过分幼稚的童话故事。

他心里的想法从一开始的荒唐想笑，到现在已经上了飞机，亲眼所见，还是觉得难以置信。

他面上平静，此刻内心的情绪却像深夜海边滚滚而来的浪，忽而高亢，忽而平静。

他手撑着额头，脑子里断断续续地思索和回忆。但手里的线索太少，他拼不出那些因果关系。

4

早八点的大课开启了一个崭新的学期。

教室里坐得满满当当，路意浓手撑着脸，看着台上老师嘴巴一张一合，半分有用的信息也没有接收进去。正在迷糊时，她突然听到教室后面有稀稀落落的杂声。

"哪个班的啊？"

"没见过啊，是不是走错了？"

"是不是上一级挂科来重修的？"

看热闹的天性驱使着百无聊赖的她回头一顾，却见章榕会一身休闲装扮在最后一排落座，异常精准地与回头看热闹的她对视了。

路意浓一下就愣住了。

她急忙回过头，挺直腰背，装作一心听课的样子，心里却震惊疑惑着：他怎么会在这里？

好不容易挨到大课结束，数百人从大阶梯教室里鱼贯而出，路意浓没有动，章榕会便也没有。

等教室里的学生几乎走空以后，她才起身，步履沉重地一级一级台阶地向后走去。

章榕会神色不动地看着她走近。她停在他的旁边，态度有些坏地对他说："你说的'没完'是这个意思？"

章榕会不说话，她又急道："你幼不幼稚？"

"我也没有做什么。"

"章榕会！"她被逼得没有办法了。

章榕会这会儿看着她，只觉得她很像一只拿爪子吓唬人的猫，真的拿捏住，那锋利指甲就会收回去，只有一团软软的肉垫。

他从座位起身，站在高她一级的台阶上，凝视着她的眼睛，问道："你怎么那么别扭？"

"什么？"

章榕会看着她翕动的浅粉色唇，和圆圆的猫眼，突然怀念那夜意犹未尽的吻。他单手捏着她的下巴，抬高，然后俯身亲了上去。

路意浓惊惶地将他往外推。

这是教室，今天又是开学日，楼里的人上上下下，随时会有人进来。

章榕会没有躲，他停下那个吻，单手扣住她的肩，将她紧紧压到怀里。台阶加上身高差，她这会儿只到他的胸前，可以听见他胸腔里激烈的心跳。

而此时，他的语气却是平静淡定的："《小王子》里的信，你是什么时候写的？"

"你是什么时候开始喜欢我的？"

"你为什么这么别扭？路意浓？"

她伏在他的胸口，一下就红了眼睛。

他感觉到她骤然停止的挣扎，像是被陷阱捕捉到的小动物被猎人掐住了后颈皮。

"你磨了我两年，能不能算我还清了？最近心脏一直疼，我真是受不了跟你吵。"他低声轻哄她道。

这是路意浓第二次请章榕会吃学校的食堂。

他全程一直跟着她，打饭、占座，再到两个人面对面地吃饭。俊男美女成双结伴，非常吸引眼球。

章榕会用吸管帮路意浓戳开酸奶，递过去。

班里的同学拿着餐盘特意绕了过来，嘻嘻哈哈地伸手打了个招呼："意浓，男朋友吗？"

章榕会望向她。

路意浓没有抬眼，低着头"嗯"了一声。

"哇！"对方发出了然的笑，"真好，那你们慢慢吃啊！"

一粒深埋了多年的种子终于破土而出，在风中颤颤巍巍地开出了一朵小小的花。

章榕会放下筷子，握紧她垂在桌面下的左手。

"你不吃饭了？"她问。

"太开心了，就有点吃不下。"他说。

那天晚上，在北城玩乐的靳南和王家谨同时刷到了章榕会的朋友圈。

他拍了一张很圆的月亮，配文很简短，是一个"。"。

王家谨说："他还会发朋友圈？是不是深夜犯病了？他最近的'画风'越来越诡异了。"

靳南感觉没那么简单，私下给章榕会发了一条消息：会哥？

章榕会的消息很快回过来：成了，回北城请你吃饭。

靳南没有再问，只发过去两个字：恭喜。

汽车停在出租屋楼下紧窄的道路上，章榕会跟靳南发完消息，看着身旁皱眉玩着消消乐的小姑娘。

"走这一步。"他探过身子看，没忍住伸手帮她点了一下。

"我看到了。我只有三步了，我是在想把这个冰块敲掉。"她说。

结果最后还是棋差一着，没有消除完毕。

体力用完了，她不吭声把手机收起来。章榕会牵着她的手，捏了捏她的手心："再陪我待一会儿。我给你充值？先给你充 648 元？"

路意浓说："……这个游戏没有 648 元的充值。"

648 元几乎是她在桐南站五天才能赚到的钱。

章榕会又开口，显然是又有了别的主意。她怕他再提出什么关于钱的事情，于是抢先说："你可不可以先不要跟别人说这件事？"

"为什么？你害怕？"章榕会敏感地问道。

她确实是怕的，怕章思晴说过的他随时要结婚的话，也怕路青刚跟章培明分开不久，接受不了这件事。

她默不吭声，章榕会伸手揉了揉她的头发："我知道了，先不说。"

他那边还有很多亟待解决的问题，她现在年龄太小，确实也不是很好的时机。

现在这样已经很好了。

日思夜想的人伸手即触。

不能着急，他暗暗对自己说，不能着急。

周末，范筹背着书包到公司加班，刚刚打上卡，突然看到一个窈窕的女生身影从茶水间拿了一瓶饮料走了。

他到茶水间一看，果然！自己昨天临下班前特意埋在冰箱深处的咖啡不见了。

一定是人事部的那两个"咖啡精"！

他急忙往人事部去，想要讨个说法，然而刚过转角，突然看到老板的办公室门半掩着，露出大半条缝。

有女生的声音清亮地说："你要的是不是这个？"

"唔，这个好像是范筹的。"章榕会的声音传来，"没事，我喝这个也行,你先放下吧。"

"要是拿错了,我再去换就行。"

范筹闷头闷脑地直冲进去:"老板,你不爱喝这个,我去给你换!"

空气一片寂静,他抬头,才突然看见小路妹妹被拉着坐在老板的怀里,两个人一起看向他。

完、完、完、完、完蛋!

职场大忌第一条,撞破老板的隐私!

吾命休矣!范筹痛苦地闭上了眼睛,努力装作都没看见一样往后退去。

路意浓轻轻推了一下章榕会的肩,他施施然松开了手。

她站起身,从桌上拿了那瓶没开的咖啡,递给范筹:"不知道是你的,我再去拿。"

说完她就从房间里出去了。

"老板……嗯,我也出去了哈。"范筹挤出无比苦涩的笑脸。

章榕会若无其事地看向电脑屏幕,像是说"今天天气挺好"这样平淡的口气向他解释:"她不是我妹妹。"

"呃……"

"是你老板娘。"章榕会接着说。

范筹一下子头皮发麻,他觉得,这个事情自己不用知道其实也可以。

"下周人事办入职,之前说的兼职,她会抽空来做。我不在的话,你平时多照顾她一些。"章榕会意味深长地看了他一眼,"还有,不要说出去。"

作为初创不久的游戏公司,Vent大部分的资源集中于游戏开发与宣传,而人力行政部的人员结构就极其简单,一个部门经理、一个去年毕业的专员,以及新招聘的兼职学生一位。

路意浓是关系户的事情,全公司心知肚明,领导和同事都当她是来刷刷简历,平日里除了打印复印、下发通知、邮箱筛筛简历以外也不会叫她做什么很复杂的事情。

午饭时间,部门的三人在办公区吃饭,隔壁开发部门的码农跃跃欲试地要来横插一脚,被范筹厚着脸皮挤开。

"老板真辛苦,周二中午都有局!"为避免冷场,他冥思苦想找了个话题。

"不是局。"路意浓漫不经心地吃着章榕会早上从家里捎过来的饭,点进一封简历聚精会神地看,"他去他姑姑家吃饭了。"

"姑姑?"

"嗯,他妹妹要出国了,家里人聚一下。"

杭敏英高考成绩不好,分数勉强够二本线。家里老人原不想让她那么小的年纪出国,但章思晴还是狠了狠心,抓着她狠补了几个月的雅思,然后送她到澳大利亚去读预科班。

这顿饭，章思晴给路意浓打过邀请电话，但是听说章培明也过来了，她就没有去。

不仅仅是因为路青要求她与章家划清界限。

更重要的是，她现在没有身份去面对章家人。章培明前任的侄女？还是章榕会目前的地下女友？她不想面对这样的道德困境，只能把头埋进沙子，当起了鸵鸟。

章思晴不明所以，在电话那头难免唏嘘："培明其实还是很疼你的，意浓。"

路意浓轻声答："我知道的，但是……"

"我知道是你姑姑的意思。那就算了，等敏英出国以前，我们单独出来再聚一次？"

"好。"她低声说。

章榕会整个下午都没回，到下班的点，公司的人陆陆续续都走了。办公区的空调很低，有人的时候还不觉得，人渐渐走完，就开始有点冷，路意浓往身上披了一条毛茸茸的绿色毯子。

章榕会从外面回来的时候，她正全神贯注地刷着今天的最后几封邮件。

他站到她身后，看着屏幕笑道："嗯？竟然不是在追剧？"

她无奈地回头："你是老板，往这个方向鼓励员工好像不太好？"

男人俯下身子，温热的手掌探进毯子里帮她暖着冰凉的左手，嗔笑她："小乌龟。"

"你怎么……"

"今年过年的时候，你记不记得？"他兴致勃勃地回忆说，"你跟敏英偷偷出去那天，你也是穿的绿色外套，像只小乌龟趴在栏杆上看鱼。"

"我那时候就想……这么可爱，我要是能从背后抱抱你就好了。"

握着她的那只手突然用了些力，章榕会笑着说："现在抱到了，真是跟做梦一样。"

时间到十二月末，章榕会的生日到了，他今年留在江津，朋友们便都从北城来找他庆生。于是他包下了一家中式风格的私人会所开庆生宴，入场有专业的安保团队堵在门口进行检查。

路意浓第一次意识到，他的朋友真的是太多太多了，各路男男女女把一楼空间挤得满满当当。

章榕会作为主人公很难时时照应到她，靳南就几乎一直陪在她身边。

"其实，我一个人也没有什么关系。"她犹豫地说，"你可以自己去玩的。"

路意浓其实有点怕靳南，他一米九的大个子，表情又总是很凶，实在是压迫性太强。

"出来玩的,有人玩得干净有人玩得脏,我不在这儿,会哥也不能放心。"

路意浓拒绝不了,他们俩就像傻子一样,占着一条沙发的两头,各自玩着手机。有人想凑过来聊天,靳南一个眼神过去,也就老实了。

王家谨酒喝至半程,昏头昏脑地出来找他:"你不去进去玩,在这儿待着干什么?"

他眯着眼睛,看清路意浓的脸,又想不起她的名字:"你不是那个什么……你来做什么?"

靳南抢在前头:"她来玩,我陪一会儿。"

"什么鬼!"王家谨哈哈大笑,"行吧行吧,怎么玩都行,一起去啊?给你未来大舅子敬杯酒。"

王家谨嘴没把门地开始乱点鸳鸯谱,靳南也不好反驳什么,喊着路意浓进了最里间的包厢。

章榕会坐在人群的正中,松散地靠在椅背上听着别人聊天。他穿了一件黑色衬衫,解开了最上面的两粒扣子,腕间一块银表,除此以外干干净净,再无配饰。

门被打开,他的眼睛看过来,朝她露出一丝不易觉察的笑。

王家谨嘴没把门地嚷嚷个不停,章榕会没有理他的胡言乱语,屋里没有饮料,他用干净的杯子给她接了小半杯茶。

"生日快乐。"她举杯的时候小声说。

章榕会将杯中酒一饮而尽:"嗯,很快乐。"

到晚上十一点,聚会的人不少反多。靳南叫侍应生在楼上开了一间房,让路意浓自己关好门,在里面看电视或者休息,等聚会结束。

路意浓的生物钟也到了点,楼下喧闹通明,她玩了会儿手机不知不觉也睡过去。

再醒来时,是有人在敲门。

她在猫眼里看清章榕会的脸,打开门的瞬间,被他拦腰抱起来。

她的睡意醒了大半,急忙拍他的手臂,又低声叫他的名字:"章榕会,我害怕。"

章榕会闻言将她放下来,自己倚到墙边,将她拉到怀里亲吻,又抱紧。

"你这是喝了多少?"她在他怀里闷声说着,口腔鼻尖都是酒精的味道。

"很多。"他说。

"让你少喝一点了。"她嘀嘀咕咕,"现在胃就不好,以后年纪大了会难受的。"

章榕会合着眼枕在她的肩头,双手环紧她的腰:"知道了。"

半夜三点多,章榕会的车悄悄驶出了尚且喧闹的会所。

他在半路突然想起什么,转头问路意浓:"我的礼物呢?"

"在会所楼下堆着呢,沙发那里。"她竟然也开玩笑。

章榕会皱着眉,张口就要司机掉头,他要回去翻出来。

"不用,不用。"路意浓赶紧叫司机继续往前开。

"放在你办公桌的抽屉里了,准备给你一个惊喜的。"她无奈地说。

过完生日,章榕会就又要回到北城去了,他要回去准备期末,然后就是惯常漫长的过年社交,几乎要持续完整个腊月和正月。

而他如今,对这曾经无比重要的一切开始失去耐心。

他坐在候机厅里,看着幕墙外寒风萧索下略显荒凉的机场。

他今天戴了一条围巾,浅灰色的简单款式,是路意浓选的生日礼物,也是在下车的时候她帮忙戴上的。

鼻尖温暖的羊绒没有味道,染满了她低垂的眼睫赠予的冬日阳光。

这是真正意义上,他们第一次异地的分别。

漫天飞舞的雪粒飘入青瓦白墙的院落,在层层叠落的马头墙上慢慢积蓄起湿漉漉的洁白。小白狗已经长成了一大只,在院子里撒欢地蹦着,用舌头去舔檐下花盆上的积雪。

章榕会从二楼的卧室里透过花格窗拍下这一幕,点了发送键。

章榕会:下雪了。

路意浓很快回过消息:好看!你在外公家吗?是我之前见过的那只小白狗吗?

章榕会打着字:是,长得很大了。等有机会,再带你来看。

郁锦梅站在门口缄默地看了一会儿,等他放了手机,才敲了敲房门走了进来,坐到他对面的圈椅里。

章榕会拿盏子斟了茶,推向她那边。

郁锦梅看着袅袅飘起的水汽,眉目浅淡地说:"今年都本命年了,生日也没有在家里过。"

对于老派的郁家而言,这个生日的意义自然非同寻常。

章榕会解释说:"也是把江津的事情一气儿都处理完了,才能抽身回来过年。"

"你外公对你很不满意,最近可能会找你说这件事。"郁锦梅提点着他,"你这两年花在江津的时间未免太长了。不要因小失大,顾此失彼。"

而章榕会的目光此刻不知落在屋里哪处,他只随口答了一句"知道了"。

不像听进去的样子。

果然到午饭时,郁老爷子又再次提起这件事,他的语气就全然不像郁锦梅那么客气。

"你不要听别人的吹捧,就觉得自己干个游戏公司很了不起。当初说的是让你接章家的产业我们才勉强同意,如今你是自由散漫惯了,才越发玩物丧志!"

章榕会平生第一次从家里受这么重的话,他脸色不变:"这是我跟父亲商量过的。我研究生毕业之前可以自己做公司随便玩,积累经验,研究生毕业以后再回北城接班。现如今也不算跑偏。"

"玩?你已经二十四岁,你舅舅在你这个年纪早已经上了基层锻炼。这两年你几乎是扎根在了江津,那边究竟有什么特别的地方,值得你一年又一年地耗在那儿?"

章榕会低声说:"人各有志,我和舅舅不一样。"

老爷子怒气冲冲地将拐杖撑到地上:"荒唐!你目前做的这些,跟志气谈不上半毛钱的关系!章培明就是不约束,才会纵容你浪费这么多时间。我会找他谈一谈,让他及时处理掉你那个公司!"

章榕会想要说什么,被郁锦梅暗中拉住了。

老爷子紧跟着放话道:"你自己也当好好想一想,以后的路要怎样走。想不清楚之前,我不可能再让你离开北城!"

这场谈话不欢而散,他晚间拨给路意浓电话时,情绪还是有点低落。

路意浓察觉到什么,问:"上午不还好好的?怎么这会儿不开心了?"

章榕会不想说家里的事情给她压力,只是勉强笑道:"没事,只是今天很想你。想还有很久我们才能见面。"

路意浓没说话。

他换了话题问:"今年在家里怎么过?路青回去吗?"

路意浓推开卤菜店的门,手里的塑料袋被冷风吹得"哗啦啦"作响,只半分钟的工夫,从屋内蹭来的暖气就散得一干二净了。

"他们不回来了。"路意浓一张嘴就呵出雾,她动了动僵硬的指节,"爷爷不太适合来回奔波,姑姑他们就留在北城。今年奶奶和我们一起过。"

"几号去桐南?"章榕会在那头又问。

"正月初三吧……"她笑着说,"你今年可别搞突然袭击啊,你现在已经在我舅舅的黑名单里面啦。"

这次春节,他是真的没有机会再去了。章榕会只能顺着她的话说:"好。那等节后,我们再见面。"

路意浓把手机揣回口袋,一路小跑着回了家,刚进屋推开门,立即被路勇呵斥道:"赶紧关上门,屋里冷死了!"

此刻客厅正中正进行着一场牌局,烟雾缭绕,打牌、洗牌的呼喝声不绝于耳,屋里仅有的几个取暖的"小太阳"都插着电源聚放在他们旁边。

路意浓没有吭声地往厨房的奶奶那儿送了买的卤肉,又帮忙细细切条拌了个凉菜。

晚饭时分,于佩才抱着孩子神色怏怏地从屋里出来。路勇的牌友都走了,几个人围在桌边吃饭,都无话可说。

吃到一半,路勇突然清了清嗓子,问:"你下学期开学,钱还够吗?"

路意浓夹着米饭的手指一顿,她多年来一直被路青养着,路勇很多年没有为她花过一分钱了。

她感觉来者不善,没有接话。

但是路勇已经接着问:"你姑姑这些年,是不是给了你很多钱?"

她抬眼,正对上于佩刻意收敛的视线。

"没多少钱。"她埋头扒着米饭,"都是读书用的。没有多余的钱。"

路勇像是听不到她说的:"你记不记得当时钢厂宿舍拆迁分的那套房子?现在房子建好了,年后就交。房子本身也有你的三分之一,我们打算装修一下,住过去,再把这边给租出去。只是现在装修费还差一些……"

路意浓已经知道路勇想干什么了,她问:"我记得当时不是有三十多万的拆迁赔偿款?这个钱应该有我的一份。钱呢?装修个房子不够吗?"

路勇没想到她情绪这么激烈,被她一怼火气也上来,将筷子摔在桌面上:"你在问谁?家里过日子不用钱?一家人衣食住行不用钱?我们养你这么大,吃了你的、喝了你的,是吗?"

于佩配合地在旁发出了一声冷笑。

路意浓死死咬住了嘴巴,她很想哭,却不肯在他们面前露出半分软弱姿态。她挺直背:"我没有钱。不信你去问我姑姑,我没有多余的钱。"

路勇什么都没问出来,最后只能悻悻作罢。

路意浓知道他肯定是不敢给路青打这个电话,但是人有贪欲,一旦生出了那个念头,就很难停止。

不久之后的某天夜晚,路意浓从卫生间洗漱出来。

在没有暖气的屋里洗头就像是渡劫,她用毛巾擦着头发,急匆匆地回屋吹干,却意外发现自己的房门是虚掩的。

她记得很清楚,自己出去洗澡前已经拉好。

她推开房门,原本在床脚阁上的行李箱拉链开着,里面的衣服不再是被折叠规整的样子,而是被翻过一样凌乱。

她浑身发抖地摸向在床头柜上充电的手机,手机动了位置,但是界面还停留在洗澡前跟姑姑的聊天里,并没有变。

看来是密码没有解锁,没能顺利打开。

她的秘密还很安全。

路意浓一时简直不知自己该哭还是该笑,滑坐在床脚,用湿乎乎的毛巾捂住了脸。

5

大年初三。

动车车厢里乘客寥寥,右后方的女人带着孩子回乡探亲,只坐了两站就下了车。前座的男士从上车起就一直在打工作电话,好像是老板加班让他做什么东西,他"好好好""是是是"地满口答应,挂了电话忍不住地吐槽:"这大过年的,我去找谁对接?"

路意浓把包紧抱在怀里,靠着车窗玻璃,出神地看着外面成片成片待播种的黄黑土地。

行程走到三分之二处时,已经可见沿路民房的房顶积压未化的小雪。

路意浓从厕所出来,洗手时,将手机夹在肩膀上接着章榕会的电话。

"到了?今天去哪里玩了?"他问。

"没有去哪儿,舅舅他们出去拜年了,我就在家里待着呢。这会儿出来走一走。"

车厢通道狭窄,她出门时,前座的男士正捧着拆了盒的泡面挤过来,拖着长长的语调说:"麻烦让一让啊,我接个热水。"

路意浓用纸巾擦着手,手机一个没夹稳地落到地上。

男士只斜眼瞥了一眼,不吭声地往前走了。

她匆忙将手机捡起来,放到耳边:"喂?"

"刚刚那是谁?"章榕会问。

路意浓立即道:"是游客!在这边找热水吃泡面。"

章榕会迟疑地问:"过年去旅游,吃泡面吗?"

"就是有这样的人。"路意浓努力让自己听起来理直气壮一些,"你就是不接地气,见识太少了。"

章榕会也是平生第一次被人评价为见识少,他想了想,竟然无从反驳,只能嘱咐道:"好。那你放完风早点回去,外面太冷了。"

年初三这天,郁家在凤凰阁设宴,邀请的是非常重量级的贵宾,也是外公的老友。

外公不无感慨地同对方寒暄回忆着往昔,章榕会驾轻就熟地在旁主动添酒敬酒,得体合宜地把这场酒局推下去。

中途他出门上厕所,接到路意浓的信息问:凤凰阁是在哪儿?是玉潭公园旁边的那个吗?

章榕会回道:对。

她又发来:那能不能看到玉潭公园入口啊?

章榕会觉得奇怪,下意识地从走廊的窗户望下去,天有小雪,开放的玉潭公园早没了人迹。

只有一个小小的影子，在路灯下，用脚步拖着，画着长长的线。

那个影子停下来，他的手机信息又响起。

路意浓：能不能看到啊？

路意浓：怎么不回了？又忙起来了吗？

章榕会没有回，他也根本不想回。

他下了电梯，到达一楼，从正门绕过街角，全力地一路奔跑。

玉潭公园的入口处，空地上背对的纤弱影子还在那儿。

她还在干着一件大事，用脚步给他画一个爱心。如果今天他能看见就看见了，看不见，那就拍个照给他。

她沾沾自喜地想着，却直接落入一个冰凉的怀抱中。

路意浓先惊后喜地发现是他："咦，你怎么下来啦？不是说今天很重要吗？你看我画的心，标准吗？"

章榕会没有回答她的话，急急地问："你怎么会来？从垣城过来的？今天是坐的火车？一个人乱跑怎么行？也不跟人打招呼，不安全知不知道？"

路意浓不高兴地用脚踢着雪，眼睛看着他有些埋怨地说："你当时来找我，我也没有问过你这些问题。"

章榕会没再说话，他没有穿外套，将她紧搂在怀里，拥着她的手都在抖，他一句话也说不出来。

路意浓感觉到他巨大的力道和胸口传出的激烈心跳。

"你过完年，还有很久才能回江津。你说你想我了，我就来看看你。"她赧颜地喃喃说，"你找我多少次了，我这才是第一次呢。"

零落的灯照出渐渐密集的雪，彼此的怀抱就像一个港湾，迎着漂泊动荡的船只回航。

章榕会的手按着路意浓的后脑，侧着脸，鼻尖蹭在她丝丝清冷的发上。

他的呼吸暖热地吹在耳畔，路意浓喷笑着拍他的背："痒。"

他这才松开这个紧锢的拥抱，往后退了一些，看着她认真地说："下次别这样了？嗯？"

"知道了——"她不情愿地说，然后又催促他，"你还是快点回去吧，天好冷啊，你别着凉了。"

章榕会确实不能出来太久，他掏出手机准备打电话："我找人来接你，再给你订个酒店。"

"不用不用。"路意浓拉着他的手，眨了眨眼睛，"我先打车去趟医院看爷爷。一会儿就坐晚上十一点多的火车回去了。"

"不行。"章榕会立即否决她，"大晚上不安全，你得住一夜。"

"我没事的，卧铺睡一觉，明天一早到桐南刚刚好。而且，我就留了今天一天的空，明天不到，舅舅那边就知道了。"

见章榕会还是一脸的不认同,她笑眼弯弯地拖着他的手晃着,难得撒娇道:"今天能见到你我就很开心啦。在火车上能有什么事儿啊?我到哪儿随时跟你报备,好不好?"

她的话音柔软,章榕会紧皱的眉无奈地松弛下来:"我不想你来回奔波这么辛苦。"

"没有的,"她笑说,"起码没你那年自己开车去桐南那么辛苦吧。"

"嗯!"

出租车在面前关上门,路意浓摇下玻璃冲着他挥手:"赶紧回去吧!太冷啦!"

章榕会站在原地没有动,他的目光跟着普通的黄色出租车载着她一路汇入滚滚车流中,直至再也分不清她在其中的哪一个。

匆匆一晤,转眼即是分别。他们认识多年,不在一起的时间总是占据了大半。

这条路很难走,比想象中更难。

不过是一个公司,让家里不满意,就得立刻处理掉。

何况是其他?

他很清楚外公的手腕。

所以,越是珍视的东西,当下越需要藏起来。藏得很紧,很安全。然后等着有一天,机会成熟,再重见天日。

他需要耐心,也还需要等。

出租车停在医院入口处,路意浓下了车,顶着小雪跑进了住院楼,坐电梯到五层,预备直接去病房时,却被值班的护士小姐拦住。夜晚的医院里不能随便进出,要填写访客登记表。

这一下就把她难住了,在前台磨磨蹭蹭的,拿着笔又放下。

护士狐疑的目光扫过来:"你到底进不进?"

"进。"总不能白来一趟。

她填完信息,到病房前,透过玻璃看见里面已经熄了灯,倒是壁挂电视亮着屏,无声地播放着K省的省台。

病床上没有动静,这会儿已经晚上九点多,爷爷可能已经睡了,路意浓犹豫着自己到底要不要进去。

突然,另一头传来一阵由远而近的脚步声和路青说话的声音。

她下意识心虚地躲进手扶楼梯的拐角处,听到路青在外头说:"今天谢谢你。"

然后是一个男人的声音爽朗地道:"应该的,正好我的导师回来,他是这方面的专家。"

路意浓悄悄地探出头，看到了爷爷病房前站着路青和一位穿着白大褂的医生。

路青还是很瘦，但看上去气色不错，陪在一旁的医生身材高大，气质温文尔雅。

"靶向药坚持吃应该会起作用，现在医疗条件那么好，你也不用太担心。"医生安慰着她。

路青双手抱臂，头略低着，勉强挤出笑意来："嗯，希望是这样吧。"

路青回来，自己就不能再进去了，路意浓悄悄地从楼梯下去，打上出租车，要去赶火车了。

夜晚站台的寒风堪比刀锋锋利，绿皮火车的车体冒着白丝丝的汽，路意浓在车厢前将车票递给穿着军大衣的检票员。车厢里已经关了灯，她用手机照亮沿途的数字，终于找到自己的铺位，爬了上去。

随着一声鸣笛，在堪比催眠音乐的车轮轴承有节奏的滚动声中，她抱紧书包渐渐睡过去。

她大概也没想到自己能在这么狭窄的铺位上睡那么沉、那么久，直到被列车员推醒："你下一站到了。"

她迷蒙地睁开眼睛，正看见车窗外冉冉升起的太阳，和温柔洒进来的阳光。

怎么就又过了一年？她突然想。

过完年以后就是路意浓二十岁的生日，章榕会没有赶回来。

那天她还在兼职上班，同事的礼物堆满了办公的桌面，她一件一件收好对大家道谢，直到从中拆出一支长笛——

这是那年被她留在西鹊山，章榕会送她的生日礼物。

如今悄悄物归原主，她握在手中，心中有难言的甜蜜。

这时，同部门的专员姐姐推进来一个蛋糕。

"生日快乐！"

办公室霎时间欢呼起来，路意浓将长笛轻放回桌面，如众星捧月般被围拢在中间，盛情难却地戴上了头冠，在众人期待的眼神中，闭上了眼睛，许下了心愿。

她睁眼要吹蜡烛，却被范筹拦住。

"哎哎哎，别动，我给老板录个像……拍上了，现在可以继续。"他热情地抬手示意。

路意浓吹完蜡烛，就开始切蛋糕、分蛋糕，她拿了最顶层最漂亮的一块，上面立着一个漂亮的卡通小公主。

她没有即刻吃，给章榕会拍过去：好看吗？

章榕会过了一会儿才回：好看，许了什么愿望？

她有些不大高兴地直接拨了语音过去："你刚刚在忙什么？"

章榕会在那头笑："在看范筹给你拍的视频，看了两遍，怎么戴那么傻的帽子？"

这个答案勉强令她满意。

"大家都让我戴，不戴不行。"她也觉得自己傻。

章榕会倒没再继续笑，他温声说："今年我也陪不了你。有什么心愿，我帮你实现好不好？"

"大家都说生日愿望说出来就不灵了啊。"

章榕会哄着她说："愿望不灵我很灵，你要相信我的能量。"

路意浓想了想，说："我现在只希望 Vent 工作室越来越好，游戏顺利上线。"

电话那头沉默了一两秒钟，章榕会若无其事地问："其他的呢？没什么关于自己的愿望吗？"

路意浓用叉子轻轻刮着蛋糕胚上平整的奶油，非常平静地道："其他没有啦。Vent 是你的心血，筹备了这么些年，终于到了紧要关头，我希望你能如愿。"

祝你前程似锦，一腔热血，永不低头。章榕会一下想到她写在信里的最后那句话。

手机里范筹发来她的照片，眼里全是天真烂漫，而章榕会的目光载着沉重的温柔。

"会的。我们都会如愿。"他轻声说。

但是等到当年的三月底，章榕会迟迟没有回到江津。集团高管鞠明月被章培明从总部派来，直接任职总经理，全面接管公司的大小事务。

任命信息下来时，鞠明月还未从北城动身，江津办公室里猜测颇多，不知道这是什么意思。但看着还在兼职的路意浓，他们又觉得应该问题不大，毕竟老板的妹妹还在公司，情况不会太差。

直到隔几天，财务经理去出外勤，到工商局做一些变更手续。不久以后，公司的法人正式由章榕会变更成另一个外籍华人。

路意浓起初只以为是一些正常的变动，毕竟她生日那天，章榕会是做过保证的。

可是游戏迟迟不能上线，鞠总挨个约谈，办公室里的氛围越来越差。

她终于忍不住为这件事拨通了他的电话。

"当下是非常正常的调整。"章榕会说，"我爸要我接班，我最近一直在集团里忙，没有之前那么多的精力一直投放在一个公司里。"

"可是他们说，鞠总……"

"鞠明月是我爸的人，素质过硬。现在担任总经理也一定是以公司利益为先，不会做损害公司的事情。你不要担心这一点。"

路意浓为他对 Vent 的漠不关心有些失落："那你为什么要变更法人呢？你有了更重要的事情要忙，就不管这边了吗？大家都很依赖你。你不在，大家都很不稳定。"

电话那头的呼吸声非常平稳，章榕会低声说："宝贝，我答应你的事情一定会实现。但是有很多事情，也不是一人之力能够改变的。

"一期一会才是人生常态，大家在一起的时候为了同一个目标努力过，真的走到分别那天，也不留遗憾。这已经很难得。"

"这就是你给我的答案吗？章榕会。"她满心失望地说。

第六章 /
一条只有荆棘的路

1

路意浓在五月末就穿上了裙子。

纤纤的腰，笔直的腿，得上天眷顾被细细描摹的五官，在办公室里如一道风景线，任谁路过都愿意多看两眼。

范筹在上班间隙偷偷站在办公室门口，对着里面抬起手机。

外面回来的部门经理一掌拍上他的肩："你能不能别那么猥琐？天天搞这些，当心小姑娘报警告你骚扰。手机里就是证据啊！"

范筹打着哈哈说："不是，我就看一眼，看完我就删了。"

路意浓拿着空杯子从屋里出来，又仿若空气一般从两人身边路过，范筹道了个歉，紧紧跟了上去。

他们一前一后进了茶水间，路意浓按着按钮，凉水一点点填满杯子："你再这么跟，我真的报警了。"

范筹说："小章总问你暑假去不去北……"

"不去。"按键的手指挪开。

"那你给他回个电话说一下？"范筹也是有苦难言，"就回一个。"

白白的杯沿抵到唇上："他也不是你的老板，你别再给他当传声筒了。"

范筹说："这不是从直接领导变成了领导的领导的公子。本质还是一样。"

路意浓没有直接答应，但也知道范筹在中间不好做，于是说："我知道了。我会找他说的。"

她嘴上答应了，却没有立即回那个电话。

她最近好像越来越看不懂他。

和大家一起奋斗两年多，正处在关键时期的项目说扔就扔下，就算是真的忙到要交手出去，能不能回来跟大家告个别呢？

但他什么都没有做。

甚至不再来江津了。

她想，或许是她的世界太小了，小到她珍重的一切，在他眼中都不值一提。

靳南上午在西城区办事，折返时路过章氏大楼，便临时决定去找章榕会吃个午饭。

章榕会也没有太多时间，两人只能在楼下的茶餐厅将就一顿。

整顿饭他们几乎聊不上几句完整的天，总会被一个接一个电话打断。

靳南看着他在电话的间隙里才有空吃上两口，等到他终于扔下手机，才说："会哥，别把自己逼太紧。"

章榕会埋头吃饭淡淡道："我外公现在看得紧。不做出接班的架势，怎么断了他那份心思？"

靳南也不好评价长辈，换了话题问："你跟江津那个……还处着？"

章榕会慢条斯理地看了他一眼，挑了挑眉，一脸很不痛快的表情。

靳南解释道："没别的意思，看你这么忙，两人又是异地……"他话没有说完。

这句话有点扎着章榕会心窝子了，这一个多月来，两人关系一直紧张，他又刚刚从范筹那里得知，路意浓已经递了辞职信，连 Vent 也不再去。

章榕会没有说话，靳南感觉到什么，清了清嗓子："最近路青的事情，你知道了吗？"

"怎么提起她？"

"她最近在圈子里出名了。"靳南说，"听说跟查家那个不着调的搭上了。"

自与章培明分开后，路青的姓名在北城社交圈里消失已久，没想到如今还能卷土重来。

而章榕会对这个走向毫无波澜："不奇怪。她钻营这一套，自然是走得比别人好。"

七月中旬，路意浓手机朋友圈被 Vent 工作室的游戏正式上线的消息刷了屏。

她抱着手机挨个给大家点赞，又用社交媒体的小号转发着各种新闻消息。

路青从屋里出来，看着她还抱着手机窝在沙发里，拍了拍掌，提醒道："注意坐姿！"

路青从冰箱里拿了几个柠檬榨汁，又用手机回了几封邮件，然后对路意浓说："去换身衣服，穿得漂亮一些。"

路意浓放暑假便来了北城，住进了路青位于三环的高层住宅，姑侄俩身形相似，衣服都不用特意买，路青买来没穿的都直接挂到了她的衣柜里。

路意浓坐直身子问："今天不是去医院？"

"医院也要去，饭也要吃。"路青说，"你还想天天窝在我这里当宅女？"

晚餐时分，路青开车带她去了一家会员制的私厨。日式小院层层叠叠，院里的木石造景带着古朴的禅意。

路青约的人早就等在那里，是一个中年男人，身高外貌只能算是普通，看不出特别之处。

路意浓有些搞不清当前的状况，没有多问。

路青对这家私密性极好、菜品又极度新鲜丰富的怀石料理赞不绝口，又与对面的中年男人相谈甚欢，她给路意浓倒了一杯茶水，示意其敬酒："这个店提前一年就得定，今天是咱们沾了你查叔叔的光。"

路意浓并不适应这样的社交场合，她绷着笑脸站起来，匆匆举杯一饮而尽，引得查学礼发笑道："侄女长得跟你是真像，但是性格倒是很不一样。"

他的手直接握在了路青的手背上，但是路青并没有躲。

路意浓暗暗瞪大了眼睛。

路青嗔笑着看查学礼："小姑娘哪有什么性格不性格的。最大的好处就一点，适应能力强，像草籽似的，撒一把，扔在哪里都能长。"

路青妆容妩媚，语气柔婉，一个眼神过去就叫查学礼看得心神荡漾。

"那是那是，还得你这个姑姑好好教导。"他哈哈笑道。

路青晚间饮了酒，临别时喊了代驾，查学礼将她们送上车的时候，也没忘记在路青的腰间摸一把。

再到车里时，气氛一直有些沉闷。

路青往前探出身子，对代驾小哥说："放首歌。"

代驾略微尴尬地道："不好意思，女士，您的系统我不太会操作。"

路青直接从后排伸手去够屏幕："那我自己来。"

路意浓在旁拦着她："姑姑，您别折腾了。"

她的语气有些差，叫路青听出来了。

路青扭头看着她紧绷的脸，笑问："怎么了？这是谁招惹你了？"

"您能不能别这样？"路意浓忍不住说。

路青冷了笑脸，问："我怎样了？不愿意吃这顿饭？委屈你了？"

"我没有委屈。"路意浓辩解道，"我只是觉得您没必要这样。今天李医生还、还来给爷爷看病。"

李医生是路意浓年初三时来北城见到陪在姑姑身边的医生，也是爷爷的主治医生。

"李医生？"路青发出笑问，"你提他做什么？他看他的病，关我什么事？"

路意浓看着她，放低声音说："李医生……挺好的。性格、长相都好，工作也好。"

路青"噢"了一声，不辨喜怒地说："他倒是把你给收买了。"

"我希望您能开心一些。"路意浓想，如果姑姑已经准备好要开始下一段感情的话。

而路青露出意味不明的笑："我没有不开心，这也不是你要操心的事。"

因着查学礼的关系，路青很快又成为北城各种名流交际场的座上宾，而她似乎下定了某种决心，到哪里都把路意浓带在左右。

路意浓不愿意说话也要被逼着说话，不愿意笑也要被迫笑。

很快，姑侄俩遇见了章思晴。

章思晴与路青的关系原本很不错，如今路青跟查学礼的事情传出来，又因她曾跟章培明是那样的关系，惹得章家也在背地里被人耻笑，所以章思晴的态度十分冷淡。

回老太太那儿吃饭时，正好也撞上章榕会来探望，章思晴一直忍不住地说："真算是我看错，她如今春风得意，倒是比往前看起来好。"

章培明分手这件事，最支持的莫过于老太太，她如今冷笑连连："我之前说她两句你们都还拦着，现在看清了？这样的女人，为了钱有什么不能做？如今倒先污了我家名声。"

章榕会居中调停，说了句："不是家里人了，不值得生气。"

章思晴重重地叹了一口气："我只是心疼意浓，好好的姑娘，偏碰上这么个姑姑。这个风口浪尖上带她出去招摇是什么好事吗？别把孩子的名声给糟蹋了。"

章榕会筷子一顿，立即问："您说什么？"

章思晴心直口快："意浓啊，现如今路青天天在身边带着，就是不知道她做的是什么打算了。"

路意浓又被路青带着参加了画廊的一位老主顾的女儿的婚礼。

婚礼现场装点着漂亮的永生花，新娘拖地的婚裙裙摆几乎有十来米，是欧洲十七世纪古典巴洛克的风格，裹胸束腰，缎面镂花，配了大量繁复的刺绣。

新郎、新娘在台上许下誓约。路青含着笑意鼓掌，问身边的路意浓道："你猜这件婚纱多少钱？"

路意浓没有说话。

路青在旁缓缓地用只有她俩能听清的音量报了一个天价数字。

"路意浓，我有时候也羡慕你被保护得这样好。你没有尝过我当初考上名牌大学却可能被迫辍学的滋味，你也没有尝过明明一切比哥哥好却被父母处处贬低的痛苦。

"你从出生到现在，没有一秒钟为钱发过愁，所以你现在觉得我功利、我可怕。可是我不功利、不可怕，凭你的父亲，哪有你今天衣食无忧的好日子?"

路青谆谆善诱地劝诫她:"我对路家的赡养义务只在我父母那儿。我照顾你和路家其他人,是我善良,是我多做。如果我停止,那路勇的养老,甚至路远飞的成长都会直接落在你头上,这是法律规定的义务。

"你以为你上完大学,找了一份不错的工作,这辈子安逸稳定下来就够了吗?到那个时候,你再为经济困窘住,谁又能给你一条出路?你自己好好想一想吧。"

路意浓看着台上,全程一言不发。

路青的意图已经非常明显,她们最近为这件事情争吵过许多次,吵到最后往往是路青问:"你为什么见都不愿意去见一次?"

然后每次谈话到这里就戛然而止。

路意浓说不出来,也根本不用说。

她知道,现在捅破一切会是什么结果。

没人能承受住。

他或者她,都是。

等到新娘下台敬完酒,路意浓退席去洗手间洗了个脸,她对着镜子露出笑意,腼腆的、生动的、温和的。

她已经很会笑了,哪怕是不情愿的、勉强的,别人也分不出来。

她从洗手间出去,低头用纸巾擦着手。消防通道的门打开,伸出一只戴着表的手腕。她认出那块表,所以没有动,被他拽进楼梯间,按在了墙壁上。

章榕会的吻落下来,急切的、粗重的,呼吸彼此交换着。她被吻到缺氧而嘤咛,然后他的唇沿着她脖子往下,落到她光裸的肩上,然后泄愤似的伸出牙咬了下去。

"痛!"她很委屈地说。

"来北城多久了?为什么不告诉我?"

章榕会真是被她气坏了:"电话爱接不接、短信爱回不回,来北城也不说。你一天天跟着路青在搞什么鬼?谁谈恋爱是你这个样子?不当面哄就哄不好的是吗?"

或许是最近被路青逼得太紧,又或许是被章榕会凶而想起在江津的委屈,路意浓当下没忍住眼泪,哭着说:"我觉得很辛苦。如果你觉得这样谈不对,那我也不知道怎么才对。可是我真的觉得很辛苦。"

她在章榕会面前从来没哭过,这是第一次,热滚滚的泪,湿乎乎的脸,章榕会只一秒钟就原地投降。

他将她搂在怀里,让她的泪蹭在自己的西装外套上:"别哭了,我不该跟你吵。"

他的示弱,让她的哭泣一下又拔高了两个度。路过的服务员听到动静,好奇地推开消防门,立即被章榕会投过来的眼神吓了出去。

"别哭了,别人都听到了。"章榕会无奈地抚摸她的发顶安抚。

她的哭声渐渐止住,又突然捏起拳头捶在他的肩膀上:"你还咬我。你自己坏,你还咬人。"

"我哪里坏?对你坏?"他坏心地玩笑道。

路意浓并没有心情接这种玩笑,她湿乎乎的眼睛还带着红,谴责地问他:"你为什么不去江津?为什么把公司直接甩手出去?"

章榕会淡淡地说:"现在不是挺好的吗?游戏也上了,你的生日心愿已经达成了。"

路意浓想说什么,他拿过她擦手的纸巾给她擦脸,耐心地道:"其实公司也并没有那么离不开我。大家都会按照轨道继续往前进,你不用那么悲观,改变未必是一件坏事情。说不定我在,反而没那么顺利。"

从结果论来说,他这么说也没有错,路意浓不说话了。章榕会替她清理好脸上的痕迹,问:"不生气了?"

她"嗯"了一声。

章榕会握着她的手,放到唇边亲了亲。

"我知道异地很辛苦,你一个人很辛苦。坚持一下,别放弃,我们都等一等,等你大学毕业了,咱们再讨论以后的安排。嗯?"

她又乖乖地"嗯"了一声。

章榕会又将她搂回怀里,叹了口气:"现在跟路青在哪里住?什么时候方便出来,你跟我说,我去接你。"

她怀疑地问:"你不是很忙吗?二十四小时 on call(在线)?"

章榕会笑:"嗯,只对你是。不过我现在倒是更期待深夜来电了。"

等到时间都合适的时候,章榕会和路意浓终于和靳南正式、单独地吃了一顿饭。

这是极少的他们能在外人面前作为情侣的时刻,章榕会的手一直同路意浓的手牵着,靳南觉得自己作为电灯泡的瓦数实在是太亮了。

一起吃饭的时候,靳南问:"最近有个做旅游的哥们儿找我,说十一可以安排去甘青自驾游玩一趟,或者换成国内其他线路都行,你们考不考虑?"

章榕会看了一眼路意浓,看她很感兴趣的样子,于是问道:"什么哥们儿?靠谱吗?"

"我姨妈她们参团去日韩游的时候认识的,家里就干这个,找我吃过几次饭了,就说想在北城多搭点人脉。"

章榕会想了想,没有立即同意。

"我尽量排出时间来。"他说,"你先让他出个方案。钱都不是问题,主要是确保安全。"

吃完晚饭,章榕会送路意浓回了家。

她情绪很好地推开门,又去厨房接了一杯水,正要往房间去时,黑暗的客厅沙发上突然有人说话。

路青说:"你去哪儿了?"

路意浓被吓了一大跳,捂着胸口感觉到心脏的狂跳:"姑姑,您怎么没开灯?"

路青没有回答,而是问:"你去见你那个P大的同学了,是吗?"

谢辰出国都快一年了,但这是路青与章培明分开之后的事情,她没有消息源知道这件事。

不过路意浓也不能说实话,她只说了短短两个字:"不是。"

路青又问:"你谈恋爱了,是吗?"

这次,路意浓再答不出来。

所幸路青不再追问:"我也不想知道那个人是谁,是不是你那个P大同学都不重要。但你最好把那个人尽快给我处理掉。"

"姑姑,这是我自己的事情。人人都有自己的选择,我没觉得自己有错。"

下一秒,路青抓起桌上的杯子,"啪"的一声直接摔到了地上,溅了满地的玻璃碴儿。

"路意浓,这句话你在大学报志愿的时候说过一次,今天还想再说一次吗?现在,可没有一个章培明能够帮你。"路青的嗓音很平稳,平稳中带着极寒的冷酷。

"姑姑……"路意浓有点被吓到了。

"可能是我太好说话了,让你以为你有选择的权利。"路青说,"我养了你五年,没有向你索要过任何回报。我如今的安排,包括当时让你报北城高校的事情,我自问没有一件事不是为你好。

"你觉得我是在卖你吗?我要你见的,哪一个不是我自己精挑细选过的家世、样貌、人品样样好的精英?北城社交圈里就这么些人,来来往往的,除了待价而沽的,谁不是在撮合牵线的路上?你二十岁当好的年纪,没人比我更懂你的价值。现在,你是还准备浪费多少年?

"我对这个家庭付出越多,好像一切越是理所当然。你爷爷吃着几万一盒的靶向药,你父亲一次次为各种名目伸手问我拿钱,包括你……也是耗费了巨额资金长成现在这个样子。

"路意浓,我付出这么多培养你,不是为了让你受尽一切好处以后,才来同我说一句'你错了,姑姑'。"

屋内黑着灯,窗外是繁华的顶级都市商圈,花花绿绿的灯光不知折了几次,落进屋里集成一个个游动摇曳的光晕。

路青说完这些，回了房。
　　路意浓没有动，她留在客厅收拾满地的玻璃碎片。
　　大的小的碎片很快被扫净，她跪伏在地，伸手去掏沙发底下弄不出来的一片。手机在口袋里突然振动让她分了心，一个走神，玻璃碎片划破了指尖。又隔了两三秒，发白的伤口才开始源源不断地渗出血。
　　但她顾不上这些，点开漆黑的屏幕，却仿佛是上天开的玩笑一般，只是一条微信运动的步数提醒。

　　路意浓坐到楼下二十四小时便利店的落地窗前，用创可贴换掉了手里已经染血的纸巾。
　　正对着的地铁口里，每隔几分钟便涌出一拨拨加班到现在的白领，他们背着包，行迹匆忙而眼神疲倦。
　　身后的便利店店员趁着没客人在打电话。
　　"现在一个月房租那么高，我每个月交完房租水电就刚够吃饭……"
　　"我也想换啊，同住的那个卫生习惯那么差，偷偷用我的锅还不刷。但是提前退租违约又得扣押金，我能怎么办？"
　　路意浓在这种时刻感觉到前所未有的迷茫，她好像富足，实际又很贫穷。她无需为生计发愁，但是细想起来，真正抓在手里的却似乎什么都没有。
　　她与路青共享着来北城后所有的荣辱，路青是她的姑姑，是朋友，甚至是母亲的角色。她能理解路青的一切想法，却不想按照路青的想法往前走。
　　曾经亲密无间的两人在此刻彻底陷入了互不妥协的对峙与僵持。最后，到底是谁会赢？还是两败俱伤？
　　扔在一旁的手机又跳出提示音，她拿起来看，这次是章榕会了。
　　他从高楼以俯视的视角拍摄了一段此刻北城的绚烂灯光。
　　她尽量以活泼的口吻关心他：咦，这么晚还回去加班？好辛苦啊。
　　他的消息几乎是同时过来：想你了。
　　将手机抵在唇上，她想发些什么，却觉得此时任何回应都是苍白无力。
　　我等一等，路意浓对自己说，他有很大能量，能解决一切问题，我可以等。

2

　　暑假结束，路意浓返校上了一个月的课，在九月底，章榕会的行程终于敲定下来，他挪了几天的空，可以陪她出去玩几天。
　　九月三十日那天，江津的天色很差，路意浓下午下了课，回宿舍拿上行李，就上了出租车。
　　天上的乌云一直聚拢着，雨将落不落，虽然封着车窗开了内循环，仍旧感觉呼吸阻滞不畅。

出行的一路也并不顺利。临近十一假期,车无比多,去机场的一路上堵起来没完没了,只看到前面一片通红的尾灯。

司机师傅一脚油门紧跟着又一脚刹车,踩得她胃里都反酸。

所幸她的航班时间晚,赶到机场还有余裕。只是瓢泼大雨很快倾泻而下,像要把整个机场清扫干净一般声势浩大,机场里到处是吵闹声,航班动态的滚动屏上全是刺眼的红色延迟标志。

怕误了行程,路意浓心情焦虑地在手机上反复查着今明两天的机票,可是十一去 C 市的票已经售空,总不能章榕会请下假来,反倒是她去不了。

万幸的是,一场疾雨以后,机场又恢复了正常的运转,她的航班在延迟之后,终于在深夜十一点顺利起飞。

落地 C 市已是凌晨一点半。摆渡车里呵欠连天,路意浓终于抵达出口,在拥挤的人流中一眼看到了章榕会。

他穿着简单的蓝灰色 T 恤,戴着黑色鸭舌帽,单手插兜站在人群的边缘,高高帅帅,胳膊精瘦又有漂亮的肌肉线条,路过的女生拖着行李箱都在看他。

路意浓小跑过去,迎着他煦如暖阳的笑容,不管不顾地跳起来,搂住他的脖子,挂到他身上。

章榕会爱极了她此刻难得的放肆。他搂紧她的腰,在旁人诧异的侧目中,低头咬上她柔软的嘴唇。

"我来接你了。真怕你来不了。"

十月的 C 市深夜已经冷了,章榕会降下车窗,一路的灯都在亮着,而街道空荡静谧得仿佛只剩他们自己。

和喜欢的人在一个全然陌生的城市里,让路意浓感觉奇妙。

她总是喜欢夜晚的,只要是有他在的时候。

她好奇地问:"靳南也来了吗?还有没有别人啊?"

没有靳南打掩护,章榕会自己也不能那么顺利地出城,靳南自然是在的。

"嗯。除了他,还有几个旅行社的人。你不用认识,也不用管,咱们玩自己的。"章榕会说。

路意浓第二天才知道这句话的意思。这次自驾游真心来玩的其实就是她和章榕会、靳南三个人,剩下的四五个人全是这次旅游的组织人潘旭叫来陪玩的。其中还有一个女生,叫小珺,介绍着是潘旭的女朋友。

章榕会和路意浓的身份,靳南没有特殊介绍,顾忌着王家谨可能过两天也要来,并不跟他们说太多。

潘旭半知半解地跟着喊"会哥",另一位也只道是会哥的妹妹。

大家一起吃了早饭,小珺被安排着坐到路意浓的身边。小珺有心巴结,找着话题聊天,看她漂亮,表哥也帅,家里估计不是有钱就是有背景,忍不住多问几句。

路意浓耐不住她的追问,简单地作答。小珺抬头不小心瞥到章榕会冷冷的目光,才讪讪地住了口。

吃完饭,众人各自上车。章榕会和路意浓单独一起,而靳南的车由潘旭开着。

车里的后座放了一堆零食,路意浓伸手够了一包虾条。

章榕会说:"不用跟她说这么多话,你以后也没什么机会再见她。"

路意浓低头拆着包装袋:"她一直问我有点不好意思……嗯,我也没说两句。"

她从没有吃过被人窥视的苦头,也并不能完全理解章榕会此刻的谨慎。

"听我的。嗯?"

他转过头,猝不及防地被她塞了虾条进嘴里。

"知道啦。"她笑着说。

他们的第一站,是离C市两百公里外的草甸景区。

他们在县里吃完午饭,乘坐观光车上山。看着如画的景色,只觉天高地远,神清气爽。

十月的山峰是漂亮的黄绿色,处处有牛羊,湖水绿得跟宝石一样。

路意浓难得有这么兴奋的时候,或许是脱离了熟悉的环境,或许是身边的人足以让她无所顾忌。

章榕会一直担心她会高反,拽着她不让她剧烈地上蹿下跳。她笑嘻嘻地去摘章榕会的墨镜,他就无奈地看着她闹。

有章榕会隔着,小珺基本与路意浓说不上话,她感觉两个人自带一些气场隔绝了别人,就连同他们一起来的靳南都有些退避三舍的意味。

他们全程坐着观光车上下,玩了三四个小时才下山,又继续开了几个小时,稍晚到了下一个县城,住在了大草原上。

藏风的特色民宿房间数量有限,小珺和路意浓住同一个房间。

章榕会在房间洗完澡,听见有人敲门。路意浓站在门口,漆黑的夜空下星河流转,她指着远处的篝火,拉他的手:"去吃饭啦。"

他们在露天的星空下吃烤肉和火锅,旁边有漫步的牛羊。晚上的温度比较低,路意浓又回了趟房间拿条毯子披上。

章榕会和靳南还是坚持第二天开车不喝酒,潘旭他们就更不喝了,大家只是坐着聊聊天。

潘旭似无意地说着最近旅游行业不好做,父母打算让他转行,搞些金融、投资什么的,扩一扩眼界。

读旅游管理专业的路意浓莫名中了一枪。

靳南出于礼貌同他简单说了两句隔行如隔山,章榕会在一旁没有说话。

吃完晚饭，小珺先回了房间，洗完澡又等了许久路意浓还没回来，她有点担心要不要出去找人。

大概过了一个多小时，路意浓才披着毯子顶着夜风回来了。

"外面这么黑，你去哪儿了？"她问。

"我哥哥开了一天车，给他按按背。"

小珺忍不住问："他是你亲哥哥吗？你们好像很亲密。"

路意浓从包里拿出自己的洗漱用品，站起身，看着她问："你很关心我的事？"

小珺察觉自己逾越了，有点尴尬地急忙道歉："对不起。"

第二天的行程比较简单，他们吃完早饭又在草原逛了几个小时，再赶到山里吃午饭。

章榕会不喜欢拍照，靳南却是摄影爱好者，他带了专业级别的单反和很多型号的镜头，鼓鼓囊囊装了几个包，甚至还有一架无人机航拍器。他拿着一堆单反配件捣鼓，路意浓就在旁边拿着遥控器开始试着放飞他的无人机，拍摄沟壑分明的山川。

晚上住的民宿里老板养了两只狗，一只花的，一只黑的。路意浓喜欢动物，她饭也不愿意吃了，就坐在出入饭厅的楼梯转角处陪狗玩。

怕晚上凉，她穿了牛仔裤和长外套，紧身牛仔裤修饰出她细且匀称的腿。外套是章榕会的，她穿起来很大，看上去很新潮。

章榕会并不介意她穿得漂亮。女孩子年轻爱美，爱穿裙子，露肩或露背，他也都喜欢。

但他不喜欢上下楼梯时那些人暗戳戳的眼神。他将她唤过来，聊着天的时候，不着痕迹地将自己身上的外套盖到她的腿上。

他们聊的话题路意浓不喜欢，她从烤盘里拿着吃不完的肉，低头喂跟过来的两只狗。

"想不想养一只？"他转头低声问。

"我还住宿舍呢，养不了。"她边逗狗边说。

章榕会说："说了几次让你搬去茗樾山府，那边的房子一直空着，浪费。"

路意浓装作没听到似的将一片肉扔在地上，两只狗"呜呜"低叫着哄抢，他只能无奈地伸手揉了揉她额前的发。

第三天，他们赶到了一个边缘县城。这里景点聚集，有湖泊、溶洞、峡谷等，他们今天歇在县城周边的牧场酒店，入住得比较早，天还亮着。

酒店老板说有一匹小马脾气温顺，可以骑，把路意浓高兴坏了，她匆匆到帐篷换上牛仔裤就出了门。

小珺任劳任怨地换完了床单、被罩和枕套，暗暗感叹同人不同命。但又想也没什么值得不高兴的，这一路跟着他们吃好喝好，一玩就是一整天，现在只是换个床单而已，这可比打工舒服多了。

小珺整理完床铺出门，看了一圈草场，并没有看到酒店老板，也没有看到路意浓，只有几匹小马在低头吃草，也不知道路意浓跑到哪儿玩去了。

小珺走到中心的帐篷里。潘旭他们在里面打扑克，她就站到旁边看。

"屋里收拾干净了？"潘旭问道。

"我办事还不放心吗？"

潘旭笑着拍拍她："打完这把马上就开饭了，桌子收一收。你去喊他们进来吃饭。"

小珺走出去，回到住的帐篷，路意浓还没回来。

她又绕到了帐篷的背后，往前略走了几步，突然看见了什么。

天色已经见黑，晚风猎猎地吹着，远处的草坡上，章榕会一手扶着长发女生的纤腰，让她跨坐在自己的腿上接吻，同她耳鬓厮磨。

路意浓把飞舞的头发挂到耳朵后面，与他对着鼻尖。

此时天空中一侧残阳如虹，另一侧月亮刚刚若隐若现露出浅浅的弧度。从任何角度来说，这个构图都是极尽的唯美浪漫。

小珺不知道自己要做什么，她那一刻脑袋是糊涂的，转了很多的念头和猜想，然后像是着了魔一般，颤抖着手掏出手机，拍下了照片。

下一秒，她的手机直接被身后的人大力抽了出去。

她惊叫一声，回过头。靳南动作极快地把照片删了个干净，又仔细检查了一下她的相册，然后拽着她的手腕，把她拖回了帐篷。

桌上的酒菜已经摆好了，潘旭见他来势汹汹，从座位上站起："怎么了这是？"

靳南似笑非笑地把小珺的手机朝潘旭笔直地砸过去："你这个妞，真可以啊。"

潘旭下意识地晃身一闪，手机擦过他直接砸到了地上，"哐哐"蹦了几下。

小珺发出了一声闷哼的抽泣。

"怎么了这是？"潘旭又问了一遍。

靳南不废话："赶紧找人把她送走。这手机别给她了，回头给她买个新的，我给你报销。"

潘旭忙说："那不至于，那不至于。买个手机还不用您掏钱。"

靳南落座，潘旭神情复杂地看了一眼抽抽噎噎不敢说话的小珺，带着她，招呼过另一个人走到帐篷外面："你送她去最近的镇上吧。其他的别管了，送完直接回来。"

小珺哭了："旭哥，我没有手机，也没钱。"

她不说话还好，一说潘旭火一下就上来了："你没钱你招他做什么？我怎么嘱咐的你！一路上我千辛万苦把这几位爷哄得好好的，到你这儿给我掉链子！"

"不、不是……"她还想继续说，却不敢启齿。

潘旭摆手，不想再听："你带上你的身份证和卡，其他的都别收拾了。一会儿我往你卡里打两万块钱，你自己想法子回家去。"

小珺看自己真要被送走了，终于慌了神，苦苦哀求道："旭哥，我跟你从北城到这块也是人生地不熟的。说到底我也没犯什么了不起的事情，我不敢了还不行吗？你去帮我说说好话，我给靳哥他们道个歉也行……"

潘旭狠了狠心，朝旁边的人使了个眼色。对方立马会意，拽着小珺的手拖进了一旁的车里。

路意浓拖着章榕会的手回来时，帐篷里的酒菜都已经上齐了。

路意浓奇怪地问："小珺人呢？怎么没来吃饭？"

潘旭面不改色地道："她家里打电话，说出了事，急得很，我让人先送她回去了。"

路意浓"哦"了一声，不说话了。

只有男人的饭桌是极其无聊的，路意浓也知道有自己在，他们很多话都憋着不好意思讲，于是先闷头吃饱了饭，回到帐篷里。

回去她才发现，小珺走得匆忙，什么都没有收拾，衣物、化妆品都还摊在床上。

她洗漱完有些无聊地倒在自己的床铺上，听着不远处的帐篷里传来觥筹交错的声音，间或夹杂着哄堂大笑。这里信号不好，刷手机也看不见新消息，她躺了一会儿就迷迷糊糊地睡着了。

不知睡了多久，突然被身边的动静惊醒，路意浓一下瞪大了眼。帐篷里的灯已经关了，幸而营地的光从窗帘缝里漏进来，映出熟悉的轮廓。

她舒了一口气，嗔怪道："你差点吓死我。"

章榕会钻进被窝，把她搂进怀里："嗯，怕你一个人睡害怕。"

路意浓闻见他口鼻间热烘烘的酒气："你怎么喝酒了？"

"嗯，老板太热情了，不喝不行。"

路意浓又问："小珺到底怎么了？连行李都没收拾呢，直接就走了。"

章榕会闭着眼睛，埋在她的脖子里，闻着她皮肤淡淡的牛奶香气："别人的事，不用管。"

路意浓觉得他身上很烫，隔着睡衣都能感觉到灼热的烫。他的唇印在她的脖子上，少顷突然发力，开始用力地吮吸，她忍不住发出很轻的叫声。

她的叫声像是吹响了增进他攻势的号角，他修长的手指直接勾下她睡裙的带子，下一秒，灼热的双唇直接嘁了上去。

慢慢地，她被他唇齿间的酒气熏染，也晕陶陶起来，脑子里乱成了一锅糨糊。

周围漆黑一片，一切都像假象，只有眼前的人是真实的。他的手指抚摸过身体的每一处，像是被火引着的干草，她不由自主地同他一起战栗燃烧，她为自己的反应感到难堪和羞愧。

章榕会停下来，舔舐她柔软的耳郭，问："宝贝，你害不害怕？"

路意浓突然想起第一次见面时那双充满淡漠的眼睛，她想透过黑暗看清他此刻的情动，却只能感受到紧贴在胸前他疯狂跳动的心脏。

她在虚妄中紧紧攀缘眼前唯一的真实，哪怕此刻面对他的放肆侵略，她也咬住嘴唇，用力摇了摇头。

他闷闷笑了。

"那你以后，真的就属于我一个人了。"

"别反悔。"

…………

路意浓很难想象，在连续好几天开完几百公里的车程后，他的体力还那么好。

她从一开始的害羞逃避，到被迫迎合，再到后续的无力推拒只能接受，章榕会一直强势地单方面掌握着全程的节奏。

两人断断续续地缠绵数次，最后沉沉睡去时，已经能看见外面隐约的日光。

中午十二点，车队再次启程。

路意浓戴着耳塞，裹着薄毯，缩在越野车的后座上补觉。

靳南被章榕会喊过来做司机，他自己的路虎车则丢给了潘旭的人。

靳南看着粗犷，实则心思极细。他心里有主意，所以没有特别多的废话，凡事只用点到为止。所以哪怕认识得很晚，他跟章榕会同频的时间其实比王家谨更多。

章榕会说："咱们来这儿一趟，潘旭那一伙儿跟了四五个人来忙前忙后的。后续你打算怎么说？"

靳南无所谓道："本来没打算怎么个说法，我倒没想他招呼来这么多人。"

他们含着金汤匙出生，如潘旭出身尚可、有点小钱来攀附讨好的人不知见过多少，打一眼对方的人品也能猜个八九不离十。

潘旭为人圆滑，办事利索干净，但野心大、做事功利性太强，什么时候都得防备着他一手，到关键事上的时候并不好用。

章榕会玩着手上的墨镜："嗯，真让他竹篮打水了，怕后续不好收场。"

"那也不至于。"靳南说，"我三堂哥在津海那边做了点新生意，正是缺人用的时候，他想赚钱，就让他去。"

靳家支系繁杂，除了靳南的父亲顺利接了他爷爷的班，剩下的人都各有出路，靳南的三堂哥在其中也算翘楚，在津海当地很出名。

"靠谱吗？"

靳南满不在乎地笑："谁知道呢，风险与收益并存。这些年跟着他赚大钱的很多，倒了霉的也有，要是想走偏门发大财，找他反正没错。

"潘旭是狼，我三堂哥也得算只老虎，在他手底下管着，是翻不了天的。"

章榕会略一沉吟："你跟他说清楚就行。该走什么路，让他自己选。"

路程过半，路意浓终于迷迷糊糊地醒了，靠窗坐了起来。章榕会换到后排，搂着她的腰，给她当靠垫。

靳南打开车窗，清新的山风吹进来，路意浓懒懒地不想说话，章榕会就拆了一包后座上的零食，给她喂了一颗话梅，下巴蹭着她的头发。

播放音乐的车载音响中响起铃声，靳南顺手点了接通，王家谨的声音顿时在车厢内扩出来，他大声嚷嚷着："你们浪到哪儿了？我刚忙完，明天一早的飞机到，过去远不远？"

路意浓在困倦中睁大了眼睛，就听靳南不急不缓地说："你明天几点到？派车去接你。"

"八点，准时啊！"

她抬头看着章榕会，不安地对上他的眼睛。他只淡然说道："没关系的，你继续睡。"

又开了两个多小时的车后，车队到达目的地。潘旭的人提前到了，办好入住后又殷勤地过来帮忙拉行李。

他们上到五楼顶层，套房里景色很好，甚至有一整面落地玻璃墙，可以将下面的草场和不远处的湖泊看得一清二楚。

章榕会在路意浓身后关上门，把她揉到床铺里亲吻。

路意浓抱着他的脖子，拿脚尖指了指他放下的行李，玩笑道："你的行李拿我这儿干什么？"

章榕会鬼使神差地说："有老婆了，还让我自己睡？"

路意浓触到他力量强韧的肩背，不知想到什么，脸唰地红了，透亮的自然光照清她脸上薄薄的绒毛，像一颗软乎诱人的水蜜桃。

他沉迷又喜爱地看着她每一秒细微的表情："昨天都说好了，不能反悔了。"

晚间，饭在二楼餐厅里用。明天要等王家谨，行程宽松，就喊了酒。靳南不算一个热情的人，但对比章榕会日常的沉默冷淡，他自觉担任起炒热气氛的角色，挨个同大家喝酒，感谢这两天的辛苦。

潘旭自然是非常捧场，反复说着"应该的、应该的"。

酒过三巡，路意浓注意到旁边一桌的两男四女频频看过来。不多时，其中一个高挑的女生站起身走了过来，一头绿色短发，妆容精致，短短的热裤下露出两条大长腿，脖子上挂着细细的锁骨链。

她弯腰侧头，像是跟大家说话，眼睛却盯着章榕会，问道："你们是从北城来的？我们也是。萍水相逢，要不要凑局一起玩？"

潘旭的人望向桌上的两位征询意见。章榕会不表态，而靳南只是笑："可以，来。"

他们喊服务生加椅子，绿发女生回到了隔壁桌，把剩下的三个女生都叫上，余下的两个男人自觉地吃完走人。

新一轮的酒上来，一群人玩起了真心话大冒险。开始基本上是自我介绍，绿发女生叫艾果，是北城艺术学院的学生，跟另外三个女生一起在一家小公司做兼职模特。她们这次来这儿是为了出片来采风的，同行的两个男人是公司的摄影师。

玩到后来也渐渐聊熟了，新一轮桌上的啤酒瓶口转到正对艾果的位置，她这次选择了大冒险。

同行的女生默契地眨了眨眼睛："停车场那辆大G是你们的车吗？艾果你这轮大冒险就去车里拿一个你最感兴趣的东西回来呗？"

餐厅里人员繁多，她们直接锁定了大G的车主，恐怕是之前早已观察过。众人发出心照不宣的笑声。

路意浓咬着青菜，偷偷瞟了一眼身边的章榕会，他垂着眼睫给自己夹了一块羊肉，仿佛没有听见。

他不说话，身边也没有人敢起哄。眼见着气氛尴尬地要冷场，靳南站了出来，笑说："哪能扫了这个兴？我陪着去一趟就是。"

章榕会从兜里掏出车钥匙扔给他。

过了十来分钟，靳南带着艾果回来了，她怀里抱着后座的零食。

出题的女生失望地道："就这个？"

靳南已经落座，艾果施施然走到他和章榕会中间，摘下别在胸口的墨镜，递到章榕会面前："是你的吗？掉在副驾驶的地上了，怕回头不小心给踩着，帮你捎回来了。"

她像是后知后觉地才看到一旁的路意浓，偏头问："女朋友不介意吧？"

没等别人说话，旁边的人已经笑开了："那是他妹妹。"

悬在空中的墨镜迟迟没有人接，艾果不在意地笑笑放到了他的手边。

游戏又玩了两轮。潘旭热络地说："这可不是巧了，我们是从北城自驾来的，人少车多，要不要顺路给你们四个捎回去？能一路玩回去，又能省下机票钱。"

他已经自动把两个男摄影师给屏蔽掉了。

几个女生嘻嘻哈哈地笑："我们这趟可是公费出差，自驾的衣食住行公司可不给管。"

潘旭立马拍着胸脯:"美女愿意做伴,还能让你们花钱吗?哥几个肯定伺候到位!"

众人一来二去地拉扯,酒跟水一样往肚里灌,喝上头了什么乱七八糟的话都开始往外飙。

路意浓竖起耳朵听,章榕会低头问她:"吃完了吗?"

她点头,章榕会说:"吃完回房间去。"

路意浓拉长了脸,踢踢踏踏地站起身。

艾果醉醺醺地撑着脑袋凑过来:"会哥把妹妹保护得真好。"

章榕会不耐烦地偏头,躲开她的满嘴酒气。

五分钟后,章榕会回房间时,路意浓已经把自己埋到被子里。

章榕会隔着被子抱她:"我拿了零食回来,你要不要吃?"

被子里瓮声瓮气地传来一句:"不要,你不留下一起玩?"

章榕会笑说:"这不是怕你一个人无聊?"

她想了想,还是不高兴,又问:"你的墨镜呢?"

章榕会无奈道:"我没拿,不要了。"

她这才从被子里露出圆圆的眼睛,章榕会亲亲她:"今天早点睡,明天一早出发。"

"明天不是在周边玩吗?王家谨也明天到。"

"不跟他们一起走了。"章榕会说,"乱七八糟的人太多,我不喜欢。"

凌晨五点,万籁俱寂的时候,黑色越野车在夜幕中开出了停车场。

章榕会一路往北开,路意浓也不知道要去哪里,但只有两个人在一起这件事就足以让她高兴。

两人走走停停,饿得不行了,就近找了一家服务区休息,吃了牛肉拉面。

中午吃饭的时候,章榕会接到王家谨的电话,他在那头疯狂喷了十分钟的三字经。章榕会把手机丢在一边随他骂,等他换气的间隙,直接按掉了通话。

路意浓幸灾乐祸地笑,被章榕会逮住狠狠亲了两口。

经过漫长的跋涉,终于在下午三四点到达祁连山乌鞘岭。

乌鞘岭山顶的观光台上远远可以瞧见马牙雪山,两人本来决定继续往雪山深处去,但被当地人劝住了——村里的路太差,车不好走,一会儿天就要黑了,可能还会有雨雪。

两人索性就在观光台暂时休息,旁边旅游的大姐走上前来,让路意浓帮忙拍照。

路意浓帮她拍完,大姐热心地道:"你不跟男朋友也拍一张吗?难得来一趟,留个纪念呀。"

路意浓有点害羞地把手机递过去,章榕会搂着她的肩,在大姐拍照的瞬间低头亲在路意浓的侧脸上。

大姐笑得眼睛都眯成缝了:"哎呀,哎呀。"

路意浓接过手机。照片上的两人亲密地笑,背后是茫茫青灰点缀着雪顶的马牙雪山。

她珍惜地放大,看了又看。

章榕会看她喜欢得厉害,说:"微信发我,我设个屏保。"

他一直是个怕麻烦的人,手机屏保也是多年如一日用系统的默认设置,但现在他也会突然想做些无关紧要的小事,来证明她在自己心里的位置。

路意浓瞪大眼睛问:"你不怕别人看到呀?"

他眼中曾如寒冬凛冽,此刻却比苍山温柔。

他说:"我现在只想早点娶你。"

很多年以后,当路意浓流落异乡辗转漂泊,在无数个无眠或酒醉的夜晚,她也会突然想起,在二十岁时,深爱的男人在群山之上,说想娶她。

可是那时候她还太小,不懂这句话的分量,只觉得是一句令人心花怒放的情话,她傻笑着抱他,却没好意思回答。

从观景台下来,晚上在附近的县城下榻。

章榕会开了一天的车,实在懒得动,两人就窝在酒店里,吃外卖看电视。

像是某个闸门被突然拉开,自晚间起,章榕会的手机就响个不停,他去阳台打电话的时候,路意浓走到身后环抱他的腰。

她闭着眼睛闻着他身上的味道,心里怅然,假期刚刚过半,这趟旅行就真的要结束了。

章榕会打完电话,转过身来拥抱她,在无言的静默中亲吻她的发顶:"回江津以后,搬到茗樾山府去?我要是有机会,就去找你。"

路意浓没有立即回答。

"你不用害怕。"他轻声安抚她,"你真的不用害怕。"

她终于抬眼,四目相对之间,无数情愫涌动,她的答案其实不必说出口。

3

漫长的午后,路爷爷从梦中醒来。他最近又用了新药,不良反应很大,几乎难以成眠。

路青如往常一般在旁边守着。她几乎无事时就来,坐在窗边的位置,或者削着水果,或是翻着杂志。

路爷爷或许已经感受到了身体内部日益衰落的颓势不可挽回,又或许是做了什么梦,今日突发感慨地说了许多话,讲起自己不能吃饱穿暖的童年,讲起青年成家、一儿一女也是潦草养大,又讲起路青,原以为父女离心,却没想生病以来她日日照顾也已经坚持了一年多。最后他说,家里无用,对她的前一段感情有愧,希望她未来能找个好人托付后半生。

路青受不了这些话,她合上杂志,提声问道:"您想说什么?"

"我想回家去。"路爷爷苍老混浊的眼睛里是释然和解之色,"你母亲与哥哥来往不便,还是我回垣城去吧。"

路青在医院的洗手间撑着面盆哭得稀里哗啦。

她能够忍受父母似乎永远不会改变的忽视与偏心,却受不了这种似临终嘱托一般迟来的善。

父亲在生命渐渐走到尽头之时主动与她和解,但路青已经走出太远,需要和解放下的,又何止是当前这一件?

路爷爷决意离开北城之后,李医生就一直帮忙张罗着做各种准备,约救护车、提前沟通江津那边收治的主治医生、介绍病人情况及日常用药等等。

一直到将路爷爷送上救护车,路青站在车下看着医护给父亲戴好监护生命的仪器,回身与他道谢:"这一年多来真是麻烦你。"

李医生说:"没关系。家属身体有任何不适情况,还是随时欢迎你联系。"他顿了顿,试探着问,"你要是什么时候回北城,方便了,我们再一起吃饭?"

路青将短发捋到耳后,像是思索了一番,清清淡淡地答了声:"好。"

李医生看着她姣好的脸,如释重负地笑了。

路青在江津医院旁边租了个房子,将母亲和路勇一家全接了过来,家里请了阿姨,又掏钱给路远飞上私立的幼儿园。

一家人难得如此和谐融洽,反倒是从学校过来吃饭的路意浓看上去与家里格格不入。

午后,路青带她去逛旁边的商场。

天气将冷,路青拿了新款的冬装外套往她身上比量:"家里还有空房间,你也经常过来住一住,都是一家人,别疏远了。你们宿舍里的同学处得怎么样?约出来,我请吃顿饭?"

路意浓立刻回绝了:"不用。我们没有这个习惯。"

"平日里也不聚餐?"路青打趣着说,"你高三的时候班里还总搞什么聚餐呢。"

"我当时也没去过。"路意浓嘀咕道。

"那是怪我当时管得严了?"路青偏着头笑问。

路青给路意浓买完衣服,开车将她送到学校,看着她提着衣服上了宿舍楼,才缓缓驶离。

路青一边开车一边想着事情。

或许是两人相处太久,她总觉得路意浓有些不对劲,似乎在隐瞒着一些事情。

比如,在家里时口袋里的手机响了,她不会马上拿出来看,但会找借口去厕所；试穿外套时她手腕上露出来的智能手表是上月的新款，她平日里物欲低下，明明不太会花钱追求这些东西；还有她穿的衣服，虽然不是全新的，却非常整洁连褶皱都没有，是不是被送去干洗店里熨烫过？

路青根据细枝末节引发源源不断的猜想，如果一切成立，她那个一直不肯提的男朋友，应该不只是一个普通学生，相反经济条件应该很不错。她从哪里认识这样的人？大学同学？还是之前在北城认识的？为什么被自己问到时，提都不敢提呢？

这是路青想不明白的地方。

路意浓在楼道里稍站了片刻，从窗口看到路青的车开走了，才叫了个网约车到茗樾山府。

她刚刚进门，将衣服交到阿姨手里，就接到章榕会的电话。

"今天回去还好吗？"他最近加班过劳，有些感冒，声音都是哑的。

"还好。"她问，"你还在加班？喝药了吗？"

他本想说"一会儿"，又及时反应过来："刚喝。"

他一边打着电话，手里的鼠标还在点着，声音隐约传来："我下个月会跟内审团队到邻市出差，周末回家。"

章榕会回来的那个周六，两个人一起回了一趟桐南。

天气预报说是有一场冬雨，天色阴阴沉沉，路意浓在副驾驶上坐立难安，手机拿起又放下。

"我要不还是给舅妈打个招呼？不不不，还是算了……"她感觉自己都要分裂了，"要不你还是掉头吧！"

她焦虑得一秒一个决定，章榕会握了握她的手，安抚道："没事的，我都不紧张。就当我提前去拜个年。"

提前拜会舅舅这边，是章榕会最近想定的主意。

异地恋聚少离多，他们的原生家庭在中间又比较复杂，他当下只想在自己的能力范围内尽可能多给她一些承诺。

路意浓一路悬着心到桐南。李沛在住校未回，舅舅、舅妈和外婆都在家。

他们看到章榕会的出现，甚至没有特别惊讶，只是彼此交换了一个眼神，然后帮着对已经有些糊涂的外婆说："这是意浓的哥哥。"

家里没有准备，几人临时在外面的饭店吃的午饭。舅妈还要看店，吃完后带着外婆和路意浓先回去。

两个男人边喝酒边吃菜。

李庆喝干杯里最后一些："意浓才二十岁，你来这趟早了点。"

章榕会帮他满上酒，态度谦逊："我二十四岁，也不算早。"

李庆叹了口气说："你的家庭我大概了解一些，像你这个年纪，做到这个份上非常难得。我是意浓的舅舅，我的立场跟别人不同，只要她好，我就高兴。

"但是终究她还有父亲在。尤其是她的姑姑,带着侄女去大城市生活,对比很多夫妻离婚抛弃自己亲骨肉,她做到这个份上,我们全家其实都感激她。她在那个位置,有她的难,即便是不支持你们,也是合情合理。

"我和她舅妈两个人不会去外面说你们的闲话,但是怎么给别人交代,你也要做好打算。

"感情的冲动是一时的,男人的责任是终身的。希望你也能理解我这个做舅舅的苦心。"

下雨了。

路意浓坐在古镇长长的廊檐下,看着雨水顺着青瓦汇集成一片片的银色,再像一条线似的落进曲折的河。幼时记忆里的桐南跟眼前似乎是没有差别的,时光在这里停滞,只有人才是匆匆过客。

微热的手指抚上她柔软的耳郭。她侧过头,看到章榕会笑吟吟地站在旁边。他喝了酒,倒是爱笑了。

路意浓问:"我舅舅呢?"

他挨着她坐下,因为喝酒而微微泛红的眼睛温柔地凝视她:"舅舅喝醉了,我把他送回去了。"

"舅舅骂你了吗?"

"没有。"

他伸出手,用大拇指慢慢摩挲她泛着不安的脸,轻声说:"没事的,我今天很高兴。"

桐南也保留了他许多回忆。

他在这里动心。

也曾为她开了六百公里夜车来这里,听一句"新年快乐"。

还有那个夏夜里,久久不能甘心的吻。

"我有没有告诉你,是什么时候开始喜欢你的?"章榕会问。

连廊上陆陆续续有人经过,路意浓红了脸,低声道:"旁边还有人。"

但他看着她,眼里也只有她:"在桐南,就在这里。比你喜欢我的时间晚许多,但好在不算太晚,都还来得及。我们现在在一起,是不是?"

路意浓拦不住他,只能无奈地笑:"你好像个小朋友,真的很没有安全感。"

他们在第二天回了江津。冬雨绵绵下个不停,两人在家里玩 Vent 的游戏,窝了一整天。

傍晚吃完饭,两人去小区超市里买了零食和新鲜水果。从超市出来,章榕会撑开伞,将她往自己的怀里搂,用风衣包裹住她。

"冷不冷？淋不到吧？"他低头问道。

她摇头，舒适地汲取着他温热的体温。

路青举着伞站在雨中，手里拿着保温桶，隔着一些距离看着她一手教养大的小姑娘被她最恨的男人的儿子纳在怀里。

路青不愿回忆的在章家的那些瞬间霎时卷土重来，四年虚妄，不过是一场彼此预谋的算计和隐瞒。

她看透章培明道貌岸然下的自私虚伪，看透他本质对女性的玩弄与轻视，才决绝地放弃优渥富足的生活。

而如今，路意浓却像一只被驯养的鸟，义无反顾地扑进了那座黄金的囚笼。

雨幕深深，她的骨子里都透出寒，而另一头的路意浓却浑然不觉，踮着脚，往章榕会的脸上亲了亲。

路青回家已是晚上九点多，她在门口换下鞋。

阿姨从厨房里收拾着垃圾出来，从她手里接过保温桶，感觉到里面沉甸甸的分量，多嘴一问："怎么直接拿回来了？不是说给小孩子送去？"

路青没有抬头看她，只是瞥了一眼保温桶，沾了雨水的湿黏短发贴在脸侧："倒了吧。"

路意浓在周五下课后回了家。她从超市买了新鲜的橙子，在厨房切盘摆好，端了出来。

"姑姑。"她唤着路青。

路青正在阳台上打电话，脱了鞋，交叠着腿坐在藤椅里，微屈着腰同谁聊着闲天。

路意浓在屋里没有瞧见她，又喊了一声。

路青抬头，两人正对上目光。

暮色四合，路意浓看不清路青那瞬间的眼神，只觉得她似乎与以往有些不同，暗色的光拢着她，像包了一层膜，隔开了两个世界。

路青挂了手里的电话，招手让路意浓过来。两个人面对着相同的一片晚霞，路青没有看她："上次说要请你室友吃饭的事情，你去打过招呼没有？"

路意浓没料到她再提这件事，嗓子被猛然呛到，干干地咳嗽了两声："我回去没说。"

路青语气很平淡，却不容拒绝："我出面自然不会丢你的脸，只是吃个饭而已，用不了多长时间。"

路意浓察觉到姑姑对这件事情突然的执着，知道这次不好糊弄过去，说："我跟她们关系一般。"

路青回过头来，追问："一般？还是不好？"

路意浓怕她发现自己搬出宿舍的事情，只道："不好。"

路青似乎接受了这个答案，也没有继续刨根究底。如此沉默了一会儿，路意浓的心缓缓落回原地。

路青点了一支烟，衔到唇间，缓缓对外吐气："搬回家里来住。住得不开心，就搬回家里来。"

"姑姑，我……"

路青问："需要我给你辅导员打电话吗？嗯？"

能想到的所有能推托的话被这一句彻底堵死，路意浓的嘴唇动了动，但是没有发出声音。

路青突然笑了，掸了掸灰，起身穿鞋，拍她的肩："我是你姑姑，肯定一切都是为你好。"

又是一年岁末，章榕会迎来自己二十五岁的生日。

正日子要在郁家过，王家谨就提前一天攒了局。

章榕会在生日派对上又一次见到了王家谨的现任女朋友，是他们旅游时遇到的女模特。

艾果穿着裁剪精致的黑色裙子，露出大片白色的背，绿色的头发染回去了，这才看出一些适龄的清纯俏丽。

艾果跟着王家谨坐在离他很近的位置，四周杂声起落，她凝神细听着章榕会在那侧吐出的每一个字。

他不爱说话，却又总在人群中心，日常懒怠又漫不经心，随便说的几句又能带起新一轮讨论的热潮。

她很难描述自己的想法，或许是越疏远，越吸引，又或许是真的一见钟情。她仰慕他骨子里的自信与强大，喜欢他众生平等漠视一切的眼睛。

于是她加了他朋友的联系方式，朋友圈从头翻到尾，却发现连他一张照片都没有。他或许出现过，是照片角落一只出镜的手，又或许是一片被刻意模糊掉的影子。

那匆匆一见，她几乎要忘记他的脸，却终于在等待两个月以后，参加了他的生日派对，再次见到他。

酒桌上的话题一环接着一环，在他收声休息的间隙，艾果用微微发汗的手举起杯子："会哥，生日快乐。"

她的声带都有些发紧，这让她感到窘迫。

章榕会偏头一瞧是她，面上不露山水，拿起酒杯往王家谨的杯子上一碰："敬你们俩。"

他干了杯，不再看她。

再也没有比这更得体也更疏远的回应了，这甚至仍旧不是对她说的一句话。

艾果举起酒杯一饮而尽。

酒醉三分,众人酒兴都起来,王家谨同众人起哄着让艾果上台唱歌。她没有推辞,上台唱了一首《吴哥窟》。

唱完,她匆匆下台,正听到靳南对王家谨说:"歌唱得不错,就是词不好。"他的眼睛似笑非笑地看向艾果,嘴上却还在同王家谨说,"有些东西自己又不是没有,总惦记着别人的东西算怎么个事儿?"

王家谨不明所以地下意识替她反驳,却没注意到昏暗斑斓的光影下,艾果黯然苍白的脸。

章榕会二十五岁那天,郁家也是大办了一场。

席间,有许久不见的长辈拍着他的肩唏嘘不已:"一路看着榕会长起来的,现在一晃眼也有二十五岁了。明年毕业了,不读博士了?"

"是。"

"还是接你父亲的班?"

章榕会说:"是的。"

长辈玩笑道:"那你以后可是有金山银山了啊。"

对方又喊着郁老爷子:"老郁!给榕会谈朋友没有?我家有几个女儿都长成了,要不要挑一个跟着你家榕会过过好日子?"

章榕会起身帮长辈添着酒,手下几不可察地一僵。

郁老爷子坐在上首,不急不缓地笑道:"他自己倒是不急。不过明年毕业,也是要提上日程,再拖不得了。"

自从搬回家里住,路意浓突然感觉到了路青越发明显的控制欲——她要了自己的课表,回家时间稍晚便会找各种借口打来电话;不许自己在家锁门,偶尔也会不敲门直接进自己的屋子;自己接打电话或者发消息,她见到了也会盘问两句。

哪怕是一月份,路青有事返回了北城,这样隐性的管束也并没有停止,而是由家里的阿姨和奶奶继续代行。

这趟搬家,仿佛是一场鸿门宴,路青为她专门搭建了一座牢笼,她是毫无隐私的罪犯,所有人都成了狱卒可以随时窥探一二。

路意浓觉得自己简直都要被逼疯了。

等到她大三上学期期末结束,路青打来电话,让她去北城。

"为什么?"她满心奇怪又充满抗拒,"今年过年不在家吗?我还要回桐南。"

"在家过,我会安排好。你先来。"路青没有多说。

路意浓再一次在路青安排的饭局上遇见了查学礼,不过他这次并不是一个人,身边还跟着一个身材高大、黑发蓝眼的年轻混血男人。

"这是你查叔叔的外甥,查睿宁。"路青脸上是非常完美和善的笑容,"是加拿大人,这趟专门回来过节的。"

路意浓草草地打了个招呼,没再说话,只是低垂着眼睛,用小刀将餐盘里的牛肉切得稀碎。

等到她终于将牛肉一点点划成肉渣,面前的盘子却突然被托起来,被查睿宁换成了一份切割均匀漂亮的。

他的蓝色眼睛深邃又华丽,凝望着她,嘴角挂着笑:"我们换一换,路小姐。"

晚上回程的车里,路青从后视镜看着路意浓,淡淡地道:"把你的臭脸收一收。整晚了,这是我教你的待客之道?"

路意浓反问她:"这是普通的客人吗?这是一顿普通的饭吗?"

路青没有吭声。

"您、您有没有觉得,这样的关系很畸形?"路意浓急切地说。

"畸形?"

路意浓从镜面中看到路青意味不明的笑,她说:"我以为你不知道什么叫畸形。"

"您说什么?"

路青不再继续这个话题,却仍旧笑道:"你慌什么呢?不过是吃顿饭,代表什么了?查家条件好,也未必就看上你。哪怕是看上了,我和查学礼现在又没有什么关系,我会给你让位的。要你怕什么?"

"姑姑,您能不能别说这种话?"路意浓不明白她为什么要把话说得这么难听。

路青收敛了笑意,问她:"不是吗?我做的一切不都像是给你铺路让位吗?从决定带你来北城那一天,好像就一直是这样。你得所有的好,我得所有的坏。"

路意浓不明白路青哪里来的这么大的敌意,她努力使自己镇定一些,说:"姑姑,您这么说我不公平。"

"公平?"这个词语让路青感觉荒诞无聊,"这世界也从来没对我公平过。你就不要来我这里索要这些我自己都没见过的东西了。"

"又跟路青吵架了?"

章榕会的手臂从背后搭过来,手掌握紧路意浓的腰。

路意浓终于在路青出门的间隙抽空出来见他一面。她不能走得太远,两个人就约在小区对面商场的电影院。

影厅里播放的是一部悬疑片,路意浓几乎一直在发呆,没有集中精神,在邻座发出连连惊叹时,她的眼睛眨动着,一点表情反馈也没有。

章榕会将她带到怀里,低声安慰着:"没事的。她大概是最近心情不好,你别跟她吵。"

路意浓闷着嗓子,路青带她去见查睿宁的事情,她始终没有办法跟章榕会说出口。她只能贴在他的胸口位置,听着他沉缓有力的心跳,轻轻地"嗯"了一声。

4

在预备着第二日返程江津的早间,路青吃早饭时,手机里弹出一条短信。

信息的内容让她诧异地瞪大了眼睛,而后想了想,又直接起身往路意浓的房间去,没有迟疑地推开了门。

阳光洒进馨香温软的屋子,路意浓穿着睡裙靠坐在床头翻着书,长发落在书页上,随着她偏头看向门口的动作微微动了动。

路青似毫无嫌隙地对她笑:"起来换个衣服,今天有事情做了。"

路青在时隔数年以后,竟然收到了伏欣的短信,内容是邀她参加兆卉孩子的百日宴。

路青本就是迎难直上的性格,对于这种邀请自然没什么避忌。她好好收拾打扮了一番,又专门去挑了礼物,就带着路意浓上了门。

百日宴的场地设在兆家女婿的私人庭院里,从外面看倒没有什么特别,影壁隔开的内里是一进又一进的中式院落,今日里自然宾客盈门,沸反盈天。

伏欣在外间待客,看到路青会来一点儿也不奇怪,仍旧是像好朋友一般同她问好,又上下打量着跟在身后的路意浓,夸赞女大十八变。

路青应对这种场面已经如鱼得水,不过短短几分钟又跟伏欣打成了一片,甚至主动帮她分担重任,接待起了客人。

伏欣笑说:"这倒是劳烦起你来了。"

她又想到什么似的对路意浓道:"我们这边还早,你可以先去找兆卉姐姐玩,她正在后面看小朋友呢。"

家里的阿姨带着路意浓到了后院兆卉的房里。

好几年不见,又加之生产不久的关系,兆卉比之前胖了很多,脸颊两侧都是丰腴的。

路意浓进屋时,孩子正在哭,兆卉把孩子抱起来,放在怀里轻轻地拍。

做了母亲后,兆卉已经不再有数年前锋利的攻击性。她同路意浓毕竟不算很熟,客气地让阿姨给倒了茶,又问了一些现在的情况。

孩子一直在吵闹,路意浓也不好久待,就找了个借口出了屋子。

处处是不认识的人,她只能独自往无人的花园走。中式的庭院里有假山奇石和一泓清澈的水,她坐在水池的台沿上,百无聊赖地给章榕会发了条短信：你猜我今天在哪里？

他估计正在忙着，消息并没有马上回过来。路意浓无聊地抱膝看着冬季水池里游动的锦鲤。

她发呆时，从侧边角门里蹿出一只很小的金毛犬，它的速度非常快，像一道闪电，眨眼间已经到了路意浓的身边，紧跟着两只短短的后脚踩着地站起来，"哼哧哼哧"地用两只前爪紧紧扒着她的腿。

路意浓吓了一跳，起身转过头，就见到查睿宁站在不远处，手里牵着长长的狗绳，冲她挑了挑眉。

"你怎么在这儿？"

"你姑姑让我来的。说你们要走了，让我抓点紧。"查睿宁啧了啧嘴道，"等你出趟门还挺不容易。"

上次吃完饭回家，路青把查睿宁的微信推了过来，但路意浓没有加，后续各种邀约她也没有参与，她把自己埋在屋里，几乎不出门。

她没想到，在这样的场合里，路青竟然还会想着喊查睿宁来。

她当下觉得尴尬，转身要走，查睿宁直接松开手里的狗绳。

金毛没了束缚，瞬间撒了欢，步步紧跟在路意浓的身后，在她的长靴下反复穿梭打转。

路意浓着急地教训它："你不要再跟着我！哎！你别咬我的靴子。"

小狗听不懂她的指令，只当她是玩伴，扑咬着她，情绪愈加兴奋。路意浓怕踩到它，连连后退，避让不及，反而自己差点被台阶绊倒。

身边高大的男人一直在笑着看她窘迫，终于看够了，才从地上捡起绳子，把小狗拽到自己身边。

他低头向她演示着："坐！Carman！坐！"

三个月大的小家伙立刻像模像样地在脚边坐下了。

"要像这样。叫它Carman，你跟它说'坐''趴''停'，它是能够听懂的。"

花园另一头的圆洞门里低调地走进来一行人，兆卉的丈夫在前引路，兆全辉作陪，跟在后面同他聊天的俨然是章培明和章榕会。

生意场上没有永远的朋友，也没有永远的敌人。有利则聚，无利则散，他们都很能看透这一点。

章榕会突然停下脚步，他身旁的章培明察觉异常，顺着他的目光望去。

对角的院落角门下立着一男一女，男人看上去很是眼生，女孩是熟悉的，穿着白色羽绒服，围了一条红色围巾，衬着女孩面庞皎洁、唇色潋滟。

她瞪着眼睛，似乎有些生气，这一丝愠怒又让整个人格外生动起来。

她在说着什么话，而她身边的男人只是握拳抵住唇角一直在笑。

章培明张大了嘴巴，愕然地问："那个是意浓？"

兆全辉："是。今天伏欣把路青也邀过来了，要不要喊过来，大家一起坐一坐？"

　　章榕会单手插兜，神色未变，不置一词。

　　章培明已然拒绝道："还是算了，没有必要。"

　　他比谁都清楚，路青不想看见他，于是说："走吧，别人还在等。"

　　章榕会的回信很晚才来，彼时路意浓已经回到家里，洗漱完毕。

　　他是直接打电话过来的，路意浓怕路青查岗，在卧室里打开了吹风机，用噪音遮掩，自己躲进厕所接起了电话。

　　"你出来一趟。"章榕会说。

　　"我明天一早要跟姑姑坐飞机回江津了。"她捂住手机，尽量低声说。

　　"就今天，晚上几点都好，我们见一面，你再走。"

　　凌晨两点多，路意浓小心翼翼地推开房门。她往路青房间的方向张望了一下，看着那扇紧闭的门，一路踮着脚尖，轻手轻脚地出了门。

　　凌晨的小区半个人影也没有，只有稀疏的路灯，照着黑暗的婆娑树影。她还是有点怕，却鼓足勇气一路奔跑，到小区门口，就看见路边正停着一辆车，还亮着车灯。她匆忙上了车，对章榕会说："你开远一些，这边不能停，会扣分罚款的。"

　　章榕会的气息在瞬间已经抵近，没有任何犹豫地，他伸手控住她的后脑勺，将她拉近到四目相对的位置。

　　他眼神清明，没有任何缠绵暧昧的意思。

　　章榕会冷静地问："你今天去哪里了？"

　　"今天跟姑姑出去吃了个饭。兆卉姐姐生小孩了，你知道吗？"

　　"还有呢？"他继续问。

　　"就出了一次门。"

　　"那你有没有遇见什么人？做过什么事？"他开始刨根究底地追问。

　　路意浓看着他黑白分明的眼睛，张口想说什么，良久却归于沉默。

　　章榕会感觉到自己脑袋上的血管都在跳，他强压着自己的火气，问："路青在给你相亲，是不是？她挑中的那个，是查学礼的外甥查睿宁？"

　　他知道了。

　　是的，他什么都知道了。

　　路意浓失去了辩解的欲望，她向右偏开头："对，是有这件事。"

　　章榕会却不让她躲，手下用力将她的脸扳正回来："多久了？有这样的事情，你为什么不告诉我？"

　　路意浓的眼圈都红了："你不是都知道了吗？"

　　"我知道什么了？我什么都不知道。要不是亲眼看见，我还被你蒙在鼓里当傻子耍！"

　　"我没有耍你。我不想跟你说是不想让你担心，这是我和我姑姑的事情，当然是我自己解决，跟你说有什么用？"

"解决？你怎么解决？"他的心脏浸在嫉妒的酸水里，每一秒都在品尝腐蚀刺骨的疼痛，"你们像今天这样约会过多少次？嗯？"

她委屈到眼里包着泪："我没有约会！我姑姑现在随时看着我，像是监视犯人一样。我已经尽量不出门、不见人。但是今天这种场合，她还是把查睿宁喊过去了，我能怎么办？"

"你不要提别人的名字。我不喜欢。"章榕会十分敏感地打断她。

路意浓一下也失去了言语，下意识地用胳膊挡开他的手掌，又被他压回怀里。

"你明天要走了，我们不吵架，不要吵架。"他隔了许久才喃喃道。

剧烈的心跳透露出他此刻难以平复的心情，但他还是尽量保持了情绪稳定。

"我会想解决的办法。但是你先不要再去见那些乱七八糟的人。我不高兴，我真的不高兴。你也疼疼我，好不好？"

在车里聊完回去已经是一个多小时以后，路意浓用指纹解开密码锁，迎接她的是屋里全亮的灯光，和穿着真丝睡衣坐在沙发上的路青。

她平静地走进玄关，她以为路青会问她去哪儿了。

但是路青没有问。

路青神色倦怠，像是非常失望："我也不知道是哪里没有教对你。自尊自爱，怎么连这都学不会吗？路意浓？"

"我有男朋友了。"她不理会路青的讥讽，终于鼓起莫大的勇气说出这句话，"我不可能接受查睿宁。"

"章榕会吗？"路青问。

路意浓震惊地望向路青。

路青从她的反馈里似是找了莫大的乐趣，笑道："章家上下这么对我，你竟然还主动倒贴回章榕会身边去？你想我跟章培明再做一次亲家吗？真不愧是我的好侄女。"

伪饰了数月的和平被撕开，在整座城市陷入沉睡之时，两人的对峙才刚刚开始。

路意浓为姑姑此刻的表情感到陌生可怕，惶然无措间，左腿不自觉地向后退了半步。

路青看透她小动作中的软弱，摇头笑道："也是，就你这个胆子，怎么可能是你主动？章榕会哄骗的你，是不是？"

路意浓压着声带中的轻颤："他没有哄骗我。我喜欢他很多年了，是我愿意的。"

路青左手手肘撑在沙发的扶手上，手扶着额头："喜欢？'喜欢'这样虚无缥缈的东西对你而言就这么重要吗？重要到连家人都可以不要了？"

"姑姑，我……"

她话未说完，路青反手抓起沙发上的抱枕直冲着她的面门扔过来。路意浓没有躲，抱枕砸到她的脸上，又落到地下。

抱枕没有力度，却无异于路青亲手扇过来的一个耳光。

路意浓的眼睛霎时就红了。

路青的声音尖锐得像是一把利刃割开一切遮羞的布："没有我，你上哪儿认识章榕会？自以为攀了高枝、翅膀硬了，你就毫无顾忌地背叛我，往我心口扎刀子！章榕会是拿什么哄的你？钱？还是什么狗屁不值的承诺？

"我父母好歹身家清白，白白浪费了四年都是一场空。你还不如我呢！且不说郁家，你凭什么进章家的大门？凭你那个滥赌蹲局子的爸？还是我这个给你拖后腿的姑姑？

"你现在为了他豁出去了跟我叫板，章家、郁家有谁知道你？他现在不过零成本在玩弄你，等到他腻了、烦了，一脚踢开你干干净净去结婚，他有什么损失？

"而你呢？你付出的感情和时间不会有一个人替你抱冤叫屈。他们只会笑话你自轻自贱，这不就是活该！"

"他不是这样的人。"路意浓为章榕会辩解道。

路青冷眼笑看她的天真："章培明是这样，章榕会也不会例外，那个圈层都一样。这世界上没有那么多童话故事，只有一个一个相信童话在那儿前赴后继的蠢货！"

第二天，江津。

路意浓自从机场回家就把自己反锁进了屋里。

路勇从医院回来，看着阿姨端着水果在敲门，路青沉着脸坐在沙发上翻着一本杂志。

"她怎么不高兴了？"他随口一问。

路青看向他，面无表情地说道："你明天去找个锁匠，把那扇门的锁给拆了。"

路勇一时惊愕又为难道："不大好吧？她都成年了。"

路青阖上书页，提高了声音问道："这是我的房子，我没有权利决定这些事情吗？"

路勇看她情绪一下波动得很剧烈，赶紧息事宁人道："好好好，你说了算，你高兴就好。"

第二天上午，路意浓被奶奶拉着去医院探望爷爷，再回来时，她的房间已经成了一个掉底的口袋——房门大剌剌地敞着，屋内的窗户被阿姨打开透

184

气,冷风吹得房门来回摇摆,"哐哐"作响。

于佩在客厅里教着路远飞学拼音,看好戏的眼神一直偷偷摸摸地往这边飞。

那一刹那的屈辱感让路意浓彻底失语。

她没有吵,也没有闹,她很清楚地知道,自己也无处可去。

她进了屋,挪了床头的小柜抵住门,然后滑坐在地,面无表情地看着对面高楼冰冷灰暗的一角。

晚间,她没有出来吃饭,阿姨去敲了两次门也无用。

路青只说:"随她去。"

等到一家人围坐着快要吃完,路意浓的房间里头突然有了动静,她连拖鞋都没穿,披散着长发跑到桌前,脸颊上泪渍未干,双眼都是通红的。

"我丢东西了,我要报警。"她说。

路勇骂她:"一家人吃饭,你在胡说八道什么?你是不是有神经病?"

"我东西丢了!"她看上去非常崩溃,甚至不知道在对谁说话,"我柜子里少了一支长笛和一块手表,很贵重,真的很贵重。能不能还给我?不然我真的会报警的!"

路勇心虚地与于佩对视一眼。

一旁的路青还在吃着菜,她非常平淡地说:"是我处理掉的,怎么了?"

"在哪里?"

"处理掉了,听不懂?"路青表情空洞,"还回来是不可能的,你要报警说我盗窃吗?去吧。或者咱们进警局折算一下,我这些年养你的花费,看够不够你的笛子钱,好吗?"

路意浓崩溃地脱口而出:"您为什么要这样?您已经把门锁拆掉了,还想让我怎么样才可以?"

路青将筷子重重拍在桌上:"你在这里闹是吗?那好,大家都在,你不要颜面就干脆撕开来谈。我想让你跟章榕会分手,还装着有什么不懂吗?"

桌上一时寂静,所有人都没再说话。

然后是路勇最先反应过来,他放下碗筷,伸长脖子,问:"什么时候的事情?"

路青冷笑:"问她啊,看我干什么呢?"

路意浓没有说话,她后退两步,走到门前穿上了鞋子,摔门而出。

章榕会的车堵在了晚高峰的车流里,司机播放着交通电台广播。他昨夜没怎么睡,这会儿撑着脑袋揉按着太阳穴,闭目养神。

手机响的时候,他甚至没有睁眼,直接就接起来了。

"喂?"

电话那头声音喏嚅道:"是、是榕会吧?"

"你哪位？"他才看到是一个陌生号码，手指移到挂断的红色标志上。

"我是意浓的爸爸，你还记得吗？路勇。"电话那头像是非常着急的样子，"意浓她跟家里吵架，大晚上跑出去了，我们都打不通她的电话，你能联系到她吗？"

章榕会的心脏猛然往下一沉。

年节到来，街上许多店铺都提前关了门。路意浓什么都没有带，只能从手机上订了一家酒店，用电子身份证办理了入住。

她关了手机，也睡不着觉，用整晚的时间放空发呆。外面的路灯透过窗帘缝隙漏进一些光来，她看着那束亮光，突然很想章榕会。

手机关机让她失去了时间观念，也不知道过了多久，大概是凌晨，房间外面有脚步声传来，然后有人敲门。

路意浓那时的心情复杂到甚至感觉不到害怕。她趿着拖鞋起身，到门边问："是谁？"

"是我。"

门随即被打开，路意浓直接扑进来人的怀里。

章榕会是临时赶航班回来的，他爽约了晚上的饭局，又找关系帮忙查她的去向，一路的焦灼、担心、恐慌，让他攒了许多要教训埋怨的话。可是在这一刻，当怀抱里重新纳回在微微颤动着的瘦弱身影，他的千言万语，又堵在喉咙里什么都说不出来。

"我在的，别哭了。"他抚摸着她的脊背，低声安慰道。

他没有解释自己为什么突然出现，她也没有说自己经历了什么。

有些事情的发生其实也做过一些预想，只是没想到会得到这么剧烈的反馈。

她在这晚表现得异常主动与急切，她紧紧贴着他，像是需要证明什么一般，反复地问他："你喜不喜欢我？"

章榕会的手掌顺着她渗出汗珠的脊背向上，拢了拢她的发，露出整张细腻白净的脸，他看着她的眼睛和如画笔描摹过的眉。

他说："我爱你。我非常爱你。"

她突然不知道怎么回应这句话，只是很混乱地说："我很想你。虽然昨天晚上才见过，但是我真的很想你。"

章榕会看着她，轻声道："我知道的。"

另一头路青准备报警的电话又一次被路勇截下。

"这都几点了？你女儿不回来，你还不报警？"

路勇说："她都二十岁了，身上有钱可能随意找个酒店就睡了。明天冷静冷静，不就回来了吗？"

"怎么会有你这种父亲？"路青觉得不可思议，"你的血是冷的吗？你在说什么？小姑娘家的深更半夜不知所终，万一出点事情怎么办？"

路勇突然显得很不耐烦："还不是你们吵她才会走？要我说你最近也是做得太过分了，又是拆锁，又是卖东西的，大不了我明天再去拿钱买回来，大家不就皆大欢喜。"

路青拨出路意浓号码的动作一顿，猛然意识到什么，问："你联系了章榕会？"

她又说："是章榕会，他给你钱，让你再去买回来。"这已是一个肯定句。

路勇没有吭声，直接默认了这件事。

路青一下就炸了："他给了你多少钱，你就这么卖女儿？"

路勇这下非常认真地同她计较着用词："小青，这不叫卖女儿。榕会对她是认真的，一接电话就过来江津了。意浓是你的侄女，她有好的出路，你也不应该拦着。"

路青胸口作痛，眼前一黑："好出路？你一个眼里只有钱的人知道什么叫好出路？

"我辛辛苦苦地为这个家里付出这么多，结果你不信我？我出人、出钱、出力，我付出一切，结果抵不过章榕会打给你的那些钱？路勇，你恶不恶心！"

5

路意浓在清晨熹微的晨光中被身畔的低语吵醒。

章榕会靠坐在床头打电话，手指无意识地轻轻替她梳理着发尾。

"你先去小区里接一下包，过来就到楼下停车场等……对，是要送到桐南去。"

路意浓在被子里微侧过了身，柔软的被面顺着肌肤下滑，章榕会挂了电话，微凉的手掌从后握住她裸露的肩。

"我送你去桐南。"他说。

回桐南的一路上，气氛因她的低气压而显得格外沉闷，章榕会将她搂在怀里，摩挲着她的手指，一直低声说着一些哄她开心的话。

开车的章家司机是很早以前接送过路意浓补课的那位，他一路端正地开着车，眼睛甚至都不敢从后视镜往后看。

"等开学，我找姑父，让他帮你协调个宿舍出来。不要再回去住了。"

她抬头，看着他的眼睛，小声说："杭老师会问的。"

"没有关系。"他温和地安抚她，"我会跟他们说明白。姑姑、姑父都是很好的人，他们会理解我们的。你不用害怕。"

当下正是章榕会每年最忙的时候，把人送回桐南，亲手交到舅舅那边，他就得走了。

他连饭也没有用，只是简单地跟舅舅打了招呼，紧跟着就是告别。

舅妈正在家里做饭，得了消息匆匆用塑料袋装了特产的茶叶和腊肠送过来。但她赶到时，巷子里空无一物，车已经没了踪影。

"榕会怎么来去这么急？连口茶都喝不上。"舅妈颇为惋惜道。

李庆说："榕会说正月里有空再来拜年，先回去吧。"

舅妈看着路意浓一直低着头，一言不发，叹了口气，过来拉她的手："你也别想那么多，今年就跟我们过。"

飞机在傍晚降落在北城机场。

章榕会低头用手机订着网约车，在出口显眼的位置，一眼看到了郁家的司机。

他无故爽约了重要的饭局，从昨天到今天没有接到一个电话。如今郁家司机直接等在了机场，他们对他的去向其实都心知肚明。

车子驶进长巷，郁家四处已经挂起了喜庆的红灯笼。

郁锦梅一如往年站在廊下等他，见他下车，也没有说什么，直接就转身走在了前面。

"徐伯伯那边外公已经重新约了时间。你备点重礼，好好地去人家家里道个歉。"

除此之外，她什么也没有说。

这样平静的处理，仿佛他昨天只是贪睡一觉，把事情给误了过去。

他们走进屋内。已经有许多人在聊着天等他，其中竟然也有章培明。这是这么多年来他第一次重回郁家，成为座上宾。

"爸爸。"郁锦梅脸上是端庄的笑容，"榕会回来了，咱们可以开饭了。"

晚间，父子二人陪客喝了不少酒，郁家司机开车送二人返回西鹊山。

暗夜树影憧憧，车内一片沉寂，章培明说："是什么时候的事情？"

章榕会闭着眼睛，什么都不想解释："很多年。"

从喜欢她到现在，已经很多年。

章培明从身侧甩出几张白纸，扔到他们中间："这是你外公今天给我的东西，一查就是，漏洞百出。"

章榕会睁开眼睛，脸色晦暗不明，他没有伸手去拿，只道："您有什么话就直说。"

"意浓的爸爸去年五月赌博欠了一大笔钱，本来要直接蹲局子的，是路青找查学礼帮忙还清，平了事情。昨天晚上你前脚一走，郁家后脚就都查出来了。"

章培明转过身子，认真地告诫他："今天他们不提不是放过，是觉得不配，提一句都嫌低端、嫌腌臜。意浓是个好孩子，可她家里不说门当户对，连身家清白都做不到。这事容不得你犯糊涂。"

"这不是她的错。"章榕会平静地将那几张纸一张张捡到手里，"路意浓是我女朋友,我不会因为不是她的错误跟她分开。绝对不可能。"

章培明冷静地看着他:"榕会,你今天能走自己喜欢的路,是你外公做过让步的。你现在是要反悔之前给他的承诺吗?"

路意浓在正月初七直接返校。章榕会不在的日子,她又搬回了单人宿舍。

大一采买的生活用品在之前搬来搬去的过程中已经处理掉不少,路意浓只身去到学校的小卖部里重新添齐。

她掏出手机给小卖部的老板扫码付钱,一条消息突然跳出来顶在最上头。

路青:有些东西确实超出我的预想,但我很笃定你不会赢。

她面无表情地将这条消息向右滑掉。

回到宿舍后,路意浓整理好床铺,摆好书本,捧着热茶坐在书桌边看书。

她突然想起三年前章思晴送她入学时的场景,她静坐了许久,下定决心拨通了章思晴的电话。

终于又重新站在那扇熟悉又陌生的门前,路意浓鼓起勇气按下门铃。很快,门被从里打开。

章思晴戴着围裙,手里还打着鸡蛋,招呼她进来。

她之前来家里常穿的拖鞋还在,被章思晴拿出来放在了门口。

自从杭敏英出国,家里已经比之前冷清了很多,章思晴边往厨房走边说:"今天杭老师不回来,就我们两个人,我给你炖了个排骨,再炒个鸡蛋虾仁,咱们吃得随意一些。"

"您不用那么麻烦。"她说。

"不麻烦,你先在外面坐着就行。"

路意浓来这里自然不会像做客一样,她进厨房洗了手,帮章思晴整理起厨余杂物。

很快弄完了饭,两人坐到桌边,章思晴一个劲儿往她碗里夹虾仁。

章思晴一直感叹,前些天杭敏英拨来视频,那个十指不沾阳春水的娇姑娘也在澳大利亚正儿八经地自己做起了饭,只是还不会放盐,最后做出来的吃不了,只能用清水过一遍。

章思晴调侃之余,又全是心疼。路意浓不知怎么安慰,只是低头默默吃着饭。

章思晴看着她,看了许久,然后说:"意浓,你比敏英大一岁,我现在看你跟看我自己女儿一样。我疼你,所以我不能害你。如果一件事情没有希望,那么最好的处理,就是及时止损。你还年轻、还小,一切都来得及。"

路意浓抬头,她大概也没有想过那么疼爱她的思晴阿姨会说出这样的话。

她沉默了很久,才开口,小心翼翼地问:"阿姨,我真的、真的一点儿希望都没有吗?"

章思晴的眼神中俱是柔软的怜悯之意:"意浓,人始终是要选择适合自己的位置,才能过得舒服。如果一条路只有荆棘,而不会有结果,那就不要再往前走了。"

"可是您跟杭老师……"

"我跟你杭老师是大学同学,我们确实也是家境差距过大,经历了很多才走到一起的。但这其中很多辛苦也不能为外人道。

"意浓,你现在这种情况,跟我们又有不同。榕会的家庭比我复杂更甚,你面临的阻力、要克服的障碍远不仅是我们家的老太太一个人。

"在这个过程中,会有无数的嫉妒、轻视、嘲笑、冷眼随时可能击垮你。这份苦,有几人能熬过?你姑姑可以,杭老师可以,但你不行。因为你哪怕能熬住这些,也很难会有结果。"

路意浓已经没有再吃饭,她只身坐在那里,像被老师批评教育的学生,眼泪一直往下掉。

章思晴于心不忍,抽出纸巾递到路意浓的手里,握着她发凉的手掌问道:"我已经是你们会听到的反对声里最温和的一个。如果你连现在这样都受不了,那你后面要怎么往下走呢?"

路意浓再吃不下去,她面色仓皇地起身告辞。

章思晴从椅背上拿起外套:"我送你。"

"不要了。"她的嗓子里还是哭腔,"您让我走回去,让我静一静。我求您。"

她在冬夜里,步行走完了回校的一站路。

晚上十点,宿舍楼下站满了恋爱分别的男女,她沉默地看着别人的相爱甜蜜,在宿舍楼下的花坛旁拨通了章榕会的电话。

那边很快被接起,她问道:"你最近很忙吗?"

章榕会最近很忙,工作、社交,还有来自家庭隐形的压力挤压着他每一秒的呼吸。但他在此刻尽量表现得轻松一些,问道:"是不是想我了?"

路意浓看着天上的残月,再过一个多月,就是她二十一岁的生日了,他们已经认识快六年。

她突然失语。

章榕会在那头说:"我最近再把工作进度赶一赶,等下个月,我回去陪你过生日。多待两天,好不好?"

人有悲欢离合,月有阴晴圆缺。小时候总以为只有八月十五那天的月亮是圆的,其实年年岁岁,每个月都有那么一次。不过古人将那天特意赋予了团圆的意思,如果没有想见的人,那么那天也不算特别。

路意浓说:"我们分开吧。"

她的声音很轻、很细,像喃喃自语。

电话那头章榕会仿佛没有听到这句话般，继续道："不然这周？这周末我争取把时间空出来，回去陪陪你。好不好？"

她坐在花坛上，手机屏幕发着微弱的光。

她感觉自己像个假人，被抽走所有的欢喜与痛苦。她张开嘴，机械地、毫无波澜地又重复了一遍："我们分开吧。章榕会。"

办公室里的灯光是冷白色，咖啡杯里浓黑的液体倒映着头顶弧形的亮光。

章榕会说："我明天回去。"

她的声音很小且低："我现在不想见你。"

"是不是有人跟你说了什么？还是路青又逼你了？"他说，"你有不开心的事情，可以告诉我。"

"不是这样的，章榕会。"她的声音轻忽，"跟别人没有关系。是这段时间，我自己想清楚的。

"感情的初衷，对我来说应该是快乐的。可是我已经很难从跟你的关系里得到正向的反馈。前路还很远很长，是我害怕了，我不想陪你往下走了。"

章榕会的喉咙像是被一点点紧拧的螺丝，几乎很难出声："是我还不够爱你吗？"

电话那头没了声息，他的姿态已经不能再低："我知道你很辛苦，可以再给我一些时间吗？等到今年七月研究生毕业，我去江津好不好？只要四个月。四个月就可以。"

他看不到她的神色，猜不到她此刻的决心有多坚定。

路意浓在电话那头长长地吐出一口气，十分抱歉地说："对不起。"

"那你想怎么样呢？"

电脑屏幕已经黑下去，映出的男人英俊面庞上满是苦涩："现在是要一个电话就把我处理掉吗？"

她沉默了很久，然后说了第二遍："可我真的不想见你。"

章榕会在晚上十二点到达机场，所有的航班已经停飞，他坐在二十四小时快餐店里，等一程最早的航班。

他总是在去找她的路上，一次又一次，一程又一程。

这个过程有过痛苦，也有过欢喜。现在是最不好的一次。

他的精神很差，咖啡一杯接一杯地点，不要命地往嘴里灌，然后将一次性的纸杯捏扁扔到垃圾篓里。

凌晨三点多，郁锦梅来了电话。

她说："家里的司机已经过去了，现在就在快餐店外面等你。"

他头痛欲裂，当下的语气却十分冷静："您让司机回去，这是我自己的事情。"

"榕会，你不要犯浑，外公一直都没有睡。"

"我不回去。"他的眼睛里都是通红的血丝。

"如果你执意要去，那么她父亲，还有她的姑姑，他们做过的那些事，如果曝光出来，你可以想想会有什么后果。你想见她，她恐怕到时候也没空见你。"郁锦梅用非常平淡的口气说。

"榕会，到时候她会不会埋怨你，彻底摧毁了她的家庭？"

章榕会再说不出一句，他紧攥的手指像失温一般冰冷，彻骨生寒。

第七章 /

祝你前程似锦，一腔热血，永不低头。即便对方是我

1

章榕会没有再出现过，路意浓恢复了正常的大学生活。

她的人生中好像很久没再有这样平静的一段时光，没有路青歇斯底里的监视，没有对谁日复一日的期待，也没有对前路惴惴不安的恐慌。

她大部分时候还是一个人，读书，学习，去食堂吃饭，去图书馆看书。

孤独感曾是她的附骨之疽，现在她却也能平静地与之共处。

这已经是大三的下学期，许多同学已经开始筹备未来的去向，有人在准备保研的暑假夏令营，有人在准备雅思、托福，预备开始申请学校。

她去医院看望爷爷那天，正好也碰上了路青。

或许也不是正好，是路青特意在等她。

她站在窗边，阳光洒在她的身上。而路青表情平静，语气温和，显然是已经知道了一些事情，手里拿着一只橙子剥着皮，问："你明年毕业，有什么打算？"

路意浓答不上来。

她每天看着身边的人忙忙碌碌，自己却陷入了漫长的迷茫期。

她的专业课成绩一般，校园活动分也没有，保研是没有希望了。但是考研，继续在学校里过这么两三年，对她也没有什么吸引力。

路青抬眼看着她："你要是想不清楚，我来帮你做决定。你准备一下雅思考试，我会送你出去。"

"我没有想过……"

路青斩钉截铁地说："既然你没有想法，就按照我说的做。你现在专心学几个月，放暑假跟我去北城，我帮你找老师补课、考试。"

路意浓沉默了，她说："我留在江津考。"

路青露出轻蔑的笑意："你就这点出息。北城又不是他们家的，怎么就

要你退避三舍了?"

五月,北城。

哥们几个在饭局上酒兴正酣,章榕会往旁推了推半空的酒瓶,从烟盒里掏了一支烟点燃。香烟烧至一半,他掸了掸灰,在话题中间突然来了一句:"我想挣点钱。"

桌上众人俱是一愣,王家谨哈哈大笑道:"不是吧章榕会!你?缺钱?"

"嗯。挣点跟家里没关系的,干什么都好。有主意吗?"他并不避忌地说。

王家谨没个正形,只当他是玩笑:"你爸涉猎产业那么多,你想摆脱他的光环证明自己,就只有去干男公关了。"

章榕会懒得搭理,王家谨还特别欠地挤过去:"真的,你这脸、这身材、这气质,富婆不都得为你疯狂?"

"有没有点正经话?"章榕会很不耐烦地打断王家谨。

王家谨这才看他的脸色不似玩笑,旁边的靳南已经接过话去:"会哥,你不是有个游戏公司?现在干得也不错,不如拿回来自己做?"

章榕会陷入一瞬间的沉默,又很快道:"公司现在在阿铮手里运转得很好,我再回去插一脚倒是没有必要。"

王家谨又提了几个点子,不过也都是不着四六,没什么可行性。

靳南突然说:"我这儿还真有个可以操作的。我三堂哥最近准备出手一个金融牌照,价格合适,还没开始对外挂。会哥你感兴趣可以先出钱拿下来,等机会合适了再转手。"

王家谨问:"要准备多少钱?"

靳南比了个数字。

章榕会算了一下自己手头的资金还算充足。

靳南凑过来低声道:"难的倒不是买,主要是变更审核卡得严,万一认定为异常,牌照直接变废纸。据我所知,目前主管这块的人姓费。"

一个"费"字,让王家谨的眼皮都跳起来。

靳南说:"我也就是提个主意。你们跟费岩成有些积怨,所以想要做成这个,还是很有风险。"

七月里,路意浓随路青回到了北城。

她回北城的第一天,查睿宁就带着狗狗上了门。金毛犬几个月不见,已经变成了很大一只。

路意浓有些防备地堵在门口:"谁叫你来的?"

"你姑姑叫我来给你当老师。"他笑着露出一口大白牙,"免费的。"

她还是犹豫地不想叫对方进门,查睿宁已经下了指令:"Carman,上。"

路意浓下意识地闭紧眼睛闪到了一边,却发现金毛坐在原地并没有动。查睿宁大摇大摆地走了进来,朝她露出得意的笑。

此后只要路意浓在家,查睿宁几乎每天上门。他似乎也只是来当老师的,同她口语对话、抽背单词,再帮她挑选学校和专业。

路青基本不在,她一直在北城、江津来回奔波,每天都很忙碌。

偶尔画廊有活动的时候,路青也会带路意浓过去艺体中心。

路青始终可惜她白长了一张好看的脸,却缺少了艺术细胞,学美术、音乐的钱大把砸进去,也几乎只能理解一些皮毛。

路意浓去画廊,查睿宁也要跟着,他发现她不怎么理他,却对狗很好,便把狗也带去了。

路青在里接待顾客,路意浓将查睿宁和狗拦在画廊的门口。

"不行。"她头疼道,"Carman体味太重了,不能放它进去。而且它会拆家,这里面的东西都很贵。"

查睿宁觉得光这么逗她都很有趣,他也没想着进去,就编了一堆歪理磨着她一直说话。

章榕会还是在二楼,还是在那个咖啡馆。

他向下望着。

他已经好几个月没有见过她了,送她去桐南过年是最后一次,那时她情绪低迷,攀着他胸口的手指一直在微微地抖。

现在她站在遥远的地方,面色微红,纤细的胳膊嫩白如藕,一袭红色的裙子像盛放的红色鸢萝花。

她少有穿这么鲜艳的颜色,这么一看也是美的。

这美丽原本独属于他一个人,现在却不再是。

而那个去年路青塞给她的相亲对象,竟然还黏在她的身边,觍着脸黏着她。

她明明说过那不是约会,也不是她的本意。

现在呢?

这是第几次了?

这是第几次了!

查睿宁在与她玩笑的中途,突然感觉到一束冰冷的目光正盯着自己看。

他疑惑地问:"那边那个人,是不是在看我们?"

路意浓下意识地顺着他示意的方向看过去。

章榕会站在艺体中心的二楼平台边,他眉眼萧肃、肩背挺阔,抽着烟冷眼向下望着,眼神像漠视众生的神祇,俯瞰茫茫蝼蚁。

他的眼神刺伤了她,也让她清醒起来。

分手,就是这样的。

曾经的那些甜蜜、专注、温柔都不过是他手中被掸落的烟灰,早就不复存在,被风刮到不知何处去了。

很快，路意浓就参加了自己的第一场雅思考试。单独考完口语那天，查睿宁特意遵照路青的授意来考点接她。

她原以为查睿宁会直接将她送回去，谁知他走到半路默不吭声地调了头，把车开进一条繁华的商业街，进了地下停车场。

"我要回去。"路意浓满脸戒备道。

查睿宁简直哭笑不得："大小姐，今天晚上有演出，乐队特别棒，票很难抢的。你就赏个脸？"

她还想拒绝，查睿宁又补一句："就当你给我交个学费。咱们两清。"

演出开始较晚，他们先从旁边简单吃了一些东西。演出场地在一栋独立的二层建筑中，外面logo（标志）是罐装啤酒的形状，墙壁喷涂着风格嘻哈的文字和彩绘。

他们到的时间也不算早，两百人的场地里已经坐满了一多半，工作人员在门口验完票，在他们的手背上盖上章。

查睿宁订的座位在二楼的VIP区，灯光昏暗，楼梯狭窄，上楼时他笑嘻嘻地伸手想来扶，被路意浓不客气地挡开。

等到正式开场，在上面那么隔空听就不够氛围感了，她被查睿宁拉下去，夹在群情激动的人群中，踮着脚连台上的一眼都看不清。

不认识的乐队唱着她不怎么喜欢的风格的歌，路意浓很快失去耐心。

外面音乐喧天，她站在洗手池边低头用冷水冲淋着手背，反复揉搓了几下，印章没有褪色的迹象。

一只手掌从后面抚上她的肩，路意浓烦躁地用手肘抵开他："查睿宁，你是不是有病？"

她话音未落，抬眼已从镜面中看到了身后穿着黑色衬衫的章榕会，他的手掌空悬，沉默地从镜面中与她对视，两人一时都没有说话。

龙头还在"哗哗"出着水冲打她的手，章榕会率先打破了沉默。他说："这个搓不掉，回去要用酒精洗。"

她于是伸手将水关停。

章榕会看着她黝黑的发丝中露出的白软耳朵，问："你们在一起了？"

路意浓没说话。

他又说："你这么讨厌他碰你，应该是还没有。"

她转过身来，万千波澜心绪被压于眼底，锁于眼瞳。她认真地凝望着他："我们已经分开了，章榕会，你不要再来过问我的事。"

他像是没听到这句话，贴近她，手指将她的长发挂到耳后，语气平和地问："你要跟他走吗？去加拿大？还是别的什么地方？"

她拍开他的手掌，清脆的一声，像一个耳光。

他再次悬空的左手这次毫不犹豫地伸向她的背，她整个人被脊柱上的巨大推力强压着往前跟跄两步，撞到他的怀抱里。

他的力气那么大，单手紧锢着她的肩膀，几乎捏碎她的骨头："我是做错了什么，你要对我这样？嗯？"

"章榕会，我们差距太大，没有结果。"眼里涌起热潮在失控的边缘，她的声音不大不小，还在平静地吐着伤人的话，"我放过自己，也希望你能放过我。"

他的手在许久以后终于落下来，她抬眼看见他晦暗的神色，留下一句"抱歉"，匆匆告别。

等到章榕会从厕所再次上到二楼，查睿宁订的卡座里已经有新的一拨人换上来，兴致勃勃地围坐着点酒。

靳南在包厢门口站着等他，看见路意浓拿包下楼，又看他独自一人回来，十分过意不去地说："本来是想让你们好好谈谈。"

章榕会上来也只是同他打个招呼："我先走了。"

靳南看他状态不好，安慰他说："别想那么多，会哥。咱们还是先把牌照拿上，够点底气。她出国还得有一年，到时候怎么都能把人留下来。"

章榕会不知在想什么，沉默应对着，没有回答这句话。

跟费岩成的饭局是王家谨出面约的，他们两家长辈之间还算有私交，面上还过得去。

但王家谨一直对这件事很有微词，他对费岩成尤其看不上。费岩成其人贪婪好色，一张女相的脸看上去颇有些唬人，实则手段下作，很不入流。

他们平日里不屑于同费岩成厮混，也没想到会有主动要求和的这一天，王家谨简直憋了一肚子气。

费岩成倒是有心与他们交好，没有拿腔作调。闲聊间，他突然笑道："今天隔壁也有一桌大的，你猜是什么？"

在场并没有人来猜，他特意瞥了一眼章榕会，神秘地说："这跟你还有些关系了。隔壁查家今天见亲，我看着了你爸之前分手的那个。"

靳南心里一沉，打断他道："今天不说这个……"

章榕会偏头问："见的什么亲？"

"会哥。"靳南想要拦着他。

王家谨嫌靳南扫兴："你怎么不让人说话？来，你来分酒。"

他把自己手里的红酒瓶和分酒器递给靳南。

费岩成继续说："这我倒是也没仔细问。不过我还看见就是以前跟着你爸女朋友后面那个小姑娘，跟查学礼那个洋外甥一起来的。"

费岩成突然又想到刚刚在走廊里错身而过的瞬间，看到的路意浓的那双腿，又白又嫩又长，走路轻飘飘的，就跟跳舞一样，也不知掀开裙子是一派什么样的旖旎风光?

他脑子里有了下流的想法,嘴上也难耐地酸溜溜地说了出来。

靳南倒酒的手一顿。

下一秒,章榕会夺过他手里的酒瓶,在众人未来得及反应之前,随着"砰"的一声巨响,直接给费岩成打破了头。

2

今天的天气一直不好,路意浓觉得胸口发闷,不知道是因为一直压抑的天气,还是眼前的氛围。

路意浓一直没有明白,姑姑已经财富自由,为什么又要跟一个不爱的男人进入婚姻的牢笼?她已经过上了令人羡慕的生活,为什么却又非得走上一条充满争议的道路?

酒至半酣,窗外的大雨落下来,大滴的雨水拍在玻璃上形成了厚厚的水幕。

路青略有些醉意,小鸟依人地依傍在查学礼身边,同他的朋友们玩笑。查学礼主动替她添菜,还关怀着她吃饱没有。

服务员进来送餐的时候,带开了大门,众人听到了外面走廊里的吵闹。

"外面怎么回事?"查学礼不悦地问道。

"隔壁出了一点状况,我们已经报警了,马上就好。"服务员略微尴尬地说。

"隔壁?"查学礼疑问道,"那边包厢今天不是订给了费岩成?"

路意浓觉得这个名字非常耳熟。

"对,就是,费先生跟朋友之间可能产生了一些矛盾……"

路意浓的手机在桌上振了振,她下意识地拿起,看到靳南给她发的一条消息:302,来。

她已经有了非常不好的预感,路意浓听见自己嗓音模糊地问服务员:"哪个房间?"

"302……"

"路意浓!"路青愠怒地打断她,"外面怎么样跟你有什么关系!要你多什么嘴!"

路意浓从位置上站起来,她惶然地朝苍白的姑姑和一脸疑惑的查睿宁看了一眼,下一秒推开椅子,直接飞奔出去。

外面所有的人都在向同一个方向汇集,她甚至不用问往哪个方向走。

明明是一条走廊的距离,她却感觉自己跑了许久,久到心脏都要被呕出来,久到腿已经发软打颤,她终于用力地推开所有人,打开了那扇被紧紧关闭的大门。

她不知如何形容面前的景象，费岩成躺在中间的地上，被靳南带着一群人围住，看不见脸，章榕会坐在地上，面无表情地靠在墙边，手上缠着白色带红的餐布。

王家谨一边打着电话急得团团转，一边骂道："你下那么狠的手，是为什么？

"咱们今天为什么来这儿，你心里有没有数？

"你再怎么看不惯他，就今天稍微忍一下又能怎样？"

他的话被突然出现的路意浓打断。她脸色惨白，身姿摇晃，在王家谨诧异的目光中，慢慢地走到章榕会的面前。

她跪坐在地，双手扶住他的脸，轻声问道："你想坐牢吗？章榕会，你是想坐牢吗？"

他偏开脸躲她的手："王家谨，把她弄出去。"

王家谨不知是什么情况，电话也没挂，迟疑地伸手来拽她。

他的手还没有碰到她的胳膊，路意浓的双臂已经紧紧环上了章榕会的脖子，整个人抵在章榕会的胸前痛哭出声。

她痛哭着，哽咽着，喉咙里的字句破碎着难以成句。

她的泪大片地晕在他的衬衫上，她抬眼，眼睛通红哀恳地看着他："章榕会，我求求你，你不要出事。"

章榕会的胸口微微起伏，与她对视的目光平静沉重，过了许久，他的左手轻轻压上她的发。

然后，他转头对王家谨说："先把人带出去，一会儿警察来了。"

王家谨没动，他突然吼道："赶紧啊！老子这个样子，让我送吗？"

他伸出手，看着路意浓转过来几乎是痛苦破碎的眼神，抿了抿唇："没事的，我们把事情说清楚，他就能回来。我向你保证，他不会有事。"

路意浓重重亲吻章榕会冰冷僵硬的唇，然后仓皇地起身："那我等你，我等你回来。"

王家谨将路意浓送到楼下，跟她说了一个地址："你直接打车过去，会有人给你开门。"

他还得回去。

但路意浓并没有走，她就站在路边，看着接连呼啸而至的救护车和警车，直到警车带走了她满身血污的爱人。

路青是什么时候出现的，她并不知道。

路青点了一支烟，就站在她的身后，嗤笑一声："他害了你，他根本不可能跟你结婚。他喝酒闹事，你还在这儿感恩戴德、自我感动，白痴。"

路意浓没有回头："他不是你口中那样的人，我相信我自己的眼睛。"

"相信？相信什么呢？"路青吐了一口烟圈，温柔地笑道，"章培明哄我的时候也是千好万好，天上的星星、水里的月亮，没什么是不能给我的。现在呢？

"你以为有钱人就不会厌倦吗？你以为你的身体随着年华老去，能抵过一拨又一拨女人带来的新鲜感吗？"

"你们现在难舍难分，不过是多巴胺的美化作用，不过是面对别人的阻止在自己脑内被强化欺骗的爱。你看着感人，我看着可笑。"

"章榕会和章培明是父子，他们本质是一样的。你总有一天会变成现在的我，或者是一个入不了门的外室、上不了台面的情妇。"

路意浓听着她恶毒的话，木然地转过头："我不懂您，姑姑。我之前以为我懂您，现在我不懂了。我们不是家人吗？您现在是在恨我吗？还是章榕会？章培明？还是您自己？"

路青的声音陡然尖锐起来："你不要试图激怒我。我只是看你可怜！看你做春秋大梦，我想救你！我给你安排一条安稳的路，让你认识优秀的人，过殷实舒适的生活。你却不领我的情，在这么重要的场合坏我的事！"

隔壁的事情一出，查学礼即刻就撤了席，连带着查睿宁一起，所有人走得干干净净。

路青再一次体会到面对章家人时的羞辱，而这次是路意浓带来的。

"路意浓，你不要觉得你今天把章榕会迷得神魂颠倒很了不起。等你年华老去、等你皮肉松弛，那时你回顾往昔，会感激我今天跟你说的话。"

路意望向路青被怒意燃烧、几乎扭曲的神情，她淡漠地问道："姑姑，您要不要去看一下心理医生？"

章榕会被带进了询问室，无人询问，无人看管，他在那里静坐，看着桌面上亮着的灯盏，任凭外界已然洪水滔天。

他独自待的时间并不算久，很快有警员拿着电话进来，递到他的手里。

电话里很久都没有声息，他也是一字不发。

又过了很久，对面传来郁锦梅的声音，她声音平直，像是没有感情的机器。

郁锦梅问他："你是故意的，对吗？"

他没有说话。

"你以为你弄了费家的人算是自毁？人生履历有了污点，就能顺理成章地摆脱郁家，让郁家放弃你？"

郁锦梅冰冷地陈述着事实："你的算盘打错了，章榕会。"

"费岩成父亲的谅解书已经写好了，现在就在我手里。你厌恶的、想要甩脱的这些身份、这些标签还在无时无刻地为你提供便利。"

她又说："你外公刚又犯了病，叫了医生过来家里。你从小到大理性正直，一直是他的骄傲。但我们都没有想到，你有一天会为了一个女人昏聩

200

到这个地步。"

他全程一言不发,只有郁锦梅说到这里时,他才终于出声。

章榕会说:"或者您把谅解书撕掉,我留在这里。或者我出去了,我还是会去找她。这是我的决心。"

"真厉害。"郁锦梅毫无波澜地吐出这么一句。

电话已经挂断,警员出了门又旋即关上。

章榕会看着门缝里那一瞬即逝的亮光,疲累地合上了眼睛。

他被放出来的速度只比想象中的更快,即便他仍不低头认错,但他依旧是郁家唯一的血脉,他们不会容忍唯一的外孙在履历上留下任何污点。

凌晨一点,车窗灌进来夏季的风还是暖热的,王家谨开着车一言不发,靳南坐在副驾驶上打完了电话。

"医院那边没什么事儿。"

章榕会默不吭声地靠在后座上。

王家谨说:"你姑娘在我那儿,阿姨接上她了,听说状态很不好,我先送你过去。"

"嗯。"他把无法说出口的感谢都囫囵咽进了嗓子。

他们把章榕会送到楼下,没有跟着上楼。

章榕会乘电梯上楼,又改了主意,坐在消防通道的楼梯间里,一支接一支地抽烟。楼道的感应灯熄灭,他被困于黑暗中,向来清醒的头脑从未有过这么混沌的时刻。

他的手机一直在响,或许是章培明的,或许是奶奶、姑姑的,或许是朋友的,他知道自己应该报个平安,但他一个电话都不想接。他感觉如此疲惫,他需要一张床安安静静地躺下休息,却还不想进那扇门,也不想去面对她的眼神。

直到手机耗尽所有电量,停止振动,整个楼道里可闻的只有自己轻缓的呼吸声,他才终于起身。

他在电子锁上按下密码,推门而入的瞬间,却被什么挡住了一下。

抱膝坐在地上、双眼肿如核桃的女孩惊惶失措地回头,在看到他的那一刻,眼睛却亮起来。

她几乎是狼狈地爬起来,扑到他的怀里。

"你没事了!"她欢欣雀跃地道。

章榕会心里揪着疼,推开她的肩,厉声问:"你就在地板上坐了一夜?"

"你别凶我了。"路意浓难受得掉眼泪,却艰难地挤出笑脸,"好不容易回来,你去洗澡吧。"

他站着一动不动。

路意浓看着他冷峻的脸色,看着看着,就崩溃地哭了。

她紧紧握住他冰凉带伤的手指,仿佛他下一刻就会消失:"章榕会,我爱你的。我求求你,不要丢下我一个人。"

她被章榕会抱进了洗手间,按在洗手台上。

她从镜子里看到无比狼狈的两人,一夜未眠,脸色白得像鬼一样。

章榕会在身后捏着她的脸,对着镜子,说:"你知道什么是爱?你就敢说?"

她被逼得发疯:"我知道了。我就是知道!"

章榕会的手几乎折断她的腰:"你知道了,那就继续。没让你停。"

她在极致的痛苦和快乐中一直高亢地重复说爱他。

章榕会的眼眶热得厉害,他咬牙切齿地咬她的耳朵:"这是最后一次,路意浓,你要是再敢跟我提分手,我永远都不会原谅你。"

3

出租车停在公寓楼下,艾果一边用手机付着钱,一边跨下了车。早上给王家谨打的电话一直没回,也不知他昨夜去哪里玩又嗨到睡过了头。

进电梯时,手机里闺密的语音消息还在持续不停地发过来——

"野马可不是那么好约束的啊,说不定他就是喜欢你不管他。"

"虽然条件那么好,分了有点可惜。但要真不喜欢还是算了吧。"

她在电梯里对着屏幕戳戳点点了半天:嗯,我也正准备提了。

电梯打开,她走了出去,低头走到门前,按下密码,刚进餐厅听到里面有"哗啦啦"的水声,以为是阿姨正在备菜。她从门口换了鞋,探过头去打了个招呼:"您好。"

下一秒,她直接呆住。章榕会穿着纯白的圆领T恤站在厨房里,手里拿着刀切开刚刚洗净的橙子,面无表情地抬起头来看了她一眼。

也就这么一眼,他又低下头去,若无其事地继续把皮肉分离开,将果肉扔进一旁的榨汁机。

随着机器喧鸣震动,他始终没打算同她说半个字。

艾果的脸已经烧起来,她尴尬地问:"你怎么今天在……"

她刚刚开口,就听到内间传来女声娇嗔地说:"这个卫衣是不是王家谨的啊?我不要穿。"

果汁已经榨好,章榕会不急不缓地倒进空玻璃杯。

"章榕会,你怎么不说话?"

次卧的女孩得不到回应,从门口探出半个身子来,长发随着她穿着的宽大男士衬衫空荡荡地悬出来一大片。

她与厨房门口的艾果对上眼。

两人大眼瞪小眼地彼此互看,都认出了对方。

章榕会从厨房出来，挡住艾果的眼神，走向次卧，将橙汁递给女孩，然后提着领口把她带进去。

"这是我的，我之前扔这儿的。"他在屋里说，"可以穿。"

"那个不是……呃，旅游时碰到的那个？"女孩的声音似乎哽住了一下。

"是王家谨的女朋友。"他不关己事地说。

"什么时候的事儿？"她惊讶道，"哇！你这个人嘴也太严了吧，这么大的八卦不跟我讲！"

"这事儿跟我有什么关系？"他反问道。

艾果听着他们说的话，怀疑自己刚刚所见。

身后的门锁"嘀嘀"响了两声，王家谨甩着车钥匙，手里提着购物袋，晃晃悠悠地推门而入。

他看到艾果在，还愣了一下，后来又反应过来什么。

"章榕会和他媳妇儿在我这儿住一晚，你见着他们了？"他问。

艾果像是瞬间受了一记重锤，脑子嗡然一响。

不一会儿，屋里的两人收拾完毕出来。女孩套着一件男士卫衣，下身穿着王家谨带回来的均码短裤，抓了个丸子头，有些不好意思地站在章榕会的身后，伸手朝她打了个招呼。

艾果只感觉自己连笑都不会了，脸部僵硬着，提了提唇角。

王家谨中午请他们吃饭。四人坐在一家私房菜馆里，菜品陆陆续续地上着。

路意浓对他们都不是很熟，有些拘谨和尴尬。艾果神色恍惚，一直低头用吸管喝着冰水。

桌上两位男士倒是一直在聊天。

"你有什么打算？"王家谨问章榕会。

"等一等，她明年毕业就结婚。"

王家谨一下就炸了："你别搞事儿啊！谁问你这个？问你工作、工作！事业方面的。"

"我打算歇一段。"章榕会懒洋洋地后靠着，手搂在路意浓的腰间。

他研究生刚刚毕业，章培明又特意嘱咐了他最近不要露面，也是难得可以停下来的一段时间。

"离暑假结束还有很久，我们打算回桐南去住。"路意浓在一旁替他补充道。

王家谨："桐南？那是哪儿？"

她笑着说："是我妈妈的家。"

章榕会的手从后面抬起，搭在她肩上，捏了一下她柔软的耳朵。两个人相视一笑，是任何第三者都插不进的默契情深。

艾果恍惚地想，原来他也会喜欢一个人，原来他喜欢一个人是这样的——
眼里只有那个女孩，愿意跟她说很幼稚的对话，相处时手上止不住的小动作，和对视时眼里满溢的喜爱。

他们吃完午饭即分别，王家谨开车送艾果回校。大周末的中午车堵得厉害，阳光又刺眼，透过玻璃晒得腿都发烫。

"会哥……对女朋友挺有责任心的。"艾果在副驾驶，声音略有些沉闷。

"他这个人容易较真。"

"较真不好吗？应该会有很多人羡慕她。"她头向外侧，看着旁边静止不动的车。

王家谨暗骂一声章榕会，谈个恋爱，没事瞎显摆什么？

他张口想为自己解释两句，又觉得没有必要。

他目前还只是玩一玩，没打算往后发展，只是艾果挂着他女朋友名号的时间确实有些久了……但现在甜言蜜语说出去好听，真的到对方要求兑现的时候就成了道德枷锁。他还没打算为谁负起这么沉重的责任。

王家谨有些心烦地回了句："他那是太极品，不具备参考性。哪有什么正常人谈一次恋爱就结婚？"

他说完又往右侧瞥了一眼，见艾果沉默着，没再说一句话。

章榕会和路意浓从北城自驾往桐南去。

路意浓尤其喜爱与他在路上的感觉，看前路一马平川，阳光灿烂，湛蓝的天，绵绵不绝的云。

她偏头问："你那时候过年去桐南找我，是不是也走的这条路？你开不开心？"

章榕会哼笑了一声："你还好意思说？过年连个祝福短信都没有，我还得千里迢迢给你送红包。你说我开不开心？"

她大概是想起来有趣，一直在笑。他单手扶着方向盘，将她的手背握起亲了亲。

"你还没告诉我，那封信是什么时候写的？我去找你的时候，你喜欢我了吗？"

"不能告诉你，那是我的秘密。"

他们在服务区吃的午饭。商家只有微信的二维码，章榕会懒得掏手机，对路意浓说："你付一下这个。"

她瞪大了眼睛问："你的钱呢？"

章榕会随口道："都花了，买了个牌照，现在应该是废了吧。懒得管。"

"什么？你买什么牌照这么贵，不会是什么华而不实的6666、8888吧？"

章榕会原想跟她解释一下金融牌照的概念，突然被她的用词带偏了方向：

"嗯？华而不实？你是这么看我的？"

他玩笑着去掐她的腰。

她怕痒得厉害，不好意思在小摊前跟他嬉闹，只能狼狈地躲着他的手，着急忙慌地说："我没有，我没有。你别弄我。"

路意浓也没想到，刚刚跟章榕会公开，他就变成了穷光蛋。

她在吃饭时想了很久，在向外走的时候跟上章榕会的脚步，从后面握住他的手，低声安慰他："没关系的，我还有钱。我暂时还是能养你几个月吧，你到时候再找工作？"

"你是要养我吗？"章榕会笑着问。

路意浓点了点头。

"那好吧。"他勉为其难道。

下午太阳落山之前，他们开到了桐南。

路意浓毕竟没有结婚，舅舅不好让章榕会住在家里。沿河有一家新开的民宿，舅舅帮他订了个房间，房价不贵，胜在没什么人住过，整洁干净。

章榕会看着路意浓嘀嘀咕咕地用方言在前台跟老板讨价还价，然后万分肉疼地扫了二维码，一次性付了两周的房费，忍不住在旁边一直笑。

老板给了他一间风景漂亮的河景房，推开窗户，下面就是狭窄的河道，乌篷船从桥下撑篙而过。

她撑在窗沿上，章榕会从身后环住她，天边晚霞照着是橘红色。

"你学的旅游管理，是想回桐南吗？"他在她耳边问。

"对。当时是想着回来当个公务员或者导游什么的。"

"当时？现在变了？"

"我还得养你啊。"她简直责任感爆棚，转过头来看他，"你的卡都被停了，身上也没有钱。"

章榕会手臂用力，紧锢着她的腰，缓缓地说："你就做你想做的，不用为我改变什么。"

下午两点来钟，正是午后暑热最盛的时候。

临水的店面已经算是凉爽，风扇摆着头"呼呼"地来回吹，躺椅上铺垫的竹簟还是染上后背沁出的微薄的汗。

章榕会合着眼睛浅眠，他听到了悄声的脚步，但是没有睁眼。很快，一丝冰凉之意触上他的唇，少顷，又顽皮地顺着他的唇线来回地蹭。

他握住了那只捉弄的手，睁开眼睛。路意浓笑着将冰水塞到他的手里："李沛特意嘱咐让我给你捎过来，他真是爱你到不行。"

李沛作为孤独的独生子女，与章榕会真是相见恨晚，他的生命里从没出现过知识面如此广博的男性角色。

章榕会懂科技、懂游戏、懂动漫、懂篮球，什么潮流尖端的他都懂，随便一个炫技，三言两语就将半桶子水晃荡的李沛同学轻飘飘地拿下了。
　　如今是暑假，路意浓和章榕会回来主动帮忙接了舅妈的班，让她终于有空陪着奶奶一起回趟乡下的老家。
　　李沛被留下来，要不是被舅妈提前规定了让他在家待着别乱跑，他真是恨不得每一秒都黏着章榕会。
　　她递过去冰水就起了身，章榕会直起身子，把人拽回怀里，下巴垫在她的肩上。
　　她被抱得热，拍了拍章榕会的肩膀，笑道："李沛还在等你登号呢。"
　　"让他等着吧。"他懒洋洋地说。
　　章榕会现在自是悠闲，白天陪她看店，大部分时候没有什么客人，或跟李沛打打游戏，或者用手机刷刷新闻。
　　晚上两人去买点吃的捎回去给李沛，再在家里稍坐一会儿，就回民宿休息。
　　今天的三局游戏时间比较久，打完已经晚上五点多钟，到了闭店的时候。李沛看游戏时间这就结束了，哀求道："哥，你再陪我玩一局，就一局。我把段位打上去。"
　　"你喊我什么？"
　　李沛机灵地改了口："姐夫，姐夫……你就继续带我和我朋友上上分。"
　　称呼说对了，章榕会也没有答应，他轻飘飘地问："球鞋不要了？"
　　"那就明天再玩！姐夫，一会儿见！"
　　路意浓在旁狐疑地问："你买什么球鞋？你哪儿来的钱？"
　　章榕会将手机塞回口袋，淡定地说："网购的，杂牌店里买的莆田货，我哪里有钱买正版？我微信余额还有一点钱，都花这儿了。"
　　她还想再问，章榕会已经非常熟练地锁上了店门，露着笑意，对她伸出了手。
　　他们牵着手走在河畔边，身边的民居吵闹嘈杂，小河悠悠，水波荡漾。
　　章榕会突然说："你还没有带我坐过船。"
　　"嗯？"路意浓才反应过来，"我以为你不喜欢这种。"
　　"还有那个网红炸年糕的店，我刚看到还开着。"
　　"……所以你当年就是想吃的对吧？"
　　章榕会笑话她："不是要养我？嫌我要的多，现在反悔了吗？"
　　"没有。"她晃了晃手机，很有自信地说，"都是小问题。"
　　他们排了队，端着年糕坐上船，章榕会吃了一口，确实非常不怎么样，酱是酱的味道，年糕是年糕的味道，分了层。他比较挑剔，尝了一口就不吃了。
　　下到船里往上看，才发现河道很高，两岸的石壁长着厚厚的青苔，太阳还未落山,已经有寒凉之意慢慢顺着脚底爬了上来。

除了他们,船上还有几个人。船只吃水很深,边沿只比水面高出一点儿。河水是深绿色,漂着星星点点没有打扫干净的浮萍,并不算干净。

木桨打起水花,略沾湿了些衣服。船夫摇着橹,喊着他们低头,过了一座又一座的石桥。

夕阳给画面抹上金色,每个人的身上、脸上都打着柔和的光,路意浓炫耀似的问:"我家是不是很漂亮?"

章榕会说:"嗯。"

他见过万千璀璨的城市灯火,见过灯红酒绿的觥筹交错,见过早晚高峰拥堵的人群,见过高峰之巅才能欣赏的美艳之景,却仍会为这一秒钟感动。

就像那年对她一见钟情。

他的喉结滚动,有那么一瞬间,他想说:我想跟你一起留在这里。我们像舅舅、舅妈一样开一家小店,每日操劳余柴米油盐,偶尔也会像别人一样拌嘴吵架,但是不会太久,因为夕阳落下的时候,我们有约定要一起出来散步牵手。

他的心里做了这样一个梦,嘴上却说不出来。

他知道,他们并不是独立于世界之外的人。

他还有家庭,还有朋友。

桐南再好,他也还是会有返回北城的那一天,因为不论是章家还是郁家,除了自己都已经没有其他选择了。

他突然说:"当独生子女也不好,压力好大,我们要两个?"

章榕会的声音不算小,路意浓埋怨他鲁莽,怕别人听到下意识拍了下他的手背,圆眼瞪着他:"我还没有毕业。"

章榕会笑了笑,说:"可我年底就二十六岁了。"

她被他这一句点醒,突然就感觉到时间的可怕,哭丧着脸看着他:"我们认识的时候,你才十九岁。怎么过得这么快啊?"

章榕会抚摸着她的头发,没有说话。

天色渐沉,夜空静谧,桐南从喧闹回归安静,那天的梦里都是桨橹反复拍起的水花,湿淋淋的,沉甸甸的,不知浇了谁的心。

两人在暑假结束前的几天,返回江津,住回了茗樾山府。

阿姨只偶尔来打扫卫生,或者他们需要的时候回来做饭。

大部分的时候,他们就两个人黏在一起,他们有非常契合的相处模式,各自有感兴趣的东西,互不干扰,偶尔会挑一部都感兴趣的电影一起看。晚间彼此抚摸亲吻,尽享情人间的快乐。

这天阿姨做完饭,切完水果,收拾好厨余垃圾带走。章榕会坐在沙发上,打开电视到新闻频道,余光瞥到小姑娘裹着浴袍,擦着头发,光着两条大白腿从浴室里晃出来，凑到他旁边，笑嘻嘻地拿了一根牙签扎西瓜吃。

鼻间是女孩身上沐浴露的清香味道，耳边是她吃西瓜的细细咀嚼声，章榕会有些无奈地赶她走："去房里换好衣服再出来。"

她吃得高兴，不愿意去："哎呀，我头发还没干呢。一会儿水滴下来，衣服都湿啦。"

路意浓发觉他的奇怪，纤细的手指去摸他的耳朵："你耳朵怎么一直红着？"说着还捏了两下他的耳骨。

章榕会问她："好玩吗？"

"我听川渝那边都叫男人'耙耳朵'的。听说是耳朵越软，越听老婆话，我试试你的。"

"那我的怎么样？"他虚心接受评价。

"你耳朵太硬了。"她十分中肯道，"一看就是主意特别大，要当家作主的。"

听着她略带嫌弃和不满的评价，章榕会简直被气笑了，他立刻俯身过去揪她的耳朵："我看看你是不是耙耳朵。"

路意浓被他揪得嗷嗷叫唤，抬腿想去隔开他："女生哪有什么耙不耙耳朵的？"

章榕会眼疾手快地捏住她的右脚，刚刚洗完澡的皮肤略泛出一些粉色，往上是修长紧致的小腿，再往上睡袍虚虚掩掩地垂着。

他有些上火，伸手去勾她浴袍的系带。

两个人闹得厉害，当大门被打开的时候，甚至没有反应过来。

杭敏英手里的东西掉在地板上，发出"啪嗒"一声响，她绝望地捂住眼睛："我还是个孩子啊！"

杭敏英是回国过暑假的，她比路意浓小一岁，又出国读了一年预科，现在才刚刚大一结束。

即便早被妈妈打了预防针，但亲眼见到曾经讨厌的人和哥哥在一起，还是给了她巨大的冲击。

"我那年就说你们有问题了！"杭敏英为自己的第六感骄傲得不行，"你还骗我，说没有。"

"那个时候确实还没有。"路意浓老实地道。

杭敏英早上没吃饭，午饭的时间得提前，章榕会拦着她们别再闲聊天："你进屋去换件衣服，要吃饭了。"

他自己转身进了厨房，把阿姨留在蒸锅里保温的菜一道道端出来。

"哥，你接下来打算怎么办？"杭敏英跟在他的身后，问道，"今天是我妈让我来的。说舅舅已经去费家道过歉了。这事儿算了了，问你什么时候回去？"

"暂时不回。"他说。

"你这怎么行？"

"为什么不行？"他笑道，"我不在的这段时间，他们怎么了吗？地球不是还在转，大家该做什么做什么，这世界也没离了谁就不行。"

杭敏英鼓起嘴巴："你越是这个态度，家里就更不愿意了。"

"我不要别人愿意。"他将菜盘递给杭敏英，"我自己选的人，不会改。"

4

一转眼，章榕会已经在江津待到了十月份。

路意浓下课回家的时候，他穿着围裙跟阿姨一起在厨房里，低头看着灶，向她学习煲汤。

"晚上做什么好吃的？"她钻进厨房，笑嘻嘻地伸着手臂，抱在他的脖子上。

章榕会微屈些膝将就她的个子："排骨莲藕汤。今天去市场买的鲜藕。"

她伸长了脖子看着锅里沸起的白色泡泡，毫不吝啬地夸赞他："哇，你好棒啊，竟然还会新的技能。"

章榕会并不避讳地当着阿姨的面在她脸上亲了一口。

他们最近一直这么悠闲地生活，除了杭敏英来过一次，没有别人再来打搅过。

章榕会难得天天睡到自然醒，没有加班，也没有应酬，平时跟阿姨学着煲汤做饭，闲暇时就去小区的健身房跑步。路意浓有晚课的时候，他也会陪她旁听选修课。偶尔下课不晚，又撞上饭点，他就在家里等她回来。

就是这么一天，路意浓下课在学校西门等着公交车时，迎面一辆黑车开过来，停在她的面前，"嘀嘀"了两声。

车窗玻璃降下来，里面端坐的，俨然是已经很久没见的章培明。

"最近还好吗？"章培明问她。

路意浓没有自己预想的那么淡定，指甲掐着手心，说了句："好。"

"榕会最近在做什么？"他又问。

她低声说："他最近在休息。"

"我最近联系过他几次。北城的问题已经解决，还有很多事情需要处理。但他似乎暂时没有回去的意思。"

"他没有跟我提过这个事情，我不知道他的安排……"她说道。

章培明并不避讳自己的来意："意浓，我是想让你帮我劝劝他。"

他的语气略带着歉疚同她说："我知道你们现在有很深的感情。但他并不适合你，更不应该在这里。"

路意浓沉默着，没有回应这句话。

"我跟你也相处过几年,对你的性格还算了解。你有很多优秀美好的品质,但你没有那么强的进取心和野心。榕会他跟你不一样……"

"他没有。他跟我一样。"

"不。那是你不了解他。"章培明坚决地说。

"榕会从小到大非常要强,他不是一个安于现状的人。

"他学习钢琴,拿了少年组最高的国际奖。在国外读私立公学,每年都是第一名。回国高考,也是自己选的去拼数学竞赛,三年进了P大。

"他大学期间兼顾着学业一直在工作,创业也好、接班也好,做得非常出色。他是令我骄傲的儿子。

"别人都说他是靠关系、靠家里,实际上并不是这样。他的每一步都比你想的要难走,好不容易才到的今天,但是他现在为了你,选择了都放弃。"

他看着路意浓已经微微泛红的眼眶,循循善诱道:"意浓,你想一想,你喜欢他的时候是什么样的?现在呢?还是同样的吗?"

她死死咬着唇:"他对我来说没有改变。即便改变了,也没有不好。我们在一起很开心。"

章培明缓缓劝解她:"世界上有很多种开心。吃一碗牛肉面会开心,出去吃红酒牛排也会开心。

"就像世界上有很多种爱。不光有男女之爱,还有父母之爱、亲友之爱。

"我们也都爱他……"

她的身体因为这句话而战栗。

这个世界上是有很多人在爱他的。

他们在期待他的回归,期待他的每一步蜕变、每一次的成长。

而她的爱太狭小、太自私,只能将他困在自己身边。

他在这里得不到任何发展,只能做一个家庭"煮夫",这是她想要的吗?

路意浓那夜多少有些心不在焉,章榕会一口咬在她环在脖颈的白生生的手臂内侧。

"啊……"她小声呼痛。

"谁让你分心?"章榕会看着她,像是能看透她心里那阵卷土重来的怯懦。

她心虚地摇头,汗水将长发黏在脖子上,像是竭泽干涸的鱼,他将长发撩开,埋进她的肩胛。

"我爱你。"他说。

路意浓的眼睛发热,喉咙梗塞着,许久不能通畅。

她看着头顶漆黑的空间,害怕地蜷进他的臂弯里,像是呢喃自语一般轻声道:"我也爱你。"

王家谨在十一月中旬到邻市公干,好几个月没见了,特意绕来江津找章榕会吃个晚饭。

章榕会跟媳妇儿的黏糊劲儿他早已领教过,这次再见,也能波澜不惊地看着他们秀恩爱。

饭吃得差不多的时候,章榕会低头对路意浓说:"宝贝,你去结个账。"

路意浓还拿着筷子夹着盘子里的金丝卷,没有反应过来:"我吗?"

"对,咱们是东道主。总不能客人来了让他请客。"他说。

路意浓看着餐厅豪华的环境,有些难受地又问了一遍:"真要我去啊?"

章榕会示意地推了推她的腰,她才磨磨蹭蹭地起身离开。

王家谨在旁看着,等人走了,忍不住问:"你们这是什么奇怪的情趣?"

"你出来玩这么多年,有女人给你花过钱吗?"章榕会喝着茶解腻,"我有老婆养我。"

他一副炫耀的"你瞧瞧她多爱我"的样子,看得王家谨拳头都硬了。

但王家谨很快想起另一桩事情。他说:"查学礼那儿出事儿了,她姑姑的婚事这回肯定得黄了。"

章榕会面无波澜。王家谨挤了挤眼睛,看热闹不嫌事大地说:"这对你有好处。要是她姑姑上位成功了,那你家家门更难进。"

章榕会看到路意浓已经结完账往回走,放下茶杯,低咳了声说:"先不谈这个了。"

回到家里,两人在客厅用电视播着两分钟一个小故事的动漫搞笑番。

路意浓歪在他的肩头,玩着他的手指,像是鼓起了很大的勇气说:"以后,你朋友再来,我们吃点便宜的,好不好?"

章榕会手指揉捏她的掌心:"嗯?心疼了吗?"

她静了静,然后说道:"我想多养你一段时间。钱花完了,我就养不了你了。"

"那我就去找工作啊。"章榕会玩笑道,"我也休息够久了。在江津,最好是你们学校旁边,就像范筹他们一样,找份正常普通的工作赚钱养家。"

她为这句话着急了:"可是我觉得你不该这样。"

"不该哪样?"

他有强大的能力、丰富的学识,他有才华、有眼界,背靠着上位圈的顶级资源,又生于那么富有的家庭。他怎么能和范筹他们一样?在下班高峰期挤在人流中去超市给她买菜做汤,上班还要挨老板骂。

她想到这里,莫名其妙就哭了:"我真的不想你这样……"

"钱要花完了这么伤心吗?我不花钱了好不好?"他用纸巾替她擦着哭花的脸,哭笑不得地说,"以后不花了,看给你心疼的。"

另一头王家谨还在机场等着登机,突然就收到章榕会的信息,他发过来一张收款码，又写道：给我老婆转两千块钱。

王家谨：……什么意思？

章榕会：请你吃顿饭，给心疼哭了。赶紧的。

王家谨：所以，这么来回拉扯是在干什么？我也是你们play（互动）的一个环节吗？

章榕会：别废话。

下一秒，他给王家谨打了十倍的数额。

王家谨秒回：得嘞！以后有这种好事请继续叫我。

章榕会悄悄发完这些，把人紧抱在怀里，然后说："你看看手机？"

路意浓没有动，他帮忙把手机解了锁，递到她的眼前："王家谨不是把钱还回来了？你看。"

她看了一眼，情绪仍旧低落，紧紧握着他的食指，什么都不愿意说。

他看着电视里动漫片段中一闪而过的斑点狗，轻声哄她："要不要养一只狗？"他抚摸着她柔软的发，"不是很喜欢宠物吗？或者我找人把守宫运过来。"

这个提议被她立马否决了："不要。高老师把它们照顾得很好。不要挪来挪去，结果跟着我们又过得不好。"

"为什么会过得不好？"他没有理解她的脑回路。

路意浓默了片刻，换了个话题："Simons和Ronny，你为什么给它们取这样的名字？有什么特殊含义吗？"

"嗯？"章榕会又没跟上她跳跃的逻辑，还是解释道，"名字不是我取的。是有一个朋友，他搬家，把守宫送给我养的。"

她问："是很好的朋友吗？不是靳南和王家谨？没听你说过。"

章榕会思索了片刻，说："等明年吧。明年你毕业了，我们一起去看他。"

十二月。

章榕会开始密集地接到家里和公司的电话，为着各种不同的名目：他之前跟的项目到了关键节点，需要有人对接；奶奶最近身体不好，去了好几次医院，因为想他又哭了好多次；十二月底他的生日要到了，郁家已经按往年的旧例开始准备各项东西。

每个人的每通来电都不提让他回去，但桩桩件件却又都在逼着他回去。

这样的电话随时随地都会响起，像是勒在脖子上渐渐收紧的枷锁，劫掠着他分秒秒的正常呼吸。

路意浓在这样的氛围中开始变得焦虑，她对章榕会的手机铃声过敏，每次的响铃都会让她心情不好，或是突然压不住地发脾气，或者是闷闷不乐，不想说话。

章榕会感觉到她敏感剧烈的情绪波动,将手机调了静音。

一天半夜突然被噩梦惊醒,屋子里静静的没有一点声音,路意浓惶然地趴到章榕会胸口上听他的心跳,他被压着醒来,抚慰地摸着她的背。

"做噩梦了?"

"……梦到我妈妈了。"

他有点不知道怎么安慰她,凌晨醒来嗓子混沌发哑,他眼睛都睁不开,还给她拍着背:"还有我呢,没事的。"

夜色渐深,章榕会的声息重回安静,抚着她后背的手渐渐变缓。

她却已经失去所有睡意,在黑暗中悄声说:"章榕会,你回去一趟吧。"

他似梦似醒:"嗯?"

"回去过个生日,家里人应该都很想你。"

章榕会渐渐清醒过来,他问:"那你怎么办?"

"我等你回来。"她听着他沉缓有力的心跳声,对自己说,"我会等你回来的。"

章榕会离开北城四个月,积累了一堆需要处理的事情。他忙得脚不沾地,但只要有空,他的电话就会一直拨过来,说想她,说爱她。

这次他不打算让路意浓一个人在江津待太久,但是他还说不出具体的归期,要解决的事情太多,他不敢开空头支票让她失望。

如此过了一周,或是两周。

路意浓在一个深夜接到了路青的来电。

她们撕破脸皮,几近决裂,双方已经很久没有联系过了。

夜静声悄。那头的路青声音轻微,甚至带着一丝诡谲的玩味。

她说:"路意浓,你爷爷刚刚又挺过了一次急救。他没几天了,你还不打算回来看一眼吗?"

路意浓在深夜匆匆搭乘出租车赶到了医院。

凌晨一点多,世界都安静了,但是病房里没有。

她从外面推门而入,正碰上于佩端着痰桶出来,痰桶里是一片刺目的血红。于佩上下打量她一眼,眼内尽是鄙夷之意。

爷爷被推了镇痛针刚刚勉强睡去,路青和路勇拉了两张凳子守在病床边。看到她进门,路青没有说话。倒是路勇起身过来,压着声音呵斥她:"你像什么样子?就只知道跟你姑姑赌气!爷爷这病都多久了,你不知道来看一眼吗?"

路意浓脸色通红,满目羞愧。她低着头反复道歉:"对不起、对不起,我不知道,我真的不知道。"

医生给爷爷下的诊断是可以生存两到五年,路青一直在用着最好的药,他的病况也一直维持得非常稳定。

可是现在还不到三年,爷爷的病情突然极速恶化,现在直接危及到生命。

医院里有陪房的病床,但是路意浓没有去睡,她自我惩戒般替了路勇在病床前坐了整夜,直到窗外天色渐渐由黑变白。

路青在躺椅上浅眠,等到阳光投在眼皮上,她睁开眼睛,冷眼看着路意浓呆坐原地,形容憔悴。

到白天,爷爷的病情暂时稳定下来。奶奶从家里带了路远飞来,坐着一直不停地抹眼泪。

路远飞五岁了,正是耐不住性子爱玩的时候,一直吵闹个没完,被于佩狠狠扇了两巴掌后号啕大哭。

到晚上,路意浓还是忙前忙后地守着,没有离开,也没有睡觉。

她已经几十个小时没有休息了。

路意浓端着洗净的痰桶从厕所回来,路青在走廊的窗边静立。路青看着外面的晚霞,问她:"知不知道章榕会现在在做什么?"

路意浓为路青这句停住脚步,但没有说话。

路青神秘地说:"你不知道,我可知道。或者说,大概除了你,北城也没有人不知道。

"你以为他家里那么着急催他回去干什么?真的是什么狗屁工作吗?他回去是相亲的。"

路意浓面无表情地看着她。

路青似是看不见路意浓的眼神,继续拿刀子扎着她的心:"你该不会觉得,这几个月他长辈们没说话就是默许你了吧?有你在了,他们就断了给章榕会联姻的心思?"

路青妖娆地笑,那张路意浓曾经无比熟悉的脸上全是陌生的神色:"今晚跟他见面的那姑娘姓曲,是宾夕法尼亚大学的法学研究生,章榕会外公老朋友的孙女。不光和章榕会家世登对,人也特别漂亮。"

路青看着她因缺少睡眠而失神恍惚的眼睛,伸出手指挑起她的下巴:"你以为光凭一张脸蛋就可以把世界上所有人都比下去?你以为你天天陪着他睡就能把这个人绑牢了?也是我高看你了,他既然回去了,说明你也不怎么行。"

"爷爷现在生病,我没有心思谈这些。"路意浓别过头。

路青却不肯停:"所有人都以为你是乖乖女,而我是靠男人上位的吸血虫。你心里也不怎么看得起我吧?

"路意浓,现在你的报应来了,你眼看着就是下一个我了啊。"

路意浓已经几十个小时没有睡觉,她大脑混沌着,根本没有精力去回击路青的那些话。

她沉默了许久,闭上了眼睛,疲惫地说:"姑姑,看在爷爷生病的份上,我求求您放过我。"

路青的指甲深深地掐进她的下巴,面无表情地说:"你对这个家里有感情吗?在这儿表演一天就算够了吗?你凭什么用你爷爷的名义来对我提要求?"

路意浓靠坐在医院走廊的联排椅上,方格的马克砖像为她编织的囚网。她后靠着瓷砖,看久了头顶的灯,感觉各种长长短短的模糊色块在眼前一直晃。

她闭上眼睛,然后拨了电话给章榕会。

他并没有马上接,而是按断了,过了几分钟才回过来。

"你刚刚……在忙什么?"她问。

章榕会是中途从饭局上出来的,他站在院子里吹着已经夜寒的冬风,轻声说:"今天跟一个伯伯吃饭,也是很久没见了。怎么了?"

"什么伯伯?"

路意浓其实一般不会问这些,但章榕会那瞬间并没有感觉到她的异常,而是回答道:"是我外公老朋友家的叔叔,也认识很多年了。"

他身后的木门发出轻微的"嘎吱"声,陌生的女人同他互相点了个头,掏出口袋里的烟,往稍远处走了几步,点着了火。

电话里,路意浓已经沉默,她说:"好的。那你吃得开心。我先挂了。"

"好。"

电话那头传来忙音,章榕会将手机塞回口袋。

那个女人指间夹着香烟,笑问:"刚刚是你女朋友?来查岗了?"

"对,小姑娘,比我小四岁。很黏人。"

"能搞定你,一定很漂亮吧?"她说,"有照片没有?"

章榕会掏出手机,按亮了锁屏,递过去,桌面上就是他们在马牙雪山前亲吻的合影。

对方认真地看了,又递还回来,很中肯地评价道:"她很漂亮。"

"谢谢。"他的手指缓缓摩挲着手机屏幕,眼里是此刻的皎洁月光。

接下来的几天,爷爷的状况越发糟糕,昏迷的时候多,清醒的时候少。只有氧气面罩里反反复复升起又消失的白雾,证明着生命的存续。

他们都很清楚,爷爷的事就在这几天了。

路意浓不再有心思接章榕会的电话,也没有心思再去想那些儿女私情。

在生死面前,那些都是浅薄的,不值一提。

到了午饭时间,路青从附近的酒店给一家人订了餐食,叫路意浓下去拿。

路意浓匆匆跑到住院部楼下,从外卖员手里接过五六个人的午饭,沉甸甸的分量坠得她胳膊生疼。

不巧坐电梯时又赶上医生推着病床上楼,她懒得再等下一趟,便沿着楼梯爬上去。

回到病房,她推开房门,屋里的氛围如凝固一般死寂。

路青在病床前低着头,似乎刚刚说完什么话。她朝路意浓看过来,却像是很得意。

病床上的爷爷突然起了很大的反应,他的呼吸急促,床头的生命监测仪响起刺耳的警报。

路意浓没有反应过来的时候,路勇已经走过来,重重地抽了她一个耳光。

她没有防备地被这一记重力甩到了门上,外卖袋子磕破,淌出了满地的油。

路勇呼呼喘着粗气,像被激怒的野兽。他说:"怎么养了你这个不知廉耻的东西!"

床头的紧急按钮唤来了医生,爷爷再次进行了一轮急救。

路意浓站在走廊里,她的裤子和脚上被油弄得肮脏,一身菜味。脸部已经肿起来,通红的一个印子,火辣辣地印在脸上。

路过的人都奇怪地看着她。

她只觉得头脑发木,什么都不做,不避不躲,仿佛彻底丧失了羞耻心,像一个物件被摆在那里,肮脏又讨人嫌。

爷爷在晚上九点终于醒来,家人都有感应地围在身边。

他昏昏沉沉,眼神涣散,在人群中找到路意浓。直到眼神锁定她,他勉强地说着话,一呼一吸全是疼痛的颤抖,这已经是任何药物都没有办法压下的痛了。

他说:"你一个女孩子,怎么做出这种事情?"

"跪下。"路青冷眼看着她。

路意浓木然地跪在冰冷的瓷砖上,长长的头发垂下来,像是一道帘幕,隔着她最后的尊严。

此刻冷冰冰的病房是她的审判场,围观的人人都是主审官。

他们审判着她的忘恩负义,审判着她的自私自利,审判着她的无耻低劣,审判着她的薄情寡义。

"意浓,你要多听你姑姑的话,她不会害你。"爷爷的呼吸像一个旧的风箱,艰难地梗阻着,费多大的气力都难以拉动。

他说:"你一直是个好孩子。怎么到最后了,反而让人不放心?"

路青说:"你对爷爷发誓。"

路勇觉得她有些过了,有些于心不忍:"没必要吧?"

"我说,发誓!"

刺眼的白炽灯光照进眼瞳,路意浓像是刚从全麻手术中苏醒一般大脑空空，脸上的刺痛灼热还在持续地烧。

所有人都在等待她的最终认罪伏法。

她的嘴唇在动，但是她甚至都不知道自己在说什么："我这辈子不会再跟他在一起。"

路青说："说名字，说清楚！"

奶奶上前想说什么，被路青伸着手臂挡住，她的目光如此可怕。

路意浓木然地又说了一遍："我这辈子，不会和章榕会……再在一起。不然，我就不得好死。"

路青说："好。"她后退几步，转身拉开病房的门，门口立着一个瘦高的影子。

章榕会匆匆赶来，他的头发凌乱，身上还穿着开会的西服，领口因奔跑不便被拽开了几粒扣子。

他的胸口剧烈地起伏，眼睛通红地看着地上那片单薄沉默的影子。

路青对他说："你都听见了，这是意浓爷爷的心愿。她发过誓了，你现在该走了。"

他那么深深、深深地从狭窄的缝隙里看着路意浓，但她没有朝这边看，一眼也没有。

"我早说过了。你们没有好结果。"

路青的话是最恶毒的诅咒，锥心刺骨。他抬头看了一眼路青得偿所愿的神色。

良久，他转身离开了。

当晚，路爷爷溘然辞世。

路勇已经提前打点好了一切，当最后一天的仪式结束，路意浓的思维还是迟钝的，她失去了知觉，失去了疼痛，在葬礼的全程，她没有流下一滴泪。

火化后的骨灰，终究是要送回垣城去落叶归根。

路青临走前，在学校找到路意浓："我会找人来帮你办退学，帮你申请学校，送你去英国。"

"我还有半个学期毕业。"路意浓说。

路青看着她的脸，她们曾经那么相像，现在却截然不同。

"我不会让你毕业，再给半年让你跟章榕会重新纠缠？我要你下个月就带着你的资料去从头开始，你去英国做申请，从大一开始读起。我会负担你所有的学费和第一年的生活费。

"只有一条，你不许回来。

"你要是偷偷回来，你所有学业上的资助我会全部停掉。别到头来，你浪费了一个又一个四年，结果连个本科文凭都没有。"

路意浓看着路青，她想说什么，又无话可说。

路青凝视着她的眼睛,她们对望着,路青一字一句坚定地说:"路意浓,我人生最后悔的一个决定,就是带你去北城。我从一摊烂泥里救了你,反倒害了我自己。是我不该滥用善心。"

车门在面前关上,路意浓最后听到的话是:"路意浓,你不要回来。想办法留在那里,永远都别回来。"

路意浓临走之前去了一趟桐南。外婆年纪越发大了,行动不便,她耐心地搀着外婆下楼梯,去河岸边坐着晒晒太阳。

她甚至不敢看周围的那些风景,只是对外婆说:"我要走了外婆,我要去读书了。您希望我多读书,希望我有出息的,对吗?"

外婆问她:"囡囡,你要去哪里读书噢?"

她回答:"我要去英国啊。"

外婆满面愁容地问:"那是不是很远?"

九千多公里的距离,十六个小时的飞机,路青开的条件是,她不能再回来。不能回头。

路意浓握着外婆的手,轻轻地说:"我会回来看您的。"

她只在桐南待了半天就走了,没有解释或者其他,她只是过来吃顿饭,然后说了自己要出国的消息。

一切已成定局,什么都再变不了。

送走了路意浓,舅舅、舅妈心里都很不好受。李沛钻进房间,恋恋不舍地拿出了那双舍不得穿的球鞋反复看着。突然,他发现鞋盒里有一张卡,卡上贴着一个写着数字的便笺。

他急匆匆地拿出去给爸妈看。

李庆给路意浓拨过去电话,她似是早有预料地说:"卡是我放的。给外婆看病,和给李沛读书。

"姑姑给了我很多生活费,足够我在外面过得很好。我以后不能……常回来看外婆了。舅舅,你们好好的。"

走的那一天,路意浓提前了几个小时到机场,坐在靠近玻璃的座位上,等着自己的航班。

别人出国都是家里人依依惜别地抱头痛哭,而她什么都没有。没有送别的亲人,没有不舍的眼泪。她的包也很空,就像她本人,孤零零地来去。

有一个人从旁边走过,坐到了她身后的位置。

她的手机响起,接通的瞬间,章榕会的声音同时从背后和听筒里响起来。

他说:"我说没钱是假的,我一直都很有钱。"

路意浓说:"我知道。"

她其实从看到他给李沛买的鞋子以后就猜到了他并没有经济问题,只是两人彼此互相享受着这种情趣。

那些微薄的支出,是她爱的证明。

但是现在,一切都不重要了。

他说:"我说过,如果再提分手我不会原谅你。"

"我知道。"

他说:"我不会等你,我已经二十六岁了,可能很快就会结婚。"

"我知道。"

对方许久没有再说话。

章榕会问:"你还愿意回头再看看我吗?"

她静默片刻说:"我挂了。"

他听着话筒里的忙音,看着玻璃前那抹一动不动的白色身影,心里荒芜如野草漫天生长,遮天蔽日。

他的喉结动了动,他很想上前抱她,使劲地揉捏,哪怕用上掐死她的力气,也想听她哭,听她尖叫,听她暴怒,而不是像现在这样。

绝不是现在这样。

他的手机收到一条信息——

我祝你前程似锦,一腔热血,永不低头。

永不低头。即便对方是我。

他没有再上前去,起身离开了这里。

第八章 /
只有像太阳那样热烈的爱，才能晒化她这块顽石

1

路青提前联系好了一位英国本土的留学中介，对方是一位四十多岁独居的中年女性，路意浓无处落脚，暂时寄宿在了对方家里。

那位女士并不是一个很好相处的对象，性格颇为古怪孤僻，做事一板一眼，甚至有一些奇怪的窥私癖。她会翻路意浓扔在垃圾桶里的采购小票，翻路意浓放在冰箱里的食物，甚至连路意浓出门散步的短暂间隙也没放过——路意浓回来后发现屋里有人进来过的痕迹。

那窒息又熟悉的监视感，简直让路意浓毛骨悚然。

但是不可否认她本人非常专业，路意浓在她的帮助下在三月份递交了申请材料，四月底就收到了 M 大的 offer（录取通知）。

路意浓有雅思成绩，也在国内的大学本科上过三年，她被免去了预科的学习，直接从本科读起，专业是她自己重新挑选的：英国文学。

她已不再喜欢与人相处，得益于苏慎珍早年给她培养的良好习惯，她还可以看书。

在独处的大量时间里，她一直在看书，一本一本地看，一页一页地翻。

她喜欢印在纸上的油墨香气，喜欢暗夜寂静中的书页作响，喜欢从笔尖淌出的墨迹，喜欢从一个又一个的故事中获得自己渴求不得的安宁。

拿到 offer 的当下，路意浓终于松了一口气。她可以顺理成章地换一个新的城市生活，摆脱无所不在的路青的影子。

她从校园 BBS（论坛）上联系了一个当地很有名气的房屋中介，介绍了自己的个人情况，对方很快发来几处待租的房产让她看看。

第二天，她简单收拾了自己的包裹，与同住的女士告别后，登上了从伦敦到曼彻斯特的火车。

房产中介接到她，意愿强烈地给她推荐了一套位置偏远一些的在郊区半

山腰上的独栋，说是上一任租客毕业退租，房子刚刚空出来。

郊区离学校有一个多小时的车程，不过有公交车可以直达学校门口，环境优美，价格也合适，不用与人合住，可以免去很多麻烦。

路意浓将大半的钱留给了舅舅，此时虽然还算资金充足，但长此以往负担着，难免囊中羞涩。

她非常动心，又有些犹豫，问道："我可以定下来，自己找租客转租出去其中一两间吗？我一个人住有点浪费。"

中介说可以。

于是，路意浓当场就交钱定了房子。等中介离开，她就一直在收拾着屋子，上一任房客留下了很多残留的垃圾。

到晚上，她终于做完这些，洗了个澡趴进床铺里，很快累到睡过去。

路意浓终于在异国他乡正儿八经地有了自己的第一个落脚点。

第二天她起了个大早，下到山脚的镇上去买东西。

她从超市里买了面包、蔬菜和牛奶，又添了一些日常用品。路过超市旁的咖啡馆时，有几个当地人悠闲慵懒地在喝着咖啡，翻着报纸。

咖啡的苦香让她有了想法，她推开玻璃门，走到柜台边，对里面问道："你们这里招不招人？"

路意浓第一次见到房东，是在入住的五个多月以后。

那时，她已经正式在 M 大重新开始学业，也有了一个新的室友，是她自己从 BBS 上挑选出来的同校女生，叫艾米丽。

房东一米九多的个子，剃着几乎露出头皮的短寸，穿着黑色冲锋衣，拉链拉到最上面，牵着一只黑背犬，在满是薰衣草花的夹道上散步。

狗认出了曾经的房子，趴在门口不肯走。房东点了一支烟，蹲在一旁等它起来。

路意浓从屋里出来，正准备去打工，看到黑背被吓了一大跳。

高大的男人站起来，拉着它往旁边拽，给路意浓让路。

她看着对方的面孔，下意识地用中文问道："中国人？"

对方瞥了她一眼："嗯。这是我的房子，现在几个人在住？"

路意浓说："两个，我和一个加拿大人。"

对方不愿意同她多说话："去忙吧。"

她感觉对方的性格有点奇怪，也没多说什么，看了他两眼就走了。

隔了几天，在早餐时她跟艾米丽碰面，艾米丽也提起这两天遇到房东的事情。

艾米丽眼睛里简直放出了星星："他太帅了，身材也很好，看着他的手臂肌肉，简直能想象他用力的样子！"

路意浓只见了一面，有点想不起他的脸，只隐约觉得他五官太硬朗其实也没有艾米丽说的那么好看，不过他个子那么大，应该更符合欧美人的审美。

"我还要到了他的电话。"艾米丽笑嘻嘻道，"我想我开始暗恋他了。"

路意浓突然泛起了一丝酸意的嫉妒。

她在嫉妒艾米丽的动心。

从出国到现在，她已经感情空窗期很久。

她已经感受不到心动和心跳的感觉，也感受不到爱与被爱的甜蜜。

下午没有课业也没有工作，路意浓光着脚丫仰躺在院子的长椅上，用手机播放周杰伦的《龙卷风》：

　　爱情走得太快就像龙卷风，
　　不能承受我已无处可躲，
　　我不要再想我不要再想，
　　我不我不我不要再想你……

果然如艾米丽所说，房东在下午三点半准时带着狗出现在铁栏外面，被歌声吸引后与她对视，两个人打了个招呼。

"你出国前，听过这首歌吗？"她问。

"听过。"

"你是哪一年出来的？"她又问。

他不再说话了，黑背犬扒在铁栏杆上望着她。路意浓光着脚丫踩在花园松软的泥土上走过去，给它嘴里塞了一片火腿肠。

房东看着她沾满泥土的脚，皱了皱眉，呵斥着黑背不能再吃，拉着它离开了。

后来路意浓又试了几次，下午三点半，他不会再路过后院。

她想，他应该是看出了自己的刻意勾引，且并不齿于这样的行为，所以采取了实际行动来避开她。

路意浓暗道可惜，自己在中国还算人气高，在这边完全比不上丰乳肥臀的艾米丽。

偶有高瘦如柴的白人男性同她搭话，她也并不感兴趣。

第三次见房东又到了近两个月以后。傍晚做饭的时候，花园里的水龙头爆开了，两个小姑娘看着漫天喷水被吓得惊慌失措。

她们俩刚缴完新一期房租，囊中羞涩。于是，风风火火的艾米丽拨通了房东的电话："你的房子年久失修，水龙头爆了，我们找工人来修，你能不能报销？"

对方说："稍等。"

不久，高大的人影出现在了铁门以外。路意浓跑过去给他开门，水龙头喷得她浑身都湿透了，可是他仿佛看不见，直接掠过了她。

他径直进入花园，搬动一块厚重的水泥板，拉上了下面的总阀门，让水先停下来，然后在屋里找了备用的水龙头给换上。

艾米丽高兴极了："你到得可太是时候啦！"

路意浓在身后说："还没有问过你的名字。"

"Aaron。"他头也不回地说。

Aaron有点神秘也有点高冷，艾米丽赞不绝口，路意浓也很喜欢。

她想，自己是不是有点变态，喜欢这种被忽视的感觉，就像以前那样，仰望着一个不可能得到的人。

这样一两个月见一次的见面，像极了当年的复刻。好处是，她又可以靠遥望一个人来暂时获得心灵的安宁，这就足够慰藉长夜寂寞。

房东出差了，这是艾米丽告诉路意浓的事情，他要出门很久，就把黑背犬送了过来，交给她们代为照顾。

为了防止意外再发生，他特意喊了工人上门，统一把所有的水阀和龙头都换了新的。

艾米丽对Aaron的喜欢，事实证明也只是一场不负责任的口嗨。Aaron离开不久，她就开始和男同学出双入对。她带男朋友回来的次数并不多，更多的时候是出去找男友过夜。

路意浓有些怅然，如此下去，自己可能要找新室友了，也不知道后面的人有没有艾米丽好相处。

好在还有黑背犬，它是房东留下的陪伴。它很喜欢经常给它吃零食的路意浓，在她读书或者写论文的时候，就趴在她身边。

等她有空了，它就像个小孩子一样，眼巴巴地等着出去玩。

路意浓身量瘦弱，黑背真的跑起来怕是能带翻她，好在它乖得很，能按照路意浓的步子慢慢走。

十二月的一天，天空中飘着濛濛细雨，路意浓戴着棒球帽遛狗回来，看到了等在铁门外的房东。

黑背激动得几乎要挣脱绳索，路意浓吓得赶紧放手，送它跟主人团聚。

"没有良心。"她嗔怒道，"好几个礼拜了，白养你了。"

房东看她一眼："谢谢。"

路意浓笑嘻嘻地道："嘴上说谢谢可不行，不如免三个月房租？"

他说："可以。"

路意浓后悔了，早知道多说几个月了。

她问："刚刚回来吗？要不要进屋里喝口茶？"

房东说:"不用了,我回去收拾一下。"
他的五官在雨中有点看不清,其实路意浓很喜欢他的眼睛,黑漆漆的,很有野性。
他牵着黑背走远在深夜里,路意浓进了屋子。
这是她出国以后,潦草的第一年。
没有朋友,没有爱情,没有亲人,也没有什么钱,只有一个冷淡的房东、一个不常回来住的室友,和一只看到主人就抛弃她的黑背犬。

2
因为黑背犬,路意浓和房东渐渐熟悉了一些。
他偶尔出差的时候,会把狗送过来。路意浓对他的职业很好奇,感觉他总是很有时间,有时候又是一两月见不着人。
但是她没有问过。
神秘感是好的,可以帮忙留住那一丝一缕的莫名情愫。那或许不是爱,但起码不让路意浓觉得寂寞。
路意浓决定叫艾米丽退掉房子,不要再白白出房租了。结果艾米丽在这之前分了手,狼狈地搬回了这个留着没退的房子。
两个女孩坐在客厅沙发上喝酒,艾米丽哭得像个傻子,那个口口声声爱她的男人劈了腿,在他的房子里被捉奸在床。
路意浓有点愧疚,当时是自己鼓动她答应别人的求爱,没想到对方才半年多就出了轨。这也太尴尬了……
艾米丽哭得鼻头通红,问:"你被男人伤害过吗?你了解那种痛苦吗?"
路意浓回想了一会儿,老实地回答:"没有,应该是我伤害别人比较多。"
艾米丽有点吃惊:"你之前有几段恋爱经历?"
"就一次。"
"多久?"
"我们认识很多年,但是真正在一起也就两年多的时间。"
"你们为什么分手?"艾米丽问,"因为出国的事情吗?"
路意浓不知道怎么回答:"出国是结果,并不是原因。"
艾米丽没有听懂,她说:"你们还有机会在一起吗?等你回去以后,如果他还是单身,你们还会在一起吗?"
路意浓咽下一大口冰啤酒,被激得汗毛都立起来:"应该不会有那么一天吧,他可能已经结婚了。我也努努力,在这几年把自己嫁出去。我就留在这儿了。"
艾米丽狐疑:"目标这么明确,你有喜欢的人了吗?"
"有啊。"她笑眯眯地说,"Aaron,我一直等着他呢。"

艾米丽也是个行动派，她觉得亚洲人感情太含蓄，这么一个月见一次得多久才能生米煮成熟饭？

艾米丽开始以自己的名义邀请房东过来。

要不说自己脚扭了，要不说做了晚饭邀他来吃，要不说弄了好的咖啡给他尝尝，要不偷偷去他的院子里，把黑背骗出来，让他过来找。

事实证明，还是最后一种最管用。前面几种办法试过几次，他发现总有路意浓在旁边以后，就不接受邀约了。

只有来接黑背的时候，路意浓才能顺理成章地等到他："是你的狗一直来找我，我才善良地把它收容下来，可不是别的什么原因哦。"

他还是一言不发，牵着狗，沉默地沿着开满花的小径慢慢走到半山腰的房子去。

艾米丽简直要被气死了："他真是个怪人！你还是算了吧。"

路意浓异想天开道："你说他会不会愿意跟我形婚？"

艾米丽差点被她气死："你下次直接拿这个问题问他吧！"

路意浓也没想到，两人的关系还能有实质性飞跃的一天。

她一周有四天要去咖啡馆上班，每天从下午四点上到晚上九点。

这天晚上即将打烊，她清洗着咖啡壶准备关门。突然两个高大粗壮的白人男性进了屋里，没等路意浓说话，其中一个已经抓住她的头发，小刀比着她的脖子，让她把钱都交出来。

路意浓故作镇定地直接打开收银机，让他们抓走里面的硬币和纸币，甚至主动掏空了口袋，把自己本周的生活费都交了出去。

他们很快离开，等到他们彻底离开，路意浓才蹲下身子，难以自抑地痛哭起来。

她有时候会恨自己，天生情感脆弱不算，身板又瘦小，面对生命威胁一点还手之力都没有。如果他们刚刚决定要对她做些什么，那么她连挣扎都挣扎不了。

她突然恐惧，自己会在某天深夜，寂寂无名地死在异国他乡。

她锁上店门，关上灯，不再敢出去，躲在柜台里面一直哭。她想着等到天亮了，自己再回去拿书上学。

半夜十二点，咖啡馆的玻璃门被拍得"啪啪"响，她惊恐地睁眼，蹑手蹑脚地走过去，发现外面敲门的是房东，黑背着急地在他脚边转来转去。

她的泪水飙出来，打开门一下扑到他怀里。

房东猝不及防，几乎是被撞退了两步。

她哭哭啼啼地说自己被人拿刀比着脖子，差一点可能就死掉了。死之前孤孤单单的真是不甘心，要不他娶了她当老婆吧？

房东被这个神转折再次暴击。他推开她，让她站好，帮她锁好咖啡馆的门,然后允许她牵着自己的胳膊,陪她走回去。

身边有男人和狗,路意浓胆子大起来,絮絮叨叨地说:"我知道我不是你喜欢的类型,但是你看我也还算年轻漂亮,学历也还行,你的狗也喜欢我。以后你出去干什么我都不会管你,你出差我可以一直留在家里看狗。你娶了我,有什么不好呢?"

房东被她吵得头疼:"你为什么想结婚?你恨嫁吗?"

路意浓厚脸皮道:"我只是觉得你到了结婚的年龄了,可以考虑一下我。"

他说:"这是我结婚的原因,不是你结婚的原因。"

路意浓答不出来。

或者她能答出来,但她不想答。

她想要家人,想要爱侣,想要孩子,想要狗,她想要一切可以湮没此时惊惧不安和寂寞心情的陪伴。

她知道,这些房东都可以给她。

但是他不愿意。

他把她送到门口,用口袋里的笔在她手上写下了自己的电话。

"以后再有这种情况,可以随时打给我。"

路意浓问:"你的名字是什么?"

房东说:"Aaron。"

路意浓说:"我要问的是中文名字。"

他抬起眼皮看她:"汤逊,逊色的逊。"

路意浓几乎可以肯定汤逊喜欢自己。他经常会来咖啡馆喝咖啡,坐到关店,然后顺路送自己回家。他的眼神偶尔落在她身上,那样浓厚的情绪也说不了假话。

但是他不表白,路意浓也不着急,她甚至有点享受这一丝若即若离的暧昧,和点到为止的情愫。

她想,慢慢来总是没关系,只要他一直陪在她身边,在毕业前搞定他结婚,她就人生大圆满了。

在出国的第二个除夕夜那天,路意浓清晨一早就爬上山腰,按响了汤逊家的门铃。

汤逊困倦地套着一身运动装来开门,问她:"有事?"

"今天过年,你不要一个人,来跟我们一起过吧?"她试探着问。

汤逊没有立马应答,但是那天中午,他还是带着狗来了。

路意浓提前做了准备,做出贤良的样子,把自己压箱底的手艺拿出来,煮了从超市买的速冻水饺,蒸了条鱼,拌了一个蔬菜沙拉,又炖了个从别人那里学来的不伦不类的蘑菇汤。

艾米丽看着分到的那碗黄中带黑的汤,吓了个半死,不敢伸勺子。

汤逊倒是面不改色地喝完了,甚至还夸奖了两句。

艾米丽又恍惚觉得,他对路意浓是宠溺和宽容的。

不过艾米丽并不能完全感受到这个节日对中国人的重大意义,她蹭完饭就撤了。

剩下两个人并排坐在沙发上,用 iPad 放着春晚节目。

他们各怀心事,气氛低沉。

"汤逊,我外婆去世了。"路意浓在节目播到一半的时候偏头过来望着他。

汤逊这才发现她的眼睛不知什么时候红了。

"什么时候的事情?"他问。

"腊月里。"她说,"脑溢血,睡觉时发的病。发现的时候已经晚了,在医院里没撑过两天。"

汤逊问她:"你是不是很难过?"

路意浓很坦诚地说:"我不知道。

"你知道吗?这么说,很没有良心,但我甚至是庆幸,她是用这种方式突然离开的。

"她不用因为想我、期盼我、等我而在弥留之际不得安宁,我也不用因为等候她的死亡而恐惧、不安、内疚。我直接获得的是一个结果。

"我甚至觉得这个是一个很好的结果。

"我感觉我生病了。我可能是个变态。你能懂我的意思吗?"

汤逊看着她,长长久久地看着她,没有说话。

这是路意浓在英国第二年伊始,她又失去了一个爱她的人。

身边的室友为情所伤,追求的男人无动于衷。

这是一个晦暗的开始,她没有任何进步,人生中也似乎不会再出现什么好消息。

3

艾米丽偶尔觉得路意浓可怜。

她没见过亲人朋友给路意浓打过电话,没见路意浓回过国,所有的节日路意浓都是自己一个人过,就像是一株杂草顽强又艰难地扎根在异壤上,跟整个世界没有联系。

艾米丽下决心帮助她搞定汤逊。

过完年后不久,就到了路意浓二十三岁的生日。

艾米丽打电话把人软磨硬泡了过来,吃晚餐时,三个人又一起喝了点酒,吃了蛋糕。

路意浓很高兴,高兴得脸蛋都红起来,三个人一起在客厅看电影时,她有些故意地靠到了汤逊的身上。

艾米丽见势借口遛狗，把黑背带了出去。

现在只剩下了一男一女两个人，客厅里的氛围有些旖旎的暧昧。

路意浓大胆地开口问道："我向你求婚的事情，你最近还考虑过吗？你觉得怎么样？"

汤逊直截了当地拒绝她："不可能。"

"为什么？"她不高兴地直起身子，"你就说我哪里不好？"

他看着她的眼睛："你真的是因为喜欢我，才想跟我结婚吗？

"你对我一无所知，除了问过我的姓名，你知道我的年龄吗？知道我的职业吗？了解我的家庭吗？我是否已婚？是否单身？我是不是个正派的人，或者我是一个蜗居藏匿的杀人犯？你甚至连了解这些的欲望都没有，你连分享你自身的欲望都没有。你所谓的结婚，就像是两个小孩子过家家。你对我根本没有感情，你只是想要被爱，只是缺爱，所以才来我这里胡搅蛮缠。"

路意浓被怼得下不来台，泪水都汪在眼里，嘴上还在逞强："世界上那么多人，难道每个人都能嫁给爱情吗？为了合适、为了利益、为了钱财美色，甚至为了别人的口舌，这样结婚的人不也比比皆是？我只是其中一个，这样又有什么错？"

汤逊说："你这套歪理对别人说或许可以，在我这儿不行。你也不是公主，每个人都要惯着你的脾气。"

路意浓简直气疯了，她拿着抱枕打他："滚！你给我滚！"

她用抱枕把汤逊赶了出去，狼狈地趴在沙发上。

在那夜艾米丽返回之前，她喝光了桌上所有的酒，然后醉醺醺地蹬着拖鞋回到房间去。

从那次以后，很长一段时间，汤逊没有再来过，包括咖啡馆也没有再来了。

只有一次，吵完架的三四天以后，那只黑背真的自己跑了出来，来找路意浓讨食。她喂完狗，把它系在门外的铁栏杆上，等了许久，却没人来接，她只能自己把狗送回去。走到山腰别墅的楼下，她抬眼，正好看到二楼的白色窗帘动了动，显然是刚刚被拉上。

路意浓更不爽了，他不想看到她，倒是管好他的狗啊！

艾米丽觉得 Aaron 这个人油盐不进，无奈劝路意浓赶紧换下一个。

路意浓也不是就非得在汤逊这棵树上吊死，只是她被前男友养刁了口味，想找个身材相貌都过（很）得（顶）去（尖）的。

又因为路青临别时的话，她一心想要结婚留在国外，就想找个私生活干净一些，最好能马上结婚的。

这么筛了一筛，也就只剩下汤逊了。

艾米丽也表示无奈，她其实觉得 Aaron 说得很对，路意浓对他一无所知，为什么一定赖住他要结婚呢？不过也就是因为金钱、相貌、身材这些外在条件选定了这个人而已。他也不是傻瓜，他不接受这样的婚姻合情合理。

接下来的难题就回到了路意浓这边，究竟要不要跟汤逊死磕下去？

然而没等她正式展开对这个问题的思考，繁忙的考试周来了。

读不完的书籍，写不完的论文，无休无止的资料查阅，再加上每周四天的工作……她几乎是浑浑噩噩，每天只睡三四个小时，偶尔要睡时又失眠，大脑刚进入梦乡就得马上醒来。

她这么把自己折腾得够呛，终于有天下班回家的路上，低血糖发作晕了过去。

醒来的时候，她已经躺在客厅的沙发上，身上盖着毛毯，一杯热的姜糖水放在手边的茶几上。汤逊站在玻璃窗边，形单影只地看着天上的月亮。

她喊了他一声。汤逊回头，两人四目相对，都有些无言。

路意浓坐起来端起姜糖水喝，拍了拍身边的沙发，让汤逊坐下。

汤逊说："我有个想法。我借你两万英镑，你先别再打工了，好好把你的学位读完。等你以后能赚钱了，再慢慢把这笔钱还给我，借款期限十年。你要不要考虑一下？"

路意浓小声嘬饮着姜糖水，眼睛眨巴眨巴："可以啊。"

他愣了一下，似乎没想到她那么快就能答应下来。

路意浓说："有办法的话，我也不想这么为难自己的身体啊，我也想多活两年。"

她突然眉眼弯弯地笑道："不过你要是能娶我就更好了，我也不用还你钱了，你也不用怕欠款人跑了。"

他被她的执着折磨得有些头痛："我说了，不可能。"

路意浓把喝干净的杯子放下，她说："你说的问题我想过了，你觉得我不是出于感情，所以不想结婚。没有关系，我有个别的提议。"

她被热水晕得嫣红的嘴唇冷静地说出异常开放的话："你要不要，跟我先试试谈恋爱？等你觉得我们足够了解了，觉得我对你产生了非物质的感情了，我们再结婚。你可以把这当成我的一个提议，就当是我更想了解你，要是没有感觉我们就直接分开，我也不会死缠烂打。"

她古怪道："其实你也挺奇怪的，明明喜欢我，我说结婚你也不同意。你既然喜欢我，我又这么主动，为什么不敢向前迈一步先拿下我再说？"

汤逊身体一僵，与她对望。她的眼神清澈，不回避地凝望着，仿佛真的含了情愫。

她的声音难得娇柔："看，你明明就有感觉。你为什么偏偏要背弃自己的欲望，不能对自己诚实一次呢？"

他是被蛊惑的傀儡。他猛地将她掀倒在沙发上，近乎粗暴地去吻她的唇。

她的身子是软的，嘴唇是干的，发间有清甜的香，他放弃地闭紧眼睛，环住她身子的手几乎在抖。

在刚刚沾染的一刹那，口袋里的电话响了。

路意浓缠着他，不让接。

汤逊选择狠狠地推开她，他也没有立即接电话，刺耳的铃声一直在屋里回响。

她突然冷静下来，双眼木然地仰躺在沙发上，言语冷淡道："汤逊，这是我最后一次跟你求爱，你现在要走，咱们就玩完了。这辈子，我不会再见你。"

夜晚的镇子静得出奇，汤逊站在山坡上，脚下的草地凝起霜露，他看着她房间暖黄的灯光熄灭下去。

他打开早已停止响动的手机，回拨过去。

"国内现在几点？还没睡？"他问。

"刚刚在忙？"电话那头，章榕会立在昏暗的书房，倒了一杯冰水，"怎么不接电话？"

汤逊沉默着。

章榕会敏感地问道："是不是她又出了什么事？"

"……没有，会哥。"汤逊说，"听王家谨说，郁家还在给你介绍新的人。"

章榕会慢慢将水抿进唇里："怎么？"

"见过了吗？感觉怎么样？"

"我没有去，对别人也没有兴趣。"章榕会察觉今晚的汤逊极为异常，"钱铮，你想说什么？"

"会哥……你们已经分手了。"汤逊疲惫地说，"快两年了……"

"钱铮，你对她动心了。是吗？"章榕会突然打断他，说了这么一句。

电话里双双沉默下来，汤逊没有回答。

那边突然传来了犹如重物坠地的巨大声响，伴随着"丁零哐啷"一片东西破碎的声音。

"钱铮，你骗我！你敢骗我！你向我发过誓！你拿你全家赌过誓，现在为了她，全家不得好死也顾不上是不是？"

"'汤逊'这个名字是怎么来的？你家里出事，只有我帮你！你说你会报答我，结果呢？用我给你的新名字去勾搭我的女人！这么多年，我就求了你一件事，你就这么报答我！"

汤逊听到那头王家谨的大声叫喊："我爸的博古架！章榕会三更半夜你又发什么疯！别踩了！你脚上全是血！"

他无法仰头望向天空，也没有勇气直视那轮明月。

他面目羞愧，哽咽难言："会哥，是我的错，我以后不会见她了。"

很难说两个人谁躲谁更快一点。路意浓跟艾米丽商量要退掉房子的时候，汤逊已经飞往了南半球。他返还了两人缴的所有房租，然后没有再留下任何可供她们联系的方式。

路意浓原打算趁这个机会跟艾米丽分道扬镳，艾米丽却异常热情地要求跟路意浓一起找房子，继续做室友。

她是热情的，像火一样。

听着她在身边痛骂 Aaron 有眼无珠，看着她在餐桌上拿着计算器把两人的钱分得仔仔细细，又看着她在沙发上拿着报纸一条条看招租信息……路意浓突然发现，原来艾米丽不仅是室友，更是朋友。

自己总是太执着于男女之情，却没有看见身边在冰冷中一直给予自己温暖的火源。艾米丽陪伴自己两年多，才勉强得到朋友的位置，路意浓想想也觉得自己狠心。

她们找的新房子在市中心的一栋旧公寓的四楼，两室一厅，虽然空间很小，但胜在整洁干净，去学校交通方便。

艾米丽精心地布置小屋里的一切，楼下有家花店，她几乎每天都会拿两枝百合上来，插到餐桌的花瓶里。

这样的细腻，让路意浓并不是很舒服。

她总是会因为艾米丽的插花动作，强行想起曾经的某个时刻，章榕会回家总是会从各处的花店带上来一大捧花，然后她满心欢喜地抱着分到家里的每一处。

她对艾米丽说："其实不必这样。我们是朋友，这里是租住的地方，整理得太像一个家，倒让我惶恐。"

艾米丽不能理解路意浓的情绪，她推开沉重的木窗，让和煦的阳光铺满桌面，花瓶里的百合随着气流微微摇曳，楼下聊天的声音传到四楼，喧哗但不吵闹。

她说："其实想一想，虽然郊区环境宜人，但是你性格闭塞也不太适合。现在，你应该同我一起，回到真实的人间来。"

路意浓哑然。

这是路意浓在异国开始的第三个年头。

结婚的人生目标暂时破裂，努力奔向的男人带着他的狗跑了。

路意浓仍旧没有爱情、亲情，却有了一笔小钱和弥足珍贵的友情。

她感觉，自己已经很有进步了。

汤逊退回来的房租让路意浓穷人乍富了一把，她终于得以悠闲地休息一段时间。

受到艾米丽的启发，她决定让自己活得更有烟火气一些。

她日常跟艾米丽买菜做饭，偶尔报名学校举行的各种社交活动：徒步远足、读书、做手工。

艾米丽偶尔带她出去小酌，两个人在酒吧喝到微醺，拍各种搞怪的合影和视频发到互联网上。

更悠闲的时候，她在学校的广场上看书，掰碎午餐的面包喂落在脚边的鸽子。或者有游客路过，她就上前去帮忙拍照片。

如此休息了大半年，路意浓还是很有危机感地决定继续做兼职，以免未来有个大病小灾，把目前薄薄的积蓄"烧"个精光。

新找的工作在楼下转角的咖啡馆，走过去只要两百米。一天三班轮值，可以根据课表调整出勤。由于之前有过工作经验，她的时薪总算摆脱了最低的工资水平，稍微上涨了一些。

路意浓很是满意。

其实咖啡馆是一个很有意思的地方，她在上班的时候偶尔也会听一听顾客细碎的谈话，有人抱怨难搞的老板、无聊的工作、家庭的争吵；有人侃侃而谈最前沿的科技和最轰动的新闻话题；有人分享浪漫的邂逅或是感情的失利。

她站在柜台后面，听着别人的谈话，好像自己也在一点点热闹起来。

一天下班后，她绕了好几条街，找到了一家快要关门的理发店。

"从这里剪短。"她比了比耳下的位置。

"真的要剪吗？你的发质很好，头发又长，剪掉很可惜。"

她肯定地点头："剪掉吧，我想换一个状态。"

她回家的时候，给艾米丽吓了一大跳。

艾米丽看着她的短发觉得可惜："其实长头发很适合你，为什么要剪短呢？为了 Aaron 也不值得。"

剪头发这事倒是路意浓一时兴起，汤逊已经离开很久，跟他也没什么关系。但这样的异常变化，还是很容易被联想到感情方面。

她也不想做过多的解释："头发总会长长的，我也想试试与之前不同的生活。现在也很漂亮对吧？"

艾米丽承认："你这样看起来阳光很多，不像之前风一吹就倒的样子。男生应该都会喜欢。"

但是路意浓现在已经不想再谈爱情了。

近两年的单向奔赴化为了泡影。虽然没有真的投入感情过分伤心，但她还是觉得疲乏。她感觉自己再也不能付出任何主动的行动，也不能再去爱任何人。

她说这句话时，正坐在阳台窄小的藤椅上，蜷着一条腿给自己的短发晒月亮。

艾米丽察觉她的落寞,想要安慰她。

却见她倏而展开双臂,做出释然的姿势:"以后我就等着别人来爱我了。要用很多很多的爱,将我淹没。

"只有像太阳那样热烈的爱,才能晒化我这块顽石。"

艾米丽动容地问道:"你还相信爱情吗?"

路意浓说:"我总得抱有一点希望吧!我还是想要结婚,想要一个家庭的。我虽然不爱汤逊,但我想跟他结婚生小孩是真的。我很想要一个小孩,我可能不爱我的老公,但总得爱我的小孩吧!"

她像是突然得到了点拨:"你说我要不要去做个试管婴儿?那样我不要男人,就能有自己的孩子了!"

艾米丽残酷地点破她:"就你的那点存款,自己活着都费劲,你有小孩的时候又不能工作,要怎么养他呢?"

路意浓想想,对了,当时之所以选中汤逊也是因为他经济宽裕,自己倒把这一点给忘了。

在谈话的间隙中,艾米丽突然道:"你经常提汤逊,倒很少提你前男友。"

她看到路意浓突然惊讶,表情说不出悲喜,只是惊讶她提出的话题。

艾米丽说:"你跟前男友在一起两年多,没有什么值得回忆的东西吗?他的身高、体貌?他的性格?你们在一起的原因和分开的理由?"

"我想不起来了。"路意浓看上去似乎有点辛苦,"我什么都想不起来了。"

她站起身来:"不谈这个了,我要去休息了。晚安。"

4

七月的一天,雨水绵绵。

咖啡馆没有什么人,三两员工坐着聊天,路意浓守在柜台后面。

有男士拿着报纸包的玫瑰花进来,他的西装外套被淋得一塌糊涂,玫瑰花倒是保护得很干净。

他把玫瑰花递给路意浓,她没反应过来,接了过去问道:"一会儿要求婚用吗?"

对方用中文说:"不是,是为你买的。"

路意浓这才讶异地抬头看他。

看着她满眼陌生,他难免有些失落:"我每周六早上都会从柏林来这儿喝杯咖啡。

"昨天晚上喝了酒,突然很想念你。我一早就坐飞机过来了。

"我叫任牧知,能不能留一个你的联系方式?"

"鬼天气！"

一整天雨水都没有停过，艾米丽进门难受地脱掉自己的外套，摘开棒球帽露出被淋湿的头发，她把湿衣服扔到脏衣篓里，然后抱着它进了洗手间。

路意浓在门外道："我给你带了一块牛角包。"

艾米丽洗完澡出来发现路意浓还在客厅坐着，她倚在扶手上，抱着厚厚一本书在沙发上看，心情很好地哼着歌。

是《Young and Beautiful》，艾米丽听过，电影《了不起的盖茨比》的主题曲。

艾米丽拿起餐桌上的牛角包，突然注意到新插在花瓶里的几枝玫瑰花。

"男人送你的？"

"嗯。"路意浓没有多说什么。

任牧知等了她好几个小时，直到下班以后，两个人才一起坐了一会儿。那时他淋湿的西服挂在椅背上，几乎都已经晾干了。

任牧知是重庆人，今年三十岁。二十二岁时从T大本科毕业出国，在剑桥大学读工程学博士，二十七岁毕业，现在在德国柏林一家跨国公司工作。

路意浓听完他的自我介绍，短短二十分钟的时间，了解到的个人信息比过去三年了解的汤逊还要多。

任牧知隔着咖啡热腾腾的水汽，看着面前微微垂头的美丽姑娘。

两个月前，他为了项目到曼彻斯特出差一个星期，当天工作忙完，和本地的同事Paul在楼下吃了个便餐，期间他专心地聊着接下来的安排和计划。

那个热情爽朗的白人男子对他说："Jonas，每次跟你吃饭都压力很大，先别聊工作了，我带你去喝个咖啡。"

Paul眨眨眼睛："那边有个小美人，每个亚裔同事来都愿意去看看她。她上班时间不固定，我带你去碰碰运气。"

到了咖啡馆，任牧知被Paul推着去点餐买单，这或许是让自己请客的奇怪方式？他想。

咖啡馆里人不算太多，两个人之后排到他。点餐的小姑娘抬起头来，跟他说话。

任牧知看清她的那一刻，心跳几乎漏了两拍。

她很白，肌肤嫩白像新鲜的牛奶，脸蛋也很美，干净细腻，眼眸清澈，嘴唇微红。为了干活方便，她把长发用发绳扎了一个不算很紧的丸子头，有碎发露在外面，整个人都毛茸茸地生动起来。

她等他点单，微微偏头聆听，让他失语。

任牧知点完餐，在外面坐着等他的Paul跟他开玩笑："Jonas，让你请一杯咖啡，不过分吧？"

他只是笑。

Paul感叹道："我就靠她混咖啡喝了，每次带别人来，大家都会抢着去买单。"

任牧知说:"不如继续说工作的事情?"

Paul 瞬间脸色发绿,像是吃下了一坨狗屎。

出差的那一个星期,任牧知经常过来,大部分时间看不到路意浓,偶尔可以。

有一次正好碰到她下班离开,她一边从玻璃门内推门而出,一边把系着丸子头的发绳解开绕到手腕上,柔顺的头发铺散开,像童话故事里的乐佩公主。

她下了班心情不错,哼着歌目不斜视地从他身边路过。

那是一首中文歌,但是任牧知没有听过。

Paul 看着他的桌上每天都是同样包装的咖啡纸杯,调侃他的着迷:"你还没跟她说上话,恐怕就要喝咖啡喝死了。"

任牧知没有说什么。

他没有想好要不要采取一些行动,他知道总有人会去跟她搭讪,然后被挡回去。她似乎是要求很高,或是已有男友。

他已经三十岁,也不知道自己要不要为一时的冲动去追求一个年轻貌美但一无所知的女人。

但他还是会来喝咖啡,只有每周六的上午,她一定会在。他就每周六的上午六点多从柏林飞到曼彻斯特,点一杯咖啡然后在店里坐到她下班。

直到一个多月以前,再来时他发现她已经剪了头发,干干净净、清清爽爽,美貌依旧。

他的心突然躁动,不由自主地想到,这样的变化是不是意味着她跟男朋友分手了呢?

昨天晚上,他喝了一些酒,又做了一个梦。梦里,他又进入了那家熟悉的咖啡馆,店里人满为患,但他找了许久都没有找到她。别人说,她已经离职很久了。

他从梦里醒来,突然觉得恐慌。

他与她之间的联系是那么脆弱,不知姓名,不知年龄,不知她所有的一切,如果她哪天真的离职,自己也不会有任何机会再见她。

于是破天荒地,任牧知第一次请了假,不顾一切地赶到曼彻斯特。

他在隔壁花店里抱了一捧鲜红欲滴的玫瑰,用西装遮住,淋着冷透的雨水,朝咖啡馆走过去。

这是一个普通的周三上午,她很大概率不在。

但是他想,自己是可以等一等的。

从白天到黑夜,总能等到她。

任牧知推开门,短发姑娘穿着制服温柔地站在柜台后面,他的心里彻底松下一口气。

路意浓没有跟艾米丽说,她感觉自己这次可能真的可以在毕业之前结婚了。

任牧知毫无保留地回答了路意浓所有的问题,他父母健在,妹妹在国内读大四,家庭环境良好,父母是大学教师。之前有过两段感情经历,都不超过一年,分手的原因是他太醉心于学业或工作。

他满足了路意浓对结婚对象近乎苛刻的要求,甚至他因繁忙对伴侣会忽视这一点,对路意浓来说也非常合适。

他不会像汤逊一样若即若离、难以捉摸,他的恳挚与坦诚简直让她害怕自己是不是遇到了杀猪盘……

那天最后,他们还是互换了联系方式。

任牧知说:"我知道我这样的成年男性突然向你这样的小姑娘搭讪,会很奇怪很突兀。但是我说的每一句话都是真的,希望你不要拉黑我,给我一个机会。"

路意浓小声辩驳:"我已经不是小姑娘了,我今年二十四岁,明年本科就毕业了。"

任牧知笑了:"嗯,我知道了。"

二十四岁,说起这个数字的时候,路意浓难免心惊。

她看着镜子里始终如一的脸,感觉不到岁月的流逝,可是一年一年被蹉跎的时光是客观无情的。她明年即将本科毕业,路青不让她回国的话言犹在耳。她还能怎么拖下去?申请研究生,再读一年吗?

大街上永远有十八岁的女孩子青春张扬地走过,而自己除了满身疲惫,什么都没有留下来。

如果任牧知说的都是真话,她可以嫁给他,哪怕两人只正式见过一面。

他们第二次见面是在三天后,周六一早,在咖啡馆里。

任牧知点了一杯咖啡,坐在面向柜台的位置上。

路意浓把他的咖啡端过去,很熟稔地打招呼:"刚开业不久你就来了,你飞过来得早上几点起床?"

"五点。"他说。

路意浓说:"那还挺厉害,我先去忙了哈。"

任牧知带了电脑过来,他摊开笔记本电脑开始工作,他不想一直盯着她看,会显得很奇怪。

但是偶尔忍不住抬眼,看到她同别人说话的样子,他心口又会一直泛起悸动,如同十几岁青春萌动时,对一个女孩疯狂地动心。

他想,这个女孩是有魔力的,她像是《小王子》里那朵全世界独一无二的玫瑰花，让人忍不住想爱护她、照顾她。

他想起前女友说：繁忙不是借口，如果你是真的爱我，怎么都会想办法。

他曾以为那是前女友的无理取闹，现在他突然明白了，自己可以做到的比自以为的要多很多。比如因私人感情请假，比如每周赶最早的飞机来见她，比如向欣赏自己的上司申请调到曼彻斯特来……她甚至什么话都没有说，只要站在那里，自己就想要到她身边生活。

下午一点，路意浓下班。她决定请任牧知吃一顿泰国菜，再对他深入了解一下。

任牧知收拾电脑时，她看到了在玻璃窗外面疯狂挥舞双手的艾米丽。

原本的两人午餐变成了三人行。

路意浓介绍了艾米丽和任牧知认识。不知是不是汤逊的后遗症太严重，艾米丽对这个全新的男人充满了审视，刁钻地提出一些话题来验证他的身份，比如他的公司、他的同事、他的专业、他的导师、他读博士的研究领域，甚至用他的名字去查了一下发表的论文。

最后都验证通过了。

路意浓满意了，她其实一直也不太放心，幸好有艾米丽替自己做"坏人"。

吃完饭，任牧知偷偷去买了单。路意浓打算再邀请他去公园走一走，谁知被艾米丽直接一句"送客"给打发了。

任牧知无奈地笑笑，只能离开。

路意浓期期艾艾地说："我觉得你这样不太礼貌，人家也没有做什么。"

艾米丽恨铁不成钢道："你也有点骨气，不要别人一追你就答应！虽然学历和工作是真的，万一家庭方面是假的呢？万一他是个变态，看你出国在外无依无靠，要把你骗走杀掉怎么办？"

路意浓被唬得吓了一跳，她也知道国外会有那种连环变态杀人魔，虽然觉得任牧知是的可能性很小，但被艾米丽一说，她还是有些害怕了。

她晕了一会儿，脑洞大开又问道："说起变态杀人魔，其实深居简出的Aaron更符合条件吧？你当时怎么没拦着我追求他？"

两人顿时面面相觑。

汤逊显然不是一个很正常的人，他有奇怪的时间表，路意浓从来也没见过他的任何朋友和亲人，独来独往比她更甚。甚至对于男女感情方面，在被路意浓勾引到心理防线崩溃以后，他也能决然推开她逃走。

时隔半年，再想起那一晚，路意浓想到的已不是羞耻屈辱，而是怅然。

这个世界上其实没有人想要靠近过他的心，路意浓想，他遇到这么功利的她，也真是不幸。

路意浓和任牧知的第三次见面又过了一周。

这次虽然没有艾米丽在旁，但路意浓因为她的话也有点心不在焉。

任牧知或许有所察觉,但还是风度翩翩地努力带出各种话题,把对话进行下去。

路意浓突然言语混乱地打断他:"你能让我看一下你父母吗?不是女朋友的那种相看,就是、就是普通朋友那种。我也不知道我在说什么……但是,我觉得看一眼我会比较……"

"可以。"任牧知说着开始从包里往外掏电脑。

这下倒是路意浓慌了:"现在吗?不用准备一下吗?"

"现在是北京时间晚上八点多,他们有空的。"

他用电脑拨通了视频电话。

视频很快被接起,屏幕那头是一个很和蔼可亲、头发有些花白的女人,是任牧知的妈妈。

任牧知用重庆话说了两句,他妈就让他爸一起坐了过来,两个人满脸笑吟吟地看向摄像头这边几乎已经石化的路意浓。

重庆那边已经全部天黑了,屋里的灯全都开着,路意浓看到他们家的客厅里打了个很长的书柜,摆了好多好多的书,墙上挂着几幅毛笔字和国画。

路意浓不知道要说些什么,只能夸毛笔字写得真好。

任父很高兴,这几幅字都是他写的。他觉得路意浓很有品位。

其实任父任母很清楚,儿子已经三十岁,之前那么多年没有让他们看过什么朋友,这通视频的意思其实很明显。

任牧知看路意浓不知道说什么,就自然地跟父母聊起天来,从妹妹后续的学业到家长里短,再到他的工作。

有一个女孩的声音传来:"是嫂子吗?让我看看!"

女孩的脸出现在屏幕里,任牧知的妹妹跟他长得很像,都属于端正大方的长相。

她看着有些惊慌的路意浓,笑道:"哥你可以啊!这么大年纪还老牛吃嫩草,嫂子长得也太漂亮了吧!"

任牧知瞥了一眼路意浓,咳嗽了两声:"别胡说八道,你最近考研的事决定了吗?还是要出国?"

他又顺利地把话题带到别的地方去了。

对话持续了十多分钟,在妹妹强行要跟路意浓比年纪的时候,被任牧知给挂断了。

路意浓提着的心放下来,她有些不好意思。

让她更不好意思的是,任牧知递给她一份自己的体检报告,是他本年度新做的体检,一些关键信息,比如他的证件号以及一些指标,都事无巨细地列在了上面。

路意浓满脸通红,她没有收到过这么奇怪又这么真诚的……礼物?

她把这份体检报告拿回去给艾米丽一起看,又说了给他家里打视频电话的事情。这下艾米丽也没什么可以挑剔的了,打败一切猜疑的只有真诚。

路意浓瘫倒在沙发上感叹:"我真的要结婚了。"

艾米丽还是有点不高兴,她莫名地对任牧知抱有偏见。

她说:"你们总共才认识两周,见过三面,性格合不合适还要另说。你还是要多相处看看,不要着急去找男人求婚。"

路意浓"嗯嗯啊啊"地答应了,她脑子里盘算着近期鼓动任牧知养一只狗。

艾米丽看她口应心,有点着急:"你大学还没有毕业,以后去哪个城市生活还不确定。难道你要离开英国,跟他到柏林定居吗?"

对路意浓来说,去到哪里其实都没有问题。今天任牧知谈起在跟上司申请调到曼彻斯特的事情,她有点感动。

她想,自己其实没有固定的居所,才是比较适合活动的那个。

艾米丽看她油盐不进,说到最后,简直有点生气:"稍微有个男人对你殷勤,你又满脑子想着结婚。你不是要很多很多的爱吗?他能给你很多很多爱吗?"

路意浓愕然地看着艾米丽摔门进屋。

慢慢地,路意浓与任牧知的交往也算进入了稳定期,但她也不敢再事无巨细地跟艾米丽分享。

一次任牧知来曼彻斯特出差多待了两天,跟同事在酒馆喝酒时,酒后微醺,忍不住炫耀之心,喊路意浓过来作陪。

曼彻斯特本地的同事基本上都认识路意浓的脸,被吓了一跳。Paul 没忍住暗地里同任牧知比了个大拇指:"Jonas,咖啡没白喝,论执行力你是第一名。"

倒是路意浓,她没料想到有这么多人,拘谨地坐在任牧知身边有点不好意思。

酒局进行到一半,任牧知已经有些上头,他突然低下头凑到路意浓耳边问道:"你那次唱的歌叫什么名字?"

路意浓没记得同他唱过歌,问道:"哪一次?"

他学着记忆中的语调哼了几下。

路意浓恍然大悟:"哦,你说这个!"

她拿出手机,点开音乐播放器,那首歌叫《真相是真》。

酒馆里喧闹异常,听不见手机里的小小音乐声,但任牧知光是看着歌词,就觉得刺眼。

我真的陪他聊到黎明,

真的同他最默契，
　　真的记得他所有怪癖，
　　真的最害怕分离，
　　我也想把爱宣之于口，
　　也时常对未来心怀侥幸，
　　希望能得世界允许，
　　坦荡一次喊他姓名再说爱意
　　……………

　　那些因为酒精引发的旖旎心思，在看到歌词的一刹那，退得一干二净。
　　他终于发现她的不对劲。
　　她美丽恬静，专心学习工作，自强自律，熟练地打发身边所有的追求者。在这么好的年纪，这么美丽的女孩为什么没有故事？
　　可是她什么都没同自己说过，仿佛是一直等在这座城市中，一直在等自己来。
　　他忍不住地想，自己对她过去的事情几乎一无所知，是不是因为她刻意封闭了内心的一处，再也不会对别人打开？
　　喝完酒，任牧知沉默着散步送她回公寓。
　　路意浓察觉任牧知心情似乎低沉，站在公寓的台阶上问道："你是不是不开心？"
　　任牧知深深地望向她："会不会有一天，你也愿意跟我说说你的事情？"
　　路意浓愣怔了一下："啊？"
　　她想了一下，脑袋里闪过几个回忆的碎片，都不知道有什么能够跟任牧知说。
　　她的笑容渐渐勉强起来。
　　"没事。"他从大衣口袋里伸手揉了揉她的头发，几个月过去，她的头发长了一点了，"我来曼彻斯特的申请函没有批下来，心情有点不好。"
　　他说："你先上楼吧。"
　　后来的一个多月，任牧知没有来过曼彻斯特，问候的短信和日常的消息倒是持续稳定地发过来。
　　路意浓有些惴惴不安，跨国恋就这么不靠谱吗？热情怎么消退得那么快啊？
　　她知道单方面的感情付出会让人疲倦，她有点想去一趟柏林，但始终下不定决心。
　　颠来倒去的思考中，她迟迟没有动身。时间过得越久，支撑她去柏林的动机就越薄弱。

十一月中旬的某天，任牧知再次出现在咖啡馆。

同事知道他们的关系，嘻嘻笑着拍着她的背提醒。

路意浓抿着嘴，让他点单。

他还是那么风度翩翩，点了一杯冰美式，坐在了老位置。

路意浓愤愤地把咖啡端给他，说："你现在不是上班时间吗？来这儿干什么？"

他看着她因为愠怒而格外生动的眉眼，心里熨帖，回答："我辞职了，不用上班。"

路意浓惊讶地道："你辞职了？你工作那么好，为什么要辞职？是为了我吗？"

"不仅仅是为了你。"任牧知笑着说，"我找到了新的工作，开出的条件很好。离职后期，领导已经同意了我的调职申请，不过我还是决定要走了。"

他说："过去的一个多月我都在处理工作交接的事情，没有时间来看你。你还好吗？"

路意浓愧疚，是自己误会了他。她说："很好！等等，我给你加一个牛角包，刚刚烘出来的，可好吃了。"

任牧知在曼彻斯特租了一套房子，院子里有很大的草坪。

他搬迁完邀请路意浓和同事去暖房，艾米丽知道了也要跟着去。

路意浓想，这样也好，在艾米丽面前秀秀恩爱，把她不应该有的想法断在襁褓里。

于是在任牧知给大家做饭的时候，她殷勤地跑前跑后打下手，吃饭的时候又紧挨在他的身边。

她小鸟依人的样子引得大家调笑，任牧知宠溺地看她。

吃完晚饭，大家在客厅玩游戏，路意浓跑到厨房要洗碗，任牧知没让，把她拎开，自己接过去洗了。

路意浓陪在洗碗池边，夸赞道："没想到你做饭那么好吃呀！"

他说："我从高中开始做饭，有个十几年了，手艺还可以。"

路意浓笑眯眯道："谦虚了，简直是大厨！"

任牧知的耳朵有点红："你喜欢就好。"

路意浓又问："这边环境真好，会不会离你公司有点远？"

他说："这里养狗很方便，有个院子也能跟狗玩耍。"

路意浓欢欣鼓舞地问："嗯？你决定养狗了吗？"

"嗯。"之前跟她散步时，她每次看到小狗都要跟它玩很久，喜爱之情溢于言表。任牧知对于养宠没有什么特别的爱好，只是愿意做让她高兴的事情。

艾米丽在不远处安安静静地看着这一幕，她听不懂他们的对话，但是能看出他们的合拍。

开车回去的路上，艾米丽说："我之前同你说回到人间去，你已经做到了。Jonas 喜爱你，他能让你幸福，我也很高兴。祝福你。"

路意浓几乎落泪。

任牧知数年没有回国，他打算趁着还有时间，在这个圣诞节假期回去一趟，等到节后再入职上班。

他来到路意浓的公寓，邀请路意浓同回重庆，却被她慌里慌张地拒绝了。

他皱着眉头问道："艾米丽都已经回国了，你不打算回国的话，这个圣诞节一个人怎么过呢？"

路意浓说："我还有点小金库啊。我来欧洲这么些年一直在打工学习，从来没认真玩过。我想去法国滑雪，享受一下生活。"

任牧知还是不赞成："你要滑雪，咱们回头可以一起去，一个人去旅游会有危险，我不放心你。你不去重庆，也可以回家，艾米丽不是说你很多年没有回家了吗？"

路意浓叹了一口气。

她想，现在时机正好，两人关系卡在关键的节点上，也到了坦白的时候了，迈过去修成正果，迈不过去就此作罢。

路意浓认真地直视他的眼睛，十分歉疚道："任牧知，我做了一些不能原谅的事情，与家人决裂，我已经不能回去了。"

任牧知张口想问什么，却被她阻止。

"不要问，求求你什么都不要问。"她神色恳切地说，"如果你要跟我在一起，那就请接受我是这样一个人。我的感情不会有来自家人的祝福和支持，甚至，我连去见你家人一面都做不到。

"如果你能接受我，等你回来，我想跟你结婚。如果你不能接受，那就在这里停止。"

任牧知神色震动，他不知道她说的不能原谅的事情是指什么，但从这个事情的结果来看，应该是足以颠覆家庭的巨大错误。

路意浓看着他的眼睛，难受得想哭。她说："你好好想一下，我是这么一个人。

"其实这些话，在你辞职之前我应该同你说。但是你当时辞职没有告诉我，现在说稍微有点迟了。"

她眼睛不知什么时候红了："你认真想一想，别急着答复我。"

第九章 /
想亲吻这件事，多等一秒钟都不可以

1

任牧知在那段谈话的第二天回国，路意浓则在三天后，到达蒂涅开始度假。

她用剩余的钱租住了一间很好的公寓。

她想，自己大概是要死在这里的。要是这次感情失败，就死在这里吧，她自我厌弃地想到，反正也没有人来爱她。

但她在蒂涅的第三天重遇了章榕会，他带着年轻可爱的女孩，来雪山滑雪。

她不想这样狼狈地相见，便用雪板挡住自己的脸。

结果他在黑夜的风雪中找到她，吻她，而后听她说绝情的话。

她说："我们不应该再见面了。"

曾经能轻松将他击溃的话，现在听上去竟然有点不痛不痒。

章榕会暗自嘲笑自己被她凌虐出来的大心脏。

他说："路意浓，你对别人都那么好，为什么独独对我却那么强硬、那么狠心？"

路意浓挡开他再次想伸过来的手，她满目通红，酒精上头，头痛欲裂："不要、不要胡说这些话。回你女朋友身边去，不要来拉扯我。"

章榕会气笑了："你确定？让我回我女朋友身边去？"

他语气温柔地说："你今天也看到她了吧？她就站在我旁边，那么年轻，她今年刚满十八岁。

"路意浓，你看到她，会不会自惭形秽？你喝酒，是不是怀念自己流逝的时光？"

他钳住她的下巴，逼着她直视自己的眼睛："你喜欢我的新女朋友吗？告诉我，喜欢吗？她有没有你当年漂亮？"

路意浓靠在墙壁上，她不愿对视，疲倦地闭眼："我求求你放过我吧。我不知道我犯了什么罪。杀人诛心，不过如此。我累了。你有这个时间，求求不要再浪费在我身上。"

"杀人诛心？"章榕会仿佛听到了很好笑的笑话，他左手粗暴地掐住她的肩膀，力气大得几乎能将手里的人直接提起来，"你懂什么叫杀人诛心？

"我跟别人在你面前苟合，那才叫杀人诛心！

"你眼睁睁看着我去爱别人，要跟别人结婚，那才叫杀人诛心！"

跟章榕会说的每一句话都让她格外疲倦，路意浓已经没有力气思考："我们很久没联系了。各自好好生活，也没有那么难。"

她笑了笑："忘记告诉你，我交男朋友了。他是重庆人，回国探亲去了。等他回来，我们就要结婚了。

"我们都会得到自己想要的。你可以结婚，也可以继续有十八岁的女朋友。而我要安定下来了。"

她望向他，目光交汇间发出轻不可闻的叹息："章榕会，别再来找我了，也不要恨我。放过自己吧。"

章榕会哭了。

他不知道自己为什么会哭，他松开手，似是无法站稳地倒退两步。

路意浓一脸错愕地看着她，却没有上前安慰。

他说："我刚刚过完二十九岁的生日。我很早就以为我这辈子都不会再哭，可是你随便几句话就办到了。

"什么是杀人诛心？"章榕会说，"是你决定彻底忘记我。你每天都在想跟别人结婚生子，你每天都在奔向全新的生活。你每天都在杀死我。你每天都在诛我的心。

"我是你的污点吗？"他执着地问，"你跟我谈恋爱的那两年，我最幸福的那两年，是你的污点吗？你真的好害怕别人知道啊。

"我去曼彻斯特见过你的朋友。我求她帮我守着你，不要让别的男人碰你。她看到我吓了一跳，她说，你从没跟她说过一句关于我的话。最后她被我磨得没办法才答应我了，可是她前些天告诉我，她不想帮我了。因为你现在很幸福，很开心，你要结婚了。

"你要结婚了。"他低声重复了一遍，"那我怎么办？

"我像是被你丢掉的狗，我从家狗，变成无家可归的野狗。可是我一直想找回你，我想哄着你，重新再养养我、再疼疼我。

"可是你已经决定要忘记我了，你看我一眼，都躲着走。"

他的眼睛通红："做一只野狗好累啊。路意浓。我二十九岁了，怎么还能为你狼狈成这个样子？"

巷子里传来第三个人的脚步声，王家谨沉默地冒着风雪而来，看了一眼章榕会通红的眼睛，无言地从背后撑住他的背。

王家谨说："你们该哭哭、该闹闹，继续聊，别管我。他脚伤过不能久站，我扶他一下。"

路意浓不打算再说，她转身要走，被王家谨用另一只手抓住手腕。他抬了抬下巴："没完呢，继续。聊出个结果来。"

"结果在三年以前就已经有了。"路意浓话音冷淡，"现在也不会改变。"

王家谨看不惯她的态度，那股浑劲儿上来简直不管不顾："你没听出来他说不甘心吗？那个结果不能算，重新再来。"

她尖声道："你是流氓吗？我已经跟家人决裂了，连家都没了！没人要我了！你们还想从我这儿要什么样的结果？"

"你这个人说话没有一点良心。"王家谨说，"这个人不是要你吗？他不是谁都不要，只要你吗？

"你走的这几年，你当他是怎么过的？路意浓，你就当你一个人活得辛苦是吗？"

路意浓被王家谨的拗劲逼到发疯："我就是一个普通人。我跟你们玩不起，我真的玩不起。我早已经知道错了！是我起初贪心，是我不该，能不能放我回去？"

"要走可以。你先听完这个。"王家谨撤下撑着章榕会背部的手，从口袋里拿出了一支录音笔。

"刺刺啦啦"的电流麦和着扑簌簌的落雪声在深夜的巷子里，显得诡异又平静。

几秒后，路意浓听到了于佩的声音。

她没想到，离家多年，听到的第一个路家人的声音，竟然是于佩。

录音的前段已经被剪掉一些，开头便是于佩很防备地问："你问这些做什么？"

一个陌生的男声说道："了解一下你的家庭情况，于女士。你可以放心讲一讲。"

"我只是来帮我丈夫还钱的……"

"我就是想简单谈一谈，钱的事情都好说。"男人道。

"你到底想问什么？"

"问一下，关于你继女的事情。"

这一下仿佛捅了马蜂窝，于佩情绪激烈："我跟她不熟。你要问什么，别来找我！"

"我劝你好好想一想。我知道，虽然你有个很厉害的小姑子，但家里远没有表面看上去那么风光。"

男人循循善诱道："凑出手上剩下的钱不容易吧？一个女人带着一个孩

子很辛苦。你多说一些，不会有坏处。"

于佩没有作声。

对方问："你们最近几年有没有跟她联系过？"

于佩的话里带着鄙夷和压不住的火："她做出那种丑事，我们躲都躲不及，还联系她干什么！"

"哪种丑事？"男人追问她。

见于佩闭嘴不言，他说："你说了，这些钱你可以原封不动地拿回去。"

于佩敏感地问："……是谁要打听她的事？她是不是在国外又惹上了什么人？"

男人轻声说："这不关你的事。据我所知，你们关系并不好。她真的有什么，也不用你来帮忙遮掩。你好好想一想，越详细越好。"

录音那头陷入了很长的沉默。

时间长到，路意浓几乎以为录音已经中断或者停止的时候，又听到了于佩木然的说话声。

"我是不喜欢她，我从一开始就不喜欢她。虽然我占了她母亲的名分，但她讨厌我，也跟我不亲。

"那个女孩很不自爱，仗着有几分姿色，就在外面胡搞。我早就知道她这样娇生惯养又不服管教，早晚是要弄出事情来的。我也跟路勇说过，让他也多管管，别脏了家里的门楣……"

"什么事情？"男人问，"方便说吗？"

于佩："……我要加两万。"

"可以。"男人十分爽快。

于佩咬着牙齿，从牙缝里不明不白地吐出一句："她不是什么好东西，在外面被一个富二代弄大了肚子，还始乱终弃。"

章榕会身体突然一僵。

路意浓目光震惊地看着那支录音笔。

"你怎么知道的这件事？"录音笔里，男人继续问。

"我公公死的那天，我小姑子说的，她拿的医院手术单我们都看见了。"

"仔细确认过是她的吗？"

"那种晦气东西，是家丑！是还不够丢脸吗？我还得拿来研究研究是不是？"

"于女士，你别激动……"

录音断在这里，王家谨放开了手。

"你胡说八道！"路意浓崩溃地抢过他手里的录音笔摔到地上。

黑色的录音笔顺着斜坡滴溜溜地往下滚，直到撞到脏乎乎的雪堆才停下来。

她眼睛发红，气喘吁吁："是剪辑过的！掐头去尾，全是假话！"

王家谨放了手，冷眼看着她，问道："你在逃避什么？你不信是吗？要不要我现在打电话给你家里人，你亲耳问一问、听一听，看看路青到底那天在病房里说过什么，才让你家人那么厌恶你？

"你不觉得奇怪吗？章榕会这样的女婿，你父亲那样的人应该求之不得吧？据我所知，他很早就知道并且支持这件事情。你离家出走那次，是他给章榕会通风报的信。"

路意浓想起多年前的那个耳光，"啪"的一声巨响仿佛还在耳边。她满脑子天旋地转，支撑不住地蹲下身子，双臂环着头，像只鸵鸟一样，把自己埋进膝盖里，倏地崩溃大哭。

王家谨仍在冷冰冰地陈述道："你爷爷去世就在那几天，对路青来说，要你们分手，那是最好的时机。

"你知道吗？你走了以后不久，路青就嫁给了查学礼，年初孩子满百天那天，我还去查家喝了酒。她利用她父亲的死逼着你发那么毒的誓，自己倒是过得风声水起。

"所以，你这样自苦有什么意义？始作俑者利用了你，却毫无愧疚之心地在享受生活，而你在这里自我惩罚了三年，连带着真正爱你的人，人不人、鬼不鬼地过。"

王家谨叹了口气，又说："大家都在往前走，只有章榕会一直在原地等你。等你回国再去江津看看，你们的家还是你走之前的样子，一点儿没有变过。"

他的话到这里已经说完。

章榕会轻轻推开他的手，脚步不稳地走向那个蹲在地上崩溃大哭的姑娘，用力地从背后把她搂在怀里。

他挨着她的耳朵，轻声说："我刚刚的话不是真心的。今天雪山上那个人是靳南的妹妹靳杨，他现在出不来，是让我们带来玩的。

"我没有别人。从头到尾，都没有别人。"

她痛哭转身，用尽全身最后的余力拥抱他。

她已经不记得那天自己是怎么回的公寓，她其实想缓一缓，单独坐一坐，再睡一觉。

但是章榕会沉默地挤进了她的房间。

他抚摸她、亲吻她，伸手去解她的衣服时，她猛然清醒过来，推开了他的手。

章榕会指尖微僵，但他很快主动垂下手。

"没事。"他说，"我睡地上。"

他从前台叫了备用的床褥，挨着床铺，铺在了地上。

地板硌着脊背又硬又冷，章榕会看不见她的脸，只从床铺上的呼吸和辗转声听出来，她并没有睡着。

月亮透过窗帘渗进来朦胧的月光，他伸长了胳膊搭到床沿，将她的手从被子里捞出来。

路意浓的手在被窝之外，他侧着身牵上去紧紧握着她的手心，两个人以这样的姿势过了整夜。

翌日早上十点，两人准备去旁边的餐厅吃个早午餐，王家谨带着女朋友和靳南的妹妹已经等在了那里。

吃个饭其实没有什么要帮忙的，但章榕会坚持给她切牛排。

路意浓尴尬得想要拿回来自己弄，王家谨在旁斜眼看着，嘲笑道："不用。他心甘情愿的。不是他自己说是你的狗？"

周围还有两个女生在，路意浓问章榕会："你觉得他这样说话好吗？"

王家谨现在立了大功，只要不犯原则性错误，哪怕是烧了章榕会的车库，他也会昧着良心夸烧得好。

章榕会递过切好的牛排："吃饭。"

王家谨的女朋友新交不久，刻意同路意浓亲近地问候道："意浓姐姐，你的头发真好看啊。是在哪里剪的？"

路意浓正想回答，却听见王家谨冷冷呵斥了一声："吃饭了，别说话。"

女友被突然一凶，讪讪地不敢吱声。

路意浓有点奇怪，她这年纪被叫个姐姐也没什么了不起的吧。她都不生气，王家谨为什么跳脚？

身边的章榕会神色莫名地看了一眼她的头发，让她更加奇怪了。她不自在地伸手摸了摸，是发型的问题吗？她这个发型很丑吗？

吃完饭，众人要上山滑雪。路意浓不想跟他们去，说自己玩了几天有点累，要回公寓里休息。

她不去，章榕会也不去了。

王家谨让女朋友带着靳杨去玩，又让章榕会去把他自己的行李拿到这个公寓来，他跟路意浓留下来喝杯咖啡。

这是还有话要谈，其他人识相地赶紧离开了。

等到别人都走了，王家谨说："你们俩是彻底和好了吗？"

"我不知道。"路意浓抿嘴，"这才几个小时，我没有想好。"

他说："有没有想好都已经这个样子了。你赶紧跟那个人断了吧，总不能让章榕会给你当小三。"

路意浓不想继续这个话题："他的脚怎么回事？"

今天起床趁他穿袜子的时候，她留心了一下他的脚，双脚都有深深浅浅、长长短短数十道深色的伤痕，其中右脚最长的一道几乎有十厘米，看上去就触目惊心，也不知道是怎么伤成这个样子的。

王家谨也不想仔细回答这个问题："受伤伤到神经了，一年了，恢复得也不太好。现在站久了就发麻不稳。"

他深深看了路意浓一眼："你以后要好好陪他复健。"

"那他还来滑什么雪？"路意浓诧异。

"这不是为了来找你！"王家谨生气地拍了一下桌子，"他敢不来？再过个十几天，黄花菜都凉了，还等什么！"

他越说越生气："所以我说你这个女人是真的不行！他快三十了，挺大个老爷们臭不要脸为了你搞什么守身如玉。你呢？见一个爱一个！"

他这话说得不客观，路意浓有些无语："我怎么就见一个爱一个？"

"你要不要我掰着手指头给你数！"王家谨恶狠狠地戳穿她。

路意浓语塞了。

她想，艾米丽这个大嘴巴，怎么什么都往外说，能不能给她留点隐私？

后来一想，说就说了，他现在从艾米丽那儿知道了，也好过将来质问自己。

王家谨看她无话可说，又突然泄了气一般："你们那时候已经分手很久，和好无望，实际是他执念太深了。

"我现在跟你说这些，不是来找你算账，而是想你知道，你经历的这些事情，他都一清二楚，他为此很痛苦。他没有犯过什么错，却被你生生折磨了三年，实在罪不至此。"

他最后叹了口气："路意浓，每个人的一生都会遇到很多人。真心难得。他或许不是最适合你的那一个，但是像他这么死心眼的不会有第二个了。

"别辜负他。"

路意浓皱眉坐着，没有答复。

放在桌上的手机响起来，路意浓看了一眼屏幕，推开凳子站了起来，说自己还要再想一想。

王家谨看着她出了餐厅，拿起口袋里的手机说道："她走了，你来吧。"

不多时，章榕会又回到桌边，重新坐了下来。

"谢谢你。"他说。

王家谨摆摆手："你们俩和好以后，赶紧别再搞这些乱七八糟的了，太变态了，她知道了会被你吓死的。"

章榕会低低地"嗯"了一声。

王家谨叹了一声："她到底没有真的跟钱铮做过什么，你心里放宽一些。钱铮这一年来，偷偷给我打过几次电话问你，他在澳大利亚要结婚了，你别恨他。"

章榕会打断他："换一个话题。"

王家谨哑然。

他觉得，章榕会可能永远迈不过那道坎了。

在他看来，那夜的错误并不在钱铮，毕竟是路意浓主动。但路意浓有错吗？她那时候分手已久，单身漂泊异国，找到身边最可靠的那个人想依傍他，和他成家，好像也没有错。

但是那夜章榕会愤怒崩溃的样子，又实在太可怕。

他在王家谨家的书房踹倒了放了十几件古董瓷器的博古架，像疯了一样光着脚在上面来回碾踩，用自己的血肉去对抗碎瓷锋锐的利刃。

他满脚是血，却抵不过心脏剜心钻骨的疼痛的万分之一。

那是国内凌晨五点，可是很久以来，他都已经不在那个时间睡觉了。

为了每天都能了解她的近况，他近乎变态地调整了自己的生物钟，每天凌晨四点就会醒来用手机联系钱铮。

路意浓大约在每天凌晨四点二十左右到家，他每天等知道她熄灭客厅的灯上了楼，才会再次安心入睡或者直接起床。

他在"谈"一场异国恋，短暂分离不过是为了更长久的未来，他是这么想的。

直到那一天，她被钱铮抱回来。

她那么孱弱地被包裹在毯子里，脸色苍白得像是失去了呼吸。

章榕会听到就心疼得发酸，可是后来发生的事完全出乎他的意料——她在病弱中向钱铮求爱，美丽的、温柔的、曾经独属于他的一切，也打动了另一个男人。

他不知道自己怎么还能维持住理智继续听完钱铮的话。他从弦外之音里听到钱铮隐藏的痛苦，才终于明白，钱铮一直在欺骗自己。

不知何时开始，钱铮已经是为了他自己，而不是为了章榕会，陪在路意浓的身边。

章榕会的手心里全是湿黏的汗水，内心是前所未有的要失去她的恐惧，恐惧之后是滔天的愤怒。章榕会大笑自己的愚蠢。

他想起那时，路意浓的外婆刚刚去世，她状态太差，整日里浑浑噩噩。他实在放心不下，来回四十多个小时的往返，只为赶到曼彻斯特看她一眼。

他用窗帘掩住自己，看着心爱的女孩牵着黑背踩着石子小路一点点爬到坡上来，她将黑背用狗绳系在门外，抬头朝他的方向一望。

章榕会那时已听过她生日那天玩笑似的求婚，心里难免介意地试探着问钱铮："她有没有什么不对劲的地方？"

钱铮是个寡言的性格，家庭遭遇变故后尤甚。

他沉默了半天没有说话。

章榕会的注意力全在楼下，太久没见路意浓，多看一眼都是贪婪不舍，故而他没有注意到当时钱铮的表情。

他只继续说:"她年纪还小,心性不稳。经常开玩笑说的一些什么浑话,你别太当真。"

那时候的钱铮在想什么?

有没有想过坦白?有没有想过主动推辞掉这件差事?有没有想过再不出现?

但是最终钱铮什么都没有说出口。

他为了一直有理由陪在她的身边,将一切偷偷隐瞒了下来。

他或许在等,等一个时机。

等到自己彻底放手的那天,等到自己爱上别人的那天,等到自己结婚的那天,他就可以光明正大地同她在一起。

对于章榕会而言,这不是一夜的偶然失控,是蓄谋已久的觊觎。他不会原谅,也永远不会再让两人见面。

两人又坐了一会儿,王家谨要去山上与女朋友会合了,他起身时对章榕会说:"我也不知道怎么回事,总感觉她这次跟你不如之前那么好了,总是隔了一层,怎么都不舒服。"

章榕会不疾不徐地说:"是分开时间太久了,她有点忘记怎么正常地去爱一个人。"

他眉目温柔,捧起她的杯子,杯内的咖啡尚且温热着,像极昨夜她的掌心:"没事,她会想起来的。"

2

章榕会从另一家酒店拿上了自己的行李退了房,敲响了路意浓的房门。

等了一会儿,没有响应,他直接拨通了她的电话。

跟王家谨谈话时,路意浓接到的那通电话是任牧知打过来的。他已经提前结束了假期,落地了里昂机场,来蒂涅找她。

这实在是一个太差的时间。

路意浓找了个空位置,坐在接驳车的停靠站发呆。

或者是说,她想想些什么,大脑里却一片空白。

她想不到要怎么和章榕会和好。

她从王家谨那里知道,章榕会这三年一直在等她,甚至对她的情况了如指掌。

但她的三年并不是这样度过的。她认真地对那段感情按下了终止键,抛却了前尘往事,专心学习生活。

她也做好了章榕会已经恋爱结婚的心理准备,不让自己再去想他。

如果不是章榕会再次出现,接起任牧知的这通电话时,往事如烟,真的就全部结束了。

251

再谈及爱这个事情突然让她感到艰难和困惑，心脏像是对浪漫绝了缘。

章榕会还是一如往昔那样爱意汹涌，自己却像干涸的水，拿不出对等的感情回应。

这样的情况，和好真的有意义吗？

已经终止的爱，还能重启一遍吗？

能思考的时间太短了，她读不懂自己的心。

迎来送往的车辆走走停停，路意浓就全心全意地发着呆，章榕会坐到她身边的时候，她甚至没有反应过来。

她突然回神，看着他在旁边呼吸急促，微微喘气。

"你怎么过来了？"

他问："为什么不接电话？"

路意浓从口袋里掏出手机，才发现有数十个未接来电。她讪讪道："啊，我手机静音了，没有听到。"

她又看了一眼时间，原本以为只过了一会儿，没想到已经坐了三个小时。

路意浓看着章榕会口鼻呼出白汽，头上渗出汗，惊讶道："你是怎么找过来的？你跑过来的吗？你的脚行不行啊？"

"你是要去哪儿？"章榕会执着地问她，"你后悔了？"

她不能理解他的恐惧，不能理解他摇摇欲坠的信心。

章榕会想紧紧拥抱她，把她的骨血与自己融合在一起，永远不要再分开。

他不想再煎熬于无她相伴的日夜，不想再靠冰冷的视频缓解思念，不想再做见不得人的窥视者，不想再看着她与别人牵手相拥。

他的手指都在颤抖，但他压抑着情绪，什么都不敢做。

"不是不是。"路意浓有点不知道怎么解释。

她又看了一眼手机时间："任牧知来这里找我，他快到了。"

她没有说任牧知是谁，但章榕会那么聪明，他能猜到。

章榕会慢慢冷静下来，牵住她的手："我陪你一起等。"

路意浓觉得头痛："你回酒店休息去吧，这里没你的事。"

他不同意："不论你做什么决定，我都要跟他见一面的。我陪你一起等。"

"你陪着，我想不了事情！"任牧知随时会到，她不想让他看到两人牵手，"我脑子很乱，我没有想好。"

"你没有想好，那你打算跟他谈什么？"章榕会有些咄咄逼人，但他还是放弃了牵手的动作，"有些你不好说的话，我会帮你。"

"你能怎么帮我？"她反问他。

"我是个成年男人，他也是个成年男人。该有的体面，我们都会有。"章榕会抿了抿唇，"我不会让你难堪。"

任牧知拉着行李箱下接驳车的时候，就看见路意浓表情凝重地在不远处等着自己，她身边站了一个陌生高瘦的男人，容颜苍白，眼神一直不住地落在身边的女孩身上。

对上眼神的瞬间，男人大步上前，走到他面前，伸出右手自我介绍："你好，章榕会。"

任牧知礼貌地回握："任牧知。"

他其实没有搞懂现在是什么情况。他们走出接驳站，叫了一辆出租车，路意浓被赶到了副驾驶，他则和章榕会坐在后排。

章榕会自我介绍为路意浓在国内的朋友。

两人一个是剑桥工程学博士，一个是P大金融硕士，虽然发展方向不同，但知识面和涵养都足够，也算是聊得投缘。

章榕会问他有没有订酒店。

任牧知说回来得匆忙，还没有订。

章榕会说假期酒店爆满，正好他知道哪儿有空余的房间。

他让司机开车去了他刚刚退租的酒店，并为任牧知办理了入住。

等到任牧知安顿下来，天已经黑了，章榕会又要请客吃饭。

这样一连串过分的强势安排让人并不舒服，路意浓不知道任牧知在想什么，但他竟然答应了。

晚餐在一家很热闹的小酒馆吃，台上有歌手在唱乡村音乐。三人拼了个圆桌，叫了一些啤酒。

任牧知问："章先生是生意人？"

章榕会："对，子承父业，跟家里做点小生意。"

任牧知看了一眼他腕间的百达翡丽："谦虚了。章先生平时工作很忙，不常来欧洲？从没听意浓提起过你。"

"虽然生意小，但是毕竟自己做老板，胜在时间自由。以后常来常往也没有问题。"

任牧知举起啤酒杯，笑道："那很好。以后来曼彻斯特，可以来找我和意浓吃饭，必尽地主之谊。"

章榕会脸色变了，他握着啤酒杯与任牧知相碰，杯中的酒液明显起伏了一下。他说："现在说这个有点早，以后的事情谁说得准呢？"

任牧知抬了抬眉毛，干了啤酒，对这句话置之一笑。

章榕会察觉自己落了下风，问任牧知："任先生与意浓认识多久了？"

"五个月。"

"那也不是很久。"章榕会靠到椅背上，"人与人的磨合需要漫长的时间，大家都会与初印象有很大差别。深入了解，其实才能知道那个人合不合适。"

"这句话倒是没错。"任牧知笑着说，"我还在学习探索的过程中，章先生看来是很有经验，把前路都探清了，有什么需要注意的也可以向我传授一二。"

　　章榕会黑了脸，他看向旁边许久一言不发的路意浓。

　　她眨眨眼，喝了一口果汁，把话题带去了别处："要不要尝一下这个羊排？"

　　章榕会向来是直言快语，很少落到下风，她也是难得看到章榕会吃瘪，还是连续两次。

　　三人吃完稍坐了一会儿，任牧知说要回酒店倒时差，太困了。

　　任牧知说："意浓，跟我一起回酒店吧。"

　　章榕会下意识地挡在她的前面："你们俩不住一起，我叫车送你。"

　　任牧知说："也没多远，我们俩一起走过去就行了。"

　　他特意在"俩"字上着重强调了一下。

　　章榕会没来得及反驳，路意浓已经收拾好东西要跟他走了。

　　她拽着章榕会的胳膊，看着他的眼睛，低声叮嘱他："你的脚不行走不了，就别一起了，叫王家谨来接你吧。"

　　从酒馆到酒店也就十五分钟的时间，或许因为疲惫，任牧知走的脚步又慢了一些。

　　他与路意浓谈到家乡重庆，多年不回，肠胃竟已经适应不了那边的辛辣味道。

　　路意浓觉得歉疚："你应该在家里多待几天。好不容易回去一趟，这才待了不到一个礼拜，多可惜。"

　　任牧知没有回答她的话。

　　他们又沉默地走了一段，任牧知同她说："你前男友……你要是不喜欢的话，我可以想办法让他不再来骚扰你。"

　　"……你看出来了啊。"

　　"是啊。"任牧知觉得实在无奈，那个人的占有欲表现得那么明显，还能是什么关系呢？

　　他等了一会儿，却没有等到路意浓准确的回答，于是拽住她的胳膊，停在原地，又问了一遍："你需要吗？需要我把他赶出你的生活吗？"

　　路意浓看着他的眼睛。

　　任牧知也有很漂亮的眼睛，那里面有睿智、有宽宏、有理解、有包容，有几乎一切积极正向的品质，可是此刻她却不敢直视他。

　　任牧知看着她像只小鹌鹑一点一点地垂下头。良久，他叹了一口气："你或许是没想好吧，但是我已经想好了。"

　　"路意浓，我们还是做朋友吧。"

　　她惊愕地抬头。

　　任牧知缓缓对她说道："我回家之前，你跟我说的那些不能询问的事情，我一直猜测是与感情有关。

"我虽然感情迟钝,但也很清楚正常的分手,你不会对过往只字不提。只字不提的背后是不敢触碰,是心有不甘,我当时就在恐惧,那个你避而不谈的人可能一出现就会带走你。

"我回家以后一直在考虑这件事情的风险,最后还是决定来这里试一试。试一试先在一起,再用漫长的时间让你忘记他。

"这已经是我赶来的最快速度,可惜他还是快我一步,已经提前找上了你。想一想现在这样或许也很好,如果在后面再发生这一切,我也没有那么容易放手,对大家也都是折磨。"

他看着她红红的眼睛,像回国之前那夜,她祈求他好好考虑一样,心里酸涩不已。

但是他当时没有拥抱她,现在似乎也没有再拥抱她的理由了。

任牧知低垂下眼睫:"不必为我担心,明天我就要回曼彻斯特预备上班了。我是个工作狂,这能帮我忘记很多东西。"

路意浓抓紧他的衣袖,通红的眼眶里眼泪一直往下掉:"对不起,是我对不起你。是我破坏了约定,你把这一切都揽到自己身上了。是我对不起你。"

任牧知站在原地,许久,他伸出手,像两个多月前下定决心辞职去曼彻斯特找她的那天一样,伸手揉了揉女孩的头发。

近两个月过去,她的头发又长长了很多。

他用坚定的语气掩饰自己略微艰涩的嗓音:"而且我工作太忙,也是不打算养狗的。别担心,你没错过太多东西。"

路意浓终于崩溃,她双手握着他的手腕,一直不停地哭着道歉。

任牧知冷静地抽出手来,像个老友拍拍她的肩膀:"我走了,连轴转太困了。你也早点回去。"

他独自走远,身影很快掩于冬夜。

他个子很高,他身材很好,他自律奋进,他像山峰一样可靠,他比泉水还要温柔,他如父如兄,原宥她所有的任性。

她几乎忍不住要追上去,直到另一个人从背后紧紧抱住她。

"别看了。"章榕会蒙上她的眼,湿热的泪水霎时间浸透他的掌心,"求求你,别再看他。"

剩下的三天假期,路意浓没有再上雪山,同章榕会两个人租了一辆车,在镇上开来开去,饿了就随机停下,找特色的饭馆吃些东西。

路意浓这些年跟艾米丽学的酒瘾越发大了,什么自酿的葡萄酒、果酒,菜单上有的她都想尝一尝。幸亏她酒品很好,喝完酒就安安静静地待在那里笑,眼里漾着水波。

晚间聚餐，章榕会在旁替她切着食物，将她喝不完的酒顺手拿过来放在手边，偶尔伸手抚摸她的发，问她胃里有没有不舒服。

王家谨的女朋友眼都直了，会哥平日里这么冷淡的人，谈恋爱是这个画风吗？震惊！

王家谨倒是看惯了，没什么表情："嗨，几年前就腻腻歪歪成这个鬼样子。后来老婆跑了，人消停了几年。现在都快三十了，好不容易把老婆哄回来了，老房子着火且得再烧一阵。"

女朋友斜眼觑他："你怎么不跟会哥一样对我再好一点？"

他大大咧咧道："男子汉大丈夫，搞事业为主，哪有那个精力谈那情情爱爱的？章榕会那是个个例！不值得学习！"

女朋友心里不大舒服，但也不敢多说。王家谨的风流韵事她也知道，还不知道这段感情能维持多久，她还不敢对他发脾气。

靳杨没什么存在感地在旁边喝着果汁，直勾勾地盯着他们看，被王家谨看到。

他想：这个小工具人不会真的对自家哥们有意思吧？难道要敲打敲打她？

半晌，只听靳杨幽幽地叹了一口气："意浓姐姐驭夫之术真是天下第一，有没有对象不要紧，先把她的手艺学会了吧！"

王家谨：……都什么乱七八糟的！

剩余的三天假期很快消磨结束，不知道其他人的安排，路意浓已决意按照计划返回曼彻斯特。

章榕会打了很多电话给航司，但得到的答复都是路意浓那一趟航班的机票已售空。

他看着路意浓往行李箱里收拾东西，忍不住在她叠衣服时从背后抱住她。

"我们谈一谈。"他说。

室内暖热，他们都只穿了很薄的衬衣，隔着布料摩挲的肌肤相亲，让路意浓有一瞬间的僵硬。

章榕会的下巴垫在她的肩窝，是亲昵的恋人姿态。

她还没有习惯。

章榕会知道她还没有准备好谈这件事，但他忍不住，总觉得时间太紧，要赶紧确定下什么来才能心安。

他心口对她的渴望灼热得吓人，像是经历风暴的船舶在归港途中，每一秒都是灾后的煎熬与对未来的欣悦。

他要把她烙印上法律允许仅自己一人拥有的标签，无人可再染指他心中所爱。

他心里所有的欲望都写满她的姓名，但她还没有准备好，这让他着急。

"你准备什么时候回国？"路意浓微微偏头，语气轻松地问。

她这么简单一句，又像是给他柔软的心脏狠狠踹了一脚。章榕会收紧手臂，胸口贴在她薄薄的后背上，她的头发上有淡淡白茶香气。

"我不是想说这个。"

头顶的灯很亮，白得有点晃眼，像是太阳光透过放大镜的焦点点燃他心口的躁。

他拉着她的右手，让她将衣服放下来，两人十指交叉。

他用了很长的时间思索，到开口时却又声音喑哑，词不达意。

"我有白头发了。"

路意浓转过身来看他，重逢以来，她一直没敢好好看过他。

章榕会的变化比她要大。她没心没肺，吃了些苦但是也没委屈过自己，而他被岁月折磨，早生华发，眼神疲惫温存。

她开口想说什么，最后先红了眼睛："章榕会，我这些年，没想过回头。"

他喉咙发紧："我知道。你慢慢想一想。"

他倏然又后悔说了"慢慢"两个字，把她紧紧圈住："现在想，想好了，我再让你走。"

路意浓感觉他有点流氓，像是那天王家谨一样，不听到自己想要的答案，就不放手。

她想笑，又心酸："章榕会，我是没打算回去的。"

他说："我不想听这个。"

她低着头，平静地说："之前的那些问题，还会是那些问题。事情不会因为过了这三年有什么改变。之前无法克服的，难道现在就可以了吗？"

"可以。"他亲吻她的手指，眼底热忱坚定，"现在情况不同，我答应你的随时能做到。你点头，我们就能结婚。"

他又问："你不是想结婚了吗？"

路意浓为这个问题语塞，看着章榕会的神情认真又不像作假，她下意识选择了逃避，答非所问道："我还有半年毕业。章榕会，我们还是慢慢来吧。"

最后订下来的章榕会的航班比她要晚几个小时出发。凌晨五点天还黑着，公寓附近的住户已经踩着雪起床遛狗，王家谨将车开至楼下，接上他们送去机场。

下车时，王家谨的女友同路意浓拥抱送别。小姑娘身上有一股淡淡的柑橘香，清甜淡雅。

她真心诚意地说："意浓姐姐，希望你完成学业早些回国。我真的非常非常羡慕你。"

路意浓下意识地朝在车边跟王家谨说话的章榕会看了一眼，正巧王家谨往他那儿递了下烟盒，章榕会与她对上眼神，又默默推回去了。

路意浓回过头来，对她说："王家谨他其实……人挺好的。"

"是。他对朋友确实……"女孩笑意勉强，"我跟他，就有一天是一天吧。不管怎样，希望我们还能再见。"

在停车场分别，女孩从车窗里对她挥着手，看着车子驶离，路意浓心里很不好受。

章榕会拖着行李箱，牵着她往里走，笑问她："才认识多久，你怎么还是那么感性？"

路意浓跟紧他的脚步，有些怅然地问："这个女孩，王家谨能谈多久？"

章榕会不关心这些："这是他的事情。"

路意浓不说话了，又问他："艾果呢？他们什么时候分的手？"

章榕会睡眠不足，困意上涌，心不在焉地说："你走之后吧，谁知道。他女朋友太多，我能记几个？"

见她拖拖拉拉还想再问，章榕会没什么耐心地直接把人拽到怀里："有这个闲心，不如想想我们的事情，嗯？"

"我的考察期有多久，你还没给我个准信。"

艾米丽从加拿大回来之前，章榕会借着没有落脚地，心安理得地住进了她们的公寓里。

她们租住的公寓十分老旧，地板踩上有"吱呀吱呀"的木头声响，厕所有些漏水，楼上洗澡时天花板会湿一大片，墙壁太薄隔音不好，邻屋的一声咳嗽都清晰可闻。

沙发长度不够，路意浓让章榕会睡到自己的屋里，而她睡在沙发上。

章榕会也没说不好，他洗了澡，说是困了，先进了房间里。

路意浓睡不太着，打开电视，用房东留下的老旧设备和光盘播了一部老电影，调到静音。

电视里的光影明明灭灭，她放空了大脑也没跟上剧情，只是看着女主那一袭绿裙，像一面丝滑的旗帜，在眼底飘啊飘的。

章榕会什么时候来的，她并不知道。

半梦半醒之间，她的身体已经腾空，章榕会没有合适的拖鞋，就光脚踩在木地板上，尽量轻声地将她抱进屋里。

那是一张木质单人床，塞下两人算是很勉强。

他却心满意足地抱着她，闻着她脖颈间洁净的味道，左手往上，抚摸到她刚及肩膀的发，似带着苦涩地轻声问："再把头发养起来，好不好？"

她听得不真切，模模糊糊地答应了一声，床头的灯就被关掉了。

他从身后，把她紧紧地楔进了怀里，喃喃自语："怎么跟做梦一样。"

他这一觉睡得很沉、很久，等他清醒过来，身边的床铺已经空了。

床下放了一双蓝色的男士拖鞋，他穿着起身，先去了厕所洗漱，听到厨房里的响动，走过去，是她在做早餐。

路意浓穿着黄色针织衫，弯腰在灶前煎着鸡蛋。她半长的头发挂在耳后，阳光透过窗户照亮她的左半身，整个人都仿佛浸在光里。

她还是那么年轻美丽，多像当年，像当初在江津时，他们朝夕相处那珍贵的四个月的时光。

章榕会想去拥抱她，却在这一刻，突然迎来迟到的近乡情怯。

他的脚步顿住，而她像是背后长了眼睛，语气轻快道："我马上就好，你先去饭厅，那里有我买的牛奶。"

他说："你去超市怎么不叫我一起？"

"我看你睡得好香啊，我来回进出房间好多次，你都没有醒……"

她说着话，男人的手掌已经握在她的腰间。

少顷，他的左手抬上来，别过她的脸。两人对视着，她突然着急："我给你煎的蛋要煳了！"

章榕会下一秒亲上去。

章榕会的感情启蒙于二十一岁那年的夏天。

此后经年，除了她，他没再觉得谁好看。

在失去她的很多年里，他见过许多人凑上来献殷勤，他冷眼打量着，只觉得比不过她的万分之一。

他在漫长的等待里，一遍又一遍确认自己无可救药地沉沦。

他想，蛋煳了，可以煎下一个，或者早上不吃也没有关系。

但是想亲吻这件事，多等一秒钟都不可以。

3

新鲜的鸢尾插在花瓶里，散着几近于无的淡香。路意浓光着脚蜷在沙发里，全神贯注地对着电脑打字，她的手边放着《牛津词典》，像摞起厚厚的砖石。

章榕会坐在阳台的藤椅上，从她的柜子里捡了一本书，配了一杯茶，有些无聊地翻着。

过了好一会儿，他又忍不住进了屋里骚扰她，将电脑从她怀里抽出来，美其名曰让她放松眼睛，将人拽到了怀里。

章榕会的怀抱有融融暖意，路意浓又开始习惯起他随时亲昵的小动作，笑问："是不是在我这儿待得很无聊？"

他说："你平时也这么忙？"

她懒洋洋地说："平时也没有，就是看时间做兼职。马上要毕业了，咖啡馆的兼职我就不去做了。不过同学给我推荐了个短剧翻译，我正好旅游回来存款告急，就接下回波血。"

她倒是很坦诚。

章榕会自然是有钱,但是路意浓不会要,也不会花,他也知道,便没提这件事。

她在怀里发了一会儿呆,然后仰头看着他:"艾米丽明天的飞机要到。你打算什么时候回去?"

章榕会低头同她对视,疑问道:"谁说我要回去?我回哪儿去?"

"嗯?两个女生住的话,你留宿不方便了啊。"路意浓认真地说。

"我已经找到房子了。"章榕会的手指摩挲过她的脸,语气轻松,"不是还有半年毕业?我陪你读完。"

路意浓语塞,一时不知是该问他什么时候找的房子,还是该问他要陪读半年这件事。

他的手掌穿过发丝将她的脸捧起来,在她面颊上落下一个亲吻:"我都有安排了。别的地方没了我照样会转,但是你这边,我离开就不行。"

她玩笑说:"我是那么不稳定的因素吗?"

章榕会凝视着她:"那一年,我离开你回北城那一次,是我平生最后悔的决定。这样的错误,我不会再犯第二次。"

章榕会始终是在避忌着重提某个话题,他只以那年回北城作为起点,后悔自己不该在她情绪那么低迷的时候离开她。

他认下了一个本不属于他的错误。

路意浓握着他的手,想安慰什么,却没有说出口。

艾米丽回来的时候,是章榕会开着车陪路意浓去机场接的。

他们之前私下有过沟通,不算顺畅愉快,再次见面,艾米丽略有些尴尬。

晚间是章榕会做东,请在一家昂贵的法餐厅。

在他去洗手间的中途,艾米丽低声窃语:"真的决定是他了吗?听到你和 Jonas 分开,我真是吓了一跳。"

路意浓没想好怎么回答,艾米丽又犹豫万分道:"虽然他很帅也很富有,但是会不会太年轻了?不够 Jonas 专心?"

路意浓:"……他和 Jonas 就差了一岁。而且,当时不是你帮他的忙,拦着我和 Jonas 在一起吗?"

说起黑历史,艾米丽迅速开启了装聋作哑的模式,拿肉塞进嘴里,做出无辜的表情。

路意浓连续赶稿做了几天翻译,吃完晚饭血糖上升,只觉得脑子都转不动了。正巧最近上了一部同题材的短剧,她想着趁此机会放松一下,顺便找找灵感。

短剧本身不算乏味,但题材沉重,艾米丽性格开朗,并不太能适应这种压抑的艺术表达。

艾米丽转过头来想说些什么，却看到路意浓靠在章榕会的胸前，屏幕的冷光照着她合上的眼睛，气息均匀，是已经睡熟了。

章榕会的姿势久久不变，他的臂弯环着她，手掌包裹着她的手指，眼睛还在专注地看着屏幕里的故事，连呼吸都放轻声。

艾米丽在那瞬间觉得，他好像一件贴身衣服，温柔地包裹着路意浓，随时拟合着她的身形。

她突然想起路意浓的那一句，要用太阳那样热烈的爱足以晒化一块顽石。

原来，她这么说，是之前已经见过太阳了吧。

第二天，艾米丽起床时，章榕会已经到了。

他在客厅拿着电脑帮忙做着稿件校对，路意浓捧着热水坐在沙发上，看着几页手写的英文稿。

艾米丽磨蹭过去，拿了其中一页认真地看，是昨晚路意浓错过的电影剧情的梗概，章榕会简述了几个重点，还在旁特别备注了一些自己的解析。

她最后暗暗叹息一声，又放了回去。

艾米丽要退租了，她有朋友租的公寓空了一间出来，价格合适，设施也很新。

她之前是没有考虑过这件事的，只是现在路意浓已经有人照顾，她自觉多余，于是圣诞假期后不久，就提出了这件事。

路意浓与她同住多年，当下自然非常不舍。

她倒是非常看得开，反而安慰着路意浓："七月以后我也是要回加拿大的，你到时候总不能跟我一起回去吧？"

路意浓一人负担着整间公寓会很吃力，现在临近毕业再找其他陌生租客又不是很放心。章榕会又劝她退租，叫她搬来跟自己一起，她可以继续向他交房租，剩下的由他照顾。

路意浓考虑了几天，也问过一些同学，最后到艾米丽彻底搬离，她才点头同意。

退租的事情基本都是章榕会在办。那一周基本上路意浓都在校上课或者是写论文查资料，章榕会帮她收拾搬家的物品，做断舍离，晚上她再回去检查确认一遍。

她其他的东西都还好，就是书本太多，章榕会一一替她收拾，顺手翻过一遍她的书，看看她写的笔记和报告。

书桌抽屉的一角压了一个文件袋，他以为只是一份普通的试卷或者材料，打开袋子抽出文件纸的瞬间，他的手突然顿住了。

路意浓回到家时已是晚上七点，天都黑透了。

屋里没有开灯。

她以为章榕会不在,自然地去按开关,手却被人抓住,紧紧地扣在了怀里。

熟悉的气息当头压下来,章榕会的吻又深又重,手熟练又粗暴地褪去她的衣服。

"啊,这里不行。"她的手挡着乍泄的春光。

"怎么不行?"他反问道。

"隔音、隔音不好。"路意浓有些慌乱。

章榕会没有停止,屋里漆黑一片,只有穿过薄纱窗帘微微透进来的浅淡月光。两人的呼吸交织于暗夜,路意浓双手紧紧搂着章榕会的脖子,不敢出声地咬死了嘴唇。

"说爱我。"

章榕会当下复杂翻涌的心绪迟迟无法平静:"说你爱我。"

路意浓突然想起,那年他出手打伤费岩成,从警局回来的那夜,他也是像现在这样,疯狂地逼她说爱他。

那时他说:"这是最后一次,路意浓,你要是再敢跟我提分手,我永远都不会原谅你。"

之后不久,他们再次分开,分开了很久很久,久到她已经忘记该怎么爱一个人。

"说声你爱我,哪怕是现在骗骗我。过去三年,我们一笔勾销。"

可是章榕会等了许久,却没有任何回应。

他松开她,在一片黑暗中转身进了房间。

路意浓疲惫地按亮了灯,客厅茶几上的文件袋醒目。她觉得眼熟,走过去打开,里面是任牧知的体检报告,和一张去德国的机票。

那是十一月份的事情了,她并没有登机。

章榕会在房间里坐在床边抽烟,她不喜欢烟味,可是当下他感觉很难压抑那些负面的情绪。

路意浓打开门,拧开房间里暖黄的夜灯,走到他的身边。

"机票没用过,我没去找他。"

他知道。

"任牧知也没有碰过我。"

他掸灰的动作一停。

她的脸烧起来:"除了你,没人碰过我。"

但是章榕会好像也知道汤逊的事情。

她又补充道:"之前那个……也没有。"

章榕会直接用手指碾灭了烟,她不敢继续再说下去。

"东西我没有处理掉,不是旧情难忘,只是放在文件袋里没有打开,我也忘记是什么了。"

她的语气也酸涩："我这几年，就这些事儿了。如果你真的介意，我现在也没有其他更好的办法……"

章榕会的神经一下紧绷起来："你又想提分手？"

"不、不是。"她说，"如果你不介意，那就在一起啊。我是想说这个意思。"

一股酸胀感冲上了眼眶，章榕会嗓子发哑，难受得厉害，他探身从抽屉里拿出戒指盒子递给她。

是一双男女的对戒，也不知道他是什么时候准备的。

"我不谈恋爱了。你只能选这个。"章榕会说。

路意浓没有说话，她拿出男士素圈戒指郑重其事地看了一眼，然后去拽他的手，把戒指撑上他修长的无名指。

章榕会拿起那枚女戒，低头认真地给她戴上。

她亲吻章榕会的脸："这就算定了？"

"嗯，"他说，"手伸过来，我发个朋友圈。"

章榕会的上一条朋友圈，还停留在那年他们初在一起时，在出租屋楼下拍的那轮圆月。

时隔多年章榕会再次更新的朋友圈，是一双戴着对戒的手，男人宽大的手掌将一只细嫩的手托在掌心，配文写着：月亮在手里。

路意浓光看着，也觉得很浪漫。

下一秒，他的朋友圈就炸了锅，微信消息像疯了一样跳个不停，红点跃动刷屏速度堪比 disco 音乐鼓点频繁。

△会哥，官宣了？

△什么情况？

△会哥，是结婚了吗？要请喝酒啊！

章榕会不厌其烦地将消息提醒关掉，路意浓在那一堆人里正好看到一个熟悉的名字。

Vent 范筹：弱弱问一句，是老板娘吗？

章榕会只挑了这一条回了：不然还有谁？

Vent 范筹：恭喜老板！恭喜老板娘！

路意浓被这阵仗弄得有些害怕，她看着手里的戒指，神色恍惚道："要不要再解释一下？也不是到他们想的那种程度。"

章榕会倒是毫不在意："我都这个岁数了，官宣恋爱和结婚有什么差别？难道还能换人吗？"

他看着她略奄着眉，仍有心事，将人带到怀里，亲吻她的耳朵。

"家里的事情，都由我来处理。你不用有一点担心。"

章榕会像是突然解开了某种禁制，又或许是陪读的日子实在悠闲，他几乎每天都会更新朋友圈。

街角公园的落日余晖，英超开赛日伊蒂哈德球场满是蓝衫的人群，伦敦眼俯瞰下的威斯敏斯特桥和大本钟。

他的镜头里很少带到路意浓。只有偶尔，拍到深夜城市空荡的街道上有她投在地上的长长的影子，分享食物时露出她拿着刀叉的纤细手指，深夜她靠在自己肩头睡熟时一点模糊的侧脸。

大部分的朋友也不知道他的女朋友是谁，长什么样，在评论下起哄着：会哥，给看看嫂子。

章榕会的手机里全是她的照片，藏着私也不愿意给别人看，于是统一回复了：嫌我拍得不好，不让发。以后再说。

他在众多记录里看到钱铮给其中一条点了赞，皱着眉对他屏蔽了朋友圈。

两人在三月的时候从救助站带回来一只狗，是一只两岁的大麦町犬，它被救助时得了丘疹，被带回家时皮肤病刚刚养好不久，毛发东一块西一块地秃着，看起来很丑。

他们也不嫌皮肤病麻烦，带去了医院检查完，根据医生给的食谱每天给狗配餐。

章榕会给它取名叫作"秃秃"，欺负它听不懂人话，尾巴却摇得欢。

晚上两人出去遛狗，碰到同街区一位银发的老奶奶带着自家查理王小猎犬出来玩，"秃秃"狗丑但心灵美好，对待小个子的朋友非常友善。

章榕会对"秃秃"早有了滤镜，只觉得很有意思地拍了照片发到朋友圈。

有人秒回：哈哈哈！那狗好滑稽，怎么又红又白的。

章榕会：……这是我女儿。

对方急忙道歉。

王家谨在下面幸灾乐祸地嘲笑道：狗丑还不许别人讲？谁让你非要养。

章榕会直接将他拉进了黑名单，过了好些天才放出来。

他们的日子就这么平静如水地过着，与当初在江津时也差不多。路意浓临近毕业一直很忙，章榕会大部分的精力都用来照顾她，偶尔发发邮件、接打电话。

但或许是有些不一样的吧。

路意浓没再有那种惴惴不安、惶惶不可终日的恐慌感，或许是天高皇帝远，让她觉得安全。

章榕会偶尔会跟奶奶、章思晴打电话或者视频，一打也会很久，她就牵着"秃秃"到阳台上去看书，把时间毫无波澜地打发过去。

真的如他所言，路意浓暂时还没有感受到来自家庭方面的压力。他是如何处理的，路意浓也没有费心问过。

两人的症结还是在于他家庭的态度，这不是她参与就能够解决的事情。

索性她就不再问。

章培明在那年的五月来了曼彻斯特。

那天早前下了些小雨,到晚上已经停了,天空还是黑压压的多云天气,地上湿漉漉的。

路意浓吃完晚饭回书房继续磨论文,章榕会牵着"秃秃"在街道穿行。他嫌冷,穿了薄薄的外套,又给"秃秃"穿上雨衣,避免湿气沾染了它刚刚长出的毛发。

章培明坐在车里看着章榕会,一时也不知是什么心情。

司机按下喇叭,他面无波澜地向这边看过来。

他们在附近找了一家咖啡馆。

章榕会将"秃秃"系在椅子上,喊它坐好。

章培明看着他,关怀地问:"脚上的伤好些了?"

"没什么大问题。"他喝了一口热饮,没有再多说。

章培明又问:"意浓七月毕业是不是?你们打算那时候回国?"

"看她吧,我说不准,要将就她的时间。"

父子俩谈话冷淡至此,章培明露出苦涩的笑意:"你这几年也没登过几次郁家的门,这次又出来一待就是好几个月。有时间,也给你外公打个电话。"

章榕会没有吭声。

他一向很清楚外公的手段,有些事情他们不愿意做在明面上难看,背地里却没有少推波助澜。

从路青嫁给查学礼之后,他就已经看清,这不过是一场交换。

他们不想毁了同章榕会的骨肉亲情,所以让路青对侄女下手,借刀杀人,这一招是有多漂亮。

这些手段,章培明自然也看得明白,但他不会去阻止。

因为在这件事上,他们的利益一致。

章培明作为父亲,对唯一的儿子,除了利益自然还有心疼,他本身对路意浓也很熟悉,算是对这段关系比较包容的长辈了。

他说:"我知道,法律规定婚姻自由。意浓现在少了家庭的掣肘,你不用再听别人的话,但你外公那边,毕竟他也是八十岁的人了,你也不要太让他伤心。"

到七月份,毕业答辩那天,路意浓本来按照日程排的是下午的最后几个答辩,但是接到通知顺序临时有变,她被调到了前面的位置。

章榕会做了满桌的餐点,她来不及吃了,急匆匆地从冰箱里拿了三明治,换了鞋就要走。

"不喝口牛奶?"他问道。

路意浓冲过来，朝他亲了口："不喝了。"

她一路小跑赶到答辩教室外，还有一两个就轮到自己，身旁的同学在窃窃私语。

曼彻斯特最近有割喉的案犯流窜，有留学生昨天在公寓楼下出了事，嫌疑人还没抓住。

她听到，随口问道："在哪个街区？"

"就在学校附近这一片，还是要注意安全。"对方说。

路意浓心有惴惴，给章榕会发了消息：最近曼彻斯特不太安全，你在家里不要乱走动了，也别来接我。我答辩完就回去。

还没有等到章榕会的回复，老师已经喊到了她的名字。

这场答辩本来应该在她二十二岁的时候就完成，现在却被拖延了整整三年。不同的国家、不同的学校、不同的专业，这又是一个生命里全新的节点。

得益于路意浓累积的庞大阅读量和知识储备，答辩整体还是比较顺利，没有太大的问题。

她出来后，又被几个课题相近的同学拦住，请教她答辩会问的问题和回答的重点。

等到说完这些，已经下午四点半。

她打开手机，才看到章榕会一个多小时前回了信息：知道了。我去附近买瓶酒，晚上庆祝一下。

路意浓下意识地给他拨过去，电话却没有人接。

等她回到家里，人和狗都不在，午饭没吃的餐品还在桌上没有收。她突然开始心慌，胸口涌上的发闷感让她想起他伤了费岩成那天，也是同样的症状。

她有些焦虑地反复打着他的电话，还是没有响应。

艾米丽在这时传来一段视频，是一群人在室内轰隆隆地往前跑，有人在尖声叫喊："有人受伤了！有人有刀！"

艾米丽说：阿黛尔购物中心那边出了事。你注意安全。

路意浓的脑子一瞬间就炸开了，她当下根本不知道怎么回事，突然就哭了，趿着拖鞋就开始往外跑。

她出了公寓楼下，或许是因为袭击案的发生，大街上人员稀少。

她一边哭着一边找出租车，跑了很久，差点被拖鞋滑倒，才终于在街角叫停了一辆。

正要上车时，一只手从旁边按上了车门。

章榕会不知她为什么哭得这么惨，从旁边一脸疑惑地问："你这是要去哪儿？"

路意浓一下扎进他的怀里号啕大哭，"秃秃"在旁看着，着急地站起来扒她的腿。

"我让你别出门了,你非得出门。这边很危险,你知不知道啊!"

"我能有什么事?"章榕会哭笑不得。

她哭得根本停不下来:"电话也不接,消息也不回,你的手机呢?"

章榕会摸着她的头发,安抚她的情绪:"我静音了。就是在旁边转了转,去了趟教堂,我没事的。"

"你去教堂干什么?"她红通通的眼睛含着泪,"你又不信这些。"

章榕会看了她一眼,心疼地抚摸她湿乎乎的脸,没有再回答这个问题。

他是不信神佛的。

他一直以来都是坚定的唯物主义者。

但是从他有了畏惧、有了软肋,一切都有了变化。

她那日跪在病房、发下毒誓的样子还历历在目,他无数个夜里被这个噩梦折磨,自从复合之后,他焦虑尤甚。

他多害怕她当时被逼着说下的誓言会一语成谶。

所以他只能祈求,心怀敬畏地对着所有遇到的神佛祈求:如果有不好的事情会发生,请放过她,请都给我。

请把不好的一切,都给他。

章榕会将路意浓往怀里揽,问:"你爱不爱我?"

她惊魂未定,捶打他的胸口:"你还有心情说这个?"

他笑说:"因为你好像只有在最害怕失去我的时候,才会对我诚实。"

路意浓哭着:"章榕会,你有病吧!"

4

艾米丽和路意浓两人同住时,她就经常拍一些与路意浓一起的 vlog(视频博客),在社交媒体上也吸引了一波粉丝。

其中有一个在隔壁城市留学的小开无意间刷到她,成了路意浓的铁粉。每条跟路意浓有关的动态他必定秒回,在评论里喊"女神",私信缠着艾米丽要路意浓的联系方式和私照,或者要请她们吃饭云云都属于是家常便饭。

过完圣诞节后,路意浓的身影从艾米丽的动态里消失,小开又来追问她的去向。

艾米丽告知说,她已经有男朋友了。

艾米丽这么坦白,对方反倒不信,觉得路意浓肯定是故意躲着自己,整日里在私信或者评论里刷屏来回地问,搞得艾米丽烦不胜烦地将他的账号拉黑了。

七月毕业答辩完成的那段时间,艾米丽的更新又频繁起来,她是社交狂人,在各种毕业聚会里嗨到飞起。

路意浓和章榕会也不急着回国,她压抑了三年,整日里都是繁忙的学业和工作,读了七年本科才拿到一张文凭确实值得庆祝,更何况她也不舍得就这么匆忙地跟艾米丽告别。

路意浓参加聚会,多喝了两杯酒,情绪积压如泄流的洪水,她抱着艾米丽的腰,沮丧道:"我的同龄人研究生都毕业了,我才刚刚读完本科。好丢脸啊。"

艾米丽拍着她的后背:"好了好了。都说笨鸟先飞,你聪明,起步晚一点没事的。"

其实路意浓这会儿已经喝多了,像个傻子,闻言从艾米丽怀里抬头看着她,较真地问:"是真的吗?"

艾米丽都要笑死了,嘴角强行向下压着笑意:"是真的。"

章榕会从吧台要了一瓶杜松子酒,回到桌边,拦腰将人从艾米丽的怀抱里捞出来。

"在说什么?"他挨在她的耳边问。

艾米丽抢先在旁替她总结了一句:"她正在经历毕业焦虑。"

章榕会觉得这个问题没什么好想的:"等我们回去了。你想读书就继续读书,想工作就工作。只是我们不能异地了,其他都可以。"

谈及回去,路意浓在酒意迷蒙中默默朝艾米丽那边蹭过去,拉着她的手碎碎念念道:"真舍不得你。要不然我跟你回加拿大去吧?你家里有没有多余的房间?我会交房租的。"

章榕会在背后都被她气笑了。

正式毕业后,路意浓一直在逃避回国这件事。

归期虽然没有正式敲定,但也只在旦夕,章榕会已经在联系航司准备提前托运"秃秃"回国。

路意浓整日里装聋作哑,章榕会稍提一句回家,就会被她用各种各样的理由搪塞。

章榕会被她搞得没有办法,只能天天哄着,见缝插针在她心情好的时候才敢提一提。

艾米丽终于又更新了路意浓的照片。

照片里,艾米丽挡在前面单手比耶,路意浓喝得半醉藏在照片后方沙发的边角,身旁坐着一个穿着黑色衬衫、容颜俊逸的男人,他弯下腰身,单手强势地捏着路意浓的下巴与她接吻,路意浓如葱白纤细的手指紧攥着对方的衣襟。

照片清晰度很高,细节满满,是一张很有冲击力的照片。

专门开了小号天天视奸艾米丽的小开直接气疯了,在评论区疯狂刷屏骂脏话,骂她不自爱、不识好歹,骂她没有眼光。

然后艾米丽又将这个冒头的小号拉黑了。

那位小开也是奇人,他在艾米丽这里受气无处发泄,看图写话,口嗨编造了一条"拜金女友为假富二代抛弃我,认清对方真面目后,又来求我复合"的故事发到了网上。

为了编造更多的故事细节,他甚至列举了一二三条论据,去论证图片里章榕会戴的是一块假表。

实在是照片本身很养眼,故事又讲得很有煽动性,加之小开本就在留学圈里小有名气,这个故事很快在小圈子里有模有样地流传开来。其中又有好事者,看热闹不嫌事大地原封不动地将其搬运到了国内社交平台上。

等章榕会被靳南告知这件事的时候,北城圈子里都已经传疯了那张接吻照,以及他在英国做小三还戴假表的事情。

靳南在电话那头忍俊不禁道:"会哥,你还是赶紧回来压阵吧。这大半年不见,大家都以为你为爱出走,被家里断了经济来源了。"

章榕会听着电话黑了脸。

路意浓本来在旁看书,听到电话里的笑声,感觉大事不妙,偷偷拉着"秃秃"准备撤,结果一声背叛的狗吠惊醒了章榕会。

他挂断电话,大步上前,将坚持逃避现实的路意浓拦着腰抱起来。

她尖声叫道:"艾米丽都跟你解释过了,这不关我的事!我不认识他!"

章榕会不说二话,将人放倒在沙发上,路意浓拿着抱枕格挡他,又被他一把抽走。

他按住路意浓,低声威胁她:"脸都让你丢干净了。不能等了,我订下周一的机票,赶紧跟我回去辟谣!"

他就趁着这么一个随机事件,强行将两人的归期敲定,并且当机立断地翌日就将"秃秃"提前送上了飞机。

但是路意浓仍旧没个要回去的样子。

在章榕会收拾行李的时候,她就偷偷躲到卧室里,被章榕会提出来,就会狡辩自己在找很重要的东西云云。

章榕会于是也不管她,他提前收好了两人的护照和必需品,其他的留下或者处理掉也不太重要。

终于在将要启程的那个周六的早上,路意浓吃着早饭的时候,突然放下餐具,她似是下定了某种决心,试探着问:"你可不可以自己先回去?"

章榕会面无表情地看着她,吐了两个字:"没戏。"

路意浓有些着急:"哎呀,我真的临时有很重要的事情要处理。我有地方要去。"

章榕会看着她演戏,漠不关心地问:"哦,你要去哪儿?"

"呃，我有朋友在澳大利亚，要结婚了。我想去参加一下。"她说。

章榕会手里一顿，抬眼看她，重复地问了一遍："去哪儿？"

"我有一个朋友，你不认识的。在澳大利亚要结婚了，我想去参加一下。"

章榕会的神色一下变得很奇怪，他放下餐具，用力捏紧她的手腕向自己拽过来："谁要结婚？"

路意浓不懂他的情绪为什么一下绷得那么紧，真是莫名其妙的。

她说："啊，你不认识的啊。是我高中的一个同学，叫苏慎珍。她在澳大利亚，要结婚了。"

她看着章榕会的脸色，小心翼翼地说："她真的是对我来说很重要的朋友，我们很多年没见了。我就想去看看她。看完，我就回去了。你要是放心不下，那就一起？不过航程很辛苦啊。"

章榕会放开了手。

最终，还是两人一起去的澳大利亚。

路意浓从网上递交了签证申请，两周内就审批了下来。

从北半球到南半球，伦敦到布里斯班，一万六千公里的距离，二十四小时的飞行，期间一次转机，路意浓感觉自己像被压在罐头里装了一百年的咸鱼，浑身都酸痛乏力。

再回头一看章榕会，他脸色也惨白的，好不到哪里去。

他们在阳光明媚的上午到达了昆士兰州的布里斯班。

多年不见，苏慎珍已经不再是之前的样子。

她的容貌上发生了很大变化，又留了长发，戴着渔夫帽，从旅行团那里蹭了牌子，笑容灿烂地举着路意浓的名字等在接机口。

两个人已经很久没有见过了，苏慎珍不见生疏，见面后像老友一样拥抱她，路意浓眼睛一红，还没说上话，就被章榕会拉了回来。

苏慎珍的爱人是她在澳大利亚国立大学的同学，家在布里斯班的海边开了一家旅馆，现在在家里准备饭菜给他们接风。

苏慎珍开车，侧头看了一眼副驾驶路意浓的脸，十分熟稔道："你没怎么变，还是很漂亮。"又从后视镜看了一眼闭目养神的章榕会，说，"男朋友也很帅。"

路意浓说："收到你的邮件，我真的很惊讶。我没有想到你还会用这个邮箱，还以为你被盗号了。"

她顿了顿，又说："你转学以后，我后来联系过你。发过短信，也发过邮件。你没有回。"

说起以往，苏慎珍陷入了短暂的沉默，但又很快笑道："都是过去的事情了。那个时候我跟家里闹得很厉害，心情不好到每天都要去看医生……想想还是不要影响到你比较好。"

章榕会在后座睁开眼睛，眼神滑过苏慎珍握着方向盘的手上突兀的护腕。

他没有说话。

"我也是这次确定要结婚了，才决定试试联系你。真没想到你能来。"苏慎珍很感激地说。

苏慎珍爱人家里的旅馆是在海边一栋纯白的房子，像海滩上散落的一片小巧贝壳。

为了筹备婚礼，旅馆里已经停止接待游客了。

中午准备了很好吃的烤牛排，用的秘制酱料腌制过，新鲜多汁，满足感爆棚。

章榕会长时间飞机坐下来没什么胃口，只捧场地稍微吃了两口，全程听着她们寒暄聊天，没有说太多的话。

到了下午，苏慎珍要去逛超市采买些东西，路意浓兴致勃勃地跟着要去，章榕会不想搅在女生堆里就回了房间休息。

他一路从飞机上睡过来，这会儿除了身上疲乏，倒也没什么困意。

等休息到四点多钟，他从楼上下来，餐厅里空空的没什么人。他走到柜台边，自己烧了热水，用茶包泡了一壶茶。

"会哥。"穿着黑色外套的男子从背后喊他。

是钱铮。

钱铮比他小一岁，是比王家谨认识更早的朋友。

他们从小一起长大，学习、运动、玩游戏，是最铁的哥们儿。最开始他说的好到能穿一条裤子的，并不是他和王家谨，而是和钱铮。

后来钱铮十八岁时家里出事，人人避之不及，也只有章榕会在那个时候拉了他一把。

他们在餐厅角落的一张桌子边对坐，外面的夕阳余晖洒满白色的桌面，像是一只瓷碗里盛了橘色的光。

钱铮给他看手机里的照片，他跟妻子在四月已经完婚，她这次跟朋友有约，并没有一起过来。

章榕会看了一眼他的妻子，是个当地华裔，跟路意浓没有半分相像。

章榕会说："挺好。回头给你补红包。"

钱铮看着他，低声说了句："谢谢。"

他没有问朋友圈被章榕会屏蔽的事情，也没有问章榕会接下来的打算，曾经最亲密的朋友，这会儿只是喝着茶，仿佛是两个陌生人。

"会哥，我……"

章榕会浅浅抬了下眼皮，拦住他："我知道是王家谨让你来的。还是朋友，有些话就不需要重复说。"

他沉默了许久，然后"嗯"了一声。

时间是这样慢慢消磨掉的,也不知过了多久,餐厅后厨的小径传来汽车驶入的声音,随即是车门开关的声音。

一个两人都熟悉的声音说道:"啊,我真的很喜欢这个虾。晚上烤的时候能配点芝士吗?"

夕阳西下,日落时分。

路意浓推门而入,章榕会独自坐在窗前的位置,专注地看着她。

他面前的茶水还冒着热气,章榕会冲她伸手,说了句:"来。"

路意浓走过去,看到桌上还有另一只杯子,刚想开口问,被他按下脖子,得到了一个亲吻。

门口传来苏慎珍的低笑。

路意浓有些不好意思想要推开他,章榕会用力扣住了她的后颈,再次压了下去。

晚间在海边吃烧烤,路意浓拿着酒瓶,趴在木质楼梯的扶手上,看着海里卷起的浪。

苏慎珍站到她的身边颇为感慨道:"一眨眼都十年了,我们竟然会在这里见面,很神奇是不是?"

路意浓直身子,很真诚地看着她:"其实我这次来,是想谢谢你。

"那个时候,我刚去北城,真的很难过。幸好有你,陪我度过了非常艰难的一段时间。真的谢谢你。"

苏慎珍笑着,拿着酒瓶同她碰了一下:"我们是朋友,你不用说这些感谢的话。"

路意浓感觉有热意在眼眶中翻涌着,她看着残忍地吞噬着落日余晖的大海,将说不尽的话都咽进嗓子。

吃完晚饭,她兴致上来,拉着章榕会要去海边。

九月布里斯班的海边还是冷的,不远处的海面是深黑色,月光被海浪的波纹碎成星星点点的光。

路意浓裹着外套,顶着海风吹散脸上酒后的热,潮湿的泥沙印着她努力走成直线的脚印,月色皎洁映着肌肤,风猎猎地吹着她的长发。

章榕会在后面看着她的背影,像过去很多年,一次次看着她离开的样子。

他的声音从背后传来,夹在海风中,被吹得很小声。

"也是你朋友提起,我才突然想起来,这也是我们认识的第十年了。

"我喜欢跟你过这样的日子。只有两个人,简单自由、无忧无虑。在曼彻斯特,在布里斯班,在桐南,在哪里都好。

"不仅仅是你,最近我也一直在忧虑回国之后的事。

"我知道,回去以后,哪怕我把你保护得再好,总会有流言蜚语越过我去伤害你。我真的很怕那些不开心会让你再次质疑这段关系。

“但是我也有自己的责任，既享受了家庭提供的种种便利一路到现在，我就不能在这个关头选择抛下那些一走了之。

“你是自由的，所以我希望你是真心愿意而非勉强。

“宝贝，可不可以勇敢一些，陪我回去？”

路意浓那时候没有说话。

她看着黑色的天空、灰色的鳞状云和半边被隐藏的月亮，恍惚地想起了梁宗岱先生译版的《莎士比亚十四行诗（116）》其中的一节：

> 爱不受时光的拨弄，
> 尽管红颜和皓齿难免遭受时光的毒手，
> 爱并不因瞬息的改变而改变，
> 它巍然矗立直到末日的尽头。

第十章 /
她是唯一,是目的地

1

十一月,北城,叠影茶轩。

天上飘着细细密密的雨水,像黏连着天与地忽隐忽现的银丝。

不远处的天桥下刹停了一辆出租车,纤瘦的女人从车上下来,一路小跑着匆匆进门,然后低头翻着一个看不出牌子的黑色皮质挎包。

身着旗袍的女侍应看她因仓促而略显凌乱的发,上前礼貌地道:"女士,这边是私人会所,需要提前预约。"

对方说了句"抱歉",终于从包里找到压在材料底部嗡嗡响个不停的手机,然后接通了电话。

她细长的手指勾着发丝捋到耳后,露出白皙柔美的一张脸。

"我到了,就在外面。哪个包厢,我让人带我过去。"她对电话说道。

"等我。"对方言简意赅地说。

她就乖乖放下手机站在那里等。

很快,脚步声渐近。一个穿着浅灰色毛衣的高瘦男人的身影出现在走廊尽头,侍应没有看清楚脸,皮肤很白,隐约是英俊的样子。

女人已经笑着跑过去。

章榕会搂过路意浓的肩,手触上她微湿的发,问道:"外面下雨了?怎么不叫我接你?"

她笑吟吟地道:"你不是没忙完吗,我就直接过来了。没怎么淋到,就是下车的时候停得比较远,跑了两步。"

"今天见得怎么样?"章榕会问她。

"还不错。"路意浓拍了拍抱着的包,眼里带光,情绪昂扬,"我在胡老师家里坐了很久,她人很好,看了我之前翻译的一些文章,然后给了我一份样稿,让我试试手。"

章榕会笑:"你通过考验说不定能当她的关门弟子,那可厉害了。"

章榕会将人拥进屋里的时候,大家都非常热情地起身打招呼。

屋里的人没有路意浓熟识的面孔,却没有一个人不认识她。

他们都已经见过了那张接吻照,也听到了章榕会在英国时那些乱七八糟的传闻。

路意浓的身份更早一些被知情人士曝出来,毕竟路青从很早以前就带她在交际圈露过面,现在虽然又过了几年,她模样却没怎么变。

朋友们嘴里客气地喊着"嫂子",一个劲儿地夸她漂亮、有气质,眼神交流间还是掩不住的八卦意图。

路意浓年纪比大家都小一些,被这么哄抬着也有点不好意思。

章榕会全程同她紧握着手。

是传闻中,感情很好的样子。

他们晚上换场吃饭,章榕会久没回来,陪朋友喝了些酒,结束后喊了代驾来开车。

路意浓靠在后座,窝在怀里无聊地玩着他的手指,突然想起什么提议道:"我要不趁现在闲着把驾照考出来?"

章榕会本来醉意上来有点困,正闭着眼睛养神,闻言捏了捏她的手指:"考驾照做什么?"

"我帮你开车啊。"她说,"这样以后你喝了酒,我就可以来接你了。"

章榕会哼笑了声,同她玩笑:"小章太以后是要配司机的,舍不得劳烦。"

"是不是舍不得你的爱车?"她也故意拈酸,"怕我是个'马路杀手',把车开坏了。"

他牵着她的手拉上来亲了亲,睁开的眼睛里尽是温柔:"是舍不得你自己跑来跑去,想你去哪儿都喊着我。"

他们现在一起住在北城市区的一处房子,房子不算新,是章榕会早年置办的,读大学时,他懒得回家,基本都在这里住。

后来他毕业,房子空了几年,价格倒是狠狠地涨了一波,本来就打算一直放着或者出掉,但现在两人回国,路意浓筹备着工作或者继续读书,旧小区的优势就显露出来。

房子在城区的位置很好,离图书馆也近,不管是去借书看书还是去采买东西,去哪儿都很方便。小区里住的又都是大学城附近的教职人员,人员固定,也没有那么混乱。

于是章榕会提前让人换了一套家具,收拾了一下屋子,就直接搬进来了。

晚上十点多,代驾停好车,小区里已经没什么人走动了,路灯静默地立着。

路意浓同章榕会牵手散步,一路看着小区锈钝的铁艺栏杆上的爬山虎褪了夏季的绿,渐变成深秋的红,又到如今初冬黄红交错的斑斓。

到电梯里，章榕会搂上她的腰，带着微醺的醉意，蹭着她的头发，说："老婆头发好看。"

他温热的唇贴上来，路意浓也没有躲。

电梯门打开，站在门口玩了许久手机的杭敏英抬起眼，一脸波澜不惊又麻木绝望地说："你们都多少年了，可以收敛一点吗？"

章榕会打开房门，"秃秃"从屋里"哈哧哈哧"地迎出来，它的皮毛已经长好了，但杭敏英还是非常中肯地评价道："丑狗。"

章榕会按下"秃秃"的耳朵，替它挡住恶评，没有耐心地"啧"了一声，问她："来做什么的？"

杭敏英晃了晃手里的袋子："今天在外婆家吃了水饺，我妈留了些生的，让我给你们送过来，什么馅的都有。她还特别嘱咐了，让你们平日里少点外卖，少跟在英国时一样吃生冷食物，对身体不好。"

路意浓道了句谢，伸手接了过去，进了厨房。

听到冰箱开门发出闷闷的一声，杭敏英分夺秒地说："我妈让我跟你打听一下，下个月外婆生日你有没有什么打算？人往不往回带啊？"

章榕会倒了一杯凉水，不慌不忙地咽了一口："什么意思？"

杭敏英说："哎呀，你要是往回带，我妈就得赶紧提前给你打打铺垫、使使劲儿。你要是不往回带，她就不说了。免得气氛到了，人又不来，外婆又觉得没礼貌。"

章榕会拿着杯子思索了几秒，然后说："好。我这两天问问她。"

晚上，章榕会洗过澡从浴室出来，用毛巾擦着潮湿的头发，坐到床边看着路意浓。

她已经换了睡裙，坐在床上开着夜灯翻着书，手指捻过薄薄的书页，感应到他的目光，她疑惑地问："怎么了？"

章榕会直截了当地说："你打算什么时候给我一个名分？"

"嗯？"她问，"咱们都天天住一起了，你还要什么名分？"

章榕会没什么耐心地将书从她手里抽走，抱着她的腰，埋在她的肩窝里，提醒道："下个月，我就三十了。"

时间对于他们仿佛是静止的，实则又不是。

一起度过的每天是客观的经历，时光并不会因当下的美好而有所滞留。如果要考虑下一步，现在是该有些行动的时候了。

路意浓认真思考了很久，然后说："现在对我来说还不是很好的时机，我未来的方向还没有敲定，现在连养活自己的能力都没有，我还是想给自己一些时间。"

"是担心我家里？"他问。

"不仅仅是这样。"她有些歉意地说，"我很担心真的往后走了，又会有别的压力来催促着去做这做那,我还不想这样。"

章榕会理解了她的话外之音。

章老太太生日那天,他提了两份贺礼,其中一份礼物是谁的,谁都没有问,又都心知肚明。

杭敏英看着外婆的脸色,看不出什么,也摸不透个好歹。

反而是章思晴,在章榕会去阳台透气的时候,跟在后面,拉住他的毛衣袖子,又问了一遍:"意浓怎么不来?"

章榕会说:"她最近新接了个稿子,时间紧,压力大,见天泡在图书馆里,没有空。"

章思晴自然了解这不过是托词。

她说:"你奶奶这些年跟之前也不大一样了。你一直拖着不结婚,为的什么,大家心里都有数。她年纪也大了,别的也不惦记,总是想你早点成家。等意浓准备好了,带回来,让家里看一看。嗯?"

"知道了。"他说。

周末的时候,靳南和王家谨来约章榕会和路意浓出去吃饭。

他们兴致勃勃地想就"小三事件"的来龙去脉盘问一二,最后却只有章榕会独自去赴约。

饭桌上王家谨的脸拉得老长,喋喋不休地反复追问:"她是不是还对我有意见?"

从法国回来后不久,王家谨跟女友不出意外地分了手。虽然是和平分开,但路意浓每次想到当初那个女孩悲观的样子,心情都不太美妙。

章榕会后来帮她从王家谨那儿要到了那女孩的联系方式,两人约着一起出去吃了饭,也算达成了当时在机场说的"再见"的诺言。

路意浓也得知对方现在过得不错,对王家谨的态度才算勉强和缓一些。

章榕会替她解释:"不是冲你,她这段时间很忙。我每天下班回家她都不见得在。"

"那你这悲惨程度跟靳南也有得一拼。他最近一天相亲十八回。"王家谨幸灾乐祸道。

"相亲?"章榕会问靳南。

章榕会子承父业,王家谨整日浑不吝没个正形,靳南反而是三人中唯一从家里接班的一个。

他现在正经担了职位,工作一下稳定下来,家里人就开始催了。

"没什么意思。"靳南玩着打火机,神色怏怏,"找个人让爹妈满意而已,反倒跟我像是没什么关系。"

他对章榕会笑了:"你呢?之前风风火火地把人从英国弄回来,朋友圈恩爱都秀了一年了。还以为回国马上能领证，怎么现在突然没信了？"

章榕会没有点酒，他一会儿还要开车，只喝了口柠檬水："主要得将就她的时间。业内很有名的翻译家胡惟明先生很喜欢她，给她介绍了几个出版社。她现在在接稿做自由翻译，事业刚刚起步，整日里忙着，顾不上谈这些。"

王家谨忍不住吐槽道："当然是人生大事要紧。一个自由职业，搞得比你正经上班还忙。她做翻译能挣多少钱？辛辛苦苦几个月，还抵不上你存款放银行几天的利息。拼那个干什么？"

章榕会微皱着眉，缓缓叹了口气："她还是没什么安全感。"

他其实很能懂路意浓现在的拼劲。

路意浓从十五岁到章家，耳濡目染路青经历过的多番羞辱。哪怕路青为老太太付出得再多，在老太太眼里也是毫无价值的附庸品，那句"吃白饭的"真是很扎人心。

她不想重蹈路青的覆辙，所以想着起码能自给自足了，再去章家，也可将腰板挺直一点，多些底气。

"要不行就采取一点……特殊的方式。"王家谨使了个眼色，"那个谁，不是刚刚办的酒席，奉子成婚。"

章榕会忍不住笑骂："你成天净出馊主意，滚蛋！"

"真有好处。"王家谨解释道，"你想啊，你家里最缺什么啊。孩子啊。郁家不是还一直僵着？要是生米煮成熟饭，肚子里直接揣上了，再反对能顶个屁用？"

章榕会吃完饭开车回家，打开门的瞬间，"秃秃"已经甩着尾巴迎上来。

客厅里开了小灯，路意浓歪在沙发上，盖着薄毯已然睡熟，茶几上的电脑屏幕还亮着蓝盈盈的光。

他换了拖鞋，静步走过去将人抱起。

路意浓半梦半醒间抓着他的衣袖，咕咕哝哝地问："你回来了啊？"

"嗯。"章榕会应了一声，将人抱进屋里，放倒在床上。

肌肤贴着肌肤，闻着她发间的馨香，章榕会的心火燎原般烧起来，连带着身体也是逐渐变得灼热滚烫。

她最近太忙，两人亲热的次数屈指可数。

章榕会还是想要她。

哪怕她就在身边，哪怕过了这么多年，他还是喜爱，还是渴望，还是不想忍耐。

"可以吗？"他从背后抱着她，像只小狗蹭着她的皮肤，一个个的吻落在她纤细的颈侧和圆圆的肩头。

她翻过身来，抱着他，没太睡醒的样子，乖巧地点了点头。

章榕会探过身去，从床头柜里摸索到一枚方盒，刹那间，他想到王家谨的馊主意，抿了抿唇。

　　怀抱中柔软的手指抚上他的下巴，带着睡意软糯地发问："你在发什么呆？"

　　章榕会笑了笑，低头吻她："你也想我了。"

　　是肯定句。

　　半晌，怀里的她轻轻地"嗯"了一声。

　　十二月底，章榕会生日，依着旧例仍是在郁家办的。

　　这是他时隔一年再次踏足郁家。

　　不论何时，郁家整体对外总是体面。

　　外公坐镇，章榕会接待着来客，见到不同的人怎么寒暄、如何交际，都是刻在骨子里，外公手把手教出来的。

　　为他庆生的宾客满堂，喧哗高语。

　　这也是每年里，郁家难得能热闹几次的重要场合。

　　章榕会这次把"秃秃"带了过来。他对"秃秃"非常溺爱，平日里的吃用养护都是最好的，有机会也总是带它出去兜风。

　　"秃秃"平日里很乖，这会儿进了大院子，见了这么多人，也是难掩兴奋。

　　郁锦梅早些年抱回来的小白狗已经七八岁了，已不如往年活泼，它只在旁看着"秃秃"在领地里到处闻闻嗅嗅，也不太管它。

　　天色渐晚，宾客差不多都已经落座，章榕会下意识地看向院子，才发现不知何时院子已经空了。

　　他又仔细看了眼，小白狗趴在廊檐下闭着眼睛睡觉，"秃秃"已经不见了踪影。

　　郁家有齐地平的曲池，水也不浅，他同长辈道了句抱歉，寻出门，在曲池边遇到了曲小姐。她身上披着一件珍珠纽扣的千鸟格外套，正蹲下身子抚摸着"秃秃"的脑袋，看上去格外温婉知性。

　　曲小姐回头看着他，问道："你养的大麦町犬吗？血统挺纯的。"

　　章榕会说："不知道。领养来的。"

　　他喊了一声它的名字。

　　"秃秃"旋即站起，向他奔跑过来，停在脚下。

　　曲小姐站直身子，同他对视了几秒，然后说："我驻外的这几年没见，你还是老样子，没怎么变。"

　　他没说话，牵着狗准备走。

　　曲小姐在身后突然说："今天是郁姨特意叫我过来的。"

　　章榕会停住脚步，面无表情地抬头看向她。

曲小姐落落大方地说："我驻外三年，也没遇到特别合适的人，现在家里催得特别厉害。如果你也……我们可以再深入了解一下。"

"我有老婆。"章榕会皱着眉，"我不是很久之前就跟你说过了？"

曲小姐似是没有料到这个回答，又问："是四年前那个吗？"

他反问道："还能有谁？"

曲小姐非常抱歉地解释说："对不起，你小姨说你还没有结婚。我可能是太着急了，会错了意……"

他已经没有耐心再听下去。

晚间，送走了宾客，章榕会给"秃秃"套上绳子准备走了。郁锦梅站到他身边，瘦小的身影像一截槁木孤零零地立着。

她说："你现在是连话都懒得同我们说？"

章榕会低着头，整理好才站起来。

他说："我也不想这样。但是难得回来一次，就有一个曲小姐这么等着，我也不敢再登门了。"

"曲小姐哪里不好？相貌、人品、家世，你知不知道延续对一个家族有多重要？"郁锦梅的表情非常失望，"那个女孩和她的家庭……"

章榕会打断她，直白地问："延续很重要，那您为什么终身不婚，不要孩子？"

他这简单的一句直接扎伤了郁锦梅的心。

她的嘴唇颤抖着，反驳不出一个字。

"没有几个家族会永远停留在巅峰上。"章榕会淡然道，"起起落落，都各有命。"

郁锦梅说："你不为郁家考虑，也该为你的孩子考虑！他如果自愿走郁家这条路怎么办？"

"他会发现，自己因为母亲的影响，生来就被剥夺了走这条路的资格。那些曾经跟在屁股后面的，他看不起的、讨厌的玩伴，人人都有机会爬到他的头上去！

"他本可以拥有最好的一切，结果都被他母亲毁掉了！他如果知道，会不会恨你？"

"我的孩子不会嫌弃他的母亲。"章榕会的表情冷静到残酷，"郁家需要一个身家清白的后代来接班，来延续辉煌。

"但如果不是她，你们连后代也不会有了。"

跟郁锦梅吵的这一架，没有意义，也不让人痛快。

郁家现在只余老弱，章榕会正值青壮，赢了口舌，也改不了他们的想法。反而在"孝"字头下，他已经提前在背负道德的谴责。

章榕会一路思索着，开到小区里，唤着"秃秃"下车，推开门，屋里却黑着灯。

客厅有蜡烛小小的荧光。

他停住了脚步，"秃秃"想抢在前面走过去，被他拽紧了狗绳。

路意浓站在蜡烛旁，温柔的光照出她脸上盈盈的笑意，她说："快来许愿啊，还没有过十二点。"

他换了鞋，不急不缓地走过去。蜡烛燃到一半，滚烫的烛泪一粒粒向下滚着。

"许愿能成真吗？"他问。

"一定能。你说过的，你能量很大。"她笑着回答。

章榕会凝视着她的脸，说："光靠我的能量不行，我现在唯一的愿望，靠自己实现不了。"

路意浓察觉到他要说什么。

章榕会半真半假地抱怨道："有些人，明明戒指都戴上一年了，该往下走了，却开始拖拖拉拉。你觉得过不过分？"

路意浓眨了眨眼睛："……听起来是有一点。"

章榕会又说："我想结婚，你给个准话，今年内能不能嫁？"

"……嫁！"

"行，过年跟我回家。"

路意浓本来打算回桐南过年的，她自出国以后，一直还没有回去过。但在这个气氛下，她也没什么好说的，回桐南只能再往后推推。

于是她点头答应了："行。"

章榕会心满意足地低头吹灭蜡烛，在黑暗中精准地把人拉过来，弯腰朝她吻下去。

路意浓真的很喜欢章榕会的吻，也喜欢他身上的味道，有点雪松的清冽，也有苦柑橘的香。

他的气息包裹着她，给她安全感。

呼吸交换渐渐深重，章榕会的手从揉着她的头发，顺着往下去解她的衣扣。

她在这个时候突然分心。

"呃，那个……'秃秃'好像准备要吃你的蛋糕。"

2

过年前的一周，北城刚刚降过暴雪，雪顶覆压着西鹊山荫密的山林。

车窗开着一条缝隙，吹进来浸冷的风，路意浓透过车窗看着已经全然陌生的道路。

西鹊山别墅区这边做过一些市政改建，避开原来共用的游客通道，建了新的匝道。新修的路面旁是规整细致的绿化，被扫净了积雪，绿色浓郁潮湿到透出黑来。

路意浓出神地想，这是她时隔多少年后第一次返回这里？

驾驶座覆过来的手掌打断了她的漫然思索，章榕会缓声问："我把车窗升上来？你昨天半夜有点咳。"

路意浓闷在围巾里摇了摇头，心脏在胸腔里疯狂跳动让她脸上一阵阵发热，她有些临战的胆怯，但还是努力打着精神，反握章榕会的手。

"我没问题，你好好开车。"

下午两三点，辞年贺岁的宾客已经来过一拨又一拨。

章培明今年滞留香港，不回来过年，章家多年来也没再有个正经太太，也只能靠章思晴对外操持这些。

草坪外传来停车声，章思晴从客厅出来迎客，就看到两人一同从车上下来。他们穿着同款式的灰色外套，一个纤瘦柔美，一个高挑英俊，看上去很是登对。

天上又开始落些小雪，章榕会从后备厢拿出准备好的年礼，将较轻的一些递给她。

路意浓接过去，忍不住抬眼打量着章家多年来的变化，隔了很久才看到等在门口的章思晴。

她霎时就有些局促。

章榕会一手提着东西，一手揽着肩将她带过去。

"姑姑。"他打了个招呼。

路意浓嘴唇翕动，却没想好要怎么称呼她。

章思晴为避免她尴尬，主动说："没事，你愿意就跟榕会叫，或者按照习惯的来都没有关系，别有压力。"

路意浓顿了顿，轻轻唤了句："思晴阿姨。"

章思晴对她还是喜欢的，将人拉过去左右看了看，有些嗔怪地说："这么多年了怎么还是这么瘦？平日里生活习惯得好，按时吃饭，不要挑食。"

章榕会出头替她挡下这话："是我照顾得还不好。"

路意浓有些尴尬地拽了拽他的袖口。

章思晴了然他的维护之意，没再说什么，笑着转身带头进了客厅。

这些年，章家的格局没怎么变化过，只墙面整体做过一次大的翻新，屋内家居更换代过几轮，又添了一些近些年有科技感的新设施。

路意浓一路看着，都能对出原本的样子，内心还是感觉亲切的。

章榕会去年过年的时候在英国陪读，并没有回来过年。那时候出国在外也没有什么过年的氛围，两人就去华人超市买了"福"字、春联和速冻水饺，又简单炒了几个菜，配了红酒，寒酸到章老太太从视频里看到都掉了泪。

他时隔一年回来过年，但有些偏远的亲戚是有近两年时间没见过他了，热情地唤着他过去坐。

章榕会将路意浓带在身边。

"我媳妇儿。"他坦然地对大家介绍。

路意浓其实与他们当中的绝大多数人是见过面的，再次出现身份不同，自然免不了尴尬。

但亲友们面色不改，都只露出客套的笑意，并没有与她过多寒暄。

他们有些拿不准章家现在的态度。路意浓虽然被带回来，但身份仍旧尬在那儿，也没有章家说得上话的长辈正式承认过她，他们自然也不敢过于殷勤。

章榕会喊她坐到自己身边，一边闲聊，一边手里拿着柑橘慢条斯理地剥着皮。

有人又试探地问起章培明为什么不回来过年的事情。

章榕会解释说："我爸近些年总是有些不舒服。年末做了个体检，说身体劳损很严重，医生建议休息。他今年就干脆留在香港康养，暂时不回来了。"

章榕会在之前分手的三年里把自己熬成了一个工作狂，没日没夜地学习、探索、总结，这样的强压之下，他成长的速度也是惊人的。如今即便是离开了章培明，他基本也能够独当一面。

亲友又开始夸赞他争气："虎父无犬子。培明不光是自己能干，主要是养出了接班人，聪明又努力上进，他想甩手就甩手了。还是培明有福气。"

章榕会听这些吹捧的话听得耳朵都要起茧子了，转头一看路意浓，她在全神贯注地听着，倒是很有兴趣的样子。

章榕会将剥净的柑橘递给她："这么感兴趣？听得这么专心？"

路意浓剥开橘瓣："啊，听别人从别的角度夸你，感觉很有意思。"

章榕会用湿纸巾擦了擦手指，笑道："傻子。"

章老太太是晚饭的时候叫司机给送来的。

她的身体大不如早些年了，近年来因为心脏问题发过几次重病，在医院里住过许久，人似乎一下就苍老下来。

章老太太如今眼睛混浊，也没再有之前跟路青较劲时精神矍铄的样子。

章榕会带路意浓在门口等着，像很多年前路青带她迎接一样，当时她被挤在人群之外，如今章榕会带着她站在最前头。

章榕会示意地轻轻捏了捏她的手指。

路意浓喊了句："奶奶。"

她这么叫自然是没什么问题的，老太太也没说话，也没有特别看她，还是当空气这么冷处理了。

年夜饭的饭桌上，章思晴冲着章榕会使了个眼色。

他会意地示意路意浓一齐起身，袖口向上卷起一些，露出小臂，举着酒杯敬酒："祝您老多寿多福，万事顺意。"

路意浓跟着他后面，也说了句吉利话："祝您长命百岁，身体健康。"

老太太却连酒杯都没举，冷淡地说："长命百岁？那我也没几年了。"

这话一出，在场的人无不尴尬，章榕会感觉到身边人突然的僵硬。

他正要说话，章思晴已经笑着解围："老太太这是想抱金孙了，催你们的意思呢！"

章榕会顺着台阶，拉着她重新坐下。

他从桌下握着路意浓仍旧冰凉的手指，开玩笑地对着餐桌对面的杭敏英祸水东引："听到没？你妈点你呢。"

杭敏英没想到他这一句，脸都红了："啊呀，你！"

章思晴笑骂他："你这个当哥哥的怎么回事？敏英年纪那么小，我可还得再留两年。"

章榕会玩笑说："也就您还拿她当个孩子了……"

被这么一来一回地拉扯了几番，之前略显尴尬的氛围才终于被带了过去。

身边还是有各种意味不明的眼神落过来。路意浓看着碗里雪白的鱼肉，拿着筷子夹了些，放进嘴里缓缓抿下去。

晚上他们是在章家辞年守岁的，章榕会还没有结婚，章思晴给路意浓准备的还是她原来的房间。

路意浓起身去洗手间时，章思晴看着电视节目问章榕会道："老太太还是急着让你结婚。你年纪不小了，正经三十多了啊，现在有计划没？"

章榕会懒怠地看着手机里的各路消息："过年去趟她家，年后先领了证。其他的再说。"

"郁家呢？"章思晴忍不住又问。

章榕会也没有放在心上："户口本在我这儿，我们不违法、不犯罪，要领证谁也拦不住。"

不过哪怕领了证，对于郁家来说也是形同虚设，不被承认，那就是另一回事儿了。

章思晴说："领了证，要不先要上孩子？也是个办法。"

她的想法倒是与王家谨不谋而合。但章榕会也清楚，路意浓大概暂时是没有要孩子的打算。

他随口搪塞道："再说吧。"

章思晴有些气他的不上心，转身一把拍在他的身上："你早点把人娶回来，也给我省省心！

"年年为了帮你家忙这些，我跟你杭老师年年都分开过！夫妻感情出问题了你负不负责?"

章思晴说得比较夸张,但是这些年她帮着章培明撑这些场子,确实也很辛苦。

章榕会无奈道:"我知道了。"

翌日,路意浓沉思着在去厨房的路上,突然想起什么,折道去了花房。

花房里常年亮着灯,门口贴了春联,挂了灯笼。一入眼,路意浓便发现别处都没变,只有门口处装守宫的宠物缸已经被拆卸掉了。

她匆匆拿着托盘回到餐厅,拉着正在做饭的阿姨打听道:"之前养在这里的守宫不见了,您知道去哪儿了吗?"

阿姨说:"高老师前两年离职,小章先生让他一并带走了。那个养得精细,别人看不了。"

"送给高老师了吗?"她又问了一遍。

"是的。"阿姨说。

章培明在电话那头问道:"思晴跟我说,你一直在家里?"

"是。"

"年夜饭也没有去郁家?拜年呢,预备什么时候?"

章榕会没说话。

章培明叹了口气说:"毕竟是骨肉血亲,也别闹成这样。"又说,"你跟意浓的事情都决定了自己说了算,那就等这段时间空下来,把人带过来我瞧瞧?"

章榕会淡淡地应了一声"好"。

章榕会打完电话,心情算不上好,在屋里找了路意浓许久,终于在二楼走廊上看到了她。

雪后的清晨,她将手肘撑在窗沿上沾着外面冰冷的湿意,看着不远处的山林发着呆,气息熟悉的怀抱从背后围拢上来。

"找你半天了,在这儿躲清闲。"

她偏头,开口便问:"高老师是离职了吗?"

章榕会没料想她会问起这个,下意识地"嗯"了一声,又很快反应过来:"高老师是个很有才能的人,我跟父亲长期不在家,他守着这些花草,确实屈才了。

"所以他当时提出要走,我也没有强留。"

虽然章家开出的条件丰厚,但人各有志,高老师这么厉害,选择要走也不算出乎意料。

"守宫,还在吗?"她又轻声问。

章榕会对这个问题沉默下来。

他隔了许久，张口缓缓地说："你要是想知道，我可以帮你打个电话问一下。正常的守宫的寿命是十年左右，养得非常好的情况下，也能到二十年。"

路意浓听懂了他的话外之音。

不算前头的时间，从她认识两只守宫到现在也已经十一年了，所以 Simons 和 Ronny 可能已经去世了，也可能还好好地活着。

这像是一口薛定谔的箱子，打开了，可能是好消息，也可能是坏消息。但如果不打开，她就能够一直假定两只守宫还在好好生活。

"还是算了吧。"路意浓勉强笑道，"它们一直是高老师养着的，也没有人会比高老师照顾得更好。现在属于他了，我还是不问了。"

她想到什么，又奇怪地抬眼看着他："我记得你当时说，它们是有主人的。你送给高老师的话，你朋友同意吗？"

"我说过这样的话吗？"章榕会漫不经心地问。

"你还说，要带我去见它们的主人。"

他淡淡地道："它们没有别的主人，一直就只有我而已。"

毕竟已经过了很多年，他这么说，路意浓的记忆也有些不清晰了。她疑惑地问："是这样吗？"

章榕会的手臂环得更紧一些："别想那么多，咱们不是有'秃秃'？司机已经在去接'秃秃'的路上了，它一会儿就能过来陪你玩，别乱想了。"

路意浓本来不想在西鹊山常住，但是章榕会这边的接待络绎不绝，自然是住在这里比较方便。

如此过了一周多，章榕会还是整日忙碌，不见有空闲。

路意浓偶尔会跟着章思晴去接待宾客，大部分时候不用，她就找个安静的地方独自待着，继续自己的工作。

这天正忙着的时候，章榕会接到一通来电，备注是他们现在所住的小区物业打过来的。

他接起，对面说道："章先生新年好，不好意思打扰了。"

"什么事？"

"我们有件事情需要跟您核实一下。这边最近有一位陌生男子，过年期间绕着小区附近一直打转，被邻居投诉好几次了。"

"我们找人问了，说是您的访客。所以想跟您核实一下情况，决定要不要报警处理。"

章榕会问："叫什么名字？"

"……登记的是姓路，叫路勇。您认识吗？"

章榕会对着电话停顿了一下，说了句"知道了"，然后神色无碍地放下了手机。

客厅里，路意浓和杭敏英正坐在一张沙发上。

杭敏英百无聊赖地玩着手机，路意浓则将电脑垫在腿上打着字，"秃秃"乖乖地趴在她们脚边的地上。

章榕会从楼上下来，手里拿着外套，凑过来亲亲路意浓的脸，嘱咐说："我出去见个客人，有事儿打我电话。"

杭敏英从手机屏幕里抬头，酸溜溜地说："哟哟哟——一会儿都离不了，还怕人跑了吗？"

章榕会懒得搭理，对她一击致命："闭嘴吧，单身狗。"

杭敏英像只炸毛的猫几乎从沙发上弹起来："什么单身狗，我也是有人追的好吗？那是我妈还不许！"

章榕会面无表情地更正道："哦，妈宝女。"

他没再理杭敏英的暴跳，揉了揉路意浓的头发，拿着车钥匙出了门。

杭敏英怨念地在旁嘀咕了半晌，又把手机强行伸到路意浓那边："你看，最近这好几个追我呢。你眼光好，你帮我看看？"

路意浓有些好笑她的小孩脾气，接过她的手机仔细地看着几张照片，点在其中一张上："看长相，这个不错，其他的我就不知道了。"

路意浓不放心地叮嘱："谈恋爱还是慎重一些。"

杭敏英伸长了脖子看那张照片："我也觉得他不错，那我过完年去吃个饭，就当朋友，先不说别的。"

她将手机拿回来，盯着路意浓，突兀地问："为什么你就比我大一岁，感觉你比我成熟那么多？"

路意浓笑道："成熟是好事吗？我还羡慕你天真。你有思晴阿姨，这个年纪还能做小孩，多幸福。"

杭敏英想起她的家庭，默默咽下了想说的话，没有再吭气。

3

路勇被物业暂留在了岗亭，保安小哥人挺好，看他年纪也大了，正月里在外面吹冷风待了那么久冻得直打哆嗦，就用热水瓶给他倒了一杯热水递过去。

岗亭外传来车喇叭的"嘀嘀"声，保安探头一看，拍了拍路勇的肩："是章先生的车。"

保安带着路勇从岗亭出来，走到玻璃紧闭的车辆旁，章榕会降下车窗。

路勇有些局促地看着他，保安问："是您的访客吗？"

章榕会点了点头，说了句："辛苦了。"

章榕会并没有带路勇进小区，而是开车带着他到了附近的一家茶馆。

茶馆风格古朴，仿古的木头窗格和楼梯，四处悬了许多红灯笼，很有过年喜庆热闹的意思，像电视剧里的戏楼。穿着旗袍的女侍应用着各式器具给他们烹茶，姿势娴雅，一举一动都很有章法。

路勇没有进过这样讲究的地方，也有些受用不起，浑身不自在地四处看。

章榕会在对面坐着，古井无波地闲聊："家里还好吗？男孩子多大了，在哪里读书？"

路勇忙答道："还好还好。远飞今年十岁了，现在在垣城老家，读小学三年级。"

"家里人都来北城了吗？奶奶也来了？身体还好？"

他的问话都很客气，像是一家人这么关心。

路勇忐忑的心也缓和一些，腆笑道："是，都来了北城过年，奶奶也来了，身体都还好。"

银炭煮沸的茶水冒着白丝丝的汽，章榕会接过侍应奉过来的茶碗，平静地问："你来找我做什么？"

"是这样的。"路勇早就想好了一套说辞，"意浓不是从英国回来了吗？这个孩子也不知道怎么回事，回国了也不回家，还换了号码，我们都联系不上。又听别人说，你们现在在一起，就想着来问问你。"

章榕会很有意思地笑了："谁跟你说的，我们现在在一起？"

没等路勇答话，他又问："又是谁跟你说的，我住在那里？"

路勇张着嘴，不知怎么回答。

章榕会品了一口热茶，冷冰冰地说："路先生未免对我的私生活太了解了一些。"

这一句"路先生"是拒人于千里之外的提点，路勇终于反应过来，章榕会并没有那么欢迎自己。

于是他辩解道："我也是为了意浓好。我知道她对家里有怨怼，但是她奶奶年纪也大了，总是念叨她。现在回国了，哪有不回家的道理？"

章榕会反问道："哦？你们是从她回国之后联系不上的吗？"

他追问："你知道她在英国的号码吗？打过一次电话吗？怎么那时候老人家不想她、不联系，现在就想了？"

路勇被他的发难弄得慌了神："主要是她奶奶最近身体不好，老人家就是一生病容易想得多……"

"您不是刚刚还说，奶奶身体还好吗？"章榕会又揪住了路勇的话柄。

路勇尬在那处，尴尬地瞥了一眼女侍应的脸色，许久才气声道："我只是想着，大家坐下来好好谈一谈，我毕竟是她爸爸。"

"都找到小区了，联系她或者联系我，都是一样的。为什么打电话给我？"章榕会气定神闲道，"不过是知道不论你提什么她都不会答应你罢了。所以想从我这里试试？"

他突然摇头笑了："你以为我是什么人？下一个路青？路青应该还在给你们生活费吧，是还不够吗？这就急着找女儿要钱了？"

"我是她爸爸！"路勇不堪被一个后辈这样羞辱，突然抬高声音，把旁边的女侍应吓了一大跳，"这是亲缘血脉，是割不断的！"

"那就来告吧。"章榕会将茶碗撇到桌上，发出清脆的一声。

那一声像是一根针，戳破了路勇莫名的胆气。

章榕会的眼睛都没抬，拿了一旁的毛巾擦着手，说："对簿公堂？媒体曝光？想用什么手段都没有关系。我打得起官司，我也耗得起舆论。"

路勇的嘴唇颤抖着。

"别担心，这场官司你肯定赢。但你赢了又怎么样？法院不过判决到你退休的年纪，我们按照垣城最低的生活标准给你付养老费。"

章榕会挑了挑眉："我输了又怎么样？我宁愿把那些钱都打了水漂，也不会多给你们这样所谓的家人半分。"

"榕会……"路勇挣扎着，"你跟意浓在一起，这么为她撑腰，我真的特别为她高兴。我们是有做得不好的地方，但我毕竟是她父亲，你们结婚了，我也算是你的父亲。中国的传统就是这样的，哪有人结了婚，连父亲都不要的？"

章榕会抬眼，冷漠地看着他："我倒宁愿她没有你这个父亲。"

路勇是一个自私的人，他活着的每一秒钟都要将自己的利益放在其他所有人之前。

所以他在路意浓很小的时候就将她抛给老人，所以他吃喝玩乐不顾家庭，所以他一次又一次地踩下法律的红线。

也因此，他在路意浓被章榕会"抛弃"后顺势与这个女儿决裂，又在如今倒贴上来，以亲缘的名义口口声声地绑架着她。

路勇的趋炎附势、见风使舵就像长进海龟壳里的藤壶，顽固地附在骨头上，伴随一生，无药可医。

章榕会已经起身，他淡淡道："她的户口本应该还在你们那里，你不要告诉路青，拿出来交给我分户。我会给你一笔钱，足够你们一家开销。"

"这辈子，也只有那一笔，不要就等着你退休后去打官司拿低保。"

"你要了这笔钱，我会叫律师来跟你签字，法律上我们就没有赡养的义务了。"

他不想多说："你想好了，给我打电话。"

路勇："榕会……"

章榕会看向他，眸光里尽是警告之意："拿了钱，以后不要联系她，不准联系她。"

"你的儿子今年三年级了。不知道你还记不记得,你女儿三年级的时候是什么样子?

"如果你作为一个父亲,还有一点良心希望她余生能过得好,就请记得我的话。"

…………

结束了与路勇的聊天,章榕会顺路去了一趟郁家。

郁家人口凋零,却未见门庭冷落。他进书房的时候,正有叔伯在跟外公聊天。

对方瞧见他,拍拍他的肩,粗声粗气道:"这两年怎么都没到家里拜年?都惦记你呢!"

章榕会解释说:"我去年在英国,今年我爸在香港,章家过年的事务也很繁杂,我改天向您登门道歉。"

"是咯。"叔伯叹着气对郁老爷子道,"老郁啊,孩子大了都有自己的事业了,各自奔波,也不能再围着我们这些老头子转了啊。"

送走了叔伯,书房里只剩下了郁老爷子,他合目坐在圈椅上,手撑着拐杖,看着精神已经有些乏累了。

屋内一片沉寂,檀香在缓缓燃烧着。

章榕会开口说:"我年后要领证结婚了,今天来跟您说一声。我知道您不喜欢她,所以就不特意带她来拜会了。"

郁老爷子粗砺的声音像是被河流反复冲刷的水石,他说:"那姑娘在英国的事情,你以为瞒得住吗?

"她是个忠贞的女人吗?她配得上你吗?

"你母亲那时要结婚,我就不同意。章家门第低些都罢了,我最怕的不过是章培明借着她当踏脚石上位,最后甩到一边去。"

他的气息急促起来:"结果呢?她得了什么好结果?她年纪那么轻就没了!为章家付出的一生,早够他们一家感恩戴德,最后得到的是什么?

"是遗忘!

"章培明跪在我门前允诺的这辈子只有她一个人,到最后也不过是一个笑话!

"你现在看中的那个姑娘还不如章培明!你是鬼迷了心窍,她连三年分离都受不了,她凭什么配得上你!"

章榕会站在原地听着外公训话,面上波澜不惊:"我不是我的母亲,我也不是我的父亲。

"我只想活着的时候,跟我爱的人在一起。

"至于她在英国的事情……"

他的话音略有艰涩:"我没刻意瞒着谁。反而若是郁家当初不参与、不逼迫，也不会有这些事情。"

郁老爷子问："所以她做的那些好事，反而都成了我们的错？"

"是我的错。"章榕会低敛眉目，"如果不是我生在这样的家庭，她也不用经历那些辛苦。"

"好！好！好！"郁老爷子的胸口剧烈起伏着，拐杖落在地上敲得"砰砰"作响。

章榕会已经没什么可说的，他转身要走："我先告辞了。"

郁锦梅不知何时已在门外，喝止道："榕会！"

"让他走！"郁老爷子的声音像是在狂风卷集下岌岌可危的参天大树，"就当是我白教养他！"

回到西鹊山时，已经晚上七点多钟。

天色如墨，车前灯照出一个纤瘦的身影在廊檐下站着，花点大狗陪在她的身边。

章榕会下了车，走近才发现路意浓刚刚做过头发。她长发的发尾微微卷曲着，在灯光下泛着一些奇特的亮色光泽。

"弄头发了吗？"

"好看吗？"她笑吟吟的，"我今天跟敏英一起去的，染了黑茶色，能看出来吗？"

章榕会经历了一天的争执，艰难地以毁灭的姿态解决着那些阻挠他们在一起的亲缘问题。哪怕是在费尽心血、悉心培养教育他的外公面前，他也没有留情。

但是这些决裂是惨痛的，与郁家背道而驰的每一步，都像是在经历着皮肉剥离的痛。

这些煎熬与痛苦，他却也无法跟别人言说。

章榕会的眼眶突然发热，上前去紧紧拥抱住路意浓。

她是唯一。

是目的地。

"好看。"他说。

两人在廊檐下相拥许久。冬天的夜是静的，风是冷的，天上的星闪着黯淡的光，唯爱人的怀抱是唯一可触的热源。

路意浓有些察觉到他的情绪异常，踮着脚环紧了他的脖子。

章榕会挨着她的脸颊，直到脚下的"秃秃"着急地哼唧起来，他才舍得松开这个拥抱。

他双眸深深，紧牵着她的手，放在手心里暖着。

"等了多久，冷不冷？"他问。

路意浓摇了摇头。

坐在沙发上的杭敏英烫了和路意浓颜色不同的同款发型,非常臭美地自拍了许多张,挑选着图片要发到朋友圈去。

她听见两人的脚步,转头对路意浓说:"我妈刚刚喊你去楼上找她,说是有些东西要给你。"

"找我吗?"路意浓愣了一下。

"对。"

"你先去。"章榕会俯身亲了亲她的脸,"我晚上没吃饭,先让阿姨给我煮碗面。"

三楼上,章思晴的房门并没有关严。

她大概是听到了路意浓上楼的脚步,对外面喊了声:"直接进来就行。"

房门被推开,章思晴盘了发髻,穿着高领修身的毛衣,正在床边弯着腰将叠好的衣物一件件收进行李箱里。

她明天就要同杭敏英返回江津与杭老师团圆了。

"过来。"她笑吟吟地伸手招呼着路意浓。

路意浓走过去的时候,章思晴转身,从一旁的化妆柜上端起一个红木的箱匣递到她手里。

路意浓没有心理准备地接过,双手被箱匣沉甸甸的重量坠得往下一沉。

章思晴左手帮她一托,另一只手利落地拧开锁扣,抬起箱匣的盒盖,里面是一整套厚重的金饰,最上面还有一封红包。

路意浓心里一惊,来不及推拒,章思晴已经不容质疑地用手将箱匣用力向她按紧。

"我问过榕会,他说你们年后就准备领证了。

"你家里也没个长辈张罗这件事,他年轻对这些也不懂,有情饮水饱,稀里糊涂地就要娶你。但你过几天都要回家去了,总不能家人问起,章家还什么都没有给过。

"这些礼数规矩我这个姑姑帮他先做一些,这只算我的。他爸爸应该也备了,你们回头去探望他,再让他亲自给你。"

路意浓不敢收,说:"这太贵重了……"

章思晴阖上箱匣,用十分疼爱的语气同她讲:"也不是什么很了不起的东西。别人有的,榕会娶你当然也该有。一家人就不要太见外了,好好收着吧。"

路意浓看着章思晴的脸,鼻子有些发酸。

章思晴与母亲同岁,虽然保养得宜,现在也是知天命的年纪了。从大一送她入学,到如今七八年了,还在为自己操心。光是帮忙哄着章老太太,得以让自己顺利吃上这顿年夜饭,其中就有多少麻烦、辛苦?

这都是她本不必做的。

路意浓低着头，万千感谢的话憋在心里，说出来又怕太煽情，只红了眼睛，轻轻说了句："谢谢您。"

章思晴温柔地上前抱了抱她，说："你跟榕会都很不容易，两个人都要好好的。"

阿姨煮了一碗清汤淡卤的金丝面，端到了餐厅里。

章榕会刚刚在饭桌旁坐下，杭敏英就像个跟屁虫似的，拿着自拍杆过来取景。

面条散着滚烫的热气，章榕会没有立马拿筷子，低头看着手机消息，随口问她道："烫头发花了多少钱？"

"不知道。"杭敏英心不在焉地说，"我嫂子出的钱。"

"嫂子？"章榕会没忍住笑了，"看来是大出血收买你了，她还真舍得。"

"有什么不舍得的？"杭敏英美滋滋地朝他臭显摆，"你那么有钱，我花点怎么了？这叫劫富济贫！"

章榕会笑说："你劫的哪里是富？她年前刚刚从出版社拿了一笔定金，又是买年礼、给小朋友发红包，又是请你烫头发的，估计已经见底了。"

"不是吧？"杭敏英夸张地瞪视他，"谈个恋爱你不给她花钱的吗？你这样抠门的我以后可不谈。"

章榕会拿起筷子，夹起面条吹了吹："你当人人都是你？她家庭一般，对这种事情当然会比你敏感。"

直到在餐厅吃完了晚饭，人还没有下来。

章榕会刚上二楼，推开房间的门，就看路意浓卧在馨香的床铺里发着呆。

他坐到床边，撇开她散乱的鬓发，伸手捏了捏她的耳垂，问道："小穷鬼，你现在还剩多少钱？"

她圆圆的眼睛转过来，看他一眼，默不作声地挪了地方，从刚刚压住的被窝下捣鼓出一只红木箱匣，向章榕会推过去。

章榕会好奇地打开一看，也愣了一下，倏然笑了。

"这么多东西？姑姑是真疼你。"

"我一夜暴富了。"路意浓偏头看着敞口的箱匣，长吁短叹道，"我的人生以后也没有什么可以追求了。"

章榕会点头附和她："是，你可出息了。再也不是之前请王家谨吃饭，花两千块钱还要掉眼泪的葛朗台了。"

"哎呀！"她被他破坏气氛的话气得坐起来，"你怎么在这个时候提别人的黑历史？"

"黑历史吗？多可爱。"章榕会伸手将人捞过来，同她对视，喜爱地亲亲她的眼睛，"以后你就可以养我很久了。

"你再也不用害怕了。"

他们在正月十五那天出发，坐飞机到达了江津，章榕会在停车场取到司机送过来的车，直接往桐南开去。

路意浓离开K省的年限并不算长，往窗外看去故土依旧。

她在这里度过了人生的大半时光，到最后留在记忆里的那些，却都不敢再回忆。

章榕会伸手过来，紧握着她。

"你后来去过桐南吗？"路意浓问道。

"没有。"他说，"我自己去，不忍心。"

于是她没有再问。

他们开到桐南古镇，才发现这里已经有了很大的变化。

原本可以开进桐南古镇的车道被封闭了，核心区改成了步行街，所有车辆都只能停到游客中心的停车场上。围绕着古镇四周，新盖了联排的楼房，装得很漂亮。

两人提着年礼，拉着行李箱，花钱买了门票才挤在人流中过了狭窄的游客通道。

章榕会一直揽着她的肩，防止被人群挤散。

路意浓抬眼看着原本住满的民居，都已经改建成了商铺、茶馆、民宿和工艺品店，处处大敞着门在迎客。道边不再见那些靠在墙上还滴着水的拖把，抬头也不再是随风摇摆的老头汗衫。之前她还是小孩子时调皮用墨水画过的一处断墙也修葺完毕，上了新的白漆。

章榕会似乎感觉到她无所适从的心情。

他低下头来说："前几年，K省出了很好的政策，扶持文化古镇，桐南是第一批入选的。当时作为典型，成了网红小镇，炒得很热闹，你从网上还可以找到新闻。"

路意浓没有说话。

主城区的格局并没有变，他们沿着熟悉的路去找舅舅的照相馆。

路过一处十字路口，有阿婆支着稻草的草把子叫卖，上面插着各色各样的糖葫芦，她突然停住脚步。

章榕会随着她的目光看过去。

"想吃吗？"

"我想吃。"

他们走过去，拿了两串最普通的山楂冰糖葫芦。

两人也不急着赶路，就拉着行李箱坐在了游客休憩的长石凳上。

路意浓看着地面，吃着冰糖葫芦，一言不发。

咬到第三个的时候,她的眼眶里突然落下大滴的泪,滚到糖衣上。

章榕会就在旁边看着她,沉默地伸过手将竹签从她手里抽出来,又将人揽到胸前,用外套遮住她的脸。

她被裹在风衣里,埋在他的毛衣里,哭着小声说:"我现在很难过,我不想回去了。"

他说:"我知道。"

她的泪透过衣服沁上他的肌肤。

"我在桐南待的时间很短,尤其是我爸再婚带走我以后,我身上没有钱,回桐南一次真的很难。

"读书的时候,一年寒暑假我回家也不过待一两个月。我不知道能陪着她的日子,会这么快就走完。"

章榕会沉默地抚摸着路意浓的头发。

"她很爱我,很疼我。她没有钱,就站在太阳下面卖菜卖藕,一天挣不了几块钱,也要给我买冰糖葫芦。"路意浓哭得越来越厉害,"她希望我争气,可是我一直都没有。"

章榕会反驳她:"谁说你不争气?你在外面读这么好的大学,现在做翻译,胡老都觉得你有灵气。我不觉得有几个人能比你厉害。"

她说不出话,身体一直在微微发抖。

他隔了许久说:"我知道你害怕改变。但是你真的不用怕。

"改变并不是一件坏事。你十八岁的时候,希望能回来建设家乡。而现在的桐南正在越来越好,你最初的心愿在一点点地达成。

"你不用因为错过的这几年而痛苦内疚。我们都只是过客,但桐南会永远是桐南。

"就像外婆虽然去世了,但她对你的爱会一直存在。这些内核和本质的东西,都不会轻易发生改变。"

他顿了顿,手掌摩挲着她的肩:"像我会一直陪着你,这也不会变。"

4

和畅照相馆是桐南的一个小小的缩影,它曾是犄角旮旯里不引人注目的一个黑洞洞的小门面,现在改换新装,光芒耀眼。

店外挂着巨大明亮的门头招牌,铮亮的落地玻璃里面,几大排的衣服按照不同的风格划分了不同的区,看上去都是漂亮干净的新款,顾客正在扎堆来回挑选。

两人推门进去,之前趴着写过多年作业的高高的木柜台已经撤了,新换的柜面是温柔的乳白色。

年轻的前台姑娘看到门外的他们,站起来,微笑着打招呼:"您好,要拍照吗？或者租借衣服、编发、化妆、美甲都可以做。"

路意浓的嗓子发干，章榕会在旁说："我们来探亲，找一下老板。"

"哦哦，在里面呢。老板娘——"前台姑娘大声喊道。

"什么事啊？"舅妈的声音从屋里传来。

"有人找。"

舅妈正在屋里帮客人翻找对号的衣服，她掀开门帘，看见并肩而立的两人，不可置信地愣了愣，将衣服随手扔到前台，拽着路意浓到面前仔细打量着。

"我胖了吗？舅妈。"路意浓开玩笑道。

她一开口，舅妈就绷不住了，哭着说："你这孩子不懂事！你回家怎么不提前说一声啊！"

店里还有许多人在，路意浓眼睛通红，噎着嗓子强行憋住了泪。

"我好好的呢。"她拍着舅妈的肩膀道。

舅妈丢下店里的事就要带他们先去安置，她紧紧攥着路意浓的手，一直说着路意浓离开以后发生的种种——

隔壁花店撤了摊，舅舅咬牙把门面盘了过来，结果次年赶上古镇扶持计划，现在房价涨了许多不说，门面房现在在桐南也是有价无市。

近几年古镇生意好，舅舅跑客运，舅妈看店，算下来也挣了不少，舅舅索性换了开了多年的二手车，重装了店面，还有余钱招了人手。

旧的民房老三居已经不让住人了，镇上给分配了安居房，有好多个房间。李沛今年高三，初七刚返校，平日里只有舅妈和舅舅在，家里越大如今反而越空落了。

…………

路意浓安静地听着，就这些细碎的小事，她一直听也没觉得够。

新房子在古镇外围，安静又明亮，舅妈从衣柜里拿出全新的四件套，忙前忙后地铺床叠被。

刚刚安置好，门口传来了开锁声。

舅舅是接了消息，空着车就马上回程了。

一进门，看到他们眼睛也红了，他重重地拍着章榕会的肩，连声说道："好！好！"

今天是正月十五，尤其是他们终于回来团圆，格外不易。舅妈弄了很大一桌菜，又煮了一锅汤圆，各人拿着小碗盛了些许。

章榕会并不是很喜欢吃甜，也就略尝了两个。

路意浓低头，咬开柔软滚烫的糯米皮，黑芝麻立刻满溢出来，裹满了舌尖。

舅舅同章榕会说着话，问他家里长辈安好。

章榕会放下筷子，说："舅舅、舅妈，我们准备过完年领证了。"

他们平静地互相对视了一眼，似不出所料。

"好。"舅舅慨叹,"你们也是到年纪了。这么多年,你还能来兑现当时的承诺。意浓交给你,我们也没什么不放心的。"

"我们只希望你们都好。"舅妈说。

吃完晚饭,天色渐黑,舅妈在厨房洗碗,路意浓要抢,被她拒绝了:"好不容易回来一趟,不要你做这些。你要是不累,就带着榕会出去逛逛灯会?今天元宵节,会很热闹。"

"我先把碗洗了再去。"

舅妈仰了仰下巴,示意她看向客厅里看着电视发呆等她的章榕会,轻声说:"榕会是个很有心的人,那年你外婆去世,你们分开许久了,他人没来,还特意托人送了东西。"

正月里的天黑得很早,路意浓和章榕会牵手出门的时候,天边连最后一丝晚霞也褪去了。前往古镇主城区的道路摩肩接踵,路意浓从小摊上提了个兔子灯在手里,抬起来,照着章榕会的脸。

他们的眼里映着彼此的身影。

"好看吗?"她笑吟吟地问。

章榕会摸了摸她的头,说:"好看。"

她就买下了那盏兔子灯。

天色太晚已经看不见特别的景致,黑夜模糊了建筑和风景的边界,能看到的只有络绎不绝的人和各色各样的灯。

章榕会牵着她的手,两人下了河道,上了夜游的乌篷船。

他们大约是正好踩到了某个时间节点上,刚刚在船上坐稳,天空中突然绽出大片五彩缤纷的焰火,流光溢彩,绚烂夺目。天空像是深色的画布,焰火是转瞬即逝的留墨,岸上的人群发出一波接一波的惊叹声。

大约是冬夜水寒,路意浓突然觉得寒冷,她往章榕会的身上凑着,摇着手里小小的兔子灯。

"我还是不习惯进桐南要买票。"她嘀咕道,"想一想,要是你回西鹊山要买票,有多奇怪?"

章榕会搂着她,替她挡住风口,看着她手里微弱的光,他耐心道:"西鹊山是皇家园林,是景区,收钱也不奇怪。"

"你怎么都不懂。"她有点生气他的不解情意。

章榕会在她的耳边说:"你是拿桐南当成家,所以回家买票会很奇怪。对我来说,只要你还给我开门,那就不奇怪。"

他的话给了路意浓灵感,她摊出手来开始理直气壮道:"那以后回家一次,收费二百啊,章先生。"

章榕会从口袋里掏出一封红包,递给她手里:"先交两个月。"

路意浓哭笑不得:"这不是给李沛的红包吗?你不给还得我给。没诚意,你赶紧收好。"

于是章榕会又将红包收了起来。

他们在河道下游的一处上了岸，附近游客没有那么多，倒是有不少摊子在巷口联排摆着，卖手工艺品的、零食饮料的，甚至还有一个卦摊。

卦摊上坐着的老先生已经头发花白，穿着蓝布的旧长衫，戴着墨镜，看上去很老派。

"走啦。"路意浓对这些并不感兴趣。

章榕会却停住脚步，拉着她过去。

"能算什么？"他低头问。

老先生说："六爻梅花八字，都可以算。"

路意浓悄悄捏他的手，章榕会却不为所动，他说："看看面相吧。"

她一惊，老先生戴着墨镜，万一是看不见的岂不讨打？

对方却已经慢悠悠地摘了墨镜，打量着两人道："看谁的？"

"看她。"他将路意浓推上前。

老先生仔细看了许久，直到路意浓都要不自在起来时，他终于张口。

章榕会提前开口，拦住他的长篇大论，问道："能平安吗？"

对方点头："能平安。"

他又问："能长寿吗？"

"能长寿。"

章榕会从口袋里掏出那封红包，递过去："谢谢。"

两句话让他花了一万块，路意浓被章榕会的大手大脚震惊。

她还想挣扎着让老先生退点钱，章榕会已经强行带着她往前走了。她说："你跟那个红包有仇吗？今天花不了就不开心？相面用不了这些。"

章榕会："我知道。"

她说："那给李沛的怎么办？"

章榕会："没事，我明天再去银行提，或者线上转给他。"

她憋了许久说："章榕会，封建迷信要不得啊。"

"我知道。"

"那你为什么？"

章榕会看着她，无奈地拧了拧她的脸："就当是新年为你祈福，为我买个心安。"

路意浓没再说话了，慢慢走着，看着章榕会的侧脸。

两个人沿着长街一直往前，昏黄的路灯光照着他，他整个人显得无比温柔。她在某一刻突然控制不住内心涌动的情绪："我爱你。"

这是他们复合以后，她第一次说爱。

章榕会却异常平静地回答道："早就知道了。"

天空的烟火不知何时已经停了，路意浓垂下手里的兔子灯，小跑到他的正面去，踮起脚尖，亲了亲他。

章榕会俯下身子，按着她的后脑，将这个吻延长。

亲吻完毕，她环着章榕会的脖子："有一件事情，我真的很好奇。你可不可以跟我讲一讲？"

"嗯？"

她往后退了些，看着章榕会的眼睛，认真地问："你的脚到底是怎么弄的？"

经过一年多的复健，章榕会的脚伤已经没有什么太大的问题。他们在英国的那段时间，章思晴还大费周章地找了快递代理寄来草药包，让他坚持泡脚。

但是无论路意浓怎么问，他始终不肯提那些深深浅浅、触目惊心的伤疤来源。就连王家谨这个有名的大嘴巴，每次被问起，也是紧紧闭着嘴，仿佛说一个字就会死。

章榕会摸了摸她的耳朵，心平气和地说："等你健康平安地活到八十岁的时候，要是还想知道，我再告诉你答案。中间再问，我是不会讲的。"

去过桐南，两人又转道香港去见了章培明才回家。

物业知晓他们回来，给路意浓打来电话，说他们出门后，有包裹寄来放了许久，一直没人去取。

于是路意浓放下电脑，牵着"秃秃"下楼遛圈放风，顺便把快递拿回来，连带着章榕会的也一起拿了。

回家后，她拿着剪刀拆快递，其中一个文件封里掉出来一本红色的小簿子。

是路家的户口本。

她将户口本拿在手里，一张一张地翻过去。属于爷爷的户主页已经被拿掉了，路勇原本再婚拿出去的户口又迁了回来，他的那一页现在放在了最前面，写上了户主。

她没有问章榕会怎么拿到这个的。

她曾经多年被家庭困扰，自尊心不允许她把乱七八糟的家事带到章榕会面前来。

所以她不提，也不愿回到路家去。

但是路家已经邮来了户口本，想必他是已经去见过了谁，又在背后做了很多事情……

章榕会下班回家，正在洗漱收拾，穿着家居服的路意浓已经挂上来，从背后抱住了他,像个跟屁虫似的,无聊地哼着歌。

章榕会拿毛巾擦了一把脸,从镜子里看她娇小的身影几乎被自己遮住,只有两条白皙的手臂紧紧环在自己腰间。

他表扬道:"喜欢,请继续保持。"

领证是在一个非常普通的工作日的上午,两人没有挑特别的日子,只是章榕会拿到自己的户口本后就尽快去办了。

他那天起了个大早,换了白衬衫,抓了头发,眉目年轻,容貌英俊。

路意浓则更简单一些,她淡淡地涂了水乳,抹了口红,将长发挂在耳后,露出两只耳朵。

两人原本还有一些忐忑,怕不懂流程,路意浓去的路上一直在百度上搜,到了地方才发现并没有什么人。

他们按照指示去拍照,交资料登记,然后发证,办事员按下钢戳。

嗯,就这么成了。

路意浓出办事大厅的时候还很恍惚,他们走到现在太久、太难,得偿所愿的这一天来得格外顺利,就显得很奇怪。

她脑子里有了乱七八糟的想法,总觉得应该有人像电视剧里那样,冲出来高喊"我反对这门亲事"。

但是路家人没有出现,郁家人也没有出现。

章榕会带着她见到的所有人都在支持和祝福这件事。

他真的如他所讲的那样,他处理完一切,而她只需要做到愿意就可以了。

路意浓上了车,拿着结婚证反复看着,简直不可置信。

等红灯的间隙,章榕会伸手过来,握着她的手,愉快地抬起亲了亲:"恭喜你啊,小章太。"

她眨眨眼:"也恭喜你啊,章先生。"

正式婚期未定,但是章榕会领证的消息已经在北城的小圈子里传到无人不晓。

向来最讨厌泄露私隐的这个人大大方方地把最私密的结婚登记照晒到了朋友圈里,红底绒布前,一双璧人穿着白衬衫亲密地靠近,对着镜头微笑。

他还配了两张图。

一张是他们在马牙雪山前的合影。

一张是他二十一岁第一次去桐南,舅妈用老款尼康给两人拍的第一张照片。

像是回溯时光一般,他毫不吝啬地将感情的过往展示得坦坦荡荡。

章榕会的信息和电话再次被打爆了,比之公布恋情那次的轰动程度有过之而无不及。

秀戒指那时毕竟还是隐晦，不过朋友嗨一嗨。现在领了证，尘埃落定，各路长辈也都知道了消息，纷纷打电话过来询问他：照片里是谁家的姑娘？

章榕会接起所有的电话都挂着笑意，难得不厌其烦又温和礼貌地一遍遍解释道："就是普通人家的姑娘。认识十来年，也谈了七八年了，终于定下来。谢谢祝福和关心。"

他没有刻意回避，也没有刻意去讲明路意浓的身份。该知道的，看照片也都会知道。

这是章榕会的态度。

这个人是他法律上的妻子，与她的家庭、她的出身没有任何关系。

路意浓有样学样地发了一条同他一模一样的朋友圈。

不过她是回国后新换的手机号，联系人寥寥无几，除了工作伙伴、舅舅一家还有跟章榕会共同的几个亲人朋友，也没有其他的人了。

她的朋友圈半个小时才勉强集齐了六个赞，相对着电话、短信不断的章榕会，茶几上她一动不动的手机格外像一块板砖。

她在沙发上无聊地端着水杯发呆，章榕会因为手机打到没电，钻进了房间里。

两人仿佛领的不是一本证。

"秃秃"扒着沙发上她的腿，黑黑的大眼睛看着她真是可爱到不行。

"行了，也没人好奇来找我问。"她叹了口气，将水杯放到台面上摸了摸狗头，又站起身来，"我给你开个罐头庆祝一下好了。"

5

路青猛然惊醒，在床上坐起。

她做了一场噩梦，后背的汗水已经湿透了衣服，头发黏在脸上，整个人虚得像是刚从水里捞出来。

但窗外没有欲来的风暴，没有抹不开的黑色，也没有一个诡异的娃娃似的女孩。床头还亮着起夜的小灯，暖色的灯光却驱不走她内心恐怖的诡谲。

她摸了摸额头的薄汗，趿着拖鞋起身往隔壁去，孩子安静地睡在儿童床上，平稳地呼吸着。

"太太？"看孩子的保姆迷迷糊糊地半爬起了身。

"没事。你睡，我过来看看童童。"

路青坐到床边，伸出手抚摸着女儿的脸。她惊魂未定，像是劫后余生般突然流了泪，低头吻了吻孩子香香的脸。

童童在床上发出不舒服的轻微梦呓。

路青抹了抹被泪和汗浸到湿漉漉的脸，伸手轻轻给女儿掖好了被角。

她躺回到金丝楠木的大床上，翻了翻身子，身边的枕被冰冰凉凉、空空荡荡,真丝枕巾上有淡淡的檀香。

她已经三十六岁了,但还是不喜欢这样老气的家具风格。她的内心有过非常少女的时候,她也曾经羡慕过谁身上的柔软与稚嫩,能得到别人的喜爱。

但是现在,她没有选择的权利。

自从嫁给查学礼,有了孩子,她穿衣的风格越来越趋向宽松方便,颜色越来越单一,却也越来越不近人情。

她被逼得失去了柔软的资格,对所有人都冷冰冰地公事公办。

就像身下的床,坚硬无比、棱角分明、界限清晰。

路青一夜没睡,第二天很早就起了床。

等到八点多,她抱着孩子在客厅的游戏区玩耍时,查学礼从楼上下来了。

"起这么早?"

她捏着女儿的小手挥了挥:"童童,说爸爸早——"

查学礼走过,没有回应,只是打了个哈欠。

路青习惯了他的漠不关心,仍旧专心地从地上捡起玩具放到女儿手里。

查学礼在一旁的餐桌上一边翻着报纸,一边用叉子挑起阿姨做的煎蛋,突然说:"最近章家的事,你听说了?"

路青低着头,专心地看着女儿,并不觉得这是一件值得谈论的事情:"怎么了?"

查学礼不咸不淡地说:"你眼光倒是很准,你侄女也是有出息的。"

路青一时分不清他是在褒还是贬,愣了愣神,想了很久,然后淡淡地说:"我跟她早就没联系了,她跟谁结婚,跟我也没有关系。"

"我不是这个意思。"查学礼端着咖啡喝了一口,"都是一个圈子里的人,抬头不见低头见的,没必要闹僵。"

"你天天在家待着也无聊,也可以约她出来见一见。都是自己家人。"

"说不定早晚有用上的时候。"

路青脸色微僵,但查学礼没有回头,没有看她的脸。

她过了许久,轻轻"嗯"了一声。

很快在童童三周岁的那天,家里举行了一个小小的庆生宴。

说是庆生,本质不过是太太们的聚会,带着自家的小朋友一起玩,主要还是为了保持联系,获取一手消息。

童童穿着漂亮的公主裙,粉粉嫩嫩,头上扎着小鬏鬏,像个瓷娃娃特别可爱。

伏欣也把兆卉二胎生的小男孩抱来了,她看着两个孩子玩耍,童童乖巧漂亮,羡慕不已。

"还是你家基因好,一个两个的女孩子都是大美女。我看童童以后也是……"她似是顺嘴一提,又有些刻意地问,"意浓回来这么久了,有没有来你这儿看过?"

路青不知道为什么每个人都要提这件事,脸色不太好看,简单地说道:"还没。"

伏欣叹了一口气说:"我说啊,都是自己人,也没什么过不去的。她现在也有了好出路,你不如主动一些?"

路青没搭话茬,伏欣仍旧自顾自道:"虽然她是嫁回了章家,但是你有这么多年养育之恩在,现在培明又长期在香港,你们碰面也不会尴尬的。"

伏欣试探着看路青的表情,但她无比淡定敷衍,看起来对这个话题并不感兴趣。

"多多接触,总有好处。榕会这个家庭出身,以后大有可为……"

这时外间谁家的孩子跑来跑去撞翻了家里的花瓶,号啕大哭起来。花瓶价贵,保姆做不了主,只能喊路青过去。

她总算得了口喘息,道了声抱歉,急匆匆地走了。

花瓶是查学礼新拍来的,花了不少钱。孩子母亲拽着号啕大哭的男孩一直在说抱歉,路青看着他头上鼓出的巨大一个包,也害怕撞得太厉害有脑震荡,不追究地让司机送人去医院做检查。

等到她处理完这些再回来的时候,房间里的伏欣不见了,两个孩子也不见了。

她急着问:"童童呢?"

保姆说:"是不是让兆太太一起抱走了?"

"去找。"她发了话。

伏欣一个人带两个孩子走不了太远。

查家的宅邸并没有那么大,路青料想着,再远也不过带着去花园玩了,应该丢不了。但一个小姑娘确实目标太小,她只能找伏欣。

只不过打眼从二楼望下去,花园里郁郁葱葱,又哪里像有伏欣的样子?

路青慌张起来,提着裙摆下了一楼,要往花园处去时,她突然回头看向了大门的位置。

回眸的瞬间,路青看到一个长发女人穿着浅绿色的长裙,屈着身子蹲在台阶下,在童童的面前,认真地对她说:"你不能叫我姨姨,我是表姐。你要叫我姐姐。"

"你叫我一声,我就把这个给你。"

女人手里晃着什么,闪闪亮亮的,像一片炫目的银色的光,在阳光下熠熠生辉。

浅绿的荷叶裙边蹭在地砖上微微摇摆,锃亮的瓷面倒映出一截白皙如瓷的脚腕。女人淡红的唇弯起浅浅笑意,眉目柔和地一直在哄着童童说话,但童童性格倔强，面对陌生人一言不发。

她逗弄许久无果，不经意地往后一看，眼神对上了立在原地的路青，唇角的弧度一点点重新绷直。

这是时隔四年余，路青再次见到路意浓。

她们有着最亲的血脉，有着相似的脸。她们曾经朝夕相伴、相依为命。如今再见，彼此都在认真确认对方的变化。

却久久无言。

正巧保姆也找过来，她没有注意到氛围的异常，匆匆过去把孩子从陌生女人面前抱起，放到怀里哄。

这有些失礼，但是路青什么也没说。

"带到屋里去玩吧。"她嘱咐说。

路意浓从廊下的阶梯处缓缓起身，折住的裙身丝滑地沿着腿部流泻下来，她站在原地，没有进门。

路青站在门内冷眼看着，一扇未关的朱红大门将两人泾渭分明地隔开，谁也不会再向前一步。

她的嘴角挂起嘲讽的笑意："你最近在北城很有名气，没想到会莅临寒舍。要不要我出去迎你？"

路意浓或许看清了路青的表情，又或许没有。她很平淡，说着无关痛痒的话："伏阿姨有事约我，让我来这里找她。我不进去了，一会儿就走。"

路青穿着缠枝葡萄式样的短款旗袍，抱臂倚在门框上。岁月不败美人，她年岁渐长却也有了不同以往的旖旎风情。只是她的嘴上仍不饶人："你以往是最看不上这一套。什么场面社交，什么维护关系，恨不得躲得越远越好。如今也是心甘情愿地落入彀中，不得自已了。"

路意浓安静地将眸光定在路青脚下的某处，没有辩驳。

她其实是特意来的这一趟。

不是为了和解，也不是为了炫耀。

只是单纯来看一眼，一直以来她都想再看一眼。

所以伏欣一提，她就答应了。

但是可能，按现在来说，她还是不来比较好吧。

路青抬起手腕，看了眼手表："我还有客人要招待，你请自便？"

她的手垂下去，作势要走了。

路意浓嗓子发紧，她不能释怀的、困扰多年的、始终是想求得一个答案，那个问题几乎是脱口而出："您为什么，要说那种话？"

路青抬眼，看着路意浓沐在四月的和煦阳光中，她年岁正好，青春正盛，像花一样绽放着，每一丝光影都不吝衬着她。

她像是一直以来那样，受着上天的偏宠。

偏宠到，她如今享受了一切，还不懂穷寇莫追的道理。

路青像是一无所知："我说了哪种话？"

"您编造我的那件事。"路意浓的声音颤抖，夹着不能释怀的委屈，"那是爷爷最后……您为什么要用这种方式，让他不安心？"

"他没有不安心。"路青冷冷地看着，"家人在旁陪伴，他了却了心事，有什么不安心？"

"那不是他的心事，是您的心事。"

路青反问："有区别吗？耽误你什么了吗？你现在不是当了章家掌权人的太太，风光无两吗？

"我要是你，第一个就要谢谢我。我送你出国三年，让你的学历镶了金边，又给了你足够时间远离北城的漩涡，让章榕会独自去向家里证明自己非你不可。

"你以为你留在江津，老老实实地读完大学，会顺利地有今天？当一拨一拨的人来搅这潭浑水，你以为你们的感情能撑得住反复折腾？"

她似是不可思议于路意浓的不领情："如今，你在埋怨什么？你在追问什么？你在讨伐什么？"

路意浓如鲠在喉："……我外婆去世，您知道这件事吗？"

路青挑着眉："生死有命，富贵在天。要赖我吗？难道你在国内，她就能长命百岁了？

"好，你想要听我道歉吗，那或许是我错了吧。还要什么吗？"

路意浓终于再次确定，她是来错了这趟。曾经以为会鲜血淋漓的质问、争执，都像是一拳捶在棉花上，被路青三言两语轻飘飘地化解。

"我先走了。"她没有再留下的理由。

路青却在背后突然笑起来。

"我跟章培明在一起的时候，比你现在还要小一点。所以人年轻就是有这个好处，有成本试错。你这一遭折腾下来，也才二十六岁。"

她又玩笑地继续说："你和章榕会的婚前协议是怎么签的？这么多年，市场价变化了，可得比我强。"

路意浓没有回头，她轻飘飘的一句，分量却比什么都重——

"我们没签婚前协议。"

路青的笑声止住，许久才再响起话音："那你是遇到真爱了。厉害了。"

路青转身往屋内走的时候，她还在想，她其实还有很多可以说的。她跟章培明分开的原因，她为了求子被骗受的那些罪，她被外人轻视鄙薄的一生，她为了路家、为了挽救父亲，一次次付出了多少……

但是这些，说出去，路意浓应该也并不会关心。

那本身，就是她培养出来的，极度利己和自私的孩子。

这个世界上，极少有人知道，童童并不是路青的第一个孩子。

是，路青是有过一个孩子的，不过没有出生。

在她带着路意浓与查学礼的朋友见亲的那天，她其实已经有了身孕。

那应该是她又一次得偿所愿的一天——

社会地位超然的丈夫，期待已久的孩子，宣告她正式重回北城顶级圈层的一顿晚宴，却再次被身边的小姑娘喧宾夺主。

路意浓为了自己稚嫩可笑的爱，撇下一切去了隔壁的包厢。

紧跟着又是救护车、警车的声音响个没完，大大不吉。

查学礼很忌讳这一遭，兴致缺缺地匆匆撤了席。

事后，什么都了解清楚了，而她的麻烦才刚刚开始。

查学礼质问她："你侄女和章培明的儿子有事儿？那你还给睿宁介绍什么？"他神色嫌恶，"你当我查家是专门跟在章培明父子后面捡二手的吗？"

他的话说得难听至极，像是当头一棒敲在路青头上，敲得她眼冒金星。

她是怎么惹上的查学礼？

那时她刚刚跟章培明分开，名利场上属于她的一席还未褪色，一个又一个男人殷勤地凑上来，都想要同她有些什么，仿佛这样就能证明自己足以与北城的知名富商一争高低。

她看透那些拙劣的伎俩，享受着别人的殷勤以获得便利，又不真的投入感情，游刃有余地将他们玩弄于股掌之间。

她那时已经不谈爱情了。

爱对她来说，是一件很没有用的东西。它带不来社会地位，带不来实际利益，唯一能带来的，或许只有一个渴望已久的孩子。

所以在她接触过的追求者中，也留有一桩例外，那就是父亲的主治医生，李医生。

她曾经很短暂地同李医生交往过一段时间。

在父亲决意从北城回江津治病以后，他们一直维持着近似恋爱的关系。那段时间，她的心态也因与父亲的和解发生了巨大的变化。

人生或许除了金钱和名利以外也有其他值得去追逐的东西。

那是她人生难得平静的一段时光。

如果能这么走下去。

如果能就此顺利走下去……

一月里，路青特意返回北城，同李医生的母亲吃饭。

两个人年纪都不小了，又因父亲的病长期分隔两地，于是就决定干脆一些，直接见家人把婚事定下来。

只是路青没想到，当她穿着几万块钱的套裙开车接李医生和他寡居又下岗多年的母亲去高档酒店吃饭时，那个女人会全程一直冷着脸，连跟她说句话都不愿意。

李医生全程在中间缓和气氛,路青冷眼看着,只觉得这个场景好熟悉。

等她中途上完洗手间,折返回包厢时,刚刚推开一条门缝,就听到那个寡言的女人像连珠炮似的对儿子发问:"二婚这件事你都不说,还想瞒着什么?

"你妹妹都百度过了,她跟那个男人的照片在网上到处是。怎么分开的,你问过没有?是不能生孩子,还是性格不安分,被扫地出门?

"她肯定有问题,你当她跟过那么好的男人,还能看上咱们家的条件吗?

"你别帮她说话!二婚,你是昏头了,想做这个接盘侠。你别想把人娶回来,害我被邻里笑话!"

路青握着门把,气得浑身都在发抖,曾经在章家老太太那里受的种种屈辱在眼前卷土重来。

她当时势弱,仰仗着章家鼻息,处处受气。

如今呢?

她没吃李家一粒米,没喝李家一口水,又凭什么在这里听一个素昧平生的老太婆对自己指指点点、评头论足?

如果每个男人都一样,如果每家家庭都一样,如果注定所有人都会这么看轻她……

那她为什么要为了虚无缥缈的感情,去放弃唾手可得的利益?

如果都一样,她为什么要在这里挨这种羞辱?

她这么想。

路青在饭后结束了同李医生的关系。

…………

而那天被查学礼伤了心,路青再次想到了分手。

她始终是一个拿得起放得下的人,她也不想忍受这种委屈。

于是她自己去医院做了手术。

可是她没想到,这件事情并没有那么简单。

她在术后流血不止,进了医院观察休养。也是在那里,她第一次见到了郁家的人。

床头一束倾倒的白花像极了一个不吉利的征兆。

郁锦梅站在床边,居高临下地看过来。她其实并不高,但她轻蔑的眼神、威压的气势,都让路青透不过气。

"我们目标一致,都不喜欢你侄女和榕会在一起。那就由你出面,把两个人分开,我自然会帮你处理好查学礼。"

郁锦梅笑道:"你跟他都走到这个份上了,再从头开始可不可惜?你能确定下一个比他更好吗?"

"还是珍惜眼前吧。金钱、名誉、地位、孩子,你想要的,都会有。而现在一切只在你的选择。"

"你不会决定为你侄女的任性买单,把自己一生都赔进去吧?"

那一刻,窗外的天空是漂亮的橘色,路青的脑袋昏昏沉沉。

她想起,二十二岁的那个夏天。

二十二岁。

路青拿着全国 Top10 的研究生录取通知书坐着火车回家,却像是一件羞于启齿的事,将通知书藏在书包的边角。

她回到家,父母一如往常地忽视她,仿佛她的归来不过是桌上多添了一双碗筷。

这种情形下,于佩反而是对她最上心的那一位。

于佩在饭桌上主动问起:"小姑子大学毕业了,找工作没有?隔壁王阿姨的闺女考上了公务员,每个月都往家里交两千。"

父母被提醒着才勉强想起来,自己的女儿终于本科毕业,也到了上班的年纪了。

大家都看过来,路青被迫提起那个话题:"我……保送硕士研究生了。"

"硕士研究生?"父母甚至不怎么懂这个词的含义。

"是,比本科更高一级的学历。"

于佩抢话道:"那是还得继续读?读几年?"

"三年。"

这个数字让大家都沉默下来。

于佩不满地拿筷子敲在餐盘上:"女孩子读那么多书干什么?你哥不就是高中毕业就去钢厂接班了?现在一个月工资也不低。你读出来也该结婚了吧?也不知道能往家里交几次钱。"

路青看着父母无动于衷的神色,身体开始不可抑地颤抖。

她无法解释,也解释不通这个通知书的含金量,这是多少人求而不得的梦,是多少人想花钱都买不到的重要机会。

而在她的家里,这个机会反而成为累赘,意味着她还要做三年家里的负担。

饭桌上的缄默被小心翼翼的一声打破。路意浓问:"暑假,我能回一趟桐南吗?舅舅打电话,问我买了几号的票。"

路勇一巴掌拍掉她手里紧握的筷子,两根竹筷落在地上,滚了滚,吃足了灰。

"不吃饭就滚蛋!"他语气恶劣,"养不熟的东西,天天就想着往那儿跑。你舅舅那么喜欢你,让他们给你交生活费啊!"

路意浓含了泪,推开椅子蹲下身,捡起两根筷子,抱着还没吃净的碗送进了厨房。

路青看她哭得一直在抖,却不发一声地用袖子擦着眼泪。

真可怜啊。

我们。

十二岁的小姑娘刚刚失去母亲,总是在半夜里哭醒,然后睡意惺忪地钻到路青的被子里,像只小动物钻进母兽柔软的腹部,依偎着汲取她的体温。

半夜,她又钻了进来,路青听着她哼哼唧唧的哭声,低声问道:"我身上有些钱,你要不要回趟桐南?"

路意浓在黑暗中睁大眼睛,她翻过身,却怎么也看不清路青的表情,她说:"我不去了。你还要读书。"

"这些钱也不够我读书。我想办法去借、去贷。"路青的眼睛酸到流泪,她死咬着腮畔的嫩肉,却不肯流下一滴,血腥与疼痛让她在深夜里清醒无比。

"实在借不到,我就去上班了。

"我们也不会一直那么穷的。"

她有能力、有头脑、有美貌,路青觉得,上天给足了这些,她自然会用到最好。

她是在二十二岁的夏天,暗暗立下了永不再贫穷的誓言。

第十一章 /
遇见，本身就是最大的奇迹

1

领证后不久，章榕会抽空与路意浓一起去私立医院做了全套的身体检查，也算正式补上了婚检。

路意浓与章榕会分开中途去采血的时候，陌生的中年护士长提着一个塑料袋站到她身边，笑吟吟地递给她。

"听院长说你们新婚？恭喜恭喜。"

路意浓不解其意地拿起袋子里的东西，在看清瓶身字体的瞬间，又松手任它掉了回去。她有些赧然地紧抓住袋口，指腹因用力泛起白色，低声说了一句："谢谢。"

那是两瓶叶酸。

体检结束的时候已经上午十点多，工作日的街道不算拥堵。

最近柳絮飘得厉害，毛茸茸的一团团在天空舞着，落在地上或者掉到车前，软绵绵地随风滚。

车内紧闭着门窗，章榕会发觉她盯着那些白，有些走神地玩着缠在指间的塑料袋。

"那是什么？"他问。

路意浓下意识地将袋子往身后一掖，又觉得有些刻意，幸而章榕会的目光已经转回前方的红绿灯。她清了清嗓子，咕哝了句："没什么。我牙齿有点痛。"

刚刚排查到最后的口腔科时，医生给路意浓拍了一张牙片，从她疼痛的下牙左后方发现了一颗智齿，建议她要及时处理掉。

她口腔的那个位置近一两年确实经常红肿发炎，曾经打定主意想去医院看看，又临阵当了"逃兵"。

原因很简单，她很怕看牙。

记忆里，童年时漫长的换牙期是很折磨的。当一颗牙齿开始有松动迹象，她就开始担惊受怕。

因为大人的处理方式简单粗暴，要么等着咀嚼时的"咯嘣"一声自然脱落；要么怕旧牙久久不落，阻挡新牙的生长，就直接上手处理了，遇到特别结实的，这个手动的过程会拉得尤其漫长。

所以，每一次换牙在路意浓的记忆里都代表着尖锐的疼痛和痛彻心扉的眼泪。

她怕这种疼。

路意浓突然起意，兴致勃勃地同章榕会聊起了关于牙齿的风俗。

换掉的牙不能乱丢，下牙要丢上房顶，上牙要扔到床底；扔的时候腿要并紧，才能保证新长的牙整整齐齐；石榴也要少吃，因为外婆说吃石榴会乱牙齿。

她滔滔不绝地讲了许多，又问章榕会："你小的时候有没有这种说法？还是你出国太早了，信的是外国牙仙子？我听说外国的小孩会把乳齿塞到枕头下面，等着牙仙子的奖励。"

章榕会没有经历过这些，他换牙的所有阶段都是在专业的牙科医院进行处理的。

路意浓有些可怜他："你那么小就开始遭罪了？"

"你怕看牙医？"章榕会察觉她的恐惧，"是不是今天查出哪里不好了？"

"没有没有。我好得很。"她故作镇定地说。

实际上这件事也根本瞒不住，因为体检报告是章榕会取回来的。

路意浓牵着"秃秃"从外面买菜溜达回来的时候，章榕会已经下班回家，对着阅读灯，在沙发上一页一页地翻查她的体检报告。

她身体指标大部分都很好，只是略有些贫血，再有就是……智齿。

章榕会说："你这个智齿的位置……我记得好像总是发炎。"

"没有这回事儿。"路意浓蜷腿坐在沙发的另一边，疯狂摇头。

"总吃消炎药或者止痛药不好，以后有了耐药性，关键的时候会很遭罪。"章榕会凑过去，把人抱在怀里，哄她，"我帮你约个医生？约个技术好的。"

路意浓枕在章榕会的胸口，充耳不闻地捂着耳朵，叽里呱啦开始背一段最近很喜欢的英文念白，一副油盐不进的样子。

章榕会垂眸看着她，也没有再说话。

然而，怕什么来什么。

没过两个周，路意浓在一顿火锅以后，半夜下牙再次发炎，酸痛劲儿磨得她无法入睡。

她偷偷爬起来，举着手机的手电筒去了客厅，在药箱里翻止痛片，却发现明明还剩两粒的白色小药丸已经不见踪影。

"禿禿"被窸窸窣窣的声音吵醒，重在参与地把头拱在药箱里，帮着她翻来翻去。

"怎么不见了……"她嘀咕道。

"啪！"

身后客厅灯光的按钮被按下，灼目的灯光瞬间炸开，几乎晃瞎她的眼。章榕会一脸"我早说什么来着"很欠揍的表情，走到她背后。

她站起来转身，抓着他柔软的睡衣领口，他很顺从地弯下腰。

"你藏我的东西。"她凶巴巴地说。

章榕会不为所动地伸手从箱子里拿出了消炎药："先吃消炎药。炎症没了就给我去拔牙，没得商量了。"

一周以后，章榕会强行将人带进了口腔科，处理掉了那颗磨人的智齿。

拔牙的全过程没什么痛感，但各种工具在口腔里搅弄的时候还是非常可怖且心理压力十足。

拔完以后的第二天，路意浓的左脸肿起一大块，像是奇奇怪怪的不对称的金鱼。

章榕会被她这样逗得要死，觉得很可爱想要偷拍。

但这个尝试很快遭受了暴力镇压，他的手机被她夺过去，把好不容易拍来的照片删得一干二净。

他拿回手机的时候，检查一通，发现连"最近删除"都已经被清空了。

然后他切到微信，才看到王家谨的消息：我新开了个清吧，别的不用拿，准备好钱包多消费，到时候见。

王家谨的新酒吧坐落在津海客流如织的滨江路，这里背靠著名景点梅子峰，正门对着汹涌而过的滔滔江水，江面上时时来往着繁忙的货轮，在夕阳下偶尔鸣起几声汽笛。

他们开车到的时候，天色已经完全黑了，江边两岸亮起了繁华璀璨的灯火。

路意浓的脸上肿痛未消，戴着口罩跟着章榕会，被他拥在怀里进了酒吧。

虽说是新开业的清吧，但也已经被顾客塞得满满当当，熙熙攘攘的游人站在一楼透亮的落地窗外，听着里面的歌唱表演。

王家谨已经给他们留好了位置，没等章榕会点酒，"啪啪啪"一二十瓶高档香槟已经被自觉端上来摆满了台面，引得周围人都欢呼侧目。

这自然是公然宰大户的意思，章榕会也没什么异议，只说："别开了，先存着，我们今晚喝不了酒。"

他给两人点了两杯果汁。

路意浓咬着吸管看着台上。

舞台上的姑娘穿着最简单的白T黑裤，挽着松散的发在舞台上拨弄吉他，低吟浅唱一首她自创的民谣,在思念她的故乡。

路意浓的声音透过口罩,有些发闷。

章榕会凑过去问:"说了什么?"

"我说……"她的口罩露出一点点缝隙,透出白色肌肤,"王家谨命真好啊。"

王家谨是所有人中活得最痛快的一个,他非独子,自小浑不吝,家人也没有对他抱有特别高的期待。他游戏人生,肆意潇洒,能一直这样下去,以自己喜欢的方式过一生,又何尝不是一种究极的幸运?

两人没有在津海过夜,明天章榕会一早有会,又连夜驱车返回了北城。

凌晨十二点多,终于到家,路意浓打着呵欠,进了浴室洗漱。

章榕会摘下手表放进床头柜,一打眼却注意到有一只塑料袋藏在角落,他晃了晃,有药片的"沙沙"作响声。

他已经忘记这是什么时候拿回来的东西,取出药盒看了看,又百度了一下药名。

突然他就笑了。

等路意浓洗完澡,他已经等在门口,握住她的腰,强势地吻上来,带着侵略与霸占的凶猛意图。

章榕会是很爱干净的人,他身上几乎每时每刻都是清爽的气味,让人很喜欢。

路意浓的手指捏着他的衣料,章榕会中止那个吻,低头下来,在她耳边带着笑意问:"想要小朋友了?"

"嗯?"

章榕会的眼往旁边一瞥,示意她去看床头柜上的叶酸。

"那个,我没吃。"她的脸很烫,"暂时还不想……"

"我看说可以提前吃,提前一年的话也可以……"

路意浓有些别扭地埋在他的怀里,不吭声了。

章榕会发觉她大约是真的还不想,手指插进她的长发,眼睛看着她,也没有责怪,就是很平静地看着。

路意浓知道,他已经三十多岁了,又是独子,家里老人年纪大,对于孩子的事情大概是很着急的。

尤其是两人已经领了证,正式确定了夫妻关系,虽然婚礼计划还没有排上日程,但老人难免开始惦记着孩子。

她抚摸着章榕会的脸,问道:"你是不是想要小朋友了?"

"都随你。"他蹭着她无伤的半边软嫩脸蛋,并没有半分不高兴,"你准备好了,我们再要。不着急。"

2

申瑶被困于七月的一场大雨。

磅礴的雨幕将长途汽车站包装成一个独立的容器，人像是被塞在漂流瓶里脆弱的信纸，若是踏出一步，瞬间就会被冲成软烂的泥。

身侧的角落立着淌着黑水的拖把，雨后古怪的异味从各个边角散出来，没有踩到水的脚底也感觉到鞋子里泛起的潮。

申瑶抱着书包，暗暗掩住了口鼻。

一个Q版头像的微信号发来了好友申请。

她点击通过，对方很快发来了一串数字，和一个地址：不好意思，研讨会有些延迟，没法按时过去接你了。你先按地址打车过去吧，上面是门锁密码。家里的东西都可以用，不用担心。

申瑶的手指戳戳点点，很快回复道：谢谢姐姐。

附赠了一个卖萌的表情包。

对方没有再回。

等雨稍小一些，申瑶搭上了出租车。

水汽拢起雾气，整个城市的上半截都掩在缭绕的雾里，江津这座城市在眼前变得格外迷离。

她点开那位姐姐的朋友圈，连翻了十几条都是晦涩的读书心得，难免觉得无趣，放下手机。

李沛的姐姐好像一个老学究。她心里暗想道。

这是申瑶的十八岁。

是她自我定义的叛逃之旅。

在六月刚刚结束的高考中，申瑶并没有按照父母期待的那样，获得一个耀眼的分数。

她的成绩刚超一本的分数线二十分，只能报一个省内普通的大学，读一个普通的专业。

其实她自我感觉发挥得还算可以，只是爸爸同单位同事的女儿今年考了全市第十一名，再加上二姨家还有一个垣城第一的哥哥……比较产生落差，她的成绩在父母眼里就格外不够看了。

于是在她开始挑选学校的同时，父母已经绕过她本人的意愿，直接联系好了学校和复读班的老师，让她再读一年。

但是申瑶不愿意。

她已经对自己的表现满意，父母不过是出于攀比之后的不甘心，她是不会为了这样的理由再去高三煎熬一年的。

家里日日为这件事争吵不休。

她在屋里反锁着房门，埋在被窝里噼里啪啦地打字：我得走了，再在这个家里待下去我会疯掉的!

对面的李沛回道:你去哪儿?

申瑶:不知道。得找一个他们找不到我的地方。

李沛:嗯……

申瑶:你也觉得我很任性吗?

李沛:不是。我表姐现在正好在江津。我只是觉得,如果你无处可去的话,可以去找她。会比较安全。

申瑶按照地址找到了小区,按着密码开了门。

她第一次入住一线省会城市繁华地段的大平层,被屋内的精致陈设一惊。李沛的家庭条件她是知道的,所以她没有料想到,他的姐姐竟会住在这样豪华的房子里。

申瑶将临时买的滴着水的透明雨伞塞进了门口的伞筒,换上了一次性的拖鞋。想直接坐在纯白的沙发上又有点不好意思,于是她先去换了一身衣服。

等她整理得差不多时,门口的锁响了。

她急忙跑出去,对方进门的瞬间,她人傻了。

她没有想到李沛那个朋友圈像老学究似的姐姐竟然这么年轻、这么好看。

进屋的女人上身是雪纺的轻薄面料,下身是一条米色的A字裙,微卷的长发荡在皎洁的脸侧,整个人沾了湿意,气质安谧得像是静物成画。

对方放下手里提着的袋子,换下鞋,朝她打招呼:"你好。"

申瑶回过神,口不择言道:"您好。我是李沛的同学,来给您添麻烦了。"

小小的口误可爱得让对方直接笑起来。

"没有的事儿,我正好最近也是一个人。你叫我'路姐姐'就可以。"

路姐姐是带着晚饭回来的。她从外面打包了两个菜,放进微波炉里转了一下,又戴上了围裙,准备下清汤面。

"今晚大雨,就吃得简单一些。"

申瑶在旁插不上手,小鸡啄米似的点头。

路姐姐专注地煎鸡蛋的时候,放在一旁的手机响了起来。

"你帮我拿一下。"

申瑶急忙去帮她取过来,她垂眼看了一下名字,接起来。

右滑接通的瞬间,申瑶听到一个很低的男音问道:"怎么才接电话,在做什么?"

"李沛有朋友来,我弄个晚饭呢。"路姐姐的手指别着滑落的发丝,语调里含着笑,"煮个面条,再煎个鸡蛋,就可以啦——"

申瑶听着她柔软的声音,看清她手上的戒指,心想:啊,原来李沛姐姐结婚了呀。也不知道谁这么好的运气?

面条很快煮好,随着两道外带的菜端上来,面上盖着油麦菜和煎得黄灿灿的鸡蛋。

路姐姐看她拘谨,催促着她多吃:"你多吃些肉,我最近胃不太好。"

申瑶吃得不多。

"你是不是有什么烦心事?可以跟我们讲。我比你年纪大,说不定能帮你出一些主意。"

申瑶年纪小,委屈却很大。

她整个人都被最近高考后生活里的不如意压垮,有无穷无尽的话可以倾诉。

她讲到高考,讲到一直优异的哥哥,讲到父母的自作主张,讲到他们随时压迫过来的失望情绪。

"我不明白。爱不是无条件的吗?为什么我拿不到高昂的分数,就好像我不是一个合格的女儿?"

路意浓全程安静地听完她说的每一句话,手撑在桌上托着腮:"我本身并不是很好的例子,也不曾跟我的父亲和解。

"这世界上或许有全然无私的父母之爱,但不会是全部。大部分的爱是要挟,是霸道,是索求回报。

"我不了解你的父母,也不了解你的潜力,给不了你具体的建议。人得出一个结果往往是各项因素的杂糅,父母的攀比和真心希望你好的想法可以共存共生。但是我也认可你说的,人生也不止一条父母指定的路才可以走。

"当下困扰你的事情,或许非常痛苦,但人成长的全程都是伴随伤痛的。"路意浓声音柔软道,"当你年纪越来越大,见过越来越多的人,值得烦恼的事情会越来越多。

"那时候,再回头看,曾经压垮你的巨石突然就变成了一片掉在脚下的碎瓦,说一不二的父母变成什么事都要问你的老人,曾经日思夜想的人天南地北失去消息。你那时会明白,时光,是不会回头的。"

床头幽香的金橘色瓶口插着数只扩香的白桦芦苇,瓶子里的液体表面已经下去了一多半。屋内的窗帘被拉到一半,暖煦的光落到屋内,一半光明,一半黑暗。

章榕会微微眯着眼,看清路意浓背对着他坐在亮面地毯上,"秃秃"撅着屁股趴在她的面前,"哼哧哼哧"地在跟零食肉干作斗争。

他伸出手,嗓音干哑地说了一句:"来。"

对方回头,带着熟悉的明媚笑意爬上床,窝在他心口的位置,微微枕着他的肩,她的另一只手不安分地搭下床去,摸着床下"秃秃"柔顺的皮毛。

他埋在馨香的发里,轻声说:"想你了。"

…………

"滚去找你爹。"

章榕会被客厅的声音吵醒。

他伸手一摸身边的床铺，被空调吹得冰凉一片，哪里有别人？

他反应过来刚刚那不过是一个梦，心情不太美妙，穿着睡衣晃晃悠悠地到客厅里，透亮的阳光照得他眼睛疼，他拿着手背挡了两秒，缓了缓。

王家谨在沙发上打着游戏，一边很烦地用脚把"秃秃"推得老远，避免它扑上来。

听到背后的脚步声，他盯着屏幕，头都没回地说："赶紧来双排。"又嘀咕道，"已婚男就是堕落，早上十点钟还不起。"

"昨天开会到凌晨。"章榕会将柠檬片扔进壶里，又接满了凉水泡上，走到茶几边，倒满了两杯，"当谁都是你？"

王家谨被他这么一提又想起来："你老婆什么时候回来？"

"下周天。"章榕会说起也是有些不满意，他本来是打算周末去江津看她。但是她说现在有人陪，就不用他来回折腾了。

"那还不赶紧趁着最后的机会浪起来，"王家谨拿起手机就要喊人，"晚上出去喝酒？"

章榕会随口就推了："不去，在家陪狗。"

王家谨被他油盐不进的好男人做派气得要死，狗比朋友重要！已婚男果真一点儿都不行！

路意浓不在的时候，章榕会独自一人生活得很规律，白天出门上班开会，晚上回家休息，给老婆打电话。

到了晚上八点多，他在小区里遛着狗，逛到篮球场外，坐在观众席认真看了一会儿小区里的高中生打球。

回家路过楼下便利店，他突然有些喉咙发痒，感觉自己烟瘾犯了，牵着狗进去，到柜台前看了许久，随手指了一包。

回到家里，他单手撕开外面的透明包装，突然低头看到"秃秃"蹲在脚下，瞪着水汪汪的眼睛。

"你是你妈妈派来看着我的吗？"他笑了笑。

他突然很想路意浓，想跟她打电话，说他每次想她就犯烟瘾，但是"秃秃"现在也能替她劝住他了。

他拨通了电话，但是对面许许久久都没人接。

他有些奇怪，也有些担心，反复地拨了几次，直到间隙里，电话才被回拨过来。

路意浓的声音听上去有点慌，含着哭腔说："章榕会，你能不能来趟江津啊？我好像……"

好像怎么样？

章榕会感觉自己脑袋都是蒙的。

他以最快的速度拿上了证件，抢订上了今天最晚的一趟航班，"秃秃"被留在了家里，他打电话让王家谨接回去看两天。

"怎么回事儿？"王家谨被他搞得摸不着头脑，"前几天不还好好的？这么急匆匆是要去干什么？"

"你就来帮我看看。"他按掉了电话。

深夜一点，飞机降落在江津机场。

凌晨两点半，医院。

章榕会终于赶到急诊的观察室。

进门的瞬间，就看到他的姑娘瘦瘦弱弱的，一个人平躺在一张窄窄的床上，脚腕处被淡黄的绷带紧紧缠了几圈。

病床旁陪着一个小女孩，拉了一张塑料椅子趴伏在床尾的位置已经睡熟了。

路意浓并没有睡。

她随着脚步声转头望向他，这个动作她已经不知重复了多少遍，终于在看清他的瞬间红了眼睛。

她想笑又笑不出来，向他伸出手。

章榕会过去，托着她的后背，将人紧紧搂在怀里。

路意浓的手里一直紧紧攥着一张血检报告单，终于反应过来塞给他看，她的鼻音里带着哭腔："怎么办啊，我还没有吃叶酸。"

晚上早间的时候，路意浓在浴室里洗了澡，蹲下身拿起脏掉的衣服准备扔进洗衣机时，却突然因为低血糖头脑发木，眼睛一花，左脚踩在未干的水渍上顺势一滑，崴倒在了地板上。

那一瞬间，她脑子里只有一个念头——

又来一次？这个房子是不是克她的脚？

她的脚腕疼到动不了，幸好家里还有一个申瑶。

她给申瑶发了消息。小姑娘很快从隔壁跑过来，搀起她从浴室走到卧室里，帮助她换下了沾湿的衣服，就急忙打车去了医院。

急诊科的医生检查了一下路意浓的情况，说："应该不是骨折。但是你之前这个位置骨折过一次，最好还是要拍CT再看下。"

申瑶在旁突然插话："怀孕的话，是不是不能拍CT？"

路意浓和医生一起看向她，她有些不好意思地放低声音："我看您最近胃口不太好，吃荤总是有些反酸，是不是……"

路意浓被她的话吓得心里"咯噔"一跳，下意识又觉得应该不是。

医生说："你已婚？那就先去查个血。"

等了半个多小时，血检报告就出来了，HCG（人绒毛膜促性腺激素）值直接飙到到了五千多，是怀孕无疑了。

趴在床尾睡着的申瑶在睡梦中一直迷迷糊糊地听到有人说话的声音。

路姐姐的声音很慌张。

"我真的不知道。我的月经一直都不是很准，之前隔了两三个月也是有的……

"这是很小概率的事情吧？是吧？应该不会错吧？

"我不知道怎么办。我还没有准备好……"

申瑶眯着眼睛侧过头，才发现床边不知什么时候多了一个人。

男人的身影在她的眼里被灯光拉成了一个模糊的黑色线条，她看不清，揉了揉眼。

章榕会一直非常淡定，他将路意浓抱着，抚摸着她的头发安抚她。过了许久，等她终于稍微平静一些，他说："稍等下我。"

他又去医生那边询问了关于她的事情。

路意浓崴脚的情况不算严重，医生先用弹力绷带做了加压包扎，然后嘱咐她每天要持续进行冰敷，要是没有好转就得再到医院复查。

章榕会很快又拿了一些东西折返。

"我要怎么办？要回家吗？"她问。

"先回家。"章榕会说，"我去弄个轮椅。"

他们打了一辆出租车，申瑶从车内的后视镜悄悄看着后排。

路姐姐本来一直是很镇定的，只有出血检报告那会儿，她给老公打电话的时候语气有些慌。但是从她老公露面，路姐姐一下就变成了小朋友，她在他怀里不安地蹭着，不时仰着头看他，又垂下去，半天没说一句话。而男人抚摸着她的肩膀，蹭着她的脸，他的表情、动作安抚了她一切的不安与躁动。

章榕会捏着路意浓的手指，轻轻地扣在手掌心。

"没事的，有我。"

这是一个很特别的夜晚。

凌晨三点多，回家的道路已经空无一人。

章榕会又一次像热恋期，不顾一切地奔赴她。

他曾经在这个过程中体会过痛苦与折磨，也体会过期待与欣喜。

万幸。

这次上天给予的是一个奇妙的礼物。

小小的生命意外地在他深爱的人的肚子里生根发芽。

他曾经在万千个夜晚感觉生命的无味寡淡，却在此刻，对于这个夜晚，对于生命馈赠的一切充满了感激。

3

申瑶要回家了。

她在江津住了十来天，对父母的怨气早已消散。如今路姐姐的老公来了，她也不能留着继续当"电灯泡"。不论是复读，还是去上大学，她决定回去找寻个结论出来。

她早上五点多起床洗漱，收拾好背包，又从手机上定好了网约车，就轻手轻脚地掩上房门，拿着写好的便笺，思索着是放在茶几上比较好，还是贴在冰箱上。

然而，她还没走出两步，就看见客厅里的电视无声地亮着，一个模糊的影子靠着沙发席地而坐。

外面的天蒙着未能透亮，屋内是浅色的灰蓝调。

她走过去，轻声打招呼："您没休息吗？"

她的脚步停住了。

她突然看清路姐姐老公的眼眶是通红的。

昨天明明一直是很淡定、很冷静的一个人，却在凌晨五点半，整个城市渐渐醒来的前夕，独自一人在客厅里，红着眼睛，等待太阳升起。

她为自己贸然撞破别人的私隐有些抱歉。

章榕会没有回避陌生人的眼光，说："我睡不着，怕吵到她，出来坐坐。"

他又道："昨天，谢谢。"

"没事没事。"申瑶觉得不太好意思，"路姐姐收留我好久，是我该谢谢她。"

两人也没什么别的话可以说。

申瑶看了墙上的钟："那个……我准备回家了，约的车还在楼下等着。等路姐姐醒了，麻烦您帮我说一声吧？"

章榕会问："要送吗？"

他虽然这么问，其实已经没有力气了。

"不用不用。"申瑶急忙摇头，"车就在小区外面。"

"好。"他没有再客气，"你注意安全。"

路意浓这一觉睡得不算沉，她察觉到身侧床铺微微下沉，紧跟着有丝滑凉爽的身躯贴上她，手掌抚上她尚且平坦的腹部。

她的心脏感觉到一种前所未有的亲密感，这与以往任何时间都是不同的——她与枕边人，有了更亲密的血脉的关联。

路意浓囔着鼻音，蹭到章榕会的肩窝里，撒娇似的道："压坏了。"

章榕会的笑声从头顶上方传来："没用力，压不坏的。"

她还是没睁眼，晕沉沉地压着他，半晌才说："好像跟做梦一样。"

"……我也是。"

"几点了?"她想起什么。

"十一点多了。"

路意浓问:"你给小朋友弄吃的了吗?"

章榕会挨在她柔软的耳边说:"我家里的小朋友,还有肚子里的小小朋友都还在赖床。我给谁弄吃的?"

她疑惑地问:"嗯?"

"你要是说弟弟的同学的话,她一早起来已经搭车回家了。"

路意浓一个激灵,离开他的怀抱,伸手摸到床头的手机,果然有一条一个多小时前的最新消息——申瑶到家报了平安,又特别感谢了她这段时间的照顾与开导。

她终于放下心,丢下手机,转身看到章榕会靠在床头,对她张开双手。

她重新扑进他的怀抱,叹了一声:"又剩下我们俩了。"

"马上就是三个人了。"章榕会无时无刻不在提醒她这件事。

路意浓本来是没想这么快要孩子的,她刚刚毕业不久,工作也才起步,原想着再等一等,等她自己再成熟一些、再富有一些,再考虑孩子的事情。

但是现在,也没有别的选项了。

他们亲密地依偎着,路意浓突然仰起脖子,认真地看着他。

"章榕会……"

"嗯?"

"我想你了。"她说完这句,又不好意思地窝了回去。

章榕会没有说话,他的眼神已经说完了所有的回答。

章思晴是下午赶过来的,她看着路意浓坐在轮椅上在家里灵活地逛来逛去,哭笑不得地开玩笑:"你这也是用出经验和心得了!这叫一个'如履平地'。"

路意浓很不好意思地要去接她手里的东西,被章思晴伸手挡开。

"我去买了些炖补的东西。不用你帮忙。"

江津的房子长期没有人住,章榕会又临时找了个保姆,下午才能上门。

章思晴在饭桌上突然想起什么:"婚礼得赶紧办呀,不能拖了,不然穿婚纱不好看的。"

路意浓看了一眼章榕会。

他当机立断地丢下一句:"办。"

章思晴笑吟吟道:"意浓,你别嫌姑姑多事。你们要是决定办,我就去找人算日子、联系酒店了。我尽量把东西和榕会商量着都安排好,你就养好身子,到时候婚礼打扮得漂漂亮亮的。"

路意浓非常感谢章思晴的包揽，她确实没有什么精力去承担起这么重的任务了，于是乖巧地回答："好的。"

阿姨是下午到的家里，一进屋就戴上用具积极打扫起来。她收起浴室脏衣篓里的衣服要扔到洗衣机时，突然从裤子口袋里摸出一包香烟。

章榕会正在客厅里陪着老婆和姑姑看电视聊天，就听到阿姨的声音传过来："您还抽烟呀？这个对大人和小孩都不好的呀。"

一回头，屋内的女人都谴责地看着他。

章榕会想起未能及时毁灭的罪证，哑然失笑，不再辩解。

"是。"他认错态度良好，"不抽了，以后都戒掉。"

等到路意浓的脚伤养得稍好了一些，章榕会就带着她返回北城了。他的亲人朋友都在那里，自然是要在北城办酒席。

他返回北城后的一段时间都忙得很厉害。

前些天积压了许多工作，又有一些很亲近的朋友听闻了风声要请他吃饭喝酒，这就导致，连续好多天他回家时，路意浓都已经早睡了。

他只能轻手轻脚地在外间洗漱好，然后躺上床铺，将人捞到怀里，用手掌比量着，感受着她肚子的弧度。

但她实在太瘦，孩子月份又太小，这么摸着，也觉不出什么太大的变化。

在返回北城的两周后，章榕会接到了一通来电。

他心态平和地接起，似是早有预料。

郁锦梅来到公司楼下的咖啡馆里等他。

她是个非常老派的人，不爱喝那些时兴的饮品，便只要了一杯白开水。

等到章榕会坐定，她开门见山地说："我来找你，是为孩子的事情。"

郁锦梅："这个孩子，郁家要了。这是你答应过外公的，你欠我们的。"

章榕会一言不发地看着她。

"我们始终是你的亲人，而非敌人，你不用这么看我们。"

周围的环境熙攘，有公司的下属买咖啡路过，看到小 Boss（老板）在谈事，都装着若无其事，实际往这边偷偷观察着。

郁锦梅喝了一口水："我们不会把这个孩子带走，他还是会跟在你们身边生活，你要是不放心，可以让律师拟一份协议。"

章榕会没说好，也没说不好："我需要考虑。"

郁锦梅看着他，面无表情："挂在郁家的名下，对于任何人都有百利而无一害。他会是郁家唯一的继承人。你总不能说，老爷子奋斗那么多年得来的一切，比不上'她'那边乱成一团的亲缘关系。"

郁锦梅："这是我们最后的让步和底线。你受郁家庇佑长大，也对我们有过承诺，现在这是外公对你唯一的要求了。"

郁锦梅放下水杯，抬了抬下巴："回去跟你太太商量一下。"

那天,章榕会推掉了所有的会议和饭局,早早地回了家。

"秃秃"从卧室里跑出来迎接他,章榕会摸了摸狗头,边走边松开了领带。进到卧室里,路意浓正趴在床上,拿着章思晴排的座次表研究着。

"别压着肚子。"他坐到她的身侧,伸手梳了梳她睡到糟乱的头发。

"没事,我瘦着呢,压不到。"她并不怎么听话。

路意浓并没有什么亲朋会来参加这场婚礼,主要是请舅舅一家,还有出版社对接的同事和胡老师,七七八八地算上,才能勉强凑起一桌。

其他的,要由章家宴请的那些宾客列了长长的名单,路意浓看到都要头痛。

同时为了这场婚礼,章培明已经动身从香港返回北城,章榕会一直忙,他们还没来得及一起回去看过。

章榕会挨在她的脸侧,路意浓原以为他在同自己一起研究名单,结果她说了两句,对方没有回应,她才发现他走了神。

"怎么了?"路意浓问。

"没事。"章榕会很快答道。

路意浓觉得他不像没事的样子,伸手推了推他的肩膀:"怎么了?别让我猜啊,孕妇忌多思的。"

章榕会的脸上露出不常见的古怪表情,似是不知如何启齿。

"说呀。"她又催了一遍。

章榕会硬着头皮说:"我小姨今天来找我了。"

"嗯?"

"她想,孩子生下来以后,挂到郁家的名下去……"

路意浓感觉脑子有点不够用:"这是什么意思?"

章榕会看着她,耐心解释道:"只是户口通过挂靠的方式留在郁家,随外公姓郁。实际上,孩子会跟我们一起生活。"

路意浓消化着这个信息,然后问:"是他们共同的意思?"

她知道郁家对自己不喜,所以从没想过,他们会对她的孩子有别的安排。

章榕会不说话了,从背后抱着她。

她想了一会儿,点头说:"可以吧。"

章榕会没料想她会答应得这么痛快,有些吃惊。

路意浓半回过身,伸手捏着他的脸颊,向上抬起一个笑脸:"你和我是不一样的,虽然我没怎么跟他们接触过。但是我知道,他们一定都很爱重你。

"你跟我结婚也顶着很大的压力。这么久没回过外公那里,想必是闹得有点僵。

"其实不必为难。虽然挂到了郁家,但孩子还是我们的孩子,会跟着我们长大,我们还是他的爸爸妈妈。"

章榕会抬起手掌摩挲着她的脸。路意浓像只小猫一样，依恋地蹭在他的掌心里。

她最近变得黏人了很多。

路意浓说："我在国外有一段时间，因为家人的漠视而很讨厌我的姓氏。我希望我的孩子不要这样。"

她又想起什么，对着章榕会提醒道："我倒是想得开。只是奶奶那边能同意吗？"

章家也对这个孩子期待已久了。

"那就取两个名字。"

章榕会轻声说："除了我爸，也没必要让别人知道这件事。"

婚礼的日期就近定在了十月份。

婚纱是决定要举行典礼以后即刻就定的，量尺码的时候路意浓顾及着肚子，特意嘱咐设计师腰部留得宽松一些。

等到九月底，他们为了婚礼临时搬回了西鹊山，婚纱才完工，被送货上门。

婚纱被摊铺在婚床上，是精致的钩针刺绣款，蓬松的裙尾顾及着新娘的体力没有做得很厚重，裙纱是白色的，底色带着隐约的绿，像是藏着一条隐约可见的山溪。

纯情如杭敏英，倒是比路意浓本人都要激动，声音比平时都高了八度，一直鼓动着路意浓赶紧试试看，她则拽着大个子的"秃秃"出了门。

屋里只剩了自己一个人，路意浓坐在原本属于章榕会房间的床边低头看着婚纱，手指抚触着面料上的繁复花纹，突然走神。

那一年，路青带她去参加画廊顾客女儿的婚礼，那件造价高昂的婚纱是全场瞩目的焦点。路青用一件婚纱劝诫着她不要浪费青春时光，不要再拒绝安排的相亲见面。

路意浓那时候已经和章榕会在一起，但是前途渺茫，她看着台上那件婚纱，心里不敢生出一点妄念。

此后多年。

她失去了很多，得到了更多。

如今，还是走到这里了。

章榕会推门而入的时候，路意浓背对着门口，刚刚整理好蓬松的裙纱，她的手指挽着掉落的发，露出修长白皙的脖子；裙摆随动作微微摆动，那一抹隐约的绿衬着她，像是林中的仙子。婚纱后背的拉链没有拉到最上，屋内的冷光照着她半片瓷一般光洁的背。

她还以为是杭敏英折返了，想寻求帮助："我的拉链拉不动了，你帮我看看。"

脚步声渐近,她听出不是杭敏英,未及回头,背后的拉链已经被提了上去。紧跟着她被纳入一个怀抱中,男人宽大的手掌温柔地环着她的腰身。

"好看吗?"她问。

"很美。"章榕会的吻落在她的颈侧。

他从不曾吝啬称赞她的美丽。

这是他的新娘。

待到婚礼的前十天,舅舅一家才从桐南动身。

虽然从网上对章家的身家已经有所了解,但等住进西鹊山,亲眼所见预备婚礼的巨大阵仗,还是远远超出了他们心理预期的上限。

在舅舅、舅妈忧愁着礼金是不是准备少了,要再取多少合适的时候,李沛已经非常自来熟地骑着自行车将别墅区和紧挨的景区逛了个遍。

章榕会对李沛看得跟自己的亲弟弟一样,李沛在暑期刚刚拿下驾照,章榕会下班没什么事就丢给他车钥匙,自己则坐在副驾驶,陪他出门练两个小时的车。好几款王家谨都眼馋的私人藏车,倒让李沛先体验过了。

路意浓早上起床下了楼,听到阿姨说舅妈又进了厨房煲汤。

她孕期胃口坏得厉害,油腻荤腥都难以下咽,孕早期的体重还在往下掉。舅妈心疼得很,没事就去厨房里给她准备一些爱吃的家常菜,怎么都拦不住。

她往厨房去,发现舅舅也在那里,帮舅妈摘着新鲜的豆角。

舅妈穿着围裙站在灶旁点着现金,疑惑地问:"怎么多提了这些……"

"不是我的。"舅舅放低了声音说,"是……给我的。让我帮忙单独给一封红包。"

路意浓停在了门口。

"他都多少年没联系过你了?"舅妈皱着眉,"你收了?"

"毕竟是亲爹。连婚礼也没让来,他说得也可怜。就是一封红包,我想着顺便就……"

"李庆你可别昏头,你姐当时去世,他是怎么跟你吵的?那能忘吗?"舅妈说得耿直。

他们的日子这些年才好起来,早些年吃苦受累,看透了人情冷暖,如今对悔不当初的这套格外看不上。

"那两个不是糊涂孩子,没叫他,肯定是中间有事儿咱们不知道。你别乱在中间充好人。"

舅舅叹了一口气:"行。那我一会儿把红包再退回去。不惹这些事了。"

舅舅给路勇退回红包,对方却没有收下,而是让他跟章榕会问下,愿意收也当个祝福,不愿意收就算了。

他思索了良久,还是找了个机会,同章榕会单独说了这件事。

章榕会听完了，没有立即表态。

他不会浪费时间去猜测这封红包里有几分纯粹的真心，抑或有几分无谓的试探，只是简单地对舅舅说："红包封上您换个名字。我知道就行，别告诉她了。"

舅舅会意，连连点头。

婚礼之前，舅舅一家代表着路意浓的娘家，跟章家的亲戚一起吃了个饭。

章老太太自然还是心气高，只是她年纪大了，又或许是顾及着路意浓肚子里期待已久的曾孙，很给面子地坐完了全席，面对路意浓舅舅、舅妈的主动敬酒，她也接下了。

章培明笑说："果然还是曾孙面子大，老太太多少年不碰酒了，今天也能喝上两口。"

杭敏英不服地站起身："外婆，我也敬您一杯。您不能为了小宝宝厚此薄彼。"

章思晴笑骂她："争风吃醋，倒是哪儿都有你！"

章老太太让杭敏英哄得妥帖，又高高兴兴地喝下了第三杯酒。

章榕会靠在椅背上，慵懒地从后面揽着路意浓的腰，脸上一直带着笑意。

路意浓回过头来看着他，眼睛眨了眨，声音很轻地说："真好啊，这样。"

婚礼那天，舅舅一家被安排在了主桌，挨着章培明落座。

章家的亲朋自然非富即贵，舅舅穿着昂贵的西装，感觉后背上都是汗，他有些难受地想弄弄领子。

舅妈暗暗掐了一把他："不要动来动去，一会儿去洗手间弄。"

她又看向还在玩手机的李沛，急忙教训："像什么样子，把手机放下！"

李沛把手机收了，有些无语道："妈，你别那么激动，我就给我同学回个消息。"

申瑶后来始终没能等到李沛在婚礼现场的返图。

她一直抓心挠肝地想，路姐姐和她的老公都这么好看，婚礼现场岂不是美翻了？

但李沛后来不知道忙什么去了，她再发的消息，对方一直也没有回。

她在家里躺到晚上十点多，妈妈突然在客厅喊她。

"申瑶！出来接你哥的电话！懒都懒死了。放假回家就知道躺着，什么活也不干。"

申瑶趿着拖鞋起身，哥哥打来的语音电话，她必然是每次都要被揪上前认真聆听，最好是能做做笔记的。

那头的网络并不算好，隔着十几个小时的时差，对面的声音断断续续的，有时还会卡。

哥哥问她："最近专业课学得怎么样，还感兴趣吗？"

申瑶认真地回答："喜欢的，我在好好学。"

"嗯。你的第一学历不算很高，不论是出国还是读研都不占优势。但有热爱总是好的，你本身要足够优秀才能跨越那些壁垒，去跟本专业最好的大学的那些人竞争。"

"论优秀，我这辈子是比不上你了。"申瑶有些摆烂地说出了真心话，注意到一旁妈妈怒其不争的眼光，她又急忙祸水东引，"哥你还单着吗？平日别顾着读书，找对象也要积极主动一些啊！要不是小路姐姐有老公了，等你后年毕业回来，我高低要给你介绍她。"

"嗯？"

谢辰二十七岁，再有一年半就能拿到自己的博士学位。目前已经有几家国内的大学向他伸出橄榄枝，他还在考虑挑选。

"什么小路姐姐？"

"就是我前段时间，离家出走去同学姐姐家寄住，那个姐姐可漂亮了。我找下照片啊……她最近结婚，我看看朋友圈有没有照片。"

申瑶在朋友圈里翻了很久，终于翻到一张很久之前她因为觉得内容无聊提前退出而错过的结婚证照。

她发给谢辰问道："是不是很漂亮？你给我找嫂子按这个标准啊！"

谢辰那个下午发了很久的呆。

他坐在桌前，对着笔记本电脑，满脑思绪，却打不出一个字。

深秋的时节，枯黄干脆的树叶铺满通往图书馆的道路，他远远地看着窗下，仿佛能听见叶脊折断响在行人脚下的脆声。

他在这个位置坐了八年，看着一年年各国新生面带微笑地到来，又看着一拨拨的毕业生离去。

他在这个位置上遇到过很多人。看到他们初时的欣喜与激动、中途的繁忙与挣扎，再到毕业彻底收拾干净的桌面，仿佛只是他们抽空出去喝杯咖啡。

他突然想起，高中时，倚靠在后座，听到后座的女声在背一首苏轼的《赤壁赋》。

他已经背熟，就在脑子里和着她的声音跟她一起背。背到最后，女声已经加快了速度，要把不会被考到的结尾匆匆收净。

"……客喜而笑，洗盏更酌。肴核既尽，杯盘狼籍。相与枕藉乎舟中，不知东方之既白。"

记忆的碎片突然袭来，清晰如昨。

到如今，已经十年了吗？

4

路意浓和章榕会的女儿出生于次年阳春三月的尾巴。

路意浓的肚子发动得比预产期早了两周多,章榕会提前准备的休假还没有开始,在公司开会的时候,就接到了家里的来电。

月嫂没有到位,陪在她身边的阿姨没有相关经验,一惊一乍的语气听得章榕会大脑一片空白,心脏七上八下地乱跳,鼓膜里都是"嘭嘭嘭"的响声。

他手心里都是汗,推门离开会议室时,感觉脚下像踩了云一样软。

终于路意浓忍不住把手机从阿姨手里接过去,她处于阵痛的间隙,语气还算镇定。

"才刚刚有反应,离生下来还早呢。"她安抚着他,"章榕会,你路上慢慢来,别慌。"

章榕会提前订好了一家私立医院,有单人的产房。他开车到了以后,就进了产房陪产。

中途他出来过两次,一次是拿家里补送来的陪产包,一次是出来拿章思晴送来的晚饭。

章思晴握着他的小臂,急切地问:"现在怎么样了?你奶奶给我打了好几次电话问。"

"都很正常。"章榕会轻声说,"您别太担心,打了无痛针,医生护士都一直在看着。您别在这儿等了,我也顾不上外面,估计还有几个小时。您先回去休息。"

章思晴还是没有走。

小夫妻俩一直生活得比较独立,但新手妈妈最容易多思,章家不留人,万一误会了是不重视她,那就不好了。

章思晴就这么一直从天亮等到了天黑,又等到了深夜时分。

有护士从里间出来,她又拉着人问一问情况,并随时将动向告知行动不便的老太太和已经返港的章培明。

直到晚上十二点四十多,产房终于有了动静,先被推出来送往病房的是小宝宝,章思晴十分激动地拿手机赶紧拍照报喜,又不放心地抬眼从门缝往里看去。

路意浓似乎因为疲累已经昏睡,章榕会坐在她的身旁,抬起她的小臂,握着她的手指,一动不动。

一旁的护士开始收捡用具。

"等一会儿。"章榕会出声阻止说,"先等她睡一会儿,缓一缓再说。"

护士回身,看清灯光下男人的表情,轻悄地放下了手里的东西。

路意浓的这一觉睡得很深很沉,中途她隐约感觉到病床在动,感觉有浸湿的毛巾在擦自己被汗水黏糊的额头和脖颈,却累得睁不开眼睛。

不过她并没有睡很久，只过了几个小时，最后还是被身体的酸软疼痛感弄醒。

她睁眼，眼前的天花板是沉沉的黑，手指微动，伏在床边的男人一下子有了动静。

她的手指被章榕会收拢在掌心，他躬起身子，紧张地问："哪里不舒服？"

病房里只留了一盏小夜灯，灯光是柔和的黄色，浅浅的光笼罩着这张病床，足够他们看清彼此的脸。

路意浓突然失笑，伸手过去，大拇指温柔地抚蹭着他通红的眼。

"都当爸爸啦。"她像哄小朋友一样哄着他，"怎么还会哭的啊？"

大约是父母基因太强大，刚出月的小小姑娘五官舒展开了，白白嫩嫩像瓷娃娃一样，眼睛圆圆的随了她的妈妈。

入户手续是章榕会拿着资料同郁锦梅一起去办的。

老爷子已经提前拟好了字，单名一个"蔓"，随了她父亲"榕"字的一脉相承之意，又是祝福她健康顽强、茁壮生长。

于是两人商议以后，索性将小姑娘的乳名叫了"慢慢"，在章家用的大名是章培明取的名字，章漪。

也是很好听的名字。

用杭敏英的话来说，慢慢是典型的火象白羊星座，热情、冲动、急性子，对别人的关注度要求极高，倒不挑人，只是家里几个阿姨整日里得轮流抱着，一放就要哭，很会折腾人。

慢慢被批评，章榕会第一个不同意，脸拉得老长，把人赶出了婴儿房，不允许杭敏英再看了。

她气呼呼地踢踏着脚步，嘟囔着："我这个表姑这么老远来看她，就一点儿人权都没有吗？"

路意浓随她后面出了房间，笑道："你已经很好了。他有朋友想来看，在楼下坐了一下午，一人一壶茶喝到饱都没让上楼。

"他还护短。也是没让上楼的那个，说'秃秃'丑都被拉黑了两个月。你这么说慢慢，他肯定又要不高兴的。"

"哎……听不了大实话！"杭敏英感叹着说。

杭敏英回头又看向路意浓，她随手挽着发踏下台阶，上衣和长裙松软地包裹着，腰间又恢复了纤纤一握的细致。

有了小孩，她的气质又与之前有了很大的不同，不仅仅是容貌上的美丽，她整个人都是舒适柔和的，像发着光。

正如同章思晴讲的，一段好的婚姻就应该是这样。

单身至今的杭敏英直想叹气，比她大一岁的嫂嫂连孩子都有了，而她什么时候能脱单啊？

中秋，章家设宴团圆。

一家人吃完晚饭，夜色正好。路意浓抱着慢慢站在阳台上，领着她看那轮在云层缭绕下略显清冷的圆月。

不多时，一双手将孩子从路意浓怀里接过去，章榕会高高地将孩子举起，慢慢乐得咯咯直笑。

"小胖猪，别把妈妈累坏了。"

慢慢听不懂爸爸的调侃，笑得嘴巴张大，露出才刚刚冒头的小乳牙。

"没心没肺的小家伙。"章榕会哼哼笑话她。

他逗着慢慢玩，回头见路意浓站在那里，看着他们，神色平静，若有所思。

"在想什么？"章榕会奇怪地问。

"我在想——"她拖长了语调，"今天过节，你把孩子……抱去郁家看一看吧。"

章榕会的笑意一下淡下来，语气也有些冷："没必要。我没约，也没说过要去。"

路意浓笑着上前，踮起脚亲亲他的侧脸："怎么就一副老死不相往来的架势？慢慢还挂着郁家的户口呢，现在老人家一次都没见过。应当要去的。"

章榕会被她说得有些心软，问她："那你呢？你跟我一起？"

"我下次吧。"她的声音沉稳又妥帖，"我今天陪奶奶，下次再陪你们去。"

虽是中秋，月色皎洁，十点钟不到，郁家的门户已经紧闭了。

车子停在门外，"啪啪"叩响门环的声音响起，许久才有家政阿姨匆匆打开了门，紧接着全屋上下的灯都被依次按开。

郁锦梅正在房里卧床读书，突然听到走廊的嘈杂声。

她未及起身，已经有阿姨来敲房门，女人难掩欣喜道："章先生带着孩子回来过节了。"

郁老爷子也从房里起了床，他身子骨弱，睡衣外面披着外套，被阿姨扶到客厅里。

章榕会带来的月嫂守在一旁，慢慢一直由郁锦梅放在怀里爱不释手地抱着，等老人家坐定，又抱过去给他看。

"半岁了，分量有些沉。"

这是郁家自三十多年来首次添丁进口，意义不凡。郁老爷子精神大好，戴着眼镜，将孩子仔仔细细瞧了。

慢慢并不认生，在郁锦梅的怀里瞪着大眼睛，左顾右盼地四处张望着这个全然不同的新环境。

"养得很好。"郁老爷子说。

"是，看眼睛就知道了，机灵着呢。"郁锦梅也笑着。

"榕会人呢？"郁老爷子又问。

说话间，章榕会已经从外面进来，他刚刚在院子里转了一圈，开口问道："小白狗呢？"

郁锦梅淡淡地说："老了，没了。"

就这四个字。

章榕会闻言，愣了一下，又觉得自己不该问。

家政阿姨拿来了月饼，章榕会不喜甜食，又刚刚在章家用过一些，犹豫了下，还是伸手接了。

郁锦梅逗着宝宝："我们慢慢也想要？姨奶奶看你长牙了没有，哟，只有一小颗，那还吃不了。"

她又抬头问章榕会："孩子什么时候吃的奶？是不是该饿了？"

章榕会抬起手表看了一眼："出来之前刚吃，还早。"

郁锦梅从善如流地点了点头："好。以后慢慢吃的什么，你随时跟我说，我们在这边也备一些，来了别让孩子挨饿。"

她的意思就是让章榕会带孩子常来。

章榕会没接话。

他抬眼看了一眼外公，英雄迟暮，满头白发，除去那些履历上光辉无比的事迹，到如今，也不过是一个最普通的老人。

外公直接将话说得更明一些："以后带孩子常来。"

章榕会点头："好。"

章榕会带着慢慢待到了十一点半，再晚，就打扰老人家休息了。

月嫂想接孩子，郁锦梅没放，她一路抱着慢慢送他们到车旁。

她边走，边用手替孩子挡着夜晚的凉风："外公年初生了一场大病，现在才将养得好一些。你跟孩子能来，他很高兴。"

章榕会说："是她让我来的。"

他没说名字。

郁锦梅听懂他的话外之音，平静地说："那就下次喊她一起。"

车子解了锁，月嫂抱着孩子去了后座。

拉开车门的瞬间，郁锦梅又喊了一句："榕会。"

章榕会回头，她又倏然沉默，半晌摇了摇头。

"不说了。以后你们一家，都常来。"

车子开回章家别墅，别墅的客厅里还亮着灯。

路意浓侧身躺在沙发上，已经睡熟了。

章榕会示意月嫂把孩子抱上楼，他走到沙发边，垂眸看了许久，才将人抱起来。

　　这里毕竟不同于英国那个狭小的公寓，上楼梯时的颠簸很快将路意浓弄醒。

　　"别乱动。"章榕会感觉到怀中人不老实，怕摔着她。

　　"我起来自己走。"路意浓呆呆地睁眼，刚睡醒有着可爱的鼻音，"我胖了。"

　　"没胖，我还能上楼梯，多轻松。"章榕会笑。

　　"慢慢呢？"她突然想起来自己为什么在楼下。

　　"路上就睡了，月嫂抱进宝宝房了。"

　　路意浓这才老实，窝在章榕会的胸口，隔着衣服，听他的心跳声。

　　"今天去得怎么样？"

　　"老人家很开心，喊我们一家三口，常去。"章榕会的语气又"画"了重点。她的头仰起来，乖乖地笑。

　　章榕会不合时宜地想起小白狗的事情。

　　他给了她的许诺基本都成了真，只是那一个带她回郁家看小狗的誓言却落在时间的脚步之后，再无法实现了。

　　他出神地想，她心肠这么软，知道了估计会哭。

　　到那时，他要怎么安慰呢？

　　估计要把那套一期一会的理论改一改，再跟她说一次。

　　生命的轮回即是如此。

　　相遇的终点必是别离。

　　而站在终点回望时，如果能少有遗憾，那也不必过分伤感。

　　遇见，本身就已经是最大的奇迹了。

番外 /
单行道

城市中心，一线江景，商圈环绕，双地铁交汇，两千平精装跃层。

原本近乎完美的办公场所，因楼下滨江大道游客太多，导致交通拥堵，被政府改了线路规划，成了一条单行道。

这改动对坐地铁上下班的同事并没有什么影响，偏缪奚住得偏远，家里刚刚给添了车，如今为了配合调整改道，每天要多绕行一大圈。

时间进到腊月里，早上八点天色还未亮透，路上车少人少，缪奚望着红灯对面日益空荡的街道，打了转向灯。

她踩点在门口打上卡，推开描摹着烫金的"Vent"字样的玻璃大门。

年节将至，鞠明月被喊回总部公司述职，领导不在，整个公司都似卸了劲地松散下来。大家要么对着电脑呵欠连天，要么三三两两散漫地扎堆闲聊。

缪奚放下包，开了电脑，拿了便利店的饭团去茶水间里热，里面已经有几个人拿着杯子在排队等着煮咖啡。

"听说是，财务核算完了年终奖，她没有签字就走了……"

原本气氛沉沉，谁口中落下轻飘飘的一句，一下触动了所有人的神经，屋内一下就炸开了锅。

"年终奖她也打算动？"

"掏的又不是她个人腰包，整日里向上共情资本家……"

"谁不知道咱们公司有个一心向公的领导？开源出不了成绩，就只能节流。她不是还想取消楼下的免费停车位？"

"人事说前些天鞠总好像要了工资表，不会是要裁员吧？"

设计部的姐姐接了半杯咖啡在手里，往后退开半步："裁就裁了，好歹等发了这波年终奖……"

"明明我们的流水也没有那么差，现在VR行业能赚钱的还有几家……哎，缪奚，年终奖年前到底能不能发？"

缪奚前面一直也就是旁听，话题突然转到自己这里，她从微波炉拿出饭团，面上苦哈哈的："不知道呢，我也在等年终奖过年。"

VR 游戏行业并不如数年前专家预测的那样迎来崛起爆发，昂贵的设备成为了限制用户的准入门槛。同时在技术层面上，又有比普通游戏更高的要求。

Vent 每年新增用户有限，同时又要投入大量资金做开发，高投入、低回报，加上政府的专项扶持资金，一年净利也就在百万上下，勉强能维持收支平衡。

以缪奚作为财务人员的眼光来看，与其这么折腾，确实还不如把办公楼租出去，资金放在银行吃利息，来得钱多又稳妥。

其实以 Vent 的体量和知名度，如果接受外部的融资和投资，能得到的收益也不止于眼前这些。但是总部那边好像根本没有起过这些心思，每年按部就班地推出一两个 S 级项目，已上线的游戏稳定进行版本更迭。大家兢兢业业地准点上下班，工资准点发放，简直像个养老院。

鞠明月是一个很有野心的人，身处这样的环境里，仍然想做出一番成绩。她几次主动在外接洽投资方，兴致勃勃地去北城找大领导汇报，转头又被驳了回来。

谁也猜不透北城总部那边是什么想法。

大家甚至不清楚到底现在谁是 Vent 实际的决策者，营业执照上那个从未露面的外籍人士 Aaron Tang？

弃子。

缪奚心里偶尔也会往坏处想。

跟被从集团扔出来的鞠明月一样，Vent 股权结构单一，账务清晰简明，也是一枚随时可以打包发卖的弃子。

快到下班的节点，隔壁部门向来不怎么着调的范筹嘻嘻哈哈地蹭了过来。他在 Vent 算元老级，常年看着市场营销的那一亩三分地，人没什么架子，好说话得很。

领导一眼看穿他的来意，两人就明年的宣发预算口舌交锋了几句，谁也没占上风。

手机铃声自口袋响起，范筹下意识地按下了通话键，嘴上还在据理力争："营销费用肯定不能减，没有有效传播谁来玩游戏，明年大家一起喝西北风？"

"鞠总要求明年预算要砍 10%，总不能你们营销大头不能动，都砍到其他部门身上去……"

"喂？"电话那头出声，打断了他们的对话。

范筹回过神看了一眼手里，脸色一变，急急对财务比画了个休战的手势，他往后退到一旁，恭敬地应声道："在，小章总。"

缪奚正往包里收起东西，听到这个称呼，下意识地回了头。

Vent没人不知道章榕会，但公司这几年人员更迭，见过他的人已是少数。只有墙上创业初期的几张合照，可以模糊一睹创始人的风采。

范筹嘴里在说："都来？

"噢噢噢噢，明白。"

他疯狂眨眼示意，摆手叫停大家下班的动作。

没两分钟，挂断了电话，范筹赶紧在公司大群里发通知：晚上小章总请客烫火锅，大家别走啊。

突如其来又非常莫名其妙的一顿晚饭，司内能来的几乎都来了，几十个人乌泱成群，几乎将火锅店整场包圆。

缪奚级别太低，被安排在偏远的位置。她在间隙里悄悄地回头，看着那个被领导围在中心的男人。

她想，他可真是年轻啊。

男人的面容是任谁都想多看两眼的英俊，黑银色的穿搭简约又高级，就是表情少到很冷淡。

但那都不要紧。

"今天做梦的素材有了。"旁边的女生开玩笑地说。

主桌这边，开席不久，大家一起碰了个杯。

章榕会不耐烦听陈词滥调的寒暄与恭维，言简意赅地说："除了财务部，明天都直接放假了。财务加个班，把年终奖发下去。"

氛围一时静了静，所有人面面相觑。

章榕会说："怎么，我说的话不能算数？"

所有人里，也就范筹跟章榕会关系亲近，他被迫顶在前，尴尬地开口："您这突然袭击……搞得我们有点慌。"

"怎么？"章榕会开玩笑，"怕是鸿门宴？明天公司要关门？"

他喝了一口啤酒，用不咸不淡的口吻平静道："年后做工商登记变更，Vent我收回来直管。所以，我说的话，照做就是了。"

范筹的眼睛像是通了电的灯泡，一下就亮了："那鞠总？"

章榕会："她被调去集团内其他事业板块了，以后Vent大小事宜，直接向我汇报。"

章榕会又对财务总监说道："预算不用砍，正常做出来的版本明天给我看看。"

这个消息很快在店内传开，Vent一下从集团内随时可弃的边缘角色，变成了小章总的直系。

背靠大树好乘凉，小章总一句话，年终奖有了，假期砸在脑袋上，未来很长一段时间的薪资和福利也都有了保障。

大家个个喜气洋洋，抢票的抢票，喝酒的喝酒，大有人上前想去给章榕会敬酒的，都被拦了下来。

气氛热闹地哄成一团，范筹给章榕会添酒，殷勤地问："老板娘呢？她在不在江津，怎么没带来一起？"

章榕会垂着眼眸，语调平静地说："她在英国。"

"寒假出去玩了？"

"读书去了。"他说得不多。

范筹有些讶异："出国读研吗？她不是六月份本科毕业，怎么能走得这么早？"

章榕会没有回答，锅里升腾的雾气遮挡了他的神色，范筹也没有注意这些，拉着凳子坐下又问："您这边安排完，是要去英国陪她过年吗？"

章榕会终于停下筷子，似笑非笑道："提问这么积极，不如明天跟财务一起加班，做个述职？"

"咳咳……"范筹差点被嘴里的一口蔬菜烫死过去。

第二天，缪奚提前很早就到了公司，在空无一人的办公室里整理打印资料，又对着电脑核对一遍要汇报的财务数据。

她正精神集中时，斜对面长期无人使用的办公室突然开了。

她被声响吓了一跳，猛然抬眼，对上章榕会那双冷漠又漂亮的眼睛。意料之外的独处与对视，让她的心跳都漏了几拍。

她看着对方暂停了一秒，然后径直走了过来。

心脏在胸腔内不可抑制地、疯狂地"怦怦怦"地跳，她站起身，笨拙僵硬地打了个招呼。

章榕会没有看她，眼神落在她椅背上的绿色长毯上。

"你的？"他问。

"啊……不是，收在这边柜子里，没人用的，我一般拿来搭下腿。"

"方便给我吗？"他礼貌地问。

"可以，可以。"缪奚慌忙地转身，从椅背上一把抓起递过去。

对方接过，又后知后觉地发现自己动作有些粗鲁。

她讪讪地放下手："就是放久了，味道有些陈。"

"没事。"

"我记得这边是人事行政的办公区。"章榕会问，"你是人事？"

"我是财务。"缪奚眨了眨眼睛，"划区的事情，我不太清楚，我来的时候就是这么分的了。"

这是路意浓之前实习的位置。

但人都离开了那么久，没道理别人不能用这张桌子。

章榕会默了默："没关系。

"忙完尽快下班吧，新年快乐。"他说。

那个新年，是章榕会第一个没有在北城过的农历年。

以往如蛛网紧缚的所有的人脉、关系，似都变得无关紧要。从香港，到江津，再到 G 市，他在夜色深重和朝阳未起时，起落在一座座城市。

章培明联系不上人，也只能通过各处分公司的反馈，才能得知他现在何处。

章思晴年前打过许多次电话，婉转相劝，还是失败，最后在大年初一的晚上，她也抵达了 G 市，找到章榕会下榻的酒店。

保温桶装来的水饺已经凉透，章思晴要拿去酒店后厨热，被章榕会拦下了。他忙到一天没有进食，眼里盯着电脑报表，偶尔低头囫囵吞咽，也不过是为了饱腹。

章思晴端了热水，在门口看着他，短短的时间里他明显瘦了一圈，她的眼眶也有些发酸。

他像一块海绵，用每分每秒飞速地吸纳和成长，但有关情感的部分，却在一点点疏远和剥离。

万家灯火，阖家团聚共度新年的日子，被他过得这样冷清。

章思晴将热水放到他的手边，软言道："听你爸爸说，你最近很辛苦。看你最近瘦得厉害，也顾着自己的身体。"

"我没事。"他说。

章思晴在一旁的沙发上落座，温声调和："别跟家里闹成这样，我们好歹是……奶奶和敏英，这两天也一直念叨着你。"

章榕会笑了，道："敏英是惦记我的红包了，回头补给她。"

他始终没正面回应章思晴的话。

章思晴双手叠放在膝盖上，用极静的声音说："已经是这样了，榕会。"

人已经走了。

他的消耗、他的对抗、他的自苦，只是一场没有对手的角力，没有裁判能决出输赢。

电脑的光映在章榕会的脸上，他神色未动："其实您不用劝。我在做什么，自己都明白。"

章思晴问："那你现在想怎么做？"

房间里鼠标"咔哒咔哒"的声响停了一瞬，章榕会过了一会儿才出声："我曾经以为，只要自己足够努力，担起章家、郁家的期待，总能让你们满意，换得部分自由。

"实际证明，又不是这样。

"我付出再多、做得再好，价值似乎也抵不过你们眼里一段门当户对的婚姻。如果注定要让你们失望，那么就现在，直接来。"

他望着章思晴，眼内情绪难解："我不会为自己做的任何决定后悔。只是，早知道今天这个结果，当初我应该多抽点时间陪陪她。"

章思晴无言地看他良久。

许久之后，她站起身，深深地吐息："我回北城，会跟你爸爸再好好谈一谈。"

那间封闭的办公室正式重新启用，Vent 内部像被打了强心针，开年过后人人干劲十足。

缪奚趁着阿姨进办公室打扫的空当，将那条躺在沙发上的绿色毯子装进包里，偷偷带回了家。

先泡，后洗，再甩干，为防止变形，她用三只衣架一起托着晾在了衣架上。

她仰头，眯眼看着阳光透过长毯细细密密的网眼渗出来，一片朦胧温暖之意。

暖春化冻，冰雪消融，阳台刚洒了水的绿萝生机盎然，家里的小狗自身后追着尾巴奔跑，急得吠了两声。厨房里锅碗瓢盆的碰撞没停，母亲已经在吆喝着："来，把青菜先端出去。"

她退后两步，眼里看着，嘴里答："这就来。"

从那一天，缪奚怀着秘不可言的小小心思，翘首期盼章榕会的到来。

但是明日复明日，他始终没再出现。

工商变更也是由范筹一手紧紧掌握着章榕会的私人证件，陪同着缪奚去办理登记。

范筹暂时职级未动，但在公司内的地位已经悄然水涨船高，大有要在未来接替鞠明月的架势了。

在窗口排队等候时，范筹与缪奚闲聊，话题绕来绕去，也躲不过章榕会。

"Vent 创业刚刚起步的时候，小章总有大半年基本上都吃住在公司，那时候关系确实还挺亲近的。"

"后来就不行了。家里觉得他玩物丧志，不喜欢他花费时间弄这一摊子。游戏眼看要正式上线，被强行卡了版号，项目差点折了。直到他自愿放弃，Vent 才正常转起来。"

"他现在又把 Vent 收回来了。"缪奚说。

"是啊，不知道怎么弄的。肯定很不容易。"范筹想起以往，叹了口气，有些可惜地说，"但是他现在太忙，收回来 Vent 也没有什么精力放在咱们这儿。再怎么上心，是比不了之前了。"

"那小章总下次什么时候来？三个月能有一次吗？"缪奚问。

范筹没有多想，反而笑话她天真："这我哪能知道？他这样的人，要见一面很难的。除非是他自己愿意露面，不然就咱们普通人，上哪儿使劲也都白搭。当然，要是老板娘在的话，那肯定……"

缪奚瞪大了眼睛,但是范筹已经把说了一半的话又吞了回去:"不说了,不说了,都是老板的私事。"

时间转到五月里,范筹在上班时接到电话,是章榕会打来的,要他晚上陪同跟领导吃个饭。

原以为是去会见文宣部门的领导,上了桌才知道,章榕会是专门来谈注资参与 K 省最近推行的文化古镇建设项目的事。范筹插不上嘴,基本上都是章榕会在喝、在谈,要他出来陪同也就是蹭顿饭,然后当个司机。

晚饭结束,车辆行驶进入一片正在开发的路段,路灯都灭了,外面一片漆黑。

范筹从后视镜往后看,章榕会在后面闭着眼睛,像是睡着了。

他小心地调着旋钮,播了一首轻音乐。

歌唱到一半,后座的人却在静谧中开口,嗓音清明,似是一直清醒:"你怎么很久也没吆喝老板娘、老板娘的了。"

范筹道:"啊……嗯。"

他不知道此刻要说什么。

他算是粗心一些,也不是真的不看事的那种傻。虽然不知道发生了什么,但是从细枝末节上,他还是察觉了章榕会感情动态上的异常。

他没见过章榕会收到任何公事之外的消息和电话,也没听对方嘴里再谈起关于路意浓的一点一滴。

如果是正常恋爱,哪怕是异国恋,也不该是这样。

章榕会像是一台冰冷的工作机器,有条不紊地运转,没有片刻分心。只有这个夜晚,一些不为人知的情绪,在酒精和音乐的作用下,才泄露出一丝端倪。

范筹语塞着,没敢轻易开口。

章榕会说:"很久没人跟我提她了。"

范筹似乎是听到一声很轻的叹息。

"你现在也不提了。"

"我其实不喜欢别人提她。"后座的车窗被按下,冷风搅进来,打扰了潺潺流水般舒缓的音乐,"也不喜欢别人不提她。

"你们别把她忘了。"他说。

范筹后背紧绷,忙道:"不、不会。"

章榕会的身边,已经很少有人会提起路意浓了。

本身知道她的朋友也不多,剩下的人也都避讳着。

王家谨那时也刚被分手,说伤神伤心,邀他去喝酒解愁,打开包厢门,又全是不知从哪儿招来的不知所谓的人。

章榕会耐着性子,坐了两分钟就想走,被王家谨眼疾手快拽住了袖子。

"特意为你攒的局。"他道,"给个面子……"

339

"我不用这些。"

王家谨却觉得他在强撑:"你失恋难过,正常的。兄弟带你走出来,你得跟我学。没有两瓶酒下肚忘不了的人,如果忘不了,就再来一瓶。"

章榕会有点烦王家谨借酒装疯的劲头:"我明天一早有会,要先回。"

王家谨死活就是不放人:"什么会就明早必须得开?你真的就那么死脑筋,工作是,感情也是。"

他的音量不小,周围的人偷偷侧目看过来。章榕会的脸上没半分笑意:"你发什么酒疯?"

"人输了,得认输,你现在就是输不起,你不甘心。"王家谨大声嚷嚷着,"路青和你小姨这一招用得狠、用得好、用得妙,你得认。

"她们舍不得动你,所有刀就往那边扎,你越是坚定,她挨刀越狠。现在好了,她爷爷的遗愿挡在那儿,活人怎么还能拗过去?"

这些话说得太过,身边终于有人来拦:"王哥,少说两句。"

章榕会一言不发地看他,良久说:"这是第一次,也是最后一次。再拿我的私事出来说,朋友没得做。我不开玩笑。"

章榕会说完这句,推门而出。

王家谨第二天醒酒,发来道歉的消息,章榕会也一条都没有回。

从那时起,他身边的所有人都不再敢提起路意浓了。

现在K省由章榕会管理的公司也不止一家,他仍旧惯性地在Vent落脚。好不容易来一趟,他也没什么时间在路上折腾,其他公司的人也都赶来这边汇报。

办公室的门开开关关,敲门声连续不断,签不完的字,看不完的表。直到深夜,压抑着呼吸的一切才渐渐止息。

他在深夜两点多阖上了电脑,准备入睡时才发现沙发上空空荡荡。

拉开茶几抽屉,绿色长毯叠得整齐,被放在一只四四方方的透明收纳袋里。他没有多想,抖开毯子盖在身上,躺倒在沙发,看着黑如墨的天花板。

长夜难熬,有时候累到倒头就睡反而是好,醒着的时候,脑子里想法太多,一直在转,反而容易失眠。

身上的毯子有清新怡人的味道,回忆突然像汛期的潮水汹涌而来。

章榕会突然很想看看她现在的样子。

这个念头升起来,他脑内开始沸腾,反反复复,无法压制和休止。

他侧身躺在沙发上,睁着眼睛看着黑暗中茶几上那个隐约反着些光线的物体,思索很久以后,伸长了手臂,摸过手机来,拨给了钱铮。

钱铮跟路意浓交集太少,零碎地替他去过曼彻斯特一两次,见面机会寥寥。他人又寡言,每次见面,能说出的内容乏善可陈。

但是,章榕会又总想问问。

关于她的一点一滴，他都想问问。

电话响过两声被接通，章榕会动了动，半边手臂撑起来，靠在沙发上，问钱铮："还在曼彻斯特？"

"嗯，明后天走了。"

"这次待得挺久。"

钱铮没说话，章榕会又问："她最近怎么样？"

"前几天，房子出了点问题，我过去了一趟。"

"房子怎么了？"

"阀门老化，花园的水管爆了，喊我过去修理。"

"她是不是又没钱了？"章榕会坐起来，"要么借这个再把房租降一降？"

"房租已经比这边市场价低了很多。"钱铮说。

再降房租，是不合情理的。

章榕会的提议也只能作罢："嗯。那算了，你不用管了，我这边找工人去处理一下。"

他挂掉电话，觉得自己卑劣陌生到可耻。

但是每次通过电话了解路意浓的近况，却为他带来每天有限的一丝欢愉，成了他每日晦暗无望的生活中唯一的期盼。

漫长难挨的时光一下像点了加速键，每天总有零星的、无人打扰的时间，能知道她今天过得怎么样。

这已经足够。

足够他继续坚持下去。

章榕会的状况肉眼可见地好转。

就连王家谨都以为时光终于抹平那些不甘的毛刺，章榕会已经慢慢在从这段感情里走出来。

直到那天晚上，王家谨被书房轰隆的噪声惊醒，他几乎制不住在疯狂自伤的章榕会，直到安保听到声音上楼，才一起合力强压着男人去医院就医。

医生给章榕会打了镇静剂，将人推进清创室进行缝合。

王家谨在外等待的时候，钱铮打来电话。

对面沉默了很久，问："会哥还好吗？"

"你们在搞什么鬼？"

钱铮语调平静地把这晚和之前发生的一切，一五一十，全都说了出来。

王家谨许久说不出话："你俩都是疯了吧？"

缝合持续了数小时，结束时天已经亮起，章榕会直接被转入了外科的单人病房。

或许是镇静剂还在发挥作用，章榕会整个人陷入了诡异可怕的平静中。他靠坐在病床上，仰头看着头顶的灯，双脚被牢牢地捆扎。

王家谨头皮发麻，心里想要安慰，却组织不出一句话。
　　章榕会说："你说得没错。输了就要认输，失败了就要往前走。人人都知道这个道理，她也学会了，只有我没有。
　　"我是输了，输她一手，也没有输给别人。不是路青，不是郁锦梅，也不是一个钱铮。是输给她。"
　　他的手臂搭上额头，挡住了眼，整个人在微微颤抖。
　　"其实我一直很害怕。
　　"怕最后赌气说我要结婚的话被她当了真，怕她哪一天想要回头，却以为已经没有人在等。"
　　王家谨没有再像之前那样说出一句让章榕会放下的话。
　　也是从那一天，他想，是该找个方法破开这种局面了。

　　时间在不知不觉中一点点溜走，缪奚被母亲催促着去相亲的时候，才突然意识到，自己已经二十七岁了。
　　少女情怀如同被海水冲上岸边的海带，开始还水光粼粼光彩照人，后面暴露在空气中，被阳光一晒，就迅速地脱水干枯。
　　她是对章榕会有过难以启齿的心动，但是一年两三次的见面，没有任何交流的机会……缪奚认清了，也放弃了。
　　有些人注定只能作为脑内幻想的绮思，却没有办法真的成为日常生活的组成。
　　她后来赴约，去见了父亲同事的侄子，两人聊了聊，印象不错，很快确定了关系。
　　那时候章榕会已经很久没有出现，范筹已经在 Vent 完全独当一面。但是他与章榕会的联络仍在继续，所有重大决策也还是会汇报给章榕会拿意见。
　　汇报完成之余，范筹喜气洋洋地在司内八卦着领导在感情上一往无前的最新进展。
　　范筹说，小章总现在在英国，陪女朋友读书。
　　范筹说，小章总已经求婚，转发过来的朋友圈照片里的订婚戒指真是又大又闪。
　　范筹说，小章总的女朋友早期还在 Vent 实习过，就坐在缪奚现在的位置。
　　范筹说，他们在一起很多年，分分合合很是容易。
　　没有见过章榕会的新毕业进来的女孩为这个浪漫的故事惊叫，而缪奚打开了那张照片，反复看了又看。
　　他称呼那个女孩，月亮。
　　是握在手心里，珍而重之的月亮。
　　原来真的有人能活在他一手创建的童话故事里吗？

婚后第二年的春夏，缪奚怀了孕。

孕早期，她整个人吐得厉害，精神也不好。

老公体贴地送她上班，她在副驾驶抬手熟练地指挥，要从哪条岔路口进去能避开那条扰人的单行道。

再普通不过的工作日的上午，她如往常入司，往办公桌走，却看见许多人围在那附近，眼巴巴地向一个方向看。

"小章总来了？"她已经对这些偶尔犯花痴的女生见怪不怪。

"不是呢！"有人激动道，"是小章总太太来啦，范总正在屋里接待呢！我来得晚，刚刚都没有看见脸！"

屋里，路意浓拿着笔，像模像样地坐在办公桌前，面前堆着按斤算的文件纸。范筹拿着手机，在一旁帮忙用俯视视角拍摄着。

"你看好了，这份也签？"路意浓偏头，对着镜头看着问道。

"看过了，没什么问题，签就是。"章榕会声音懒散地说。

上周的时候，章榕会下了通知要来江津这边，各司都做了大量准备。

结果没到正式出发，香港的帮佣瞒着章培明拨过来一个电话，说是章先生最近腰疼发作得厉害，已经好几天下不了床。

章榕会于是临时改签去香港，而路意浓则替他来江津，代处理一些紧急事务。

签字的路意浓，拍摄的范筹，还有远程审阅的章榕会，三个人各司其职，一份份文件处理过去，如流水线一般，倒很井然有序。

消灭完桌面上的文件堆，事情告一段落，范筹自觉就出去了，路意浓举着手机继续同章榕会视频。

他那头阳光正好，温度也高，穿着长袖单衣对着镜头笑，背景里，不远处的帮佣推着章培明在草坪上晒着太阳。

"医生怎么说的？"她问道。

"下午再跟主治医生沟通一下治疗方案。爸爸不想做手术，但是我不想叫他再拖。"

即便是已经完全独当一面的章榕会，在家庭问题上偶尔也感觉棘手。

章培明早些年过度操劳，腰椎遗留问题严重，保守治疗效果不佳，但是手术同时意味着风险。他性格要强，宁愿忍受着当下的疼痛，也不愿意冒着失败的风险去赌医生口中的大概率事件。

父子俩各持己见，僵在这里，路意浓也不好偏向谁。

她只能说："先看主治医生怎么说吧。要是信不过，可以从国外请专家来问诊。"

章榕会："我也是这么想的。"

令人烦扰的问题先搁到一边，镜头里的路意浓捧着手机在屋里转来转去，踮着脚翻翻柜子，像个好奇宝宝四处摸索。

"在找什么？"章榕会问她。

"深入体验一下霸总的日常生活啊。"她玩笑道，"看看有什么不一样的。哎呀，就签一签字，很简单啊。"

章榕会笑道："你这是没过足瘾。那后面两天的会议我就不取消了，麻烦路总也给他们指示指示工作？"

路意浓施施然点头，很是矜贵道："好说，好说。"

路意浓日常的工作相对封闭，一般都是章榕会鼓励她主动对外社交，出去走一走看一看。这会儿他不能陪在身边，她在江津能有点事做也好。

于是路意浓在Vent正儿八经地应卯，上了两天班，虽然大部分时候都是挂着视频在办公室里同章榕会聊天。

Vent办公室的人，她有好多都不认识了，不过大家都很关照她，有新奇好吃的零食也都会悄悄投喂给她。

章榕会在远程会议的间隙偶尔一瞥，就见她低着头，窸窸窣窣地不知从口袋里掏出什么东西在吃。

他无奈地闭了会议室的麦，出声提醒道："你刚拔的智齿。"

"哎呀，我压力大啊。"路意浓最近撑直了腰杆，是不怎么服管教的。

"压力大就去跑步出出汗。"章榕会说，"健身房离你还不到二十米。"

路意浓觉得很烦，隔着屏幕悄悄瞪了他一眼，正好撞进他的眼里。

章榕会带着笑意调侃她："路总，听不进员工意见可不是好领导。"

路意浓装模作样地拿手指敲了敲桌子："小章，领导的事情不要多过问，我自有分寸。"

他感觉离谱到发笑："刚刚叫我什么？小章？再说一遍？"

路意浓自然是不敢再说："哎呀！好好开你的会吧，三心二意的。"

她直接按断了通话，色厉内荏的路总就这么急匆匆下了线。

下午四点多，路意浓准备早退，去附近给章榕会添两件新的衬衫领带放在办公室里。

范筹听了，伸手招呼过来一个人。

"缪奚，你今天早点下班吧？老板娘要去逛对面的商场，离你家也近，你方不方便顺便带下路？"

缪奚说："没问题。"

她在地下车库坐上车子的副驾驶，路意浓知晓她是孕妇，起步动作很慢，开得也比较小心。

只是刚刚开出地下，路意浓出乎意料的一个左转，直接开始逆行。

缪奚一下瞪大了眼："啊，走这条路？"

路意浓不觉异常，说："这条路近啊，前面拐弯就可以过桥了。"

缪奚一下头皮有些发麻，咽了咽口水，解释道："可是这条路是单行道，不能那么转的。"

路意浓一下就慌了神："不会吧？我之前上班来Vent，司机都是这么开过来的。"

"是不是很早之前了？"缪奚冷静地说，"这条路双向改单行，已经好些年了。"

路意浓靠边停住车，同她面面相觑。

"……怪不得最近上班司机都兜个圈子，我还以为是特意避开拥堵路段呢。"

路总出师不利，第一次单独相处就在员工面前出了丑。

缪奚有些哭笑不得，到了地方没急着走，下了车陪她一起在商场里逛起来。

这边已经是江津最大的商场之一，服装、餐饮、休闲样样俱全。她们从下往上逛了许久，路意浓也不好意思，一直要请她吃个晚饭。

缪奚没有推辞，在餐厅门口等位的中途，路意浓看中了对面的盲盒机，兴致勃勃地要过去看看。

缪奚没有跟上去，她忙着给家里发着消息：嗯嗯，晚上不用等我吃饭。结束了我再跟你说。

再抬眼时，路意浓站在盲盒机旁专心致志地戳戳点点，不远处眼熟的身影一点点走近，直到停在她的身侧，在她肩上拍了拍。

路意浓回过头，看清的那一瞬，惊讶又惊喜地扎进来人的怀里："你怎么找过来的啊！"

章榕会很高，穿着纯黑色的薄外套，嘴角带着笑，年轻俊朗像个大男孩似的，弯腰包裹住她，两人身形契合得刚刚好。

"问的范筹，来给你一个惊喜。"

他低头在她唇上亲了亲："买了什么？给我瞧瞧。"

他接过路意浓手里的购物袋，听她说："给你买了两条领带。我在看盲盒呢，你抽过盲盒吗？挺漂亮的，能放在家里做装饰是不是？"

"厉害了。"他没有嫌这种花花绿绿的小玩偶幼稚，而是揽上她的肩，陪着她对着电子屏幕选了许久的款式，掏出手机扫码付款。

打开方形的小盒子，两人又为其中丑陋的款式相视笑起来。

"算了算了，吃饭啦。"路意浓拉上章榕会的手，回身看到缪奚，笑着对她挥了挥手。

这是第一次，缪奚与章榕会同桌吃饭。

他仍旧是很少说话，冷漠寡言。只有路意浓笑着带上他，他才会认真答一答。

那顿饭局从始至终,他也没有问过缪奚的姓名。

其实很多年前,他从缪奚那里拿走长毯的那一次,也没有问过。

缪奚送别了开车离去的两人。

站在原地等老公来接时,她漫无边际地想:他到底记不记得我是谁呢?

章榕会开着车往家里去,心爱的姑娘将那个丑陋的玩具看顺了眼,说一会儿回去要放在床头柜上。

突然她想起什么,丧着脸说:"我今天闯祸了。"

章榕会说:"怎么了?"

"我今天开这个车出来,逆行了,要扣分罚钱呢。这是公车,我是不是要自掏腰包,补上罚款啊?"

他摇头笑道:"就十来分钟的路,怎么还能逆行?"

"公司楼下改成单行道了,我好久没开过那条路,刚开出车库就逆行了。"

"事实证明,路总还是应当多听员工意见,避免自作主张,发生错误,是不是?"他不安慰也就算了,竟然还上升高度,火上浇油。

"章榕会!"路总很生气,后果很严重。

晚上睡觉,被子被恶意卷去大半,"小员工"小章被生生冷醒。

他迷糊地睁眼,看着太太的身影几乎埋在整条羽绒被里,又厚着脸皮蹭过去,从背后抱着她取暖。

温香软玉在怀,章榕会犹有不足,紧紧挨着,在她的耳畔亲了亲。

从心动那天开始,我的人生也只是一条单行道。

(全文完)